# Charles Bukowski

# Textos autobiográficos

# Charles Bukowski

# Textos autobiográficos

**editado por John Martin**

*Tradução de* Pedro Gonzaga

2ª edição

L&PM EDITORES

Título original: *Run With the Hunted – a Charles Bukowski Reader*
Texto de acordo com a nova ortografia.

1ª edição: primavera de 2009
2ª edição: verão de 2011

*Tradução:* Pedro Gonzaga
*Tradução dos trechos de* Numa fria *e* Hollywood: Marcos Santarrita
*Capa*: Ivan Pinheiro Machado
*Preparação:* Bianca Pasqualini
*Revisão*: Patrícia Rocha

CIP-Brasil. Catalogação-na-Fonte
Sindicato Nacional dos Editores de Livros, RJ

---

B949t

Bukowski, Charles, 1920-1994
Textos autobiográficos / Charles Bukowski; editado por John Martin; [tradução Pedro Gonzaga]. – Porto Alegre, RS: L&PM, 2011.
480p.

Tradução de: *Run With the Hunted: a Charles Bukowski Reader*
ISBN 978-85-254-1938-5

1. Conto americano. 2. Poesia americana. I. Martin, John. II. Título.

09-3827. CDD: 813
CDU: 821.111(73)-3

---


Rua Comendador Coruja 314, loja 9 – Floresta – 90220-180
Porto Alegre – RS – Brasil / Fone: 51.3225.5777 – Fax: 51.3221-5380

Pedidos & Depto. comercial: vendas@lpm.com.br
Fale conosco: info@lpm.com.br
www.lpm.com.br

Impresso pela Meta Brasil
2021

*Para William Packard*

# Nota do editor

O material de *Textos autobiográficos* foi recolhido de mais de vinte romances, livros de contos e volumes de poesia que Bukowski publicou pela Black Sparrow Press nos últimos vinte anos. Por vezes autobiográficos, por vezes fruto do maravilhoso talento de Bukowski para a observação, esses poemas e textos em prosa aqui reunidos servem como crônica tanto da vida interior quanto exterior do escritor, da infância ao presente – e do quão impressionante foi essa existência. Enquanto houver leitores corajosos e inteligentes, nem a obra de Bukowski, nem sua vida, entretecidas como estão, serão esquecidas.

# 1

*Surgem os grandes cavalos brancos e lambem a camada dos sonhos.*

A primeira coisa de que me lembro é de estar debaixo de alguma coisa. Era uma mesa, eu via uma das pernas de madeira, via as pernas das pessoas e um tanto da toalha que pendia no ar. Era escuro lá embaixo, eu gostava de ficar por ali. Isso deve ter sido na Alemanha. Eu devia ter um ou dois anos de idade. Era 1922. Eu me sentia bem debaixo da mesa. Ninguém parecia saber onde eu estava. A luz do sol escorria sobre o tapete, sobre as pernas das pessoas. A luz do sol me agradava. As pernas das pessoas eram desinteressantes, diferentemente da toalha que pendia da mesa, diferentemente da perna da mesa, da luz do sol.

Então não havia nada... depois uma árvore de Natal. Velas. Pássaros ornamentais: pássaros com pequenos ramos apinhados de frutinhas em seus bicos. Uma estrela. Duas pessoas enormes lutando, gritando. Pessoas comendo, pessoas sempre comendo. Eu também comia. Minha colher era curva, assim, se eu quisesse comer, precisava pegá-la com a mão direita. Se eu pegasse com a esquerda, o alimento se afastava da minha boca. Eu queria pegar a colher com minha mão esquerda.

Duas pessoas: uma maior com cabelo crespo, um narigão, uma boca grande, sobrancelhas cerradas; a pessoa maior sempre parecia estar furiosa, quando não aos berros; a pessoa menor era quieta, mais pálida, um rosto redondo com olhos graúdos. Eu tinha medo dos dois. Às vezes, havia uma terceira pessoa, que era gorda e usava vestidos com laço no pescoço. Usava também um broche descomunal e tinha muitas verrugas na face, com pequenos pelos que delas brotavam. "Emily", eles a chamavam. Essas pessoas não pareciam felizes em estar juntas. Emily era a avó, a mãe de meu pai. O nome do meu pai era "Henry". O nome da minha mãe era "Katherine". Nunca lhes chamava pelo nome. Eu era "Henry Jr.". Essas pessoas falavam em alemão a maior parte do tempo, assim como eu, no começo.

A primeira coisa que lembro de ouvir minha avó dizer foi:

– Enterrarei *todos* vocês!

Ela disse isso pela primeira vez logo antes da refeição e voltaria a repeti-lo por diversas vezes ainda, sempre antes de começarmos a comer. Comer parecia muito importante. Comíamos purê com molho de carne, especialmente aos domingos. Também comíamos rosbife, *knockwurst** e chucrute, ervilhas, ruibarbo, cenouras, espinafre, feijão-fradinho, galinha, almôndega e espaguete, algumas vezes misturados com ravióli; havia sopas de cebola e de aspargo; e todos os domingos, torta de morango com sorvete de baunilha. No café da manhã, tínhamos torradas e salsichas, ou então bolinhos, ou waffles servidos com bacon e ovos mexidos. E sempre havia café. Mas a lembrança mais forte que tenho é dos purês com molho de carne e de minha avó Emily dizendo:

– Enterrarei *todos* vocês!

Ela nos visitava com bastante frequência depois que nos mudamos para a América, pegando o bonde vermelho que ia de Pasadena a Los Angeles. Só íamos visitá-la muito raramente, a bordo do Ford Modelo-T.

Eu gostava da casa da minha avó. Era uma casinha rodeada de pimenteiras. Emily mantinha todos os seus canários em gaiolas diferentes. Lembro bem de uma das visitas. Naquela noite ela cobriu as gaiolas com uns panos brancos para que os passarinhos pudessem dormir. As pessoas estavam sentadas e conversavam. Havia um piano, e fui me sentar junto a ele, tocando as teclas e escutando o som que elas produziam enquanto as pessoas seguiam falando. Eu gostava dos sons das teclas, principalmente os das mais agudas, que quase não tinham som nenhum – pareciam cubos de gelo se chocando uns contra os outros.

– Quer parar com isso? – gritou meu pai.

– Deixe o garoto tocar o piano – disse minha avó.

Minha mãe sorriu.

– Esse garoto... – disse minha avó –, quando tentei tirá-lo do berço para lhe dar um beijo, ele se levantou e me acertou o nariz!

Falaram mais um pouco, e eu voltei a tocar o piano.

– Por que você não afina essa coisa? – perguntou meu pai.

– *Misto-quente*

## gelo para as águias

Sigo lembrando dos cavalos
sob o luar
sigo lembrando de alimentar os cavalos
açúcar
pedras oblongas de açúcar

* Salsicha alemã curta e grossa, fortemente temperada. Em alemão, no original. (N.T.)

mais parecendo gelo,
e suas cabeças são como cabeças
de águias
cabeças calvas que poderiam morder e
não mordem.

Os cavalos são mais reais que
meu pai
mais reais que Deus
e poderiam ter pisado nos meus
pés mas não pisaram
poderiam ter feito coisas horríveis
mas não fizeram.

Eu tinha quase 5 anos
mas ainda não consegui esquecer;
ó meu deus eles eram fortes e bons
as línguas vermelhas molhadas
projetadas para fora de suas almas.

●●●●●●●●●●●●●●●●●●●●●●●●●●●●●●●●●●●●●●●●●●●

Tinha começado a antipatizar com meu pai. Ele sempre estava zangado com alguma coisa. Onde quer que fôssemos, ele dava um jeito de discutir com as pessoas. Mas a maioria parecia não se assustar com sua figura; as pessoas normalmente o encaravam, calmamente, o que o deixava ainda mais exaltado. Se fôssemos comer fora, o que raramente acontecia, ele sempre encontrava algo de errado na comida e algumas vezes se recusava a pagar.

– Tem cocô de mosca na nata! Que diabo de lugar é este?

– Minhas desculpas, senhor. Não vamos cobrar nada. Apenas faça o favor de se retirar.

– Está certo, estou de saída! Mas voltarei. E voltarei para pôr abaixo esta maldita espelunca!

De outra feita, estávamos numa loja de conveniências, e eu e minha mãe ficamos de lado enquanto meu pai gritava com um atendente. Outro funcionário perguntou a minha mãe:

– Quem *é* esse sujeito horrível? Toda vez que ele vem aqui arranja uma discussão.

– É meu marido – disse minha mãe ao funcionário.

E ainda lembro de mais outra. Ele estava trabalhando como leiteiro e fazia entregas de manhã bem cedo. Certa manhã ele me acordou.

– Vamos, quero lhe mostrar uma coisa.

Fui até a rua com ele. Eu estava de pijama e chinelos. Ainda era noite, e a lua brilhava alta no céu. Caminhamos até o caminhão de leite, que era puxado a cavalo. O animal estava bastante quieto.

– Veja – disse meu pai. Ele pegou um torrão de açúcar, colocou sobre a palma da mão e levou até a boca do cavalo. O animal apanhou o torrão da sua mão. – Agora, tente você...

Colocou um torrão de açúcar na minha mão. Tratava-se de um enorme cavalo.

– Aproxime-se! Mantenha a mão estendida!

Tive medo de que o cavalo me mordesse. A cabeça se curvou; pude ver suas narinas, os lábios se retraíram, vi a língua e os dentes, e então o torrão de açúcar desapareceu.

– Aqui. Tente outra vez...

E eu tentei. O cavalo abocanhou o torrão e balançou a cabeça.

– Agora – disse meu pai –, vou levar você de volta para dentro antes que o cavalo cague em cima de você.

Não me era permitido brincar com outras crianças.

– Essas crianças são más – dizia meu pai –, e os pais delas são pobres.

– É verdade – concordava minha mãe.

Meus pais queriam ser ricos. Por isso, imaginavam-se ricos.

Foi no jardim de infância que conheci as primeiras crianças da minha idade. Elas pareciam muito estranhas, sorriam e conversavam e pareciam felizes. Não gostei delas. Sempre me sentia enjoado, e o ar tinha um aspecto estranhamente calmo e puro. Pintávamos com tinta guache. Plantávamos sementes de rabanete no jardim e algumas semanas mais tarde os comíamos com sal. Gostava da senhora que ensinava no jardim de infância, gostava mais dela que dos meus pais.

– *Misto-quente*

## trapos, garrafas, sacos

lembro
na minha infância do som
de:

"TRAPOS! GARRAFAS! SACOS!"

"TRAPOS! GARRAFAS! SACOS!"

foi durante a
Depressão
e você podia ouvir as
vozes
muito antes de avistar a
velha carroça
e o
velho
pangaré.

então você ouvia os
cascos
*clop, clop, clop...*

e então você avistava
o cavalo e a
carroça

e isso sempre parecia ocorrer
no dia
mais quente do
verão:

"TRAPOS! GARRAFAS! SACOS!"

oh
aquele cavalo estava tão
cansado...
fios de saliva
branca
babando
sempre que o freio se enterrava
em sua
boca

ele puxava uma carga
intolerável

de
trapos, garrafas, sacos

vi seus olhos
imensos
em agonia

suas costelas
expostas

as moscas gordas
circulavam e pousavam sobre
falhas em seu
couro.

às vezes
um de nossos pais
gritava:
"*Ei! Por que você não
alimenta esse cavalo, seu
merda!*"

a resposta do homem era
sempre a
mesma:
"TRAPOS! GARRAFAS! SACOS!"

o homem era
inacreditavelmente
sujo, barba por
fazer, vestindo um chapéu
de feltro manchado e
roto

ele
se sentava sobre
uma enorme pilha de
sacos

e

vez ou
outra
quando o cavalo parecia
vacilar
um passo

este homem
sentava-lhe
o longo chicote...

o som era como o
disparo de um rifle

uma falange de moscas
se erguia
e o cavalo se
lançava para frente
renovado

os cascos resvalando e
escorregando no asfalto
quente

e então
tudo o que podíamos
ver
era a parte de trás da
carroça
e
o enorme monte de
trapos e garrafas
cobertos pelos
sacos
marrons

e
mais uma vez
a voz:
"TRAPOS! GARRAFAS! SACOS!"

ele foi
o primeiro homem
que tive vontade de
matar

e
desde então
não houve
mais nenhum.

• • • • • • • • • • • • • • • • • • • • • • • • • • • • • • • • • • • • • • • • • • •

As lutas seguiam de maneira ininterrupta. Os professores pareciam não saber nada a respeito. E sempre tinha problema quando chovia. Qualquer garoto que trouxesse um guarda-chuva ou viesse com uma capa de chuva era discriminado. Nossos pais, em sua maioria, eram pobres demais para comprar esse tipo de coisa. E caso o fizessem, tratávamos de esconder bem os objetos entre os arbustos. Qualquer um que fosse visto carregando um guarda-chuva ou vestindo uma capa de chuva era tido imediatamente por maricas. Era espancado na saída. A mãe de David fazia com que ele carregasse um guarda-chuva mesmo que o dia estivesse apenas um pouco nublado.

Havia dois períodos de recreio. Os alunos das primeiras séries se reuniam em torno de sua própria quadra de beisebol e escolhiam os times. Eu e David permanecíamos juntos. Era sempre assim. Eu era o penúltimo a ser escolhido, e David, o último. Assim, sempre jogávamos em times diferentes. David conseguia ser pior do que eu. Com seus olhos oblíquos, sequer conseguia ver a bola. No meu caso era falta de prática. Eu nunca jogara com as crianças da vizinhança. Eu não sabia como pegar uma bola ou como rebater. Mas eu queria aprender, era divertido. David tinha medo da bola, eu não. Eu movimentava o bastão com força, com mais força do que qualquer um, mas nunca acertava a bola. Eu sempre era eliminado*. Uma vez rebati uma bola. Aquilo foi bom. Noutra vez, iniciei uma corrida. Quando cheguei à primeira base, o primeiro basista disse:

– Essa é a única maneira de você chegar até aqui.

Parei e o fitei. Ele mascava um chiclete e longos pelos negros saíam de suas narinas. Seu cabelo estava empapado com vaselina. Sempre tinha um sorrisinho de escárnio nos lábios.

---

* No beisebol, após três bolas boas, ou seja, que poderiam ser mas não foram rebatidas pelo rebatedor, este é eliminado. (N.T.)

– Está me achando bonito? – ele perguntou.

Não sabia o que responder. Eu não estava acostumado a conversar.

– Os caras dizem que você é louco – ele falou –, mas em mim você não mete medo. Dia desses pego você na saída.

Continuei olhando para ele. Seu rosto era horrível. Então o arremessador jogou a bola, e eu corri para a segunda base. Corri como um louco e deslizei em direção à segunda. A bola chegou depois. Eu estava salvo.

– Você está *fora*! – gritou o garoto que servia de árbitro.

Levantei-me, sem acreditar.

– Eu disse: VOCÊ ESTÁ FORA! – gritou o árbitro.

Então eu soube que não seria aceito. David e eu não seríamos aceitos. Os outros queriam que eu recebesse o "fora" porque ali não era meu lugar, porque eu devia *mesmo ficar* de "fora". Eles sabiam da minha amizade com David. Era por causa dele que eu não era aceito. Enquanto me afastava da quadra, pude ver David na terceira base com suas calças curtas. Suas meias azuis e amarelas estavam arriadas e caíam sobre seus sapatos. Por que ele tinha me escolhido? Eu era um homem marcado. Naquela tarde depois da escola eu caminhei apressado para casa, logo que a aula terminou, sem esperar por David. Não queria vê-lo apanhar novamente dos nossos colegas ou da sua mãe. Não queria ouvir o seu triste violino. Mas no dia seguinte, na hora do almoço, quando ele se sentou comigo, comi suas batatas fritas.

Meu dia chegou. Eu era alto e me sentia poderoso sobre a base. Não conseguia acreditar que eu jogasse tão mal quanto eles queriam me fazer crer. Girei meu bastão de modo desordenado, mas com muita força. Eu sabia que era forte e talvez, como eles mesmos diziam, "louco". No entanto, tinha essa sensação de que havia algo verdadeiro acontecendo aqui dentro. Talvez fosse a merda endurecida, mas era mais do que qualquer um deles tinha. Eu estava a postos.

– Ei, é o REI DOS REBATEDORES! SR. CATA-VENTO!

A bola chegou. Girei e me senti ligado ao bastão como há muito tempo eu esperava que acontecesse. A bola subiu, subiu às alturas, em direção ao campo da esquerda, passando por sobre a cabeça do jogador que estava à esquerda. Seu nome era Don Brubaker, e ele ficou parado vendo a bola passar por sobre sua cabeça. Parecia que ela nunca mais voltaria a tocar a terra. Então Brubaker começou a correr atrás da bola. Ele queria me eliminar. Jamais conseguiu fazê-lo. A bola aterrissou e rolou para uma outra quadra onde jogavam os garotos da quinta série. Corri lentamente para a primeira base, bati no montinho, olhei para o cara que estava ali posicionado, avancei devagar até a segunda, toquei-a, corri até a terceira onde estava David, ignorei-o, bati na terceira e segui para a base final. Nunca houve dia igual. Nunca alguém da primeira série tinha feito um *home run*! Ao chegar de volta à posição inicial, ouvi um dos jogadores, Irving Bone, dizer ao capitão do time, Stanley Greenberg:

– Vamos colocá-lo no time titular. (O time titular enfrentava os times de outras escolas.)

– Não – disse Stanley Greenberg.

E ele estava certo. Nunca mais acertei um *home run*. Furava a maior parte do tempo. Mas sempre lhes vinha às mentes o *home run* daquele dia, e, embora ainda me odiassem, era uma forma melhor de ódio, um ódio que já não tinha um *porquê*.

A temporada de futebol americano foi pior. Jogávamos um futebol de toque*. Não me era permitido agarrar ou lançar a bola, mas mesmo assim entrei no jogo. Quando o corredor passou na minha frente, agarrei-o pelo colarinho e o joguei no chão. Quando começou a se levantar, o enchi de chutes. Não gostava dele. Era o cara da primeira base, o de vaselina no cabelo e pelos que saíam do nariz. Stanley Greenberg chegou. Ele era maior do que qualquer um de nós. Poderia ter me matado, se quisesse. Era nosso líder. A palavra final era sua. Ele me falou:

– Você não entende as regras. Basta de futebol pra você.

Fui encaminhado para o voleibol. Jogava com David e com os outros. Era uma chatice. Meus parceiros gritavam e urravam e ficavam eufóricos, mas os *outros* estavam jogando futebol. Eu queria jogar futebol. Só precisava de um pouco de prática. O voleibol era vergonhoso. Meninas jogavam voleibol. Depois de um certo tempo, eu já não jogava mais nada. Ficava apenas parado no meio do pátio onde ninguém estava jogando. Eu era o único que não praticava nenhum esporte. Eu ficava plantado lá, todos os dias, esperando os dois recreios passarem.

Um dia, quando eu estava ali parado, mais problemas apareceram. Uma bola de futebol me pegou desprevenido, atingindo em cheio a minha cabeça. O impacto me nocauteou. Fiquei bastante tonto. Eles se postaram ao meu redor, rindo e fazendo barulhos.

– Oh, vejam, Henry desmaiou! Henry desmaiou como uma donzelinha! Oh, vejam o Henry!

Levantei-me com o sol a girar. Então ele parou. O céu se aproximou e voltou para seu lugar. Era como estar numa jaula. Eles estavam ao meu redor, faces, narizes, bocas e olhos. Como estavam tirando um sarro da minha cara, concluí que tinham me atingido deliberadamente com a bola. Não era justo.

– Quem chutou a bola? – perguntei.

– Quer mesmo saber?

– Sim.

– O que vai fazer quando descobrir?

Fiquei quieto.

– Foi Billy Sherril – alguém disse.

---

* Variante do futebol americano normalmente jogada sem equipamentos de proteção e também menos violenta. (N.T.)

Billy era um garoto gordo, enorme, mais simpático do que a maioria, mas nem por isso deixava de ser um deles. Segui na direção de Billy. Ele ficou parado no mesmo lugar. Quando me aproximei, ele se esquivou. Eu quase não percebi. Acertei-o na orelha esquerda, e quando ele colocou a mão sobre ela, lhe dei um golpe no estômago. Ele caiu no chão. E ali ficou.

– Levante e lute com ele, Billy – disse Stanley Greenberg.

Stanley ergueu Billy e o empurrou em minha direção. Dei-lhe um soco na boca, e ele a cobriu com as duas mãos.

– Certo – disse Stanley –, vou tomar o lugar dele!

Os garotos aplaudiram. Decidi correr, ainda não era minha hora de passar dessa para melhor. Mas então um professor apareceu.

– O que está acontecendo aqui?

Era o sr. Hall.

– Henry bateu no Billy – disse Stanley Greenberg.

– Foi isso mesmo, garotos? – perguntou o sr. Hall.

– Sim – responderam.

O sr. Hall me puxou pela orelha por todo o caminho até a sala do diretor. Forçou-me a sentar numa cadeira em frente a uma mesa vazia e então bateu à porta do diretor. Ficou lá dentro por um tempo considerável e então saiu sem olhar para mim. Fiquei ali sentado por uns cinco ou dez minutos antes que o diretor saísse e fosse ocupar o lado da mesa que estava vazio. Tratava-se de um homem com um aspecto bastante digno, com vastos cabelos grisalhos e uma gravata azul com um belo nó. Parecia um verdadeiro cavalheiro. Seu nome era sr. Knox. O sr. Knox cruzou os dedos e ficou me olhando, sem dizer nada. Quando começou a falar, porém, já não tive tanta certeza de sua cortesia. Seu objetivo parecia ser me humilhar, me tratar como os outros.

– Bem – ele disse por fim –, me conte o que aconteceu.

– Não aconteceu nada.

– Você machucou aquele garoto, Billy Sherril. Os pais dele vão querer saber por quê.

Não respondi.

– Acha que pode resolver seus problemas no braço quando acontece alguma coisa que não o agrada?

– Não.

– Então, por que fez isso?

Novamente me calei.

– Você se acha melhor do que as outras pessoas?

– Não.

O sr. Knox continuou sentado em seu lugar. Tinha um abridor de cartas muito comprido, que ele fazia rolar para lá e para cá sobre o feltro verde que cobria a mesa. Tinha também um enorme tinteiro verde e um porta-canetas com quatro delas dentro. Eu me perguntava se ele iria me bater.

– Diga logo: por que você fez isso?

Não respondi. O sr. Knox continuava movendo o abridor para lá e para cá. O telefone tocou. Ele atendeu.

– Alô? Oh, sra. Kirby? Ele o quê? Quê? Escute, será que a *senhora* não poderia lhe aplicar um castigo? Estou ocupado no momento. Está certo, eu lhe telefono assim que encerrar a questão com esse aqui...

Ele desligou. Com uma das mãos ele afastou uma mecha do seu belo cabelo branco que lhe caía sobre os olhos e me encarou.

– Por que você está me causando todo esse problema?

Não respondi.

– Você se acha durão, né?

Continuei em silêncio.

– Um garoto durão, né?

Uma mosca voava em círculos ao redor da mesa do sr. Knox. Começou a pairar sobre o tinteiro verde. Então ela pousou sobre a tampa negra do tinteiro e ficou ali sentada, esfregando as asas.

– Certo, garoto, você é durão, e eu sou durão. Vamos selar essa descoberta com um aperto de mãos.

Não me considerava um cara durão; por isso, recusei.

– Vamos, me dê sua mão.

Estendi minha mão e ele começou a balançá-la. Então ele parou o movimento e me encarou. Ele tinha olhos de um azul cristalino, ainda mais claros do que o azul da sua gravata. Seus olhos eram quase bonitos. Continuava me encarando e segurando minha mão. Seu aperto começou a ficar mais forte.

– Quero cumprimentá-lo por ser um cara durão.

Estreitou ainda mais o aperto.

– Acha que eu sou um cara durão?

Não respondi.

Esmagou os ossos dos meus dedos. Podia sentir os ossos de cada um dos dedos cortando a carne do dedo seguinte como uma lâmina afiada. Manchas vermelhas me turvaram a visão.

– E agora, me acha um cara durão? – ele perguntou.

– Vou matar você – eu disse.

– Vai o quê?

O sr. Knox apertou ainda mais sua pegada. Sua mão parecia um torno. Eu podia ver cada poro em seu rosto.

– Caras durões não gritam, não é?

Apertou até o limite. Tive que gritar, mas o fiz do modo mais silencioso possível, assim ninguém nas salas de aula poderia me ouvir.

– E agora, sou um cara durão?

Esperei. Era odioso dizer isso. Mas, afinal, deixei escapar:

– Sim.

O sr. Knox soltou minha mão. Tive medo de olhar para ela. Deixei que ela caísse ao lado de meu corpo. Percebi que a mosca tinha ido embora e não pude deixar de pensar que não era tão ruim ser uma mosca. O sr. Knox escrevia num pedaço de papel.

– Agora, Henry, estou escrevendo um bilhete para os seus pais e você vai entregá-lo. Vai entregar direitinho para eles, não vai?

– Sim.

Ele colocou o bilhete dentro de um envelope e me entregou. O envelope estava selado, e eu não tinha nenhum desejo de abri-lo.

– *Misto-quente*

## não temos grana, querida, mas temos a chuva

chame isso de efeito estufa ou do que quiser
mas já não chove mais como antes

lembro particularmente das chuvas na época da
depressão.
estavam todos sem grana mas havia
muita chuva.

não era chuva que durava uma noite ou
um dia,
CHOVIA por 7 dias e 7
noites
e em Los Angeles as bocas de lobo
não eram construídas para suportar essa quantidade de
água
e a chuva caía PESADA e
INCLEMENTE e
CONSTANTE
e você a OUVIA bater contra
os telhados e descer até o chão
cascatas de água desciam

dos telhados
e de vez em quando havia GRANIZOS
grandes PEDRAS DE GELO
bombardeando
explodindo
chocando-se contra as coisas
e a chuva
simplesmente
NÃO PARAVA
começavam as goteiras...
bacias,
panelas
eram espalhadas por toda parte;
todo aquele gotejar barulhento
e a necessidade de esvaziá-las
vez após
vez.

a chuva inundava as ruas e os meio-fios
invadia os gramados, escalava os degraus e
entrava nas casas.
havia panos de chão e toalhas de banho,
e a chuva com frequência subia pelas
privadas: borbulhante, marrom, enlouquecida, a girar,
e os carros velhos ficavam nas ruas,
carros que já tinham problemas para dar a partida num
dia ensolarado,
e os homens sem emprego plantados
acompanhando das janelas
o perecer das velhas carroças
como criaturas vivas
lá fora.

os homens sem emprego,
fracassados em um tempo fracassado
tornavam-se prisioneiros em suas casas com suas
mulheres e crianças
e seus animais de
estimação.
os bichos se recusavam a sair
e deixavam seus dejetos em
lugares estranhos.

os homens sem emprego enlouqueciam
confinados com
suas mulheres que um dia foram belas.
havia terríveis discussões
assim que as ações de despejo
chegavam pelo correio.
chuva e granizo, latas de feijão,
pão sem manteiga; ovos
fritos, ovos cozidos, ovos
mexidos; sanduíches de manteiga de
amendoim, e uma galinha
invisível
em cada panela.

meu pai, nem de longe um homem
decente, batia em minha mãe
quando chovia
enquanto eu me lançava
entre eles,
as pernas, os joelhos, os
gritos
até que eles se
separassem.

"*Eu te mato*", eu gritava
para ele. "*Se bater de novo nela*
*eu acabo com a tua raça!*"

"*Tire esse fedelho filho da puta*
*daqui!*"

"não, Henry, você fica com
a sua mãe!"

todas as famílias estavam
sitiadas mas creio que a nossa
continha mais terror do que o
normal.

e à noite
quando tentávamos dormir
o dilúvio continuava caindo
e foi na cama
no escuro
observando a lua contra
a janela marcada
cheia de bravura
suportando
grande parte da chuva,
que pensei em Noé e na
Arca
e que estava acontecendo
de novo.
todos pensamos
isso.

e então, de súbito, ela
parava.
sempre por volta das 5 ou 6 da manhã,
e havia paz,
mas não um silêncio enxuto
porque as coisas continuavam a
pingar
          pingar
                    pingar

e então não havia a cerração poluída
e lá pelas oito da manhã
surgia
um sol amarelo e escaldante,
um amarelo de Van Gogh –
ofuscante, enlouquecedor!
e então
os telhados escoavam
aliviados das correntes de
água
e começavam a se dilatar
com o calor:
PLAC! PLAC! PLAC!

e todos se levantavam
e davam uma olhada para fora
lá estavam todos os gramados
ainda encharcados
mais verdes do que o próprio verde poderia
ser
e lá estavam os pássaros
sobre o gramado
PIANDO como loucos,
não haviam se alimentado decentemente
há 7 dias e 7 noites
e estavam fartos de
frutinhas
e
esperavam que as minhocas
viessem à superfície,
minhocas semiafogadas.
os pássaros as arrancavam
e
as tragavam com
voracidade; havia
melros e pardais.
os melros tentavam
afugentar os pardais
mas os pardais,
ensandecidos pela fome,
menores e mais rápidos,
pegavam a maior
parte.

os homens ficavam nas varandas
fumando cigarros,
sabendo que agora
teriam que sair
para
procurar aquele emprego
que provavelmente não estaria
lá, que teriam que dar partida num carro
que provavelmente não iria
pegar.

e as mulheres que um dia foram
belas
ficavam nos banheiros
penteando os cabelos,
passando maquiagem,
tentando recompor outra vez o que lhes
restava do mundo,
tentando esquecer a
medonha tristeza que se lhes
aferrava,
perguntando-se o que podiam
arrumar para o
café da manhã.

e pelo rádio
sabíamos que
as escolas já estavam
abertas.
e
logo
lá estava eu
a caminho da escola,
poças imensas pela
rua,
o sol como um novo
mundo,
meus pais voltando para dentro de
casa,
e eu entrando na sala de aula
no horário.

a sra. Sorenson nos saudou
com "não teremos o nosso
recreio de sempre, o pátio está
muito molhado".

"Ah, não", disseram quase todos os
garotos.

"mas vamos fazer
algo especial na hora do
recreio", ela prosseguiu,
"e será bem
divertido!"

bem, ficamos nos perguntando
o que
seria
e as duas horas de espera
pareceram infinitas
enquanto a sra. Sorenson
seguia
com sua
lição.

Eu olhava para as
garotinhas, todas eram tão
bonitas e limpas e
espertas,
sentavam-se aprumadas e
eretas
e seus cabelos eram
lindos
debaixo do sol da
Califórnia.

então a sineta do recreio soou
e todos esperávamos pela
diversão.

então a sra. Sorenson nos
disse:
"agora, o que faremos
é dizer uns aos
outros o que fizemos
durante o temporal!
começaremos pela fila da
frente e iremos até o fundo!
bem, Michael, você é
o primeiro!..."

bem, nós todos começamos a contar
nossas histórias, Michael foi o primeiro
e depois aquilo seguiu,
e logo percebemos que
todos mentíamos, não
exatamente em tudo mas em boa parte
sim e alguns dos garotos
começaram a dar risadinhas e algumas
das garotas começaram a
olhar feio para eles e
a sra. Sorenson disse,
"tudo bem, exijo que se faça
um pouquinho de silêncio
aqui!
estou interessada no que
vocês fizeram
durante o temporal
ainda que vocês
não estejam!"

então tivemos que seguir com nossas
histórias e *eram* histórias
inventadas.

uma garota disse que
assim que o arco-íris
apareceu
ela viu a face de Deus
numa das extremidades.
esqueceu apenas de dizer
em qual delas.

um dos garotos disse que estendeu
sua vara de pescar
pela janela
e apanhou um
peixinho
e deu para o seu gato
comer.

quase todo mundo contou
uma mentira.
a verdade era simplesmente
terrível e por demais
embaraçosa para ser
dita.

então a sineta soou
e o recreio chegou ao
fim.

"obrigada", disse a sra.
Sorenson, "isso foi muito
legal.
e amanhã o pátio
estará seco
e poderemos
usá-lo
outra vez."

boa parte dos garotos
sorriu
e as garotinhas
sentaram-se bem eretas e
aprumadas,
parecendo tão bonitas e
limpas e
espertas,
seus cabelos lindos
debaixo de um sol que
o mundo talvez
jamais voltasse
a ver.

Uma noite meu pai me levou com ele na entrega do leite. Não havia mais carroça puxada a cavalo. Os caminhões de leite agora eram movidos a motor. Após carregar a caçamba lá na companhia de leite, seguimos o trajeto das entregas. Era bom já estar na rua antes do amanhecer. A lua ainda estava no céu, e eu podia ver as estrelas. Fazia frio, mas era excitante. Perguntava-me por que meu pai me convidara para vir com ele uma vez que dera para me bater com o amolador da navalha uma ou duas vezes por semana e não havia entre nós qualquer intimidade.

A cada parada, ele saltava e entregava uma ou duas garrafas de leite. Às vezes era queijo *cottage*, ou coalhada, ou manteiga e, de vez em quando, uma garrafa de suco de laranja. A maioria das pessoas deixava bilhetes nas garrafas vazias explicando o que queriam.

Meu pai ia guiando, parando e dando a partida no motor, fazendo entregas.

– Bem, garoto, em que direção estamos indo agora?

– Norte.

– Você está certo, estamos indo pro norte.

Percorríamos as ruas, parando e seguindo adiante.

– Bem, e agora? Em qual direção?

– Oeste.

– Não, estamos indo pro sul.

Seguimos mais um tempo, em silêncio.

– Vamos supor que eu expulse você do caminhão agora e o deixe no meio da calçada. O que você faria?

– Não sei.

– Quero dizer, como você sobreviveria?

– Bem, acho que voltaria até a última casa e pegaria o leite e o suco de laranja que você deixou nos degraus.

– E depois disso? O que faria?

– Encontraria um policial e contaria a ele o que você fez comigo.

– Contaria, hein? E o que é que você iria contar?

– Diria a ele que você quis que eu me perdesse afirmando que o "oeste" era o "sul".

O dia começava a raiar. Logo todas as entregas haviam sido feitas e paramos para tomar café numa lancheria. A garçonete se aproximou.

– Olá, Henry – ela disse a meu pai.

– Olá, Betty.

– Quem é o garoto?

– Este é o pequeno Henry.

– É a sua cara.
– Mas não tem meus miolos, acho.
– Espero que não.
Fizemos o pedido. Ovos com bacon. Enquanto comíamos, meu pai disse:
– Agora vem a parte mais difícil.
– Qual?
– Tenho que recolher o dinheiro que as pessoas me devem. Algumas delas não querem pagar.
– Mas elas têm que pagar.
– É o que sempre lhes digo.
Terminamos de comer e voltamos ao trabalho. Meu pai descia e batia nas portas. Eu podia ouvi-lo reclamar aos berros:
– COMO, DIABOS, PENSA QUE EU VOU TER O QUE COMER? VOCÊ JÁ SECOU O LEITE, AGORA É HORA DE CAGAR O DINHEIRO!
Usava um discurso diferente a cada cobrança. Às vezes voltava com o dinheiro, em outras não.
Então o vi entrar numa espécie de cortiço. Uma porta se abriu, e uma mulher ficou ali parada, vestida num quimono de seda desatado. Ela fumava um cigarro.
– Escute, boneca, preciso receber o dinheiro. Você é minha maior devedora!
Ela riu na cara dele.
– Veja, boneca, me dê a metade, me pague alguma coisa, dê algum sinal.
Ela fez um anel de fumaça e em seguida o rompeu com o dedo.
– Escute, você precisa me pagar – disse meu pai. – Esta é uma situação desesperadora.
– Entre. Falaremos sobre isso – disse a mulher.
Meu pai entrou, e a porta se fechou. Ficou lá dentro por uma eternidade. O sol já ia alto. Quando meu pai saiu, o cabelo lhe caía sobre o rosto e ele colocava a barra da camisa para dentro das calças. Subiu no caminhão.
– A mulher deu o dinheiro? – perguntei.
– Esta foi a última parada – disse meu pai. – Estou exausto. Vamos devolver o caminhão e voltar para casa...

Eu voltaria a ver aquela mulher. Um dia voltei para casa depois da escola, e ela estava sentada numa cadeira na nossa sala da frente. Minha mãe e meu pai também estavam sentados ali, e minha mãe chorava. Quando me viu, correu em minha direção e me agarrou. Levou-me para o quarto e fez com que eu sentasse na cama.
– Henry, você ama sua mãe?
Eu na verdade não a amava, mas ela parecia tão triste que respondi:
– Sim.
Ela me levou de volta para a sala.

– Seu pai está dizendo que ama essa mulher – ela me disse.
– Amo vocês *duas*! Agora, tire esse garoto daqui!
Senti que meu pai estava fazendo minha mãe muito infeliz.
– Vou matar você – eu disse a meu pai.
– Tire esse garoto daqui!
– Como você pode amar essa mulher? – perguntei. – Veja o nariz dela. O nariz parece uma tromba de elefante!
– Cristo! – exclamou a mulher. – Não sou obrigada a ouvir isso! – Olhou para o meu pai: – *Escolha*, Henry! Uma ou outra! Agora!
– Mas não consigo! Amo vocês *duas*!
– Vou matar você! – eu disse a meu pai.
Ele veio em minha direção e me deu um tapa no ouvido, me derrubando no chão. A mulher se levantou e saiu correndo da casa, e meu pai foi atrás dela. A mulher saltou para dentro do carro do meu pai, deu a partida e seguiu. Tudo se deu de maneira muito rápida. Meu pai saiu correndo rua afora atrás dela e do carro.
– EDNA! EDNA, VOLTE!
Meu pai conseguiu alcançar o carro, pôs a mão no banco da frente e agarrou a bolsa de Edna. Então o carro acelerou e meu pai ficou para trás com a bolsa.
– Eu sabia que algo estava acontecendo – me disse minha mãe. – Então, me escondi no porta-malas e peguei os dois juntos. Seu pai me trouxe até aqui na companhia daquela mulher horrível. Agora ela levou o carro dele.
Meu pai retornou com a bolsa de Edna.
– Todo mundo pra dentro de casa!
Entramos, e meu pai me trancou no quarto. Os dois começaram a discutir. Gritavam e se diziam coisas pavorosas. Então meu pai começou a bater na minha mãe. Ela gritava e ele seguia lhe dando uma surra. Pulei pela janela e tentei entrar pela porta da frente. Estava trancada. Tentei a porta dos fundos, as janelas. Tudo estava trancado. Fiquei plantado no pátio dos fundos, ouvindo os gritos e a pancadaria.
Então os gritos e a pancadaria cessaram e tudo o que eu podia ouvir era minha mãe soluçando. Soluçou por um longo tempo. Gradualmente, os espasmos foram diminuindo e diminuindo, até que ela silenciou.

*– Misto-quente*

## a morte quer mais morte

a morte quer mais morte, e suas teias estão cheias:
lembro da garagem do meu pai, como de modo infantil

eu arrancaria os cadáveres das moscas
das janelas que lhes tinham parecido uma chance de fuga...
seus corpos endurecidos, feios, vibrantes
gritando como cães loucos e tolos contra os vidros
apenas para rodar e revoltear
naquele segundo mais longo que o céu e o inferno
limite dos limites,
e então a aranha vinda de seu buraco úmido
nervosa e exposta
a protuberância do corpo
ali balançando
ainda sem saber plenamente
e logo *sabendo* –
lançando seus fios,
a teia pegajosa,
em direção à fraca cortina de zumbido,
o pulsar;
um último movimento desesperado da perna peluda
lá, contra o vidro
lá, viva ao sol,
envolta em branco;

e quase como o amor:
a aproximação
o primeiro e silencioso sugar da aranha;
a pança cheia
aquela coisa que um dia esteve viva;
arrastando-se sobre as patas
sugando seu sangue garantido
enquanto o mundo segue seu rumo lá fora
e minhas têmporas gritam
e disparo a vassoura contra elas:
a aranha embotada em sua fúria de aranha
ainda pensando em sua presa
balançando uma surpreendente perna quebrada;
a mosca muito fixa,
uma mancha suja grudada ao fio de palha;
solto a assassina com um chacoalhar
e ela se move aleijada e ensandecida
em direção a um canto escuro

mas intercepto seu esforço vão
seu rastejar como uma heroína abatida,
e as palhas esmagam suas pernas
agora a ondular
sobre sua cabeça
sem deixar de buscar
o inimigo
de certa forma valente
a aranha morre sem dor aparente
arrastando-se para trás, com simplicidade
levando todos os pedaços
sem deixar nada por ali
até que por fim seu estômago se rompe
espalhando seu segredo,
e eu corro como uma criança
com a fúria de Deus em meus calcanhares,
de volta à pura luz do sol,
me perguntando
enquanto o mundo segue igual
com um sorriso torto
se alguém mais
viu ou percebeu o meu crime.

## o filho do diabo

Eu tinha onze anos e meus dois amigos, Hass e Morgan, tinham doze, e era verão, não tinha aula, e nos sentamos no gramado, ao sol, atrás da garagem do meu pai, fumando cigarros.

– Droga! – eu disse.

Eu estava sentado sob uma árvore. Morgan e Hass estavam sentados de costas para a garagem.

– O que foi? – perguntou Morgan.

– Temos que pegar aquele filho da puta – eu disse. – Ele é um problema na vizinhança!

– Quem? – perguntou Hass.

– O Simpson – eu disse.

– É mesmo – disse Hass –, ele tem sardas demais. Me irrita.

– Não é isso – eu disse.

– Não? – disse Morgan.

– Não. Aquele filho da puta disse que comeu uma garota debaixo da minha casa semana passada. É uma baita mentira! – eu disse.

– Sem dúvida! – disse Hass.

– Ele nem sabe trepar – disse Morgan.

– O que ele sabe é mentir – eu disse.

– Mentirosos não servem pra nada – Hass disse, soprando um arco de fumaça no ar.

– Eu não gosto de ouvir esse tipo de baboseira de um cara que tem sardas – disse Morgan.

– Bem, então talvez a gente tenha que pegar ele – sugeri.

– Por que não? – perguntou Hass.

– Vamos pegar ele – disse Morgan.

Cruzamos a calçada da casa de Simpson e lá estava ele, jogando bola contra a parede da garagem.

– Ei – eu disse –, olhem só quem está *brincando* sozinho!

Simpson pegou a bola num salto e se virou para nós.

– Olá, companheiros!

Nós o cercamos.

– Andou comendo alguma garota embaixo de alguma casa nesses últimos dias? – perguntou Morgan.

– Não!

– Como não?

– Ah, sei lá.

– Eu não acredito que você tenha comido alguém a não ser *você mesmo*! – eu disse.

– Eu vou entrar agora – disse Simpson. – Minha mãe me pediu para lavar a louça.

– Sua mãe mete a louça na buceta? – provocou Morgan.

Nós rimos. Chegamos mais perto de Simpson. De súbito, meti um soco na barriga dele. Ele se curvou para frente, segurando o estômago. Ficou desse jeito durante meio minuto, depois se endireitou.

– Meu pai vai chegar a qualquer momento – ele nos disse.

– Ah é? Seu pai também come menininhas debaixo das casas? – perguntei.

– Não.

Nós rimos.

Simpson não disse nada.

– Olhem pra essas sardas – disse Morgan. – Toda vez que ele come uma menininha embaixo de uma casa nasce uma sarda nova.

Simpson não disse nada. Parecia cada vez mais assustado.

– Eu tenho uma irmã – disse Hass. – Quem me garante que você não vai tentar comer a minha irmã embaixo de uma casa?

– Eu nunca faria isso, Hass, te dou a minha palavra!

– Ah é?

– Sim, de verdade!

– Bem, isso é pra você não *mudar de ideia*!

Hass meteu um soco na barriga de Simpson. Simpson se curvou de novo. Hass se abaixou, pegou um punhado de terra e enfiou na gola da camiseta de Simpson. Simpson se endireitou. Seus olhos estavam cheios de lágrimas. Um veadinho.

– Deixem eu ir, *por favor*!

– Ir pra onde? – perguntei. – Quer se esconder debaixo da saia da sua mãe para ver a louça sair da buceta dela?

– Você nunca comeu ninguém – disse Morgan –, você não *tem* nem pau! Você mija pelas *orelhas*!

– Se um dia eu pegar você olhando pra minha irmã – disse Hass –, vai levar uma surra tão grande que vai virar uma sarda *gigante*.

– Me deixem ir embora, por favor!

Senti vontade de deixar ele ir. Talvez ele não tivesse comido ninguém. Talvez só estivesse sonhando acordado. Mas eu era o jovem líder. Não podia mostrar compaixão.

– Você vem conosco, Simpson.

– Não!

– Não o *caralho*! Você vem conosco! *Agora, anda*!

Caminhei ao redor dele e lhe dei um chute na bunda, bem forte. Ele gritou.

– CALE A BOCA! – berrei. – CALE A BOCA OU VAI SER PIOR! AGORA ANDE!

Nós o conduzimos até a calçada, cruzamos o gramado até a calçada da minha casa e seguimos para o meu quintal.

– Agora se endireite! – eu disse. – Solte as mãos! Vamos organizar um tribunal improvisado!

Eu me virei para Morgan e Hass e perguntei:

– Todos aqueles que acham que este homem é culpado por mentir que comeu uma menininha debaixo da minha casa devem dizer "culpado".

– Culpado – disse Hass.

– Culpado – disse Morgan.

– Culpado – eu disse.

Eu me virei para o prisioneiro.

– Simpson, você é considerado culpado!

As lágrimas agora escorriam de seus olhos.

– Mas eu não fiz nada – resmungou.

– É disso que você é culpado – disse Hass. – De mentir!

– Mas vocês mentem o tempo todo!

– Não sobre trepar – disse Morgan.

– É sobre isso que vocês mais mentem. Foi com vocês que eu aprendi!

– Sargento – eu me virei para Hass –, amordace o prisioneiro. Estou cansado de suas mentiras de merda!

– Sim, senhor!

Hass correu até o varal. Encontrou um lenço e um pano de prato. Seguramos Simpson, e ele enfiou o lenço em sua boca e amarrou o pano de prato por cima. Simpson emitiu um som abafado e mudou de cor.

– Você acha que ele consegue respirar? – perguntou Morgan.

– Ele pode respirar pelo nariz – eu disse.

– Pois é – concordou Hass.

– O que a gente vai fazer agora? – perguntou Morgan.

– O prisioneiro é culpado, não é? – perguntei.

– Sim.

– Bem, como juiz eu o sentencio a ser enforcado até a morte!

Simpson fez uns barulhos por baixo de sua mordaça. Seus olhos nos encaravam, implorando. Corri até a garagem e peguei a corda. Havia uma, cuidadosamente enrolada, pendurada num grande gancho na parede. Eu não fazia a menor ideia de por que meu pai tinha aquela corda. Até onde eu sabia, ele nunca a havia usado. Agora ela teria uma utilidade.

Saí da garagem levando a corda.

Simpson começou a correr. Hass estava bem atrás dele. Ele pulou em cima de Simpson e o derrubou no chão. Virou-lhe o corpo e começou a dar socos na cara dele. Eu corri até eles e bati forte com a ponta da corda no rosto de Hass. Ele parou com os socos. Olhou para mim.

– Seu filho da puta, eu vou te dar uma surra!

– Como juiz, meu veredicto foi que esse homem seria *enforcado*. E assim será! SOLTEM O PRISIONEIRO!

– Seu filho da puta, vou te dar uma surra daquelas!

– *Primeiro*, vamos enforcar o prisioneiro! *Depois* você e eu resolveremos nossas desavenças.

– Resolveremos mesmo – disse Hass.

– Levante-se, prisioneiro! – eu disse.

Hass se moveu rapidamente e Simpson se ergueu. Seu nariz estava sangrando e havia manchado a parte da frente de sua camiseta. Seu sangue era de um vermelho muito vivo. Mas Simpson parecia resignado. Não estava mais chorando. Seus olhos, porém, revelavam traços de pavor, algo terrível de se ver.

– Me dê um cigarro – eu disse para Morgan.

Ele pôs um na minha boca.

– Acenda – eu disse.

Morgan acendeu o cigarro e eu dei uma tragada, então, segurando o cigarro entre meus lábios, exalei a fumaça pelo nariz enquanto fazia um laço na ponta da corda.

– Levem o prisioneiro para a varanda! – ordenei.

Havia uma varanda nos fundos da casa. Sobre a varanda, havia uma saliência. Lancei a corda sobre uma trave, e então puxei o laço para baixo, em frente à cabeça de Simpson. Eu não queria mais ir adiante com aquilo. Achava que Simpson já havia sofrido o suficiente, mas eu era o líder e ia ter que brigar com Hass depois, assim não podia demonstrar nenhum sinal de fraqueza.

– Talvez a gente não devesse fazer isso – disse Morgan.

– O homem é *culpado*! – gritei.

– Isso mesmo! – gritou Hass. – Ele deve ser *enforcado*!

– Olhem, ele se mijou todo – disse Morgan.

De fato, havia uma mancha escura na parte da frente das calças de Simpson, e ela estava aumentando.

– Covarde – eu disse.

Coloquei o laço sobre a cabeça de Simpson. Dei um puxão na corda e levantei Simpson até a ponta dos seus pés. Então, peguei a outra ponta da corda e amarrei numa torneira no lado da casa. Dei um nó bem apertado na corda e gritei:

– Vamos dar o fora daqui!

Olhamos para Simpson, que se equilibrava na ponta dos pés. Ele estava girando um pouco, devagar, parecia já estar morto.

Comecei a correr. Morgan e Hass correram também. Corremos até a calçada e então Morgan e Hass foram embora, cada um para a sua casa. Dei-me conta de que eu não tinha para onde ir. Hass, eu pensei, ou você se esqueceu da briga ou não queria brigar.

Fiquei parado na calçada por alguns instantes, então corri de volta ao pátio. Simpson ainda estava girando. Um pouco, devagar. Tínhamos esquecido de amarrar suas mãos. Ele estava com as mãos erguidas, tentando aliviar a pressão em seu pescoço, mas não estava conseguindo. Corri até a torneira, desatei a corda e a soltei. Simpson bateu na varanda, depois tropeçou e caiu no gramado.

Ele estava de bruços. Virei seu corpo e tirei a mordaça. Ele estava mal. Tinha o aspecto de quem poderia morrer a qualquer momento. Me debrucei sobre ele.

– Ouça bem, seu filho da puta, não morra, eu não queria te matar, de verdade. Se você morrer, vai ser triste. Mas se *não* morrer e contar isso para *alguém*, aí você não me escapa. *Entendeu*?

Simpson não respondeu. Apenas me olhou. Ele estava péssimo. Seu rosto estava roxo e ele tinha marcas de corda no pescoço.

Eu me levantei. Olhei-o por alguns instantes. Ele não se movia. A coisa estava feia. Fiquei tonto. Depois me recompus. Respirei fundo e caminhei até a calçada. Era cerca de quatro da tarde. Comecei a caminhar. Caminhei até a avenida e segui caminhando. Eu estava pensativo. Sentia que minha vida tinha se acabado. Simpson sempre gostara de andar sozinho. Talvez fosse solitário. Nunca se misturava com a gente ou com os outros garotos. Ele era estranho nesse sentido. Talvez fosse isso o que nos incomodava nele. Mesmo assim, ele tinha algo de bom. Eu sentia que havia feito algo muito ruim e, ao mesmo tempo, sentia que não. Na maior parte do tempo eu tinha um sentimento vago, que se centrava no meu estômago. Caminhei e caminhei. Caminhei até a autoestrada e voltei. Meus sapatos machucavam muito meus pés. Meus pais sempre me compravam sapatos vagabundos. Pareciam bons por mais ou menos uma semana, então o couro rachava e as unhas começavam a atravessar a sola. Eu segui caminhando mesmo assim.

Quando voltei para casa já era quase noite. Caminhei vagarosamente pela calçada em direção ao quintal. Simpson não estava lá. Nem a corda. Talvez ele estivesse morto. Talvez ele estivesse em outro lugar. Olhei em volta.

Vi o rosto do meu pai pela porta de tela.

– Venha aqui – ele falou.

Subi as escadas da varanda e passei por ele.

– A sua mãe ainda não chegou. Melhor assim. Vá para o quarto. Quero ter uma conversinha com você.

Avancei até o quarto, sentei na cama e olhei para os meus sapatos vagabundos. Meu pai era um homem grande, mais de um metro e oitenta de altura. Ele tinha uma cabeça grande e olhos que pareciam pendurados sob suas sobrancelhas bagunçadas. Tinha lábios grossos e orelhas grandes. Era másculo sem precisar fazer esforço algum.

– Por onde você andava? – ele perguntou.

– Por aí, caminhando.

– Caminhando? Por quê?

– Gosto de caminhar.

– Desde quando?

– Desde hoje.

Fez-se um longo silêncio. Então ele falou de novo.

– O que aconteceu no nosso quintal hoje à tarde?

– Ele está morto?

– Quem?

– Eu disse pra ele não contar. Se ele contou, é porque não está morto.

– Não, ele não está morto. E os pais dele iam chamar a polícia. Tive que conversar um longo tempo com eles para convencê-los a não fazer isso. Se eles tivessem chamado a polícia, sua mãe teria ficado arrasada! Está entendendo?

Não respondi.

– Sua mãe teria ficado arrasada! Você entende isso?

Não respondi.

– Tive que pagar para que ficassem calados. E, além disso, vou ter que pagar as despesas médicas. Você vai levar a surra da sua vida! Eu vou te dar um corretivo! Não vou criar um filho incapaz de viver em sociedade!

Ele ficou de pé junto à porta, parado. Eu olhei para os seus olhos debaixo daquelas sobrancelhas, para aquele corpo enorme.

– Chame a polícia – eu disse. – Não quero você. Prefiro a polícia.

Ele se aproximou de mim devagar.

– A polícia não entende gente como você.

Levantei da cama e cerrei os pulsos.

– Vamos lá – eu disse –, vou lutar com você!

Com um rápido movimento ele estava em cima de mim. Foi como se um raio de luz me cegasse, uma pancada tão forte que nem cheguei a sentir. Eu estava no chão. Levantei-me.

– É melhor você me matar – eu disse –, porque, quando eu crescer, vou matar você!

A pancada que veio a seguir me arrastou para baixo da cama. Parecia um bom lugar para estar. Olhei para as molas. Eu nunca tinha visto nada mais agradável e maravilhoso que aquelas molas acima de mim. Então eu ri. Foi um riso apavorado, mas eu ri, e ri porque me veio o pensamento de que talvez o Simpson tivesse *de fato* comido uma garota debaixo da minha casa.

– De que diabos você está rindo? – gritou meu pai. – Você é mesmo o *filho do Diabo*, você não é *meu* filho!

Vi sua enorme mão tatear por baixo da cama, procurando por mim. Quando se aproximou, agarrei a sua mão com as minhas e a mordi com toda a força. Ouvi um gemido feroz e a mão se recolheu. Senti o gosto de sangue e carne em minha boca, cuspi fora. Então eu soube que, apesar de Simpson estar vivo, eu poderia estar morto dentro de poucos instantes.

– Muito bem – ouvi meu pai dizer em voz baixa –, agora você pediu e, por Deus, você vai levar.

Eu esperei. E, enquanto esperava, ouvia apenas alguns sons estranhos. Ouvia os pássaros, o som dos carros que passavam, ouvia até mesmo o som do meu coração batendo forte, o som do sangue correndo em minhas veias. Eu ouvia a respiração do meu pai, e me arrastei até a parte do meio da cama e esperei pelo que viria em seguida.

– *Septuagenarian Stew*

●●●●●●●●●●●●●●●●●●●●●●●●●●●●●●●●●●●●●●●●●●●●●●

A quinta série era um pouco melhor. Os outros estudantes pareciam menos hostis, e eu crescia fisicamente. Ainda não era escolhido para os times da escola, mas já não sofria ameaças frequentes. David e seu violino tinham partido. Sua família se mudara. Agora eu caminhava sozinho para casa. Muitas vezes, um ou dois caras me seguiam, dentre os quais Juan era o pior, mas não chegavam a me fazer nada. Juan fumava cigarros. Caminhava atrás de mim fumando um cigarro e sempre tinha consigo um parceiro diferente. Jamais me seguia sozinho. Isso me assustava. Queria que eles sumissem. Contudo, por outro lado, eu não dava muita bola. Não gostava de Juan. Não gostava de ninguém naquela escola. Creio que eles sabiam disso. Devia ser por isso que não simpatizavam comigo. Não gostava do jeito que eles caminhavam, de sua aparência, do modo como falavam, mas também não gostava dessas coisas em meu pai e minha mãe. Continuava com a sensação de estar cercado por um grande espaço em branco, um vazio. Havia sempre uma sombra de náusea em meu estômago. Juan tinha a pele morena e usava uma corrente de metal em vez de cinto. As garotas tinham medo dele, assim como os rapazes. Ele e um dos seus capangas me seguiam quase todos os dias. Eu entrava em casa, e eles ficavam parados lá fora. Juan fumaria seu cigarro, bancando o durão, e seu parceiro ficaria ali parado. Eu os observava através das cortinas. Finalmente, depois de um tempo, eles acabavam partindo.

A sra. Fretag era nossa professora de Inglês. No primeiro dia de aula ela perguntou o nome de cada um de nós.

– Quero conhecer cada um de vocês – ela disse.

Sorriu.

– Bem, cada um de vocês tem um pai, estou certa. Penso que seria interessante se descobríssemos o que eles fazem para viver. Começaremos pelo primeiro da fila e iremos adiante, até que todos na sala tenham falado. E então, Marie, o que seu pai faz da vida?

– Ele é jardineiro.

– Ah, mas que legal! Carteira número dois... Andrew, o que seu pai faz?

Foi terrível. Os pais de todos os meus colegas das redondezas tinham perdido seus empregos. Meu pai havia perdido o emprego. O pai de Gene ficava o dia inteiro sentado na varanda. Todos estavam desempregados com exceção do pai de Chuck, que trabalhava num matadouro. Ele dirigia o carro que entregava as carnes, um carro vermelho com o nome do matadouro gravado nos lados.

– Meu pai é bombeiro – disse o número dois.

– Ah, isso é interessante – disse a sra. Fretag. – Carteira número três.

– Meu pai é advogado.

– Carteira quatro.

– Meu pai é... policial...

O que eu iria dizer? Talvez apenas os pais da minha vizinhança estivessem sem emprego. Tinha ouvido falar do *crack* da bolsa. Significava algo ruim. Talvez o mercado só tivesse entrado em colapso na nossa vizinhança.

– Carteira dezoito.

– Meu pai é ator de cinema...

– Dezenove...

– Meu pai toca violino em concertos...

– Vinte...

– Meu pai trabalha num circo...

– Vinte e um...

– Meu pai é motorista de ônibus...

– Vinte e dois...

– Meu pai é cantor de ópera...

– Vinte e três...

Vinte e três. Era eu.

– Meu pai é dentista – eu disse.

A sra Fretag prosseguiu até que chegou no número 33.

– Meu pai não tem emprego – disse o número 33.

Merda, pensei, queria ter pensado nisso.

Um dia, a sra. Fretag nos passou uma tarefa.

– Nosso ilustríssimo senhor presidente, Herbert Hoover, virá visitar Los Angeles no sábado e fará um discurso. Quero que todos vocês vão até lá ouvir o nosso presidente. E quero que escrevam um ensaio sobre a experiência e sobre o que vocês acharam do discurso do presidente Hoover.

Sábado? Não havia a mínima chance de que eu pudesse ir. Era dia de cortar a grama. Eu tinha que cuidar dos fiapinhos. (Eu nunca conseguia eliminá-los por completo.) Praticamente todos os sábados eu apanhava com o amolador de navalha porque meu pai encontrava um fiapo. (Também apanhava durante a semana, uma ou duas vezes, por outras coisas que eu deixava de fazer ou não fazia corretamente.) Não tinha como dizer a meu pai que eu iria assistir ao presidente Hoover.

Assim, não fui. No dia seguinte, peguei um jornal dominical e me sentei para escrever sobre a aparição do presidente. Seu carro aberto, abrindo caminho entre as bandeiras tremulantes, tinha entrado no estádio de futebol. Um carro, cheio de agentes do serviço secreto, lhe abria caminho, enquanto outros dois seguiam o carro presidencial de perto. Os agentes eram homens de coragem, armados para proteger nosso presidente. A multidão se levantou quando o carro presidencial entrou na arena. Nunca acontecera anteriormente nada parecido. Era o presidente. Era ele. Acenou. Nós aplaudimos. Uma banda começou a tocar. Gaivotas sobrevoavam em círculos, como se soubessem que se tratava do presidente. E havia ainda aviões que escreviam mensagens de fumaça no céu. Escreviam no ar frases como: "A prosperidade está logo ali na esquina". O presidente se pôs de pé em seu carro, e, assim que ele fez esse movimento, as nuvens se afastaram e os raios de sol incidiram diretamente em seu rosto. Era quase como se Deus também soubesse quem ele era. Então os carros pararam, e nosso grande presidente, rodeado pelos agentes do serviço secreto, caminhou até o palanque. Ao se posicionar junto ao microfone, um pássaro desceu do céu e pousou sobre a bancada em que estava o microfone. O presidente acenou para o pássaro e riu e todos nós rimos com ele. Então ele começou a falar, e as pessoas passaram a ouvi-lo com atenção. Eu quase não conseguia ouvir o discurso porque estava sentado muito próximo a uma máquina de pipocas que fazia muito barulho estourando os grãos, mas creio ter escutado ele falar que os problemas na Manchúria não eram muito sérios e que aqui no país as coisas logo entrariam nos eixos, que não devíamos nos preocupar, tudo o que precisávamos fazer era acreditar na América. Haveria empregos para todo mundo. Haveria bastantes dentistas e dentes suficientes para arrancar, bastantes incêndios e bombeiros bastantes para apagá-los. As fábricas e as indústrias reabririam. Nossos amigos na África do Sul pagariam suas dívidas. Logo todos dormiríamos tranquilamente, com os estômagos cheios e os corações pacificados. Deus e nosso grande país nos envolveriam em seu amor, nos protegendo do mal, dos socialistas, nos despertando de nosso pesadelo nacional, para sempre...

O presidente ouviu os aplausos, acenou, então voltou para o carro, entrou e partiu seguido pelos carros apinhados de agentes do serviço secreto enquanto o sol mergulhava no horizonte e o entardecer se fazia noite, vermelho, dourado e maravilhoso. Havíamos visto e ouvido o presidente Herbert Hoover.

Entreguei meu ensaio na segunda-feira. Na terça, a sra. Fretag se dirigiu à classe:

– Li os ensaios de todos vocês sobre a visita do nosso ilustríssimo presidente a Los Angeles. Eu estava lá. Alguns de vocês, pelo que pude notar, não puderam comparecer ao evento por uma ou outra razão. Para aqueles entre vocês que não puderam estar lá, gostaria de ler o ensaio escrito por Henry Chinaski.

Um terrível silêncio se abateu sobre a turma. Eu era de longe o aluno mais impopular da classe. Era como se todos eles tivessem levado uma facada no coração.

– Este é um texto muito criativo – disse a sra. Fretag e começou a ler meu ensaio.

As palavras me soavam bem. Todos escutavam. Minhas palavras enchiam a sala, corriam de um lado a outro pelo quadro-negro, ricocheteavam no teto e cobriam os sapatos da sra. Fretag, se amontoando no chão. Algumas das garotas mais lindas da classe começaram a me lançar olhares furtivos. Os caras durões estavam putos da cara. Seus ensaios não valiam merda nenhuma. Eu bebia de minhas próprias palavras como se fosse um homem sedento. Comecei, inclusive, a acreditar que elas representassem a verdade. Vi Juan sentado ali como se eu lhe tivesse esmurrado a cara. Estiquei minhas pernas e me recostei na cadeira. Logo, porém, estava tudo terminado.

– Com essa grande redação – disse a sra. Fretag –, encerro a aula...

Todos se levantaram e começaram a guardar seus materiais.

– Você não, Henry.

Sentei-me na cadeira, e a sra. Fretag ficou ali, me encarando. Então disse:

– Henry, você estava lá?

Tentei encontrar uma resposta. Nada me ocorreu. Eu disse:

– Não, eu não estava lá.

Ela sorriu.

– Isso faz com que seu ensaio seja ainda mais notável.

– Sim, madame...

– Você já pode ir, Henry.

Levantei-me e deixei a sala. Fui para casa. Então era isso que eles queriam: mentiras. Mentiras maravilhosas. Era disso que precisavam. As pessoas eram idiotas. Seria fácil para mim. Olhei em volta. Juan e seu comparsa não estavam me seguindo. As coisas estavam melhorando.

– *Misto-quente*

## jantar, 1933

quando meu pai comia
seus lábios ficam
gordurosos
de comida.

e quando ele comia
falava sobre como
a comida
estava *boa*
e como
a maioria das outras pessoas
não comia
tão bem
como
a gente.

gostava de
esfregar
o que sobrava
em seu prato
com um pedaço de
pão,
enquanto emitia
sons de apreciação
que estavam a meio caminho
entre o gemido e o
ronco.

*sorvia* o café fazendo
barulho
produzindo
um alto
gorgolejar.
então baixava
a xícara sobre a
mesa:

"sobremesa? é
gelatina?"

minha mãe lhe
traria o doce
numa enorme taça
e meu pai ali
meteria a
colher.

assim que ela
afundava
a gelatina produzia
sons estranhos,
quase como
o som de
peidos.

então vinha o
creme batido,
montanhas brancas
sobre a
gelatina.

"ah! gelatina e
creme batido!"

meu pai sugava a
gelatina e o creme
batido
de sua colher –
era como se ela
entrasse em
um túnel de
vento.

o doce
terminado
ele limparia a
boca
com um descomunal guardanapo
branco,
esfregando com força
num movimento
circular,
o guardanapo quase
escondendo
seu rosto
todo.

depois disso
vinham os
cigarros
Camel.
ele acendia um
com um fósforo
de cozinha,
que ele largava,
ainda em chamas,
no
cinzeiro.

então mais um gole barulhento de
café, a xícara novamente
sobre a mesa, uma boa
tragada no
Camel.

"ah, isso é o que eu chamo de uma
*boa*
refeição!"

um pouco mais tarde
em meu quarto
na minha cama
no escuro
a comida que eu
havia ingerido
e o que eu havia
visto
já começavam
a me revirar
o estômago.

a única coisa
boa
era
ouvir os
grilos

do lado de fora,
lá fora
num outro mundo
do qual eu não
fazia
parte.

• • • • • • • • • • • • • • • • • • • • • • • • • • • • • • • • • • • • • • • • • • •

Um dia, semelhante ao que acontecera na escola fundamental com David, um garoto se apegou a mim. Era pequeno e magro e não tinha quase nenhum fio de cabelo no topo da cabeça. Os caras o chamavam de Carequinha. Seu nome verdadeiro era Eli LaCrosse. Eu gostava de seu nome real, mas não gostava da sua pessoa. Ele se grudara em mim. Era uma figura tão lastimável que não podia dizer a ele simplesmente que sumisse. Era como um cachorro vira-lata, faminto, cansado de ser expulso a patadas. Ainda assim, era desagradável tê-lo à minha volta. Contudo, desde que eu percebera sua aura de vira-lata, deixei que ficasse por perto. Usava uma praga em quase todas as frases que saíam de sua boca, no mínimo uma praga, mas era tudo pose, estava longe de ser um cara durão, era medo puro. Eu não tinha medo, mas era um sujeito confuso. Assim, talvez formássemos um par adequado.

Acompanhava-o até em casa todos os dias depois das aulas. Vivia com sua mãe, seu pai e seu avô. Tinham uma casinha do lado de lá de um pequeno parque. Eu gostava do lugar, tinha grandes árvores que davam sombra, e, desde que algumas pessoas haviam me dito que eu era feio, sempre preferi a sombra ao sol, a escuridão à luz.

Durante nossas caminhadas para casa, Carequinha tinha me falado de seu pai. Ele fora médico, um cirurgião de sucesso, mas tinha perdido sua licença em função da bebida. Um dia conheci o pai do Carequinha. Estava sentado numa cadeira debaixo de uma árvore, sem fazer nada.

– Pai – ele disse –, esse é o Henry.

– Olá, Henry.

Lembrei-me de quando vira meu avô pela primeira vez, parado nos degraus em frente à sua casa. A diferença é que o pai do Carequinha tinha a barba e o cabelo pretos, mas seus olhos eram iguais – brilhantes e luminosos, tão estranhos. E ali estava Carequinha, o filho, sem qualquer tipo de brilho.

– Vamos – disse Carequinha –, venha comigo.

Entramos em uma adega, debaixo da casa. Era escura e úmida e ficamos parados até que nossos olhos se acostumassem à escuridão. Então pude ver uma porção de barris.

– Esses barris estão cheios de diferentes qualidades de vinho – disse Carequinha. – Cada barril tem uma torneira. Quer experimentar algum deles?

– Não.

– Vamos lá, apenas tome um maldito gole.

– Pra quê?

– Mas que maldição, você se considera um homem ou não?

– Sou durão – eu disse.

– Então experimenta, caralho!

Ali estava o Carequinha querendo me desafiar. Nenhum problema. Fui até um barril e abaixei a cabeça.

– Abra a maldita torneira! Abra essa maldita boca!

– Há alguma aranha por aqui?

– Vá em frente, desgraçado!

Abri a boca e a torneira. Um líquido malcheiroso jorrou para dentro da minha goela. Cuspi tudo.

– Não seja um veadinho! Engula, caralho!

Abri novamente a torneira e minha boca. O líquido malcheiroso entrou e eu o engoli. Fechei a torneira e fiquei ali parado. Pensei que fosse vomitar.

– Agora é a sua vez de beber um pouco – eu disse ao Carequinha.

– Claro – ele disse –, não estou me cagando de medo!

Abaixou-se na frente de um barril e deu uma boa golada. Um merdinha daqueles não ia me superar. Fui até outro barril, abri a torneira e dei um gole. Fiquei de pé. Começava a me sentir bem.

– Ei, Carequinha – eu disse –, gostei desse negócio.

– Então, caralho, beba um pouco mais.

E foi o que fiz. O gosto estava melhorando. Eu estava melhorando.

– Esse negócio é do seu pai, Carequinha. Eu não devia beber tudo.

– Ele não se importa. Parou de beber.

Nunca me sentira tão bem. Era melhor do que masturbação.

Fui de barril em barril. Era mágico. Por que ninguém havia me falado a respeito disso? Com a bebida, a vida era maravilhosa, um homem era perfeito, nada mais poderia feri-lo.

Fiquei de pé, ereto, e encarei o Carequinha.

– Onde está a sua mãe? Vou foder sua mãe!

– Mato você, seu filho da puta, fique longe da minha mãe!

– Você sabe que eu posso lhe dar uma surra, Carequinha?

– Sim.

– Tudo bem, vou deixar sua mãe em paz.

– Vamos embora então, Henry.

– Mais um trago...

Fui até um barril e dei uma longa talagada. Depois subimos a escada da adega. Quando saímos, o pai do Carequinha ainda estava sentado na sua cadeira.

– Vocês estavam na adega, não?

– Sim – respondeu o Carequinha.

– Começando um pouco cedo, não acham?

Não respondemos. Caminhamos até a avenida e Carequinha e eu fomos até uma loja que vendia chicletes. Compramos várias caixas e enfiamos todos os chicletes em nossas bocas. Ele estava preocupado que sua mãe descobrisse. Eu não me preocupava com nada. Sentamos num banco de parque e mascamos nossos chicletes. Pensei: bem, agora descobri alguma coisa, alguma coisa que irá me ajudar nos tantos dias que ainda hão de vir. A grama do parque parecia mais verde, os bancos do parque se tornaram mais bonitos, e as flores se esforçavam nesse sentido. Talvez essa coisa não fosse boa para cirurgiões, mas alguém que escolhia essa carreira já devia ter algo de errado na cabeça desde o princípio.

*– Misto-quente*

## poema de amor para uma stripper

50 anos atrás eu assistia às garotas
balançarem seus rabos e se despir
no Burbank e no Follies
e era muito triste
e muito dramático
assim que a luz ia do verde para
o púrpura e para o rosa
e a música era alta e
vibrante,
agora fico sentado aqui
fumando e
ouvindo música
clássica
mas ainda me lembro de alguns de seus

nomes: Darlene, Candy, Jeanette
e Rosalie.
Rosalie era a
melhor, tinha a manha,
e nós nos revirávamos em nossas poltronas e
fazíamos barulho
enquanto Rosalie levava mágica
aos solitários
de tanto tempo atrás.

escute Rosalie
ou velha demais ou
tranquila demais debaixo da
terra,
aqui fala o garoto
espinhento
que mentia a
idade
só para
te ver.

você era boa, Rosalie
em 1935,
suficientemente boa para ser lembrada
agora
que a luz é
amarela
e as noites correm
mansas.

•••••••••••••••••••••••••••••••••••••••••••••

O tempo do colégio passou com rapidez suficiente. Por volta da oitava série, indo para a nona, comecei a ter acne. Muitos dos caras tinham esse problema, mas não no mesmo grau que eu. Meu caso era realmente terrível. Era o mais grave em toda a cidade. Eu tinha espinhas e erupções por toda a face, costas, todo o pescoço e um pouco no peito. Isso aconteceu no exato momento em que eu começava a ser aceito como um cara durão e um líder. Eu continuava durão, mas não era a mesma coisa. Tive que me retirar. Observava as pessoas à distância, como numa peça de teatro. Apenas eles estavam no palco, e eu era plateia de um homem só. Eu sempre tivera problema com as garotas, mas agora, coberto de acnes, eu estava condenado. As garotas ficaram mais distantes do que nunca. Algumas delas eram verdadeiramente belas – seus vestidos, seus cabelos, seus olhos, o jeito como se moviam. Simplesmente caminhar rua abaixo durante uma tarde com uma delas, você sabe, falando qualquer coisa sobre qualquer assunto, creio que isso teria me feito sentir bastante bem.

Além disso, havia algo em mim que continuava sendo fonte de constantes problemas. A maioria dos professores não gostava ou não confiava em mim, especialmente as professoras. Nunca disse nada fora do convencional, mas alegavam que se tratava da minha "atitude". Era algo relacionado com o modo como eu sentava com desleixo na cadeira e também meu "tom de voz". Eu era frequentemente acusado de estar "escarnecendo", embora eu não tivesse consciência disso. Constantemente, me faziam ficar do lado de fora da sala, de pé, no corredor, ou me mandavam para a sala da direção. O diretor sempre fazia a mesma coisa. Ele tinha uma cabine telefônica em sua sala. Obrigava-me a ficar de pé dentro da cabine e a fechava. Passei muitas horas dentro daquela cabine. A única coisa que havia para ler ali dentro era a *Ladies Home Journal**. Era tortura deliberada. De qualquer forma, eu acabava lendo as revistas. Tinha que ler cada novo número. Eu esperava que talvez pudesse aprender alguma coisa sobre as mulheres.

Eu devia ter uns cinco mil deméritos acumulados à época da graduação, mas isso não teve importância. Queriam se livrar de mim. Eu estava de pé do lado de fora, na fila que entrava no auditório ao ritmo de um por vez. Todos nós estávamos com a toga e o barrete vagabundos que já tinham atravessado gerações e gerações de formandos antes de nós. Podíamos ouvir o nome de cada pessoa à medida que ela entrava no palco. Estavam transformando nossa graduação numa maldita comédia. A banda tocou o hino do colégio:

*Ó, Mt. Justin, Ó, Mt. Justin*
*Nós seremos leais*
*Nossos corações cantam fervorosos*
*A certeza de amanhãs celestiais...*

Ficamos alinhados, cada qual esperando sua hora de marchar pelo palco. Na plateia estavam nossos pais e amigos.

– Estou quase vomitando – disse um dos caras.

* Fundada em 1883, continua até hoje em circulação, com utilidades e informações para o lar. O título da publicação em português seria algo como "Revista da dona de casa". (N.T.)

– Saímos de uma merda para nos metermos em outra – disse um segundo.

As garotas pareciam encarar a coisa com maior seriedade. Era por isso que não se podia confiar nelas. Pareciam compactuar com as coisas erradas. Elas e o colégio pareciam cantar em uníssono o mesmo hino.

– Esse negócio me deixa deprimido – disse um dos caras. – Queria fumar um cigarro.

– Aqui tem um...

Um dos outros caras lhe alcançou um cigarro. Nós o passamos, éramos quatro ou cinco. Dei uma tragada e exalei a fumaça pelo nariz. Então vi Curly Wagner se aproximar.

– Apaguem o cigarro! – eu disse. – Aí vem o cabeça de vômito!

Wagner caminhou reto na minha direção. Usava o seu abrigo cinza, incluindo a camiseta, exatamente como eu o vira da primeira vez e em todas as oportunidades seguintes. Parou na minha frente.

– Escute – ele disse –, se você acha que está se livrando de mim porque está saindo daqui está muito enganado! Vou seguir você pelo resto da vida. Vou seguir você até os confins da Terra e vou pegá-lo!

Simplesmente o encarei, sem nenhum comentário, e ele se afastou. O discursinho de Wagner serviu para aumentar meu prestígio entre os rapazes. Pensaram que eu tinha feito algo realmente diabólico para deixá-lo tão irritado. Mas não era verdade. Wagner era simplesmente maluco.

Nos aproximávamos cada vez mais da porta do auditório. Não só podíamos ouvir cada nome que era pronunciado e os aplausos na sequência, mas também víamos a plateia. Então, chegou a minha vez.

– Henry Chinaski – o diretor disse ao microfone.

E avancei. Não houve nenhum aplauso. Então uma alma gentil na plateia bateu duas ou três palmas.

Havia algumas filas de cadeiras dispostas no palco para a turma que se graduava. Sentamos lá e esperamos. O diretor fez o seu discurso sobre a América ser a terra das oportunidades e do sucesso. Então tudo acabou. A banda atacou novamente o hino do colégio Mt. Justin. Os estudantes e seus pais e seus amigos se ergueram e se congregaram. Andei por ali, procurando. Meus pais não estavam lá. Quis ter certeza. Dei mais uma volta, procurando com afinco.

Estava tudo bem. Um cara durão não precisava dessas coisas. Tirei o barrete e a toga e os alcancei ao cara no fim do corredor – o porteiro. Ele guardou as peças para a próxima formatura.

Ganhei a rua. O primeiro a sair. Mas para onde eu poderia ir? Tinha onze centavos no bolso. Segui de volta para o lugar em que eu vivia.

*– Misto-quente*

## à espera

verões escaldantes na metade dos anos 30 em Los Angeles
onde um de cada três lotes estava desocupado
e era um trajeto curto até as plantações
de laranja –
se você tivesse um carro e
gasolina.

verões escaldantes na metade dos anos 30 em Los Angeles
jovem demais pra ser um homem e velho demais pra ser
um garoto.

tempos difíceis.
um vizinho tentou assaltar nossa
casa, meu pai o pegou
entrando pela
janela,
manteve-o preso ali no escuro
junto ao chão:
"seu filho da puta de
merda!"

"Henry, Henry, me solta,
me solta!"

"seu filho da puta, eu vou
te matar!"

minha mãe ligou para a polícia.

outro vizinho colocou fogo na casa
numa tentativa de receber o
seguro.
acabou sendo investigado e
preso.

verões escaldantes na metade dos anos 30 em Los Angeles,
nada para fazer, nenhum lugar para ir, ouvindo

a conversa assustada de nossos pais
à noite:
“o que vamos fazer? o que vamos
fazer?”

“deus, não faço a menor ideia...”

cachorros famintos pelos becos, a pele tesa
as costelas marcadas, o pelo falhando, as línguas
expostas, aqueles olhos tão tristes, mais tristes que toda a tristeza
da Terra.

verões escaldantes na metade dos anos 30 em Los Angeles
os homens da vizinhança em silêncio
e as mulheres pálidas como
estátuas.

os parques cheios de socialistas,
comunistas, anarquistas, junto aos bancos do
parque, discursando, agitando.
o sol brilhava em meio a um céu aberto e
o oceano estava limpo
e nós não éramos
nem homens nem
garotos.

alimentávamos os cães com restos endurecidos de
pão
pelos quais ficavam muito agradecidos,
os olhos brilhando
maravilhados,
os rabos balançando diante de tanta
sorte

como
a Segunda Guerra Mundial veio em nossa direção,
assim mesmo, durante aqueles
verões escaldantes na metade dos anos 30 em Los Angeles.

Naquele verão, julho de 1934, metralharam John Dillinger na saída de um cinema em Chicago. Ele não teve nenhuma chance. A Dama de Vermelho* o alcaguetou. Mais de um ano atrás o sistema bancário havia entrado em colapso. A Lei Seca tinha sido revogada, e meu pai pôde voltar a beber a cerveja Eastside. Mas o pior de tudo foi Dillinger ter sido pego. Muitas pessoas o admiravam, e sua morte causou grande comoção. Roosevelt era o presidente. Ele mantinha um programa no rádio em que conversava informalmente e todos escutavam. Realmente sabia falar. E ele começou a criar programas de trabalho para as pessoas. Mas as coisas continuavam muito ruins. E minhas espinhas pioraram, tornando-se descomunais.

Naquele mês de setembro eu fui designado para a escola de ensino médio Woodheaven, mas meu pai insistiu para que eu fosse para a Chelsey.

– Olhe – eu disse –, Chelsey fica em outro bairro. É muito longe.

– Você vai fazer o que estou mandando. Vai se matricular na Chelsey.

Eu sabia por que meu pai desejava que eu fosse para Chelsey. As famílias ricas botavam seus filhos lá. Meu pai era louco. Continuava com o sonho de ser rico. Quando Carequinha descobriu que eu estava indo para Chelsey, decidiu ir para lá também. Não conseguia me livrar dele nem das minhas espinhas.

No primeiro dia, seguimos de bicicleta até Chelsey e as estacionamos. Era uma sensação horrível. Boa parte dos garotos, pelo menos os mais velhos, tinha seus próprios automóveis, muitos deles conversíveis novinhos, e eles não eram pretos ou azul-marinho como os carros normais, eram de cores vibrantes: amarelo, verde, laranja e vermelho. Os caras sentavam ali, do lado de fora da escola, e as garotas se juntavam ao redor deles, loucas por uma carona. Todos se vestiam bem, os garotos e as garotas, usavam pulôveres, relógios de pulso e sapatos bacanas. Pareciam bastante maduros e tinham um ar de superioridade. E lá estava eu, minha camisa feita em casa, meu único par de calças totalmente surrado, meus sapatos esbodegados e coberto de espinhas. Os caras em seus carros não se preocupavam com acne. Eles eram muito elegantes, altos e limpos, seus dentes brilhavam e seus cabelos não eram lavados com sabonete. Eles pareciam saber algo que me era inacessível. Mais uma vez, eu estava por baixo.

E uma vez que todos os caras tinham carros, Carequinha e eu nos envergonhávamos de nossas bicicletas. Acabamos por deixá-las em casa, indo e voltando a pé da escola, uma distância de quatro quilômetros na ida e outros quatro na volta. Carregávamos lancheiras marrons. Mas a maioria dos estudantes sequer comia na cafeteria da escola. Iam junto com as garotas até alguma lanchonete,

* Alcunha de Anna Sage, uma cafetina. A figura da Dama de Vermelho era, na época, símbolo de traição. (N.T.)

colocavam as vitrolas para tocar e riam à vontade. Estavam a caminho da Universidade do Sul da Califórnia.

Eu tinha vergonha das minhas espinhas. Em Chelsey você podia escolher entre fazer educação física ou fazer o R.O.T.C.*. Escolhi o R.O.T.C. para não ter que usar um abrigo de ginástica que permitiria que todos vissem as espinhas que me cobriam o corpo. Mas eu odiava o uniforme. A camiseta era de lã, o que irritava minhas feridas. Usávamos o uniforme de segunda a quinta. Na sexta, deixavam que usássemos nossas roupas normais.

Estudávamos o Manual do Exército. Era sobre atividades militares e outras merdas desse tipo. Marchávamos ao redor do campo. Praticávamos o que estava no Manual. Segurar o rifle durante os vários exercícios era terrível para mim. Eu tinha espinhas nos ombros. Algumas vezes, quando batia o rifle contra o meu ombro, uma espinha estourava e escorria pela minha camiseta. Saía sangue, mas como a camiseta era grossa e feita de lã, a mancha não ficava visível e não se parecia com sangue.

Falei para minha mãe o que estava acontecendo. Ela costurou nos ombros um forro com tecido de algodão, mas isso só melhorou um pouquinho minha situação.

Uma vez um oficial veio fazer uma inspeção. Tomou o rifle das minhas mãos e o segurou, examinando o cano à procura de pó na parte interna do calibre. Atirou a arma de volta para mim, e então olhou para uma marca de sangue no meu ombro direito.

– Chinaski! – gritou. – Seu rifle está com um vazamento de óleo.

– Sim, senhor.

Concluí o trimestre, mas minhas espinhas tinham piorado ainda mais. Elas eram do tamanho de nozes e cobriam minha face. Eu sentia muita vergonha. Algumas vezes, em casa, eu parava em frente ao espelho do banheiro e estourava uma das espinhas. Pus amarelo espirrava no espelho. E então saía um pequeno caroço branco. De um ponto de vista escatológico, era fascinante que toda aquela porcaria pudesse caber ali dentro. Mas eu sabia como era difícil para as pessoas terem que me olhar.

A escola deve ter alertado meu pai. Ao final daquele trimestre, fui retirado da escola. Fiquei de cama e meus pais me cobriram de unguentos. Tinha uma pomada marrom que fedia. Era a preferida de meu pai. Queimava. Ele insistia para que eu a mantivesse no corpo, muito tempo além do que a bula indicava. Certa noite ele insistiu para que eu a deixasse agir por horas. Comecei a gritar. Corri para a banheira, enchia-a de água e removi a pomada, com dificuldade. Eu estava queimado no rosto, nas costas e no peito. Naquela noite me sentei na beirada da cama. Eu não conseguia me deitar.

---

* Reserve Officer Training Corps. Órgão do exército semelhante ao C.P.O.R. no Brasil. (N.T.)

Meu pai entrou no quarto.

– Acho que eu te disse para ficar com a pomada!

– Olhe o que aconteceu – eu falei.

Minha mãe entrou no quarto.

– Esse filho da puta não *quer* se curar – meu pai disse a ela. – O que foi que eu fiz para merecer um filho como esse?

Minha mãe perdeu o emprego. Meu pai continuava saindo todas as manhãs de carro como se estivesse indo trabalhar.

– Sou engenheiro – ele dizia às pessoas. Seu sonho era ter sido engenheiro.

Deu-se um jeito para que eu fosse internado no Hospital Geral do Condado de Los Angeles. Recebi um cartão branco comprido. Peguei o cartão e tomei o bonde da linha 7. A passagem custava sete centavos (ou quatro passes por um quarto de dólar). Guardei meu passe e fui me sentar no fundo. Tinha uma consulta às oito e meia.

Algumas quadras depois um garotinho e uma mulher entraram no bonde. A mulher era gorda, e o garotinho devia ter uns quatro anos de idade. Sentaram-se no banco atrás de mim. Olhei pela janela. Seguimos. Gostava da linha 7. Ia em alta velocidade e balançava bastante enquanto lá fora o sol brilhava.

– Mamãe – ouvi o garotinho perguntar –, o que há de *errado* no rosto daquele homem?

A mulher não respondeu.

O garoto voltou a fazer a mesma pergunta.

Ela não respondeu.

Então o garoto gritou:

– *Mamãe! O que há de errado no rosto daquele homem?*

– Cale a boca! Não sei o que há de errado com o rosto dele.

Dirigi-me à recepção do hospital e eles me encaminharam para o quarto andar. Lá, a enfermeira sentada à mesa anotou meu nome e me disse para eu esperar sentado. Ficávamos em duas longas filas de cadeiras verdes de metal, uma de frente para a outra. Mexicanos, brancos e negros. Não havia orientais. Não havia nada para ler. Alguns dos pacientes tinham jornais velhos. Havia pessoas de todas as idades, magras e gordas, velhas e jovens. Ninguém falava. Todos pareciam cansados. Os auxiliares passavam de lá para cá, de vez em quando se via uma enfermeira, mas nunca um médico. Passou-se uma hora, depois duas. Ninguém havia sido chamado. Levantei-me à procura de um bebedor. Olhei para as pequenas salas onde as pessoas seriam examinadas. Não havia ninguém em nenhuma delas, nem médicos, nem pacientes.

Fui até a mesa da enfermeira. Ela examinava um livro grosso, cheio de nomes escritos a mão. O telefone tocou. Ela atendeu.

– O dr. Menen ainda não chegou – e desligou.

– Com licença – eu disse.

– Sim? – perguntou a enfermeira.

– Os médicos ainda não chegaram. Posso voltar mais tarde?

– Não.

– Mas não há ninguém aqui.

– Os médicos estão atendendo.

– Mas eu tinha uma consulta às oito e meia.

– Todos aqui estão marcados para as oito e meia.

Havia entre 45 e cinquenta pessoas esperando.

– Já que estou na lista de espera, que tal se eu voltar daqui a algumas horas, talvez alguns médicos estejam aqui então.

– Se você sair agora, perderá automaticamente a sua consulta. Terá que retornar amanhã, se ainda quiser receber um tratamento.

Voltei até onde estavam as cadeiras e me sentei. Os outros não protestavam. Havia muito pouco movimento. Vez ou outra, duas ou três enfermeiras passavam caminhando e rindo. Noutra oportunidade, empurravam um homem numa cadeira de rodas. Suas pernas estavam completamente enfaixadas e sua orelha, no lado em que pude ver quando passou, havia sido arrancada. Havia um buraco negro, dividido em pequenas seções, e era como se uma aranha tivesse entrado ali e tecido sua teia. Horas se passaram. A hora do almoço veio e se foi. Outra hora passou. E então mais duas. Nós sentados, esperando. Então alguém disse:

– Lá vem um médico!

O médico entrou numa das salinhas e fechou a porta. Ficamos na expectativa. Nada. Uma enfermeira entrou. Escutamos uma risada. Então ela saiu. Cinco minutos. Dez minutos. O médico saiu com uma prancheta na mão.

– Martinez? – o médico chamou. – José Martinez?

Um mexicano, velho e magro, ficou de pé e caminhou na direção do médico.

– Martinez? Martinez, meu velho, como você está?

– Mal, doutor... Acho que vou morrer...

– Bem, agora... entre aqui...

Martinez ficou muito tempo lá dentro. Peguei um jornal que alguém havia deixado e tentei lê-lo. Mas todos pensávamos no destino de Martinez. Se Martinez chegasse um dia a sair dali, o próximo seria chamado.

Então Martinez gritou.

– AHHHHH! AHHHHH! PARE! PARE! AHHHH! TENHA PIEDADE! POR DEUS! PARE, POR FAVOR!

– Calma, calma, não é para tanto... – disse o médico.

Martinez voltou a gritar. Uma enfermeira entrou na salinha. Houve silêncio. Tudo que podíamos ver era a sombra da porta entreaberta. Então um auxiliar também correu para lá. Martinez emitiu um som que parecia um gorgulho. Foi removido numa cama com rodinhas. A enfermeira e o auxiliar o empurraram pelo corredor, fazendo-o passar por uma porta de vaivém. Martinez estava coberto por um lençol, mas ele não estava morto, pois o tecido não lhe cobria o rosto.

O médico ficou na sua sala por mais uns dez minutos. Então saiu com a prancheta.

– Jeferson Williams? – ele perguntou.

Não houve resposta.

– Jeferson Williams está aí?

Não houve reação.

– Mary Blackthorne?

Não houve resposta.

– Harry Lewis?

– Sim, doutor?

– Venha, por favor...

As consultas progrediam muito devagar. O médico examinou mais cinco pacientes. Então deixou a sala, parou junto à mesa da enfermeira, acendeu um cigarro e falou com ela por uns quinze minutos. Parecia ser um homem muito inteligente. Tinha um tique no lado direito da face, que ficava se contraindo. Seu cabelo era ruivo com algumas mechas grisalhas. Usava óculos que ficava pondo e tirando o tempo todo. Outra enfermeira apareceu e lhe serviu uma xícara de café. Tomou um gole, e então, segurando o café numa das mãos, com a outra empurrou a porta vaivém e desapareceu.

A enfermeira se levantou da mesa com nossos longos cartões brancos e chamou por nossos nomes. À medida que íamos respondendo, ela nos devolvia os cartões.

– O expediente de hoje terminou. Por favor, retornem amanhã, se quiserem. O horário de sua consulta está marcado no cartão.

Olhei para o meu. Estava escrito oito e meia da manhã.

– *Misto-quente*

• • • • • • • • • • • • • • • • • • • • • • • • • • • • • • • • • • • • • • • • • • • •

Era como uma broca para madeira, poderia ser mesmo uma broca para madeira, eu podia sentir o fedor do óleo queimando, e eles enfiavam aquela coisa na minha cabeça e na minha carne, e a broca perfurava e saía sangue e pus e eu ficava lá sentado, vagando sobre a corda bamba, à beira de um precipício. Eu estava coberto de espinhas monstruosas do tamanho de pequenas maçãs.

Era ridículo e inacreditável.

– O pior caso que já vi – disse um dos médicos, e olha que ele era velho.

Eles se reuniam ao redor de mim como se eu fosse uma aberração.

Eu era uma aberração. Ainda sou uma aberração. Andava de bonde, indo e vindo da ala de caridade do hospital. As crianças no bonde me olhavam e perguntavam a suas mães:

– O que há de errado com aquele homem? Mãe, o que há de errado com a cara daquele homem?

E a mãe fazia:

– PSSSIIIIT!!!

Aquele psit era a pior das condenações, e depois daquilo elas deixavam que os pequenos cretinos e cretininhas me encarassem por sobre os encostos de seus assentos, e eu olhava pela janela e observava os prédios passando e me afogava, eu estava rastejando e me afogando, não havia nada a fazer. Os médicos, por não saberem como chamar o que eu tinha, chamavam de Acne vulgaris. Ficava sentado por horas em um banco de madeira enquanto esperava por minha broca de madeira. Que história triste, né? Lembro-me dos prédios velhos de tijolos, das enfermeiras calmas e descansadas, dos médicos rindo, enquanto faziam aquela coisa. Foi ali que aprendi sobre a falácia dos hospitais... que os médicos eram reis e os pacientes eram merda e os hospitais estavam lá para que os médicos pudessem desfilar toda a sua vigorosa e branca superioridade, além de poderem trepar com as enfermeiras: – Doutor, doutor, doutor, aperta a minha bunda no elevador, esqueça o fedor do câncer, esqueça o fedor da vida. Não somos pobres idiotas, nunca morreremos; bebemos nosso suco de cenoura e, quando nos sentimos mal, podemos tomar um remédio, uma injeção, toda a droga de que precisamos está ao nosso alcance. Pio, pio, pio, a vida cantará para nós, somos as estrelas do momento. Eu entrava e sentava, e eles enfiavam a furadeira em mim. ZIRRRR ZIRRRR ZIRRRR, ZIR, o sol, enquanto isso, cultivando dálias e laranjas e brilhando através dos vestidos das enfermeiras, enlouquecendo ainda mais as pobres aberrações. Zirrrrrrr, zirrrr, zirr.

– Nunca vi ninguém suportar a broca desse jeito!

– Olhem para ele, frio como aço!

Mais uma vez uma reunião de comedores de enfermeiras, uma reunião de homens que tinham casas grandes e tempo para rir e ler e ir ao teatro e comprar pinturas e esquecer como pensar, esquecer como sentir qualquer coisa. Jalecos engomados e a minha derrota. A reunião.

– Como você se sente?

– Maravilhoso.

– Não acha que a agulha machuca um pouco?

– Vá se foder.

– Como?

– Mandei você se foder.

– É apenas um garoto. Um garoto amargo. Não podemos culpá-lo. Quantos anos você tem?

– Catorze.

– Estava apenas elogiando a sua coragem, a forma como suportou a agulha. Você é durão.

– Vá se foder.

– Não pode falar assim comigo.

– Foda-se. Foda-se. Foda-se.

– Você devia se manter mais positivo. Imagina se você fosse cego?

– Então não precisaria olhar para sua cara estúpida.

– O garoto é louco.

– Claro que ele é, deixem-no em paz.

Esse era um hospital qualquer, e não imaginei que voltaria lá vinte anos mais tarde, novamente para a ala de caridade. Hospitais e prisões e prostíbulos: eis as universidades da vida. Eu já recebera vários títulos dessas instituições. Exigia ser tratado por senhor.

*– Ao sul de lugar nenhum*

• • • • • • • • • • • • • • • • • • • • • • • • • • • • • • • • • • • • • • • • •

A máquina de raios ultravioleta emitiu um clique e se apagou. Eu havia recebido tratamento nos dois lados. Retirei os óculos protetores e comecei a me vestir. A srta. Ackerman entrou na sala.

– Ainda não – ela disse –, fique sem roupa.

O que ela ia fazer comigo?, pensei.

– Sente-se na ponta da mesa.

Sentei-me ali, e ela começou a esfregar um unguento no meu rosto. Era uma substância grossa e com textura semelhante à de manteiga.

– Os médicos decidiram tentar um novo tratamento. Vamos enfaixar seu rosto para tornar a drenagem mais efetiva.

– Srta. Ackerman, o que aconteceu com o homem do nariz grande? O nariz continuou crescendo?

– O sr. Sleeth?

– O homem do narigão.

– Era o sr. Sleeth.

– Não o vejo mais por aqui. Ele conseguiu se curar?

– Morreu.

– Você quer dizer que ele morreu por causa do nariz?

– Suicídio.

A srta. Ackerman continuou a aplicar o unguento.

Então escutei um homem gritar na sala ao lado:

– Joe, cadê você? Joe, você disse que voltaria! Joe, cadê você?

A voz era alta e muito triste, cheia de agonia.

– Ele fez isso durante todas as tardes desta semana – disse a srta. Ackerman – e nada do Joe aparecer para buscá-lo.

– Eles podem ajudá-lo?

– Não sei. Finalmente ficaram quietos. Agora ponha o dedo aqui e segure esta gaze enquanto eu o enfaixo. Isso. Assim. É isso. Pode tirar o dedo. Muito bem.

– Joe, Joe, você disse que ia voltar! Onde você está, Joe?

– Agora segure também esta outra gaze. Isso. Segure bem. Vou enfaixar você bem direitinho! Isso. Falta só fazer os curativos.

Logo seu trabalho estava acabado.

– Ok, ponha suas roupas. Vejo você depois de amanhã. Até mais, Henry.

– Até mais, srta. Ackerman.

Pus uma roupa, deixei o quarto e caminhei pelo corredor. Havia um espelho junto à máquina de cigarros no saguão. Olhei para meu reflexo. Era genial. A minha cabeça estava inteiramente enfaixada. Eu estava todo branco. Não se podia ver nada além de meus olhos, minha boca e minhas orelhas, e alguns tufos de cabelo no topo da minha cabeça. Eu tinha sido ocultado. Era maravilhoso. Fiquei ali e acendi um cigarro, dei uma olhada no saguão. Alguns internos estavam sentados, lendo jornais e revistas. Senti-me extraordinário e também um pouco diabólico. Ninguém tinha a mais vaga ideia do que acontecera comigo. Um acidente de carro. Uma briga até a morte. Um assassinato. Fogo. Ninguém sabia.

Caminhei pelo saguão e para fora do prédio e fiquei plantado na calçada. Ainda podia ouvir:

– Joe! Joe! Cadê você, Joe?

Joe não ia vir. Não valia a pena confiar em nenhum outro ser humano. O que quer que fosse preciso para estabelecer essa confiança não estava presente na humanidade.

Na volta, no bonde, sentei no fundo, fumando cigarros pelo buraco da boca em minha cabeça enfaixada. As pessoas me olhavam, mas eu não dava a mínima. Havia mais medo do que horror em seus olhos. Desejei permanecer assim para sempre.

Segui até o final da linha e desci. A tarde caía e fiquei na esquina da avenida Washington com a Westview, observando as pessoas. Os poucos que tinham emprego voltavam para casa após a jornada de trabalho. Logo meu pai chegaria de carro do seu falso emprego. Eu não tinha emprego nem ia à escola. Eu não fazia nada. Estava enfaixado, parado numa esquina fumando um cigarro. Eu era um cara durão, um cara perigoso. Eu sabia das coisas. Sleeth tinha se suicidado. Eu não iria me suicidar. Preferia matar alguns deles. Levaria quatro ou cinco deles comigo. Ia mostrar para aquela corja o que significava me fazerem de palhaço.

Uma mulher veio andando pela rua em minha direção. Tinha pernas espetaculares. Primeiro, olhei diretamente em seus olhos e então me fixei em suas pernas. Assim que ela passou, fiquei olhando seu rabo, absorvendo cada detalhe daquele rabo maravilhoso, memorizando, guardando inclusive as costuras de suas meias de seda.

Jamais poderia ter feito isso sem minhas bandagens.

As bandagens ajudaram. O Hospital Geral do Condado de Los Angeles finalmente conseguira alguma coisa. As espinhas secaram. Elas não haviam desaparecido, mas diminuíram um pouco de tamanho. Ainda assim, novas surgiriam, erguendo-se outra vez. Novamente me furaram e me enfaixaram.

Minhas sessões de drenagem eram intermináveis. Trinta e duas, 36, 38 vezes. O medo das agulhas se fora, se é que um dia o tivera. Havia apenas a raiva, mas esta também havia desaparecido. Não havia sequer resignação da minha parte, apenas desgosto, um desgosto profundo por isso ter acontecido comigo, e um desgosto com os médicos que não podiam fazer nada a respeito. Estavam impotentes diante das feridas, assim como eu. A diferença é que eu era a vítima. Eles podiam ir para suas casas e viver suas vidas e esquecer, enquanto eu estava condenado a carregar este rosto comigo aonde quer que eu fosse.

Aconteceram, no entanto, mudanças na minha vida. Meu pai arrumou um emprego. Passou no concurso para guarda do Museu do Condado de Los Angeles. Meu pai era bom em concursos. Adorava matemática e história. Passou no concurso e finalmente arrumou um lugar de verdade para ir todas as manhãs. Havia três vagas para guarda e ele conquistou uma delas.

O Hospital Geral do Condado de Los Angeles de alguma forma descobriu sobre meu pai, e a srta. Ackerman me disse um dia:

– Henry, este será seu último tratamento. Vou sentir sua falta.

– Ah, corta essa – eu disse –, pare com essa brincadeira. Você vai sentir a minha falta tanto quanto eu vou sentir falta dessas agulhas elétricas!

Ela, porém, estava bastante estranha naquele dia. Aqueles olhos enormes estavam marejados. Escutei quando assoou o nariz. Uma das enfermeiras lhe perguntou:

– O que há, Janice? O que há de errado com você?

– Nada. Estou bem.

Pobre srta. Ackerman. Eu tinha quinze anos e estava apaixonado por ela e eu estava coberto de espinhas e não havia nada que nós dois pudéssemos fazer.

– Vamos – ela disse –, este vai ser seu último tratamento com os raios ultravioleta. Deite-se de bruços.

– Agora já sei o seu primeiro nome – eu disse. – Janice. É um nome bonito. Assim como você.

– Oh, fique quieto – ela disse.

Ainda a vi mais uma vez quando o primeiro zumbido soou. Eu me virei, Janice reajustou a máquina e deixou a sala. Jamais voltei a vê-la.

Meu pai não acreditava em médicos que não fossem de graça.

– Eles fazem você mijar num tubo, levam seu dinheiro e vão para casa para ficar ao lado de suas esposas em Beverly Hills – ele disse.

Uma vez, contudo, ele me mandou até um. Era um médico com mau hálito e a cabeça redonda como uma bola de basquete. A diferença é que ele tinha dois olhinhos onde uma bola de basquete não teria nenhum. Eu não gostava do meu pai, e o médico não era muito melhor. Ele disse, nada de frituras, e beba suco de cenoura. E foi isso.

Eu retornaria para a escola no próximo trimestre, disse meu pai.

– Estou arriscando meu rabo para evitar que as pessoas roubem. Ontem um negro quebrou o vidro de uma caixa e roubou algumas moedas raras. Peguei o desgraçado. Rolamos juntos escada abaixo. Dei um jeito de segurá-lo até que os outros chegassem. Arrisco minha vida todos os dias. Por que é que você poderia ficar aí sem mexer o seu rabo, deprimido? Quero que você seja um engenheiro. Como, diabos, você vai ser um engenheiro se eu encontro um caderno cheio de desenhos de mulheres com as saias arriadas até a altura da bunda? Isso é *tudo* o que você é capaz de desenhar? Por que você não desenha flores ou montanhas ou o oceano? Você vai voltar para a escola!

Eu bebia suco de cenoura, esperando pelo momento de ser rematriculado. Eu tinha perdido apenas um trimestre. As espinhas não estavam curadas, mas já não estavam tão terríveis quanto antes.

– *Misto-quente*

## meu velho

16 anos de idade
durante a depressão
cheguei em casa bêbado

e todas as minhas roupas –
calções, camisas, meias –
pastas, e páginas de
contos
tinham sido jogadas fora
sobre o gramado da frente e na
rua.

minha mãe estava me
esperando atrás de uma árvore:
"Henry, Henry, não
entre... ele vai
matar você, leu
suas histórias..."

"posso chutar a
bunda dele..."

"Henry, pegue isso
por favor... e
procure um quarto para você."

mas o que o preocupava era
que eu talvez não
terminasse o colegial
então eu voltaria
outra vez.

uma noite ele entrou
com as páginas de
um dos meus contos
(que eu nunca submeti a ele)
e disse, "este é
um grande conto".
eu disse, "o.k."
e ele me alcançou
e eu li.
era uma história sobre
um homem rico
que teve uma briga com

sua esposa e se
foi pela noite
atrás de uma xícara de café
e ficou observando
a garçonete e as colheres
e os garfos e o
sal e o pimenteiro
e o letreiro de néon
na janela
foi então que voltou
para seu estábulo
para ver e tocar seu
cavalo favorito
que
deu-lhe um coice na cabeça
e o matou.

de alguma maneira
a história em suas mãos
tinha um significado para ele
apesar
de que quando a escrevi
não tinha nenhuma ideia
a respeito do que
tratava.

então eu lhe disse,
"o.k., velho, você pode
ficar com ela".

e ele a pegou
e caiu fora
e fechou a porta.
acho que foi
o mais próximo
que jamais estivemos.

Podia ver a estrada à minha frente. Eu era pobre e ficaria pobre. Mas eu não queria particularmente dinheiro. Eu sequer sabia o que desejava. Sim, eu sabia. Queria algum lugar para me esconder, um lugar em que ninguém tivesse que fazer nada. O pensamento de ser alguém na vida não apenas me apavorava mas também me deixava enojado. Pensar em ser um advogado ou um professor ou um engenheiro, qualquer coisa desse tipo, parecia-me impossível. Casar, ter filhos, ficar preso a uma estrutura familiar. Ir e retornar de um local de trabalho todos os dias. Era impossível. Fazer coisas, coisas simples, participar de piqueniques em família, festas de Natal, 4 de Julho, Dia do Trabalho, Dia das Mães... afinal, é para isso que nasce um homem, para enfrentar essas coisas até o dia de sua morte? Preferia ser um lavador de pratos, retornar para a solidão de um cubículo e beber até dormir.

Meu pai tinha um plano perfeito. Ele me disse:

– Meu filho, cada homem, durante seu período de vida, deveria comprar uma casa. Pois finalmente, quando morresse, deixaria essa casa para o filho. Então, esse filho também compraria uma casa que, ao morrer, seria herdada pelo filho, neto do primeiro. Já são duas. Este último compraria uma nova e aí seriam três casas...

A estrutura familiar. A vitória sobre a adversidade por meio da família. Ele acreditava nisso. Pegue a família, misture com Deus e a Pátria, acrescente a jornada de trabalho de dez horas e você teria o necessário.

Olhei para meu pai, para suas mãos, seu rosto, suas sobrancelhas, e soube que esse homem nada tinha a ver comigo. Ele era um estranho. Minha mãe simplesmente não existia. Eu era um amaldiçoado. Olhando para meu pai eu não enxergava nada além de uma obtusidade indecente. Pior, ele tinha inclusive mais medo de falhar do que a maioria das outras pessoas. Séculos de sangue de camponês e de treinamento servil. A linha dos Chinaski vinha sendo enfraquecida por uma série de camponeses servis que haviam aberto mão de suas vidas reais em troca da ilusão de lucros esporádicos e ilusórios. Nenhum homem em toda a linhagem que dissesse:

– Não quero uma casa. Quero *mil* casas, e quero *agora*!

Ele havia me enviado para aquela escola de ricaços na expectativa de que o ambiente e a convivência pudessem me moldar, enquanto eu assistia àqueles garotos ricos desfilarem em seus cupês cor de creme ao lado de suas garotas em vestidos cintilantes. Em vez disso, aprendi que os pobres sempre permanecem pobres. Que os jovens ricos sentem o fedor dos pobres e passam a achá-los até um pouco divertido. Eles precisam rir, pois, de outro modo, seria algo por demais aterrorizante. Eles aprenderam a agir assim, através dos séculos. Jamais perdoaria as garotas por entrarem naqueles cupês creme com os rapazes sorridentes. Elas não podiam fazer nada, é claro, muito embora você sempre acabe pensando que talvez... Mas não, não havia nenhum tipo de talvez. Riqueza significava vitória, e vitória era a única realidade.

Que tipo de mulher escolheria viver com um lavador de pratos?

Durante todo o ensino fundamental, tentei não pensar muito em como as coisas eventualmente se dariam comigo. Tinha a impressão de que o mais prudente era adiar esse tipo de pensamento...

Finalmente chegou o dia do Baile de Formatura. Foi realizado no ginásio feminino com música ao vivo, uma banda de verdade. Não sei bem por que, mas andei até lá naquela noite, os quatro quilômetros que separavam a escola da casa dos meus pais. Fiquei do lado de fora, no escuro, olhando para o baile, através das janelas gradeadas, completamente admirado. Todas as garotas pareciam extremamente crescidas, imponentes, adoráveis, trajando vestidos longos, e todas exalando beleza. Quase não as reconheci. E os garotos em seus smokings estavam muito bem, dançavam com perfeição, cada qual segurando uma garota nos braços, seus rostos pressionados contra os cabelos delas. Todos dançavam com extrema graça, e a música vinha alta e límpida e boa, potente.

Então vislumbrei o reflexo do meu rosto a admirá-los – marcado por espinhas e cicatrizes, minha camisa surrada. Eu era como uma fera da selva atraída pela luz, olhando para dentro. Por que eu tinha vindo? Sentia-me mal. Mas continuava assistindo a tudo. A dança terminou. Houve uma pausa. Os casais trocavam palavras com facilidade. Era algo natural e civilizado. Onde eles tinham aprendido a conversar e a dançar? Eu não podia conversar ou dançar. Todo mundo sabia alguma coisa que eu desconhecia. As garotas eram tão lindas; os rapazes, tão elegantes. Eu ficaria aterrorizado só de olhar para uma daquelas garotas, o que dizer ficar sozinho em sua companhia. Mirá-la nos olhos ou dançar com ela estaria além das minhas forças.

E ainda assim eu tinha consciência de que o que via não era tão simples nem bonito como aparentava ser. Havia um preço a ser pago por aquilo tudo, uma falsidade generalizada na qual facilmente se poderia acreditar e que poderia ser o primeiro passo para um beco sem saída. A banda voltou a tocar e as garotas e os garotos recomeçaram a dança, e as luzes sobre suas cabeças giravam, lançando sobre os casais reflexos dourados, depois vermelhos, azuis, verdes e então novamente dourados. Enquanto eu os observava, dizia para mim mesmo que um dia minha dança iria começar. Quando esse dia chegasse teria alguma coisa que eles não têm.

De repente, contudo, aquilo se tornou demais para mim. Eu os odiei. Odiei sua beleza, sua juventude sem problemas e, enquanto os via dançar por entre o mar de luzes mágicas e coloridas, abraçados uns aos outros, sentindo-se tão bem, pequenas crianças ilesas, desfrutando de sua sorte temporária, odiei-os por terem algo que eu ainda não tinha, e disse para mim mesmo, repeti para mim mesmo, *algum dia serei tão feliz quanto vocês, esperem para ver.*

Seguiram dançando, enquanto eu repetia minha frase para eles.

Então ouvi um barulho às minhas costas.

– Ei, o que você está fazendo?

Era um velho com uma lanterna. Sua cabeça parecia a de um sapo.

– Estou olhando o baile.

Ele manteve a lanterna bem debaixo de seu nariz. Seus olhos eram redondos e grandes, brilhavam como os olhos de um gato sob a luz do luar. Mas sua boca era enrugada, murcha, e sua cabeça era redonda. Havia nessa redondeza tamanha falta de sentido que me fazia lembrar uma abóbora tentando parecer inteligente.

– Tire seu rabo daqui!

Dirigiu o foco da lanterna para cima de mim.

– Quem é você? – perguntei.

– Sou o guarda noturno. Tire seu rabo já daqui antes que eu chame a polícia!

– Por quê? Esse é o Baile de Formatura e estou entre os formandos.

Focou a luz bem na minha cara. A banda tocava Deep Purple.

– Não vem com essa – ele disse. – Você tem pelo menos uns 22 anos!

– Estou no livro do ano da escola, classe de 1939, classe dos formandos, Henry Chinaski.

– Por que você não está lá dentro dançando?

– Esqueça. Estou indo pra casa.

– *Faça isso.*

Afastei-me e comecei a andar. Sua lanterna enfocou o caminho, a luz me seguindo. Abandonei o campus. Era uma noite agradável e quente, quase abafada. Pensei ter visto alguns vaga-lumes, mas não tive certeza.

– *Misto-quente*

## o incêndio do sonho

A velha Biblioteca Pública de L.A. pegou
fogo
aquela biblioteca do centro
e com ela se foi
uma grande parte da minha
juventude.

eu estava sentado num daqueles bancos de
pedra com meu amigo
Carequinha quando ele
perguntou,
"você vai se alistar na
brigada
Abraham Lincoln?"

"claro", eu lhe
disse.

mas percebendo que eu não era nem
um intelectual nem um político
idealista
recuei na questão
mais
tarde.

eu era um *leitor*
então
indo de seção em
seção: literatura, filosofia,
religião, até medicina
e geologia.

desde cedo
decidi ser um escritor
pensei que esse seria o caminho mais fácil
para
escapar

e os grandes figurões do romance não me pareciam
páreo muito
duro.
eu tinha maiores dificuldades com
Hegel e Kant.

o que me incomodava
em
todos eles
é que levavam um tempo enorme
para finalmente dizer
alguma coisa viva e/
ou
interessante.
pensava então ter algo a dizer
mais do que todos
eles.

eu estava para descobrir duas
coisas:
a) a maioria dos editores pensava que tudo que fosse
chato tinha algo a ver com assuntos
profundos.
b) que levaria décadas de
vida e escrita
antes que eu fosse capaz de
colocar no papel
uma frase que estivesse
ao menos próxima
daquilo que eu realmente queria
dizer.

nesse meio-tempo
enquanto outros jovens corriam atrás de
mulheres
eu corria atrás dos velhos
livros.
eu era um bibliófilo, quem sabe um
sujeito
desencantado

e isto
e o mundo
me moldaram.

eu vivia numa cabana de madeira
atrás de uma pensão
a três dólares por
semana
sentindo-me como um
Chatterton
enfiado dentro de algo do
Thomas
Wolfe.

meus maiores problemas eram
selos, envelopes, papéis
e
vinho,
com o mundo no auge
da Segunda Guerra Mundial.
eu ainda não tinha sido
desconcertado pelas
mulheres, eu era virgem
e escrevia de 3 a
5 contos por semana
e todos retornavam
rejeitados
por *The New Yorker*, *Harper's*,
*The Atlantic Monthly*.
eu tinha lido em algum lugar que
Ford Madox Ford costumava usar
como papel higiênico os pareceres
dos trabalhos rejeitados
mas eu não tinha
um banheiro de modo que os enfiava
numa gaveta
e quando não havia mais espaço
e eu mal conseguia
abri-la
eu retirava todos os pareceres

e os jogava fora
junto com os
contos.

enquanto isso
a velha Biblioteca Pública de L.A. seguia sendo
minha casa
e a casa de muitos outros
vagabundos.
discretamente usávamos os
banheiros
e os únicos entre nós que deveriam
ser
evitados eram aqueles que
pegavam no sono nas mesas da
biblioteca –
ninguém ronca como um
vagabundo
exceto alguém com quem você é
casado.

bem, eu não era *propriamente* um
vagabundo. *eu* tinha um cartão da biblioteca
e eu ia e voltava com os livros
uma
enorme
*quantidade* deles
sempre levando o limite
máximo
permitido:
Aldous Huxley, D. H. Lawrence,
e. e. cummings, Conrad Aiken, Fiodor
Dos, Dos Passos, Turguêniev, Górky,
H. D., Freddie Nietzsche,
Schopenhauer,
Steinbeck,
Hemingway,
e assim por
diante...

sempre esperava que a bibliotecária
dissesse: "você tem um gosto e tanto, meu
jovem..."

mas a puta velha e acabada
não sabia nem quem ela
era
que dirá de
mim.

mas aquelas estantes eram
tremendamente encantadoras: permitiam-me
descobrir
os primeiros poetas chineses
como Tu Fu e Li
Po
que podiam dizer mais em uma
linha do que a maioria em
trinta ou
cem.
Sherwood Anderson deve
tê-los
lido
também.

eu também levava os Cantos
pra lá e pra cá
e Ezra me ajudou
a fortalecer meus braços se não
meu cérebro.

aquele lugar fantástico
a Biblioteca Pública de L.A.
era um lar para uma pessoa que tinha tido
um
lar dos
infernos
CÓRREGOS AMPLOS DEMAIS PARA SALTAR
LONGE DA MULTIDÃO ESTULTA
CONTRAPONTO
O CORAÇÃO É UM CAÇADOR SOLITÁRIO

James Thurber
John Fante
Rabelais
Maupassant

alguns não funcionavam para
mim: Shakespeare, G. B. Shaw,
Tolstói, Robert Frost, F. Scott
Fitzgerald

Upton Sinclair funcionava melhor para
mim
que Sinclair Lewis
e eu considerava Gógol e
Dreiser completos
idiotas

mas tais juízos eram produto
mais da maneira
como um homem era forçado a viver do que de
sua razão.

a velha Biblioteca Pública
muito provavelmente evitou que eu me
tornasse um
suicida
um ladrão
de bancos
um
espancador
de mulheres
um carniceiro ou um
policial motorizado
e ainda que algumas dessas possibilidades
não sejam más
é
graças
à minha sorte
e a meu destino

que aquela biblioteca estava
lá quando eu era
jovem e procurava me
*agarrar* a
alguma coisa
quando parecia não haver quase
nada ao meu
redor.

e quando eu abri o
jornal
e soube do incêndio
que havia
destruído a
biblioteca e boa parte de
seu interior

eu disse à minha
esposa: "eu costumava passar
meu tempo
lá..."

O OFICIAL PRUSSIANO
O JOVEM AUDAZ NO TRAPÉZIO VOADOR
TER E NÃO TER

VOCÊ NÃO PODE VOLTAR PARA CASA.

● ● ● ● ● ● ● ● ● ● ● ● ● ● ● ● ● ● ● ● ● ● ● ● ● ● ● ● ● ● ● ● ● ● ● ● ● ● ● ● ● ● ●

Realizei várias incursões educativas pelos cortiços da cidade a fim de me preparar para o meu futuro. Não gostei nada do que vi por lá. Aqueles homens e aquelas mulheres não tinham qualquer tipo especial de ousadia ou brilho. Queriam apenas o que todo o resto do mundo queria. Havia também alguns desequilibrados mentais clássicos que podiam andar com tranquilidade naquelas redondezas. Eu tinha notado que em ambos os extremos da sociedade, tanto entre os ricos quanto entre os pobres, frequentemente se permitia que os loucos se misturassem livremente entre as pessoas. Eu sabia que não era inteiramente são. Também sabia, uma percepção que eu tinha desde a infância, que havia algo de estranho em mim. Era como se meu destino fosse ser um assassino, um ladrão de banco, um santo, um estuprador, um monge, um ermitão. Precisava de um lugar isolado para me esconder. Os cortiços eram lugares nojentos. A vida das pessoas sãs, dos homens comuns, era uma estupidez pior do que a morte. Parecia não haver alternativa possível. A educação também parecia uma armadilha. A pouca educação que eu tinha me permitido havia me tornado ainda mais desconfiado. O que eram médicos, advogados, cientistas? Apenas homens que tinham permitido que sua liberdade de pensamento e a capacidade de agir como indivíduos lhes fossem retiradas. Voltei para meu barracão e enchi a cara...

Sentado ali, bebendo, considerei a opção do suicídio, mas me senti estranhamente apaixonado pelo meu corpo, pela minha vida. Apesar das cicatrizes que marcavam meu corpo e minha existência, ambos eram propriedades minhas. Eu podia me levantar agora e sorrir com escárnio para meu reflexo no espelho da cômoda: se você tem que ir, que leve ao menos uns oito junto, uns dez, uns vinte...

Era uma noite de dezembro, um sábado. Estava no meu quarto e tinha bebido muito mais que o de costume, acendendo um cigarro no outro, pensando nas garotas e na cidade e nos empregos e nos anos que ainda viriam. Olhando para o devir, eu gostava muito pouco do que via. Eu não era um misantropo ou um misógino, mas gostava de estar sozinho. Era bom estar solitário num lugarzinho, sentado, fumando e bebendo. Sempre tinha sido uma boa companhia para mim mesmo.

Então escutei o som do rádio que vazava do quarto ao lado. O cara tinha posto o volume muito alto. Era uma canção de amor de embrulhar o estômago.

– Ei, camarada! – gritei. – Abaixa essa coisa!

Não houve resposta.

Fui até a parede e bati com força

– EU DISSE PARA ABAIXAR ESSA MÚSICA DE MERDA!

O volume continuou o mesmo.

Saí e fui até a porta vizinha. Eu estava só de cueca. Ergui minha perna e meti o pé na porta. Ela se escancarou. Havia duas pessoas na cama, um velho gordo e uma velha gorda. Eles estavam trepando. Havia uma pequena vela acesa. O velho estava por cima. Parou, voltou sua cabeça e me olhou. A velha também me deu uma olhada por sobre o ombro dele. O lugar era muito bem arrumado, com cortinas e um pequeno tapete.

– Oh, me desculpem...

Fechei a porta e voltei para o meu quarto. Senti-me péssimo. Os pobres tinham o direito de foder como quisessem para vencer seus pesadelos. Sexo e bebida, e talvez amor, era tudo o que eles tinham.

Sentei-me novamente e servi um copo de vinho. Deixei a minha porta aberta. A luz do luar entrou trazendo consigo os sons da cidade: vitrolas, automóveis, palavrões, latidos, rádios... Estávamos todos juntos nisso. Todos juntos num grande vaso cheio de merda. Não havia escapatória. Todos desceríamos juntos com a descarga.

Um gatinho que passava do lado de fora parou na frente da minha porta e olhou para dentro. Os olhos brilhavam sob a luz da lua: olhos de um vermelho vivo como fogo. Que olhos maravilhosos.

– Venha, gatinho...

Estiquei minha mão como se houvesse comida dentro dela.

– Gatinho, gatinho...

O gato seguiu adiante.

Ouvi o rádio na peça ao lado ser desligado.

Terminei meu vinho e fui até ali fora. Continuava só de cueca. Puxei e ajeitei minhas partes. Fiquei parado na frente da outra porta. Eu havia destruído o trinco. Podia ver a luz da vela lá dentro. Eles mantinham a porta fechada pela ação de algum móvel, provavelmente uma cadeira.

Bati discretamente.

Não houve resposta.

Bati outra vez.

Ouvi alguma coisa. Então a porta se abriu.

O velho gordo ficou ali plantado. Seu rosto era todo sulcado, transmitindo uma ideia de profunda amargura. Era todo sobrancelhas e bigode e dois olhos tristonhos.

– Ouça – eu disse –, sinto profundamente o que fiz. Você e sua garota não querem dar uma chegada no meu quarto para tomarmos alguma coisa?

– Não.

– Ou quem sabe eu possa trazer algo para vocês beberem?

– Não – ele disse –, apenas nos deixe em paz.

Ele fechou a porta.

Acordei com uma das minhas piores ressacas. Normalmente dormia até o meio-dia. Naquele dia não consegui. Pus uma roupa, fui até o banheiro na casa principal e fiz minha higiene. Voltei, saí pela ruela e tomei a escadaria, desci o barranco e segui pela rua de baixo.

Domingo, o pior, o mais desgraçado entre todos os dias da semana.

Caminhei pela rua Principal, passei pelos bares. As acompanhantes se sentavam perto da entrada, as saias bem erguidas, balançando as pernas, usando saltos altos.

– Ei, doçura, venha aqui!

Main Street, East 5th Street, Bunker Hill. Os cus da América.

Não havia lugar para ir. Entrei num fliperama. Andei entre as máquinas, olhando para os jogos, mas sem desejo algum de jogar. Então vi um marinheiro numa máquina de *pinball*. Suas duas mãos apertavam as laterais da máquina, enquanto ele tentava guiar a bolinha como se estivesse usando o próprio corpo para fazê-lo. Caminhei até ele e o agarrei pela parte de trás do colarinho e pelo cinto.

– Becker, eu exijo uma maldita duma revanche!

Soltei-o e ele se virou.

– Não, está fora de questão – ele disse.

– Uma melhor de três.

– Caralho – ele disse –, deixa eu te pagar uma bebida.

Saímos do fliperama e descemos a Main Street. Uma acompanhante gritou de um dos bares:

– Ei, marinheiro, venha cá!

Becker parou.

– Vou entrar – ele disse.

– Não faça isso – eu disse –, elas são baratas humanas.

– Acabei de receber.

– As garotas bebem chá, e eles põem água na sua bebida. Cada dose é o dobro do preço, e depois a garota desaparece.

– Estou entrando.

Becker entrou. Um dos melhores escritores inéditos da América, vestido para matar e morrer. Segui-o. Ele foi até uma das garotas e falou com ela. Ela puxou a saia mais para cima, girou em seus saltos altos e sorriu. Foram para um reservado no fundo. O atendente foi até lá pegar o pedido deles. A outra garota junto ao bar me olhou.

– Ei, doçura, quer brincar um pouquinho?

– Claro, desde que a gente brinque do meu jeito.

– Tem medo ou é veado?

– Os dois – eu disse, sentando no canto mais afastado do bar.

Havia um cara entre nós, a cabeça apoiada no balcão. Sua carteira já era. Quando ele acordasse e começasse a reclamar, das duas uma: ou seria jogado no meio da rua pelo atendente, ou seria entregue nas mãos da polícia.

Depois de servir Becker e a acompanhante, o atendente voltou para trás do balcão e caminhou em minha direção.

– Sim?

– Nada.
– É? Então o que cê tá fazendo aqui?
– Esperando por um amigo – gesticulei com a cabeça na direção do reservado.
– O negócio aqui é sentou pediu.
– Beleza. Uma água.
O atendente se afastou, voltou, deixou o copo d'água.
– Vinte e cinco centavos.
Paguei-o.
A garota junto ao bar disse ao atendente:
– Ele é veado ou medroso.
O atendente não disse nada. Então Becker lhe fez um sinal e ele foi lá pegar o pedido.
A garota olhou para mim.
– Como você não tá de uniforme?
– Não gosto de me vestir como todo mundo.
– Não existem outras razões?
– As outras razões só dizem respeito a mim.
– Então vá se foder – ela disse.
O atendente voltou.
– Você precisa de outro copo.
– Tá – eu disse, mandando outro quarto de dólar na sua direção.

Do lado de fora, Becker e eu seguimos pela Main Street.
– Como foi? – perguntei.
– Cobraram pelo uso da mesa, além dos dois drinques. Chegou a 32 pratas.
– Cristo. Eu podia ficar bêbado por duas semanas com essa grana.
– Ela agarrou meu pau debaixo da mesa, ficou tocando uma.
– O que ela disse?
– Nada. Apenas tocou uma punheta pra mim.
– Prefiro eu mesmo me bater uma punheta e ficar com os 32 contos.
– Mas ela era tão linda.
– Maldição, homem. Estou andando ao lado de um perfeito idiota.
– Algum dia vou escrever sobre essas coisas. Estarei nas prateleiras das bibliotecas: BECKER. Os "Bs" são muito fracos, precisam de ajuda.
– Você fala demais sobre escrever – eu disse.

Encontramos um outro bar perto do terminal de ônibus. Não era uma espelunca movimentada. Havia apenas o dono do bar e cinco ou seis viajantes, todos homens. Becker e eu nos sentamos.
– É por minha conta – disse Becker.

– Uma Eastside na garrafa.

Becker pediu duas. Olhou para mim.

– Vamos lá, seja homem, aliste-se. Seja um marinheiro.

– Não fico nem um pouco empolgado com essa coisa de ser machão.

– Nem parece o mesmo sujeito que está sempre trocando uns sopapos com alguém.

– Faço isso por puro entretenimento.

– Aliste-se. Isso vai lhe dar algo sobre o que escrever.

– Becker, sempre há algo sobre o que escrever.

– E o que você vai fazer, então?

Apontei para minha garrafa e a ergui.

– Como vai conseguir sobreviver? – Becker perguntou.

– Tenho a impressão de ter ouvido essa pergunta ao longo de toda minha vida.

– Bem, não sei quanto a você, mas vou tentar de tudo! Guerra, mulheres, viagens, casamento, os trabalhos. O primeiro carro que eu comprar quero desmontar completamente! Para depois remontá-lo! Quero entender as coisas, o que faz elas funcionarem! Gostaria de ser um correspondente na capital do país, Washington. Quero sempre estar onde as grandes coisas estão acontecendo.

– Washington é um lixo, Becker.

– E mulheres? Casamento? Crianças?

– Lixo.

– É? Mas o que você quer, afinal?

– Me esconder.

– Seu pobre fodido. Você precisa de outra cerveja.

– Tudo bem.

A cerveja chegou.

Ficamos sentados em silêncio. Pude perceber que Becker estava imerso em seus próprios pensamentos, pensando em ser marinheiro, em ser escritor, em trepar. Era provável que desse um bom escritor. Estava explodindo de entusiasmo. Provavelmente ele amava uma porção de coisas: um falcão em pleno voo, o maldito oceano, a lua cheia, Balzac, pontes, peças de teatro, o Prêmio Pulitzer, o piano, a maldita Bíblia.

Havia um pequeno rádio no bar. Uma canção popular estava tocando. Então, no meio da música houve uma interrupção. O locutor disse:

– Um boletim acaba de chegar. Os japoneses bombardearam Pearl Harbor. Repito: os japoneses acabam de bombardear Pearl Harbor. Todos os militares devem retornar imediatamente para suas bases!

Olhamos um para o outro, ainda aturdidos e sem o total entendimento do que acabávamos de ouvir.

– Bem – disse Becker em voz baixa –, é isso.

– Termine sua cerveja – eu falei.

Becker tomou tudo num só gole.

– Jesus, imagine se um filho da puta qualquer aponta uma metralhadora pra mim e resolve apertar o gatilho?

– Isso pode muito bem acontecer.

– Hank...

– Fala.

– Você me acompanha no ônibus até a base?

– Não posso fazer isso.

O dono do bar, um homem duns 45 anos, com uma barriga que parecia uma melancia e olhos miúdos, aproximou-se de nós. Olhou para Becker:

– Bem, marinheiro, parece que você tem que voltar para sua base, não?

Aquilo me deixou puto da cara.

– Ei, gordão, deixe-o terminar sua bebida, certo?

– Claro, claro... Quer uma por conta da casa, marinheiro? Que tal uma dose de um bom uísque?

– Não – disse Becker –, está tudo bem.

– Aceite – falei a Becker –, tome a dose. Ele pensa que você vai morrer para salvar o bar dele.

– Tudo bem – disse Becker –, vou aceitar seu uísque.

O dono do bar olhou para Becker.

– Você tem um amigo desprezível...

– Apenas sirva a bebida – eu disse.

Os outros poucos clientes tagarelavam freneticamente sobre Pearl Harbor. Antes, não tinham trocado uma palavra. Agora estavam mobilizados. A Tribo estava em perigo.

Becker pegou sua bebida. Era uma dose dupla de uísque. Tomou num talagaço.

– Nunca contei para você – ele disse –, mas sou órfão.

– Caralho – eu disse.

– Você vai comigo pelo menos até o terminal de ônibus?

– Claro.

Levantamos e fomos em direção à saída.

O dono do bar estava esfregando as mãos no avental. Trazia o avental todo amarrotado e não parava de esfregar as mãos nele, tomado de excitação.

– Boa sorte, marinheiro! – ele gritou.

Becker saiu. Fiquei ainda lá dentro e olhei para o dono do bar.

– Primeira Guerra Mundial, não?

– É, é... – ele disse, cheio de alegria.

Juntei-me a Becker. Nós meio que corremos até o terminal. Militares uniformizados já começavam a chegar. A euforia se espalhava no ar. Um marinheiro passou correndo.

– VOU MATAR UM JAPA COM MINHAS PRÓPRIAS MÃOS! – gritou.

Becker ficou na fila para comprar o bilhete. Um dos soldados tinha a namorada consigo. A garota falava, chorava, agarrada a ele, beijando-o sem parar. O pobre Becker só tinha a mim. Fiquei de lado, esperando. Foi uma espera longa. O mesmo marinheiro que antes passara gritando se aproximou de mim.

– Ei, companheiro, você não vai nos ajudar? Por que você está aí parado? Por que não se alista?

Seu hálito recendia a uísque. Ele tinha sardas e um nariz enorme.

– Você vai perder seu ônibus – eu falei.

Ele se afastou em direção ao terminal de saída.

– *Fodam-se esses malditos japas fodidos!* – ele disse.

Becker finalmente conseguiu comprar uma passagem. Caminhei com ele até o ônibus. Ele ficou numa outra fila.

– Algum conselho? – perguntou.

– Não.

A fila entrava devagar no ônibus. A garota estava chorando e falando rápido e baixinho com seu soldado.

Becker chegou à porta. Dei-lhe um soco no ombro.

– Você é o melhor que eu já conheci.

– Obrigado, Hank...

– Adeus...

– *Misto-quente*

# o perdedor

e quando dei por mim estava numa mesa
todos se foram: o exemplo de bravura
sob as luzes, franzindo a testa, me açoitando...
e então um cretino ficou ali parado, fumando um charuto
"Garoto, você não é um lutador", ele me disse
e eu me levantei e o derrubei sobre a cadeira com uma pancada;
foi como uma cena de filme, e
e ele ficou lá sentado sobre seu traseiro gordo e disse

sem parar: "Jesus, Jesus, *qualé* o seu
problema?" e eu me levantei e me vesti,
ainda com o esparadrapo nas mãos, e quando cheguei em casa
arranquei o esparadrapo das minhas mãos e
escrevi meu primeiro poema,
e venho lutando
desde então.

## a vida de um vagabundo

Harry acordou em sua cama, de ressaca. Uma ressaca violenta.

– Merda – ele disse em voz baixa.

Havia uma pequena pia no quarto.

Harry se levantou, aliviou-se na pia, abriu a torneira e deixou a água lavá-la, depois enfiou a cabeça ali e bebeu um pouco de água. Depois lavou o rosto e se secou com uma parte da camiseta que estava vestindo.

O ano era 1943.

Harry juntou algumas roupas do chão e começou a se vestir, devagar. A veneziana estava fechada e tudo estava escuro, a não ser pelos raios de sol que entravam pelos furos da cortina. Havia *duas* janelas. O apê era de primeira.

Ele percorreu o corredor até o banheiro, trancou a porta e se sentou. Era incrível que ele ainda conseguisse evacuar. Não comia há dias.

Jesus, ele pensou, as pessoas têm intestinos, bocas, pulmões, orelhas, umbigos, orgãos sexuais, e... cabelo, poros, línguas, às vezes dentes, e todas as outras partes... unhas, cílios, dedos, joelhos, estômagos...

Havia algo de tão *aborrecido* nisso tudo. Como é que ninguém reclamava?

Harry terminou com o áspero papel higiênico da pensão. Pode apostar que as senhorias se limpavam com coisa melhor. Todas aquelas senhoras religiosas, viúvas há séculos.

Ele vestiu as calças, puxou a descarga e saiu de lá, desceu as escadas da pensão e alcançou a rua.

Eram onze da manhã. Caminhou para o sul. A ressaca era brutal, mas ele não ligava. Isso lhe informava que estivera em outro lugar, um lugar bom. Durante a caminhada ele encontrou meio cigarro no bolso da camisa. Ele parou, olhou para a ponta amassada e manchada, achou um fósforo e tentou acender. A chama não pegou. Seguiu tentando. Depois do quarto fósforo, que queimou seus dedos, ele conseguiu dar uma tragada. Ele se engasgou, depois tossiu. Sentiu seu estômago revirar.

Um carro veio velozmente em sua direção. Dentro do carro estavam quatro rapazes.

– EI, SEU VELHO DE MERDA! VÊ SE MORRE!

Os outros riram. Depois eles se foram.

O cigarro de Harry ainda estava aceso. Ele deu outra tragada. Uma espiral de fumaça azul subiu. Ele gostava daquela espiral de fumaça azul.

Caminhou sob o sol cálido pensando, estou caminhando e estou fumando um cigarro.

Harry caminhou até chegar ao parque em frente à biblioteca. Continuava tragando o cigarro. Sentiu o calor da ponta queimando e jogou, com relutância, o cigarro fora. Adentrou o parque e andou até encontrar um lugar entre uma estátua e alguns arbustos. A estátua era de Beethoven. E Beethoven estava caminhando, a cabeça baixa, as mãos para trás, certamente pensando em alguma coisa.

Harry se deitou e se estendeu no gramado. A grama aparada lhe dava coceira. Estava pontiaguda, afiada, mas tinha um cheiro delicioso e limpo. O cheiro da paz.

Pequenos insetos começaram a andar sobre seu rosto, formando círculos irregulares, cruzando o caminho uns dos outros, mas nunca se encontrando.

Eram apenas pontos, mas os pontos estavam procurando alguma coisa.

Harry olhou para o céu. O céu estava azul, e isso era horrível. Harry continuou olhando para o céu, tentando sentir alguma coisa. Mas não sentia nada. Nenhuma sensação de eternidade. Nem de Deus. Nem mesmo do Diabo. Mas era preciso encontrar Deus primeiro se quisesse encontrar o Diabo. Eles vinham nessa ordem.

Harry não gostava de pensamentos graves. Pensamentos graves podiam levar a erros graves.

Pensou um pouco sobre o suicídio... sem fazer disso um grande drama. Do mesmo modo como a maioria dos homens pensaria sobre comprar um par de sapatos novos. O maior problema do suicídio era a hipótese de que ele pudesse levar a algo pior. O que ele realmente precisava era de uma garrafa de cerveja bem gelada, o rótulo úmido, e com aquelas gotas geladas tão lindas na superfície do vidro.

Harry cochilou... e foi acordado pelo som de vozes. As vozes eram de meninas muito jovens, colegiais. Elas estavam rindo, gracejando.

– *Ooooh, olhem!*

– *Ele está dormindo!*

– *Vamos acordar ele?*

Harry piscou à luz do sol, espiando as meninas através das pálpebras semicerradas. Não sabia ao certo quantas eram, mas pôde ver seus vestidos coloridos: amarelos e vermelhos e azuis e verdes.

– *Olhem! Ele é lindo!*

Elas riram, gargalharam e saíram correndo.

Harry voltou a fechar os olhos.

O que tinha sido aquilo?

Nunca antes lhe acontecera algo tão agradável e delicioso. Elas o tinham chamado de "lindo". Quanta gentileza!

Mas elas não voltariam.

Ele se levantou e caminhou até o final do parque. Lá estava a avenida. Achou um banco de praça e se sentou. Havia outro mendigo no banco ao lado. Ele era bem mais velho que Harry. O mendigo tinha um ar pesado, sombrio, amargo, que fazia Harry se lembrar de seu pai.

Não, pensou Harry. Estou sendo muito duro.

O mendigo olhou na direção de Harry. O mendigo tinha olhos pequenos e inexpressivos.

Harry lançou-lhe um sorriso tímido. O mendigo virou o rosto.

Então um barulho veio da avenida. Motores. Era um comboio militar. Uma longa faixa de caminhões cheios de soldados. Os soldados estavam apertados como sardinhas, transbordavam, se penduravam do lado de fora dos caminhões. O mundo estava em guerra.

O comboio se movia lentamente. Os soldados avistaram Harry sentado no banco de praça. Então começou o barulho. Era uma mistura de assobios, vaias e xingamentos. Eles gritavam com Harry.

– EI, SEU FILHO DA PUTA!

– PREGUIÇOSO!

À medida que cada caminhão do comboio passava, o próximo continuava:

– TIRE A SUA BUNDA DESSE BANCO!

– VEADO DE MERDA!

– COVARDE!

– CAGALHÃO!

Era um comboio muito longo e muito lento.

– VENHA SE JUNTAR A NÓS!

– VAMOS TE ENSINAR A LUTAR, SEU PUTÃO!

Os rostos eram brancos e pardos e negros, flores de ódio.

Então o velho mendigo se levantou do seu banco de praça e gritou para o comboio:

– EU PEGO ELE PARA VOCÊS, RAPAZES! LUTEI NA PRIMEIRA GUERRA MUNDIAL!

Os que estavam nos caminhões que passavam riram e abanaram os braços:

– PEGUE ELE, VOVÔ!

– FAÇA ELE VER A LUZ!

Então o comboio se foi.

Eles haviam jogado coisas em Harry: latas de cerveja vazias, latas de refrigerante, laranjas, uma banana.

Harry se levantou, juntou a banana, sentou-se de novo, descascou a banana e a comeu. Estava divina. Depois ele encontrou uma laranja, descascou-a e a mastigou, engoliu a polpa e o suco. Encontrou outra laranja e a comeu também. Então achou um isqueiro que alguém havia jogado ou deixado cair. Girou a pederneira. Funcionava.

Andou até o mendigo que estava sentado no banco, empunhando o isqueiro.

– Ei, camarada, tem um cigarro?

Os pequenos olhos do mendigo se fixaram em Harry. Pareciam vazios, como se as pupilas tivessem sido removidas. O lábio inferior do mendigo tremeu.

– Você gosta do Hitler, *não é*? – ele disse em voz baixa.

– Olha, amigo – disse Harry –, por que você e eu não damos uma volta juntos? Podemos descolar uns pilas pra tomar umas biritas.

O velho mendigo revirou os olhos. Por um instante Harry pode ver apenas o branco de seus olhos injetados. Os olhos voltaram para o lugar. O mendigo olhou para ele.

– Com você... *Não*!

– Ok – disse Harry –, até a vista...

O velho mendigo voltou a revirar os olhos e disse de novo, só que mais alto desta vez:

– COM VOCÊ... NÃO!

Harry saiu do parque caminhando devagar e subiu a rua em direção ao seu bar favorito. O bar estava sempre lá. Harry *atracava* no bar. Era seu único paraíso. Impiedoso e justo.

No caminho, Harry passou por um estacionamento vazio. Um bando de homens de meia-idade jogava *softball*. Eles estavam fora de forma. Eram, em sua maioria, barrigudos, baixinhos e bundudos, quase como mulheres. Eram todos amadores ou estavam velhos demais para os arremessos.

Harry parou para assistir ao jogo. Era um festival de eliminações, lançamentos ruins, rebatedores golpeados, erros, bolas mal batidas, mas eles seguiam jogando. Quase como um ritual, uma obrigação. E eles estavam com raiva. Era a única coisa em que eram bons. A energia de sua raiva dominada.

Harry ficou assistindo. Tudo parecia perda de tempo. Até mesmo a bola parecia triste, saltitando inutilmente de um lado para o outro.

– Olá, Harry, como é que você não está no bar?

Era o McDuff, um sujeito velho e franzino, dando uma baforada em seu cachimbo. McDuff tinha uns 62 anos, sempre olhava para a frente, nunca diretamente *para* seu interlocutor, mas ele o via mesmo assim por detrás de seus óculos sem aro. E ele sempre vestia um terno preto com gravata azul. Chegava no bar todos os dias por volta do meio-dia, tomava duas cervejas, depois ia embora. E você não conseguia odiá-lo nem gostar dele. Era como um calendário ou um porta-canetas.

– Estou a caminho – respondeu Harry.

– Eu acompanho você – disse McDuff.

Então Harry caminhou ao lado do velho e franzino McDuff enquanto o velho e franzino McDuff fumava seu cachimbo. McDuff sempre mantinha o cachimbo *aceso*. Era sua marca registrada. McDuff era o seu cachimbo. Por que não?

Caminhavam juntos, sem dizer nada. Não havia o que dizer. Pararam no semáforo, McDuff fumando seu cachimbo.

McDuff tinha poupado dinheiro. Nunca havia se casado. Morava num apartamento de dois cômodos e não fazia muita coisa. Bem, ele lia os jornais, mas sem muito interesse. Não era religioso. Mas não por falta de convicção. Simplesmente porque não havia se dado ao trabalho de pensar no assunto. Era como não ser republicano por não saber o que é um republicano. McDuff não era feliz nem infeliz. Vez que outra ficava um pouco inquieto, alguma coisa parecia incomodá-lo e por alguns instantes seus olhos se enchiam de terror. Mas logo aquilo passava... como uma mosca que pousa... e em seguida levanta voo à procura de terras mais promissoras.

Então eles chegaram ao bar. Entraram.

As pessoas de sempre.

McDuff e Harry se sentaram em seus bancos.

– Duas cervejas – proferiu o bom e velho McDuff ao dono do bar.

– Como vai, Harry? – perguntou um dos fregueses do bar.

– Tateando no escuro, tremendo e cagando – respondeu.

Sentiu pena do McDuff. Ninguém o havia cumprimentado. McDuff era como um mata-borrão sobre a mesa. Não suscitava nenhum sentimento. Notavam Harry porque ele era um vagabundo. Fazia com que se sentissem superiores. Eles precisavam disso. McDuff fazia com que se sentissem apenas mais insípidos do que já eram.

Não aconteceu nada demais. Todos se debruçaram sobre suas bebidas, observando-as. Poucos tinham imaginação o suficiente para simplesmente encher a cara.

Uma tarde banal de sábado.

McDuff partiu para sua segunda cerveja e foi gentil o bastante para pagar outra a Harry.

O cachimbo de McDuff estava fervendo por conta das seis horas de queima contínua.

Terminou sua segunda cerveja e foi embora, e Harry ficou lá com o resto do pessoal.

Era um sábado muito parado, mas Harry sabia que se aguentasse por mais algum tempo conseguiria se dar bem. Sábado à noite, é claro, era melhor para descolar umas bebidas. Mas não havia nenhum lugar para onde pudesse ir até que a hora chegasse. Harry estava se esquivando da senhoria. Ele pagava por semana e estava nove dias atrasado.

Entre uma bebida e outra, o ambiente mergulhava num marasmo mortal. Os fregueses só precisavam sentar e ficar em algum lugar. Pairavam no ar uma solidão generalizada, um medo latente e a necessidade de estarem juntos e de conversarem um pouco, pois isso os acalmava. Tudo de que Harry precisava era de alguma coisa para beber. Harry podia beber eternamente e ainda precisaria de mais, não havia bebida suficiente para satisfazê-lo. Mas os outros... eles apenas *sentavam*, falando de vez em quando sobre o que quer fosse.

A cerveja de Harry estava ficando choca. E a ideia não era terminá-la porque aí teria que comprar outra e ele não tinha dinheiro. Teria que esperar e ficar na expectativa. Como um profissional na mendicância de bebidas, Harry sabia a primeira regra: você nunca deve pedir uma. Sua sede era uma piada para os outros e qualquer pedido de sua parte lhes tirava o prazer de dar.

Harry deixou seus olhos passearem pelo bar. Havia quatro ou cinco clientes por ali. Poucos e só gente miúda. Um deles era Monk Hamilton. A maior afirmação de vitalidade para Monk era comer seis ovos no café da manhã. Todos os dias. Ele achava que isso lhe dava uma vantagem. Não era muito bom nesse negócio de pensar. Era um tipo imenso, quase tão largo quanto alto, de olhos pálidos, fixos e despreocupados, pescoço de carvalho, mãos grandes, peludas e nodosas.

Monk estava falando com o atendente do bar. Harry ficou olhando uma mosca que rastejava lentamente para dentro do cinzeiro molhado de cerveja à sua frente. A mosca caminhou por ali, por entre os tocos de cigarro, forçando caminho contra um cigarro empapado, depois soltou um zunido furioso, ergueu-se, então pareceu voar para trás, e para a esquerda, e depois se foi.

Monk era limpador de janelas. Seus olhos inexpressivos encontraram os de Harry. Seus lábios grossos se torceram num riso de superioridade. Ele pegou sua garrafa, andou, sentou-se no banco ao lado de Harry.

– O que você está fazendo, Harry?

– Esperando chover.

– Que tal uma cerveja?

– Esperando chover cerveja, Monk. Obrigado.

Monk pediu duas cervejas. Elas chegaram.

Harry gostava de beber sua cerveja direto do gargalo. Monk despejou um pouco da sua num copo.

– Harry, você está precisando de emprego?
– Não tenho pensado no assunto.
– Tudo que você precisa fazer é segurar a escada. Precisamos de um cara para a escada. Não paga tão bem quanto lá em cima, mas já é alguma coisa. O que você acha?
Monk estava fazendo uma piada. Pensava que Harry era imbecil demais para compreendê-la.
– Me dê um tempo para pensar no assunto, Monk.
Monk olhou em volta para os outros clientes, soltou seu sorriso superior de novo, piscou para eles, então voltou a olhar para Harry.
– Escute, tudo o que você tem que fazer é segurar a escada bem firme. Isso não é tão difícil, é?
– É mais fácil que muita coisa, Monk.
– Então você topa?
– Acho que não.
– Ah, vamos! Por que você não tenta?
– Eu não posso fazer isso, Monk.
Então todos se sentiram bem. Harry era o garoto deles. O esplêndido fracassado.
Harry olhou para todas aquelas garrafas atrás do bar. Todos aqueles bons momentos à espera, todas aquelas risadas, toda aquela loucura... uísque, vinho, gim, vodca e tantas outras delícias. E ainda assim todas aquelas garrafas ficavam lá paradas, em desuso. Era como uma vida esperando para ser vivida, uma vida que ninguém queria.
– Olhe – disse Monk –, vou cortar o cabelo.
Harry sentiu a tranquila solidez de Monk. Monk havia ganhado, em certo momento, alguma coisa. Ele se encaixava, como uma chave numa fechadura que abria para uma outra parte qualquer.
– Por que você não vem comigo enquanto eu corto o cabelo?
Harry não respondeu.
Monk chegou mais perto.
– Paramos pra tomar uma cerveja no caminho e eu pago outra pra você depois.
– Vamos lá...
Harry esvaziou a garrafa facilmente em sua ânsia, depois a largou.
Seguiu Monk para fora do bar. Caminharam juntos ao longo da rua. Harry sentiu-se como um cachorro seguindo seu dono. E Monk estava calmo, estava agindo, tudo se encaixava. Era o seu sábado de folga e ele ia cortar o cabelo.
Acharam um bar e pararam ali. Era muito mais agradável e limpo do que o bar em que Harry normalmente vadiava. Monk pediu as cervejas.

O modo como ele se comportava! Um homem *másculo*. E seguro de sua masculinidade. Nunca pensava na morte, pelo menos não na sua.

Enquanto estavam ali, lado a lado, Harry percebeu que havia cometido um erro: um trabalho em turno integral teria sido menos doloroso do que aquilo.

Monk tinha uma verruga no lado direito do rosto, uma verruga bem descontraída, uma verruga sem constrangimentos.

Harry ficou olhando Monk pegar sua garrafa e sugá-la. Era apenas algo que Monk *fazia*, como coçar o nariz. Ele não estava *ávido* pela bebida. Monk apenas ficava sentado com sua garrafa e estava tudo pago. E o tempo corria como a merda corre pelo rio.

Terminaram suas garrafas, e Monk disse alguma coisa ao atendente do bar e o atendente do bar respondeu alguma coisa.

Então Harry seguiu Monk até o lado de fora do bar. Seguiram juntos, Monk ia cortar o cabelo.

Caminharam até a barbearia e entraram. Não havia outros clientes. O barbeiro conhecia Monk. Enquanto Monk subia na cadeira eles disseram algumas palavras um para o outro. O barbeiro o cobriu com o protetor e a cabeça de Monk pareceu enorme, a verruga firme na bochecha direita, e ele disse:

– Curto ao redor das orelhas e não tire muito em cima.

Harry, desesperado por outra bebida, pegou uma revista, virou algumas páginas e fingiu estar interessado.

Então ouviu Monk dizer ao barbeiro:

– A propósito, Paul, este é Harry. Harry, este é Paul.

Paul e Harry e Monk.

Monk e Harry e Paul.

Harry, Monk, Paul.

– Olhe, Monk – disse Harry –, quem sabe eu vou lá pegar outra cerveja enquanto você corta o cabelo?

Monk olhou fixamente para Harry.

– Não, nós vamos tomar uma cerveja depois que eu terminar aqui.

Depois Monk olhou fixamente para o espelho.

– Não precisa tirar *tanto* ao redor das orelhas, Paul.

Enquanto o mundo girava, Paul ia cortando.

– Tem pescado alguma coisa, Monk?

– Nada, Paul.

– Não acredito nisso...

– Acredite, Paul.

– Não é o que tenho ouvido.

– Como...?

– Que nem quando a Betsy Ross fez a bandeira americana, treze estrelas não teriam bastado para se enrolar no *seu* mastro!

– Ah, droga, Paul, você é *muito* engraçado!

Monk riu. Sua risada era como linóleo sendo cortado com uma faca sem fio. Ou talvez fosse um grito de morte.

Então ele parou de rir.

– Não tire *muito* em cima.

Harry largou a revista e olhou para o chão. A risada de linóleo havia se transformado num chão de linóleo. Verde e azul, com diamantes lilases. Um chão velho. Alguns pedaços tinham começado a descascar, revelando o soalho marrom-escuro que estava por baixo. Harry gostava de marrom.

Ele começou a contar: três cadeiras de barbeiro, cinco cadeiras de espera. Treze ou quatorze revistas. Um barbeiro. Um cliente. Um... o quê?

Paul e Harry e Monk e o marrom-escuro.

Os carros passavam do lado de fora. Harry começou a contar, parou. Não brinque com a loucura, a loucura não brinca.

Mais fácil contar as bebidas nas mãos: nenhuma.

O tempo reverberava como um sino monótono.

Harry sentia seus pés, seus pés dentro dos sapatos, e seus dedos... nos pés, dentro dos sapatos.

Ele mexia os dedos dos pés. Sua vida completamente desperdiçada indo a lugar nenhum como uma lesma se arrastando em direção ao fogo.

Folhas cresciam sobre os troncos. Antílopes erguiam suas cabeças do pasto. Um açougueiro em Birmingham levantava seu cutelo. E Harry estava parado numa barbearia, na esperança de tomar uma cerveja.

Ele não tinha dignidade, era um vira-latas.

Aquilo seguiu, passou, continuou e continuou, e então terminou. O fim do teatro da cadeira do barbeiro. Paul girou Monk para que ele pudesse se ver no espelho atrás da cadeira.

Harry odiava barbearias. Aquele giro final na cadeira, aqueles espelhos, eram um momento de horror para ele.

Monk não se incomodava.

Ele se olhou. Estudou seu reflexo, rosto, cabelo, tudo. Parecia admirar o que via. Então, ele falou:

– Ok, Paul. Agora você poderia tirar um pouco do lado esquerdo? E está vendo este pedacinho desalinhado? Temos que corrigir.

– Ah, sim, Monk... eu cuido disso...

O barbeiro girou Monk de volta e se concentrou no pequeno pedaço que estava desalinhado.

Harry observava a tesoura. Havia muito barulho, mas não muito corte.

Então Paul girou Monk de novo em direção ao espelho.

Monk se olhou.

Um leve sorriso se esboçou no canto direito de sua boca. Então o lado esquerdo de seu rosto se contorceu um pouco. Autoadoração com uma pequena pontada de dúvida.

– Está bem – ele disse –, agora você acertou.

Paul espanou Monk com uma pequena escova. Pedaços de cabelo morto flutuaram num mundo morto.

Monk revirou os bolsos atrás do valor do corte e da gorjeta.

A transação monetária fez tinir a tarde apática.

Então Harry e Monk caminharam pela rua, juntos, de volta ao bar.

– Não há nada como um corte de cabelo – disse Monk –, faz você se sentir um novo homem.

Monk sempre vestia *work shirts* azul-claras, mangas arregaçadas para mostrar seus bíceps. Um cara e tanto. Tudo o que ele precisava agora era de uma fêmea para dobrar suas cuecas e camisetas de baixo, enrolar suas meias e colocá-las na gaveta da cômoda.

– Obrigado por me fazer companhia, Harry.

– Não por isso, Monk...

– Da próxima vez que eu for cortar o cabelo quero que você venha junto comigo.

– Vamos ver, Monk...

Monk caminhava bem perto do meio-fio e era como um sonho. Um sonho amarelado. Simplesmente aconteceu. E Harry não sabia de onde tinha vindo o impulso. Mas cedeu a ele. Fingiu tropeçar e deu um encontrão em Monk. E Monk, como um pesado anfiteatro de carne, caiu na frente do ônibus. Quando o motorista pisou no freio ouviu-se uma pancada, não muito alto, mas uma pancada. E lá estava Monk, caído na sarjeta, corte de cabelo, verruga e tudo o mais. E Harry olhou para baixo. Uma coisa estranhíssima: lá estava a carteira de Monk na sarjeta. Tinha saltado para fora do bolso traseiro de Monk por conta do impacto e ali estava. Só não se achava estendida no chão, mas sim erguida como uma pequena pirâmide.

Harry se agachou, pegou a carteira e a colocou em seu bolso. Parecia cálida, cheia de graça. Ave Maria.

Então Harry se debruçou sobre Monk.

– Monk? Monk... você está bem?

Monk não respondeu. Mas Harry notou que ele estava respirando e não havia sangue. E, de repente, o rosto de Monk pareceu bonito e galante.

Ele está ferrado, pensou Harry, e eu estou ferrado. Nós dois estamos ferrados em sentidos diferentes. Não existe verdade, não existe nada real, não existe nada.

Mas algo existia. A multidão existia.

– Saiam de perto! – alguém disse – Deixem ele respirar!

Harry saiu de perto. Saiu de perto e se misturou à multidão. Ninguém o deteve.

Ele estava caminhando para o sul. Ouviu a sirene da ambulância. Ela gritava, secundando o seu sentimento de culpa.

Então, rapidamente, a culpa desapareceu. Como uma antiga guerra terminada. Era preciso seguir em frente. As coisas seguiam em frente. Como as pulgas e o melado para panquecas.

Harry se enfiou num bar que nunca havia notado antes. Havia um atendente no balcão. Garrafas. Estava escuro ali. Pediu um uísque duplo, bebeu de um só gole. A carteira de Monk estava gorda e abundante. Sexta devia ter sido dia do pagamento. Harry puxou uma nota, pediu outro uísque duplo. Tomou metade, fez uma pausa em reverência, e depois secou o resto, e, pela primeira vez em muito tempo, sentiu-se muito bem.

Mais tarde Harry foi até a Groton Steakhouse. Entrou e se sentou no balcão. Nunca tinha ido lá antes. Um homem alto, magro, desinteressante, vestindo chapéu de *chef* e um avental sujo andou até ele e se curvou sobre o balcão. Estava com a barba por fazer e cheirava a inseticida. Olhou de soslaio para Harry.

– Veio aqui atrás de EMPREGO? – perguntou.

Por que diabos todo o mundo está tentando me botar para trabalhar?, pensou Harry.

– Não – respondeu Harry.

– Temos uma vaga para lavador de prato. Cinquenta centavos a hora e você pode agarrar a bunda da Rita de vez em quando.

A garçonete passou ao lado deles. Harry olhou para a bunda da mulher.

– Não, obrigado. Por hora, vou querer uma cerveja. De garrafa. Qualquer marca.

O *chef* chegou mais perto. Tinha longos pelos saindo das narinas, fortemente ameaçadores, como um pesadelo imprevisto.

– Ouça, seu merda, você tem dinheiro?

– Tenho – disse Harry.

O *chef* hesitou por alguns instantes, então saiu, abriu o refrigerador e puxou uma garrafa de cerveja. Tirou a tampa, voltou até onde estava Harry e colocou o líquido fermentado no balcão com uma pancada.

Harry deu um longo gole, pousou a garrafa suavemente.

O *chef* continuava a examiná-lo. Não conseguia matar a charada.

– Agora – disse Harry –, quero um filé alto de carne de gado, bem passado, com batatas fritas, e pegue leve na gordura. E me traga outra cerveja, agora.

O *chef* fez surgir diante dele uma nuvem de fúria, depois se afastou, foi até o refrigerador, repetiu a cena, o que incluía trazer a garrafa e colocá-la no balcão com um estrondo.

Em seguida o *chef* foi até a grelha, jogou um bife lá dentro.

Um glorioso manto de fumaça se ergueu. O *chef* encarava Harry por entre a fumaça.

Não faço ideia, pensou Harry, de por que ele não gosta de mim. Bem, talvez eu precise mesmo de um corte de cabelo (tire bastante de todos os lados, por favor) e fazer a barba, meu rosto está um pouco abatido, mas as minhas roupas estão bem limpas. Gastas, mas limpas. Devo ser mais limpo que o prefeito desta cidade de merda.

A garçonete chegou perto dele. Não era feia. Nenhuma maravilha, mas não estava mal. Seus cabelos empilhavam-se sobre a cabeça, meio bagunçados, pequenos cachos desciam soltos pelos lados. Bacana.

Ela se debrucou sobre o balcão.

– Você não pegou o trabalho de lavador de pratos?

– O salário é bom mas não é meu ramo de negócio.

– E qual é o seu ramo de negócio?

– Sou arquiteto.

– Metiroso – ela disse e se afastou.

Harry sabia que não era muito bom de papo. Descobriu que quanto menos falava melhor todos se sentiam.

Terminou as duas cervejas. Então chegaram o bife e as batatas fritas. O *chef* bateu o prato com força no balcão. O sujeito era bom nas pancadas.

Parecia um milagre para Harry. Ele avançou, cortando e mastigando. Fazia uns dois anos que não devorava um bife. À medida que comia, sentia uma força renovada invadindo seu corpo. Quando não se come com frequência, comer é um verdadeiro *acontecimento.*

Até mesmo seu cérebro sorria. E seu corpo parecia estar dizendo, obrigado, obrigado, obrigado.

Então Harry terminou.

O *chef* ainda não deixara de encará-lo.

– Ok – disse Harry –, vou querer um repeteco.

– Vai querer a mesma comida?

– Aham.

O chef o olhou de modo ainda mais fixo. Afastou-se e lançou outro bife na grelha.

– E quero outra cerveja também, por favor. Agora.

– RITA! – gritou o *chef* –, VEJA MAIS UMA CERVEJA PRA ELE!

Rita apareceu com a cerveja.

– Você bebe bastante cerveja – ela disse – para um arquiteto.

– Estou planejando erguer uma grande obra.

– Rá! Como se você conseguisse!

Harry se concentrou na cerveja. Depois levantou e foi até o banheiro masculino. Quando voltou, liquidou a cerveja.

O *chef* voltou e bateu o prato de bife e fritas com força na frente de Harry.

– A vaga ainda está disponível, se você quiser.

Harry não respondeu. Avançou sobre o novo prato.

O *chef* seguiu até a grelha, de onde continuou a encarar Harry.

– Você ganha as *duas* refeições – disse o chef – *e* sai empregado.

Harry estava ocupado demais com o bife e com as batatas fritas para responder. Ainda estava com fome. Quando se está na vadiagem, e especialmente quando se é um bebum, pode-se ficar dias sem comer, muitas vezes não se tem nem mesmo vontade de comer, e então, zaz, você é fulminado: surge uma fome insuportável. Você começa a pensar em comer qualquer coisa: ratos, borboletas, folhas, bilhetes de jogo, jornal, rolhas, o que aparecer pela frente.

Agora, debruçado sobre o segundo prato, a fome de Harry ainda estava lá. As batatas fritas eram lindas e gordurosas e amarelas e quentes, algo como a luz do sol, uma nutritiva e gloriosa luz solar que se podia mastigar. E o bife não era apenas uma fatia de alguma pobre criatura assassinada, era algo comovente, que alimentava o corpo e a alma e o coração, que fazia os olhos sorrirem, transformando o mundo num lugar menos difícil de suportar. Ou de se viver. Naquele instante, a morte não importava.

E então ele terminou o prato. Só havia restado o osso, que estava totalmente limpo. O *chef* ainda encarava Harry.

– Vou comer mais um – Harry disse ao *chef*. – Outro filé alto com fritas e mais uma cerveja, por favor.

– VOCÊ NÃO VAI COMER MAIS UM! – gritou o chef – VOCÊ VAI PAGAR TUDO E DAR O FORA DAQUI!

Cruzou pela frente da grelha e parou na frente de Harry. Tinha um bloco de pedidos nas mãos. Rabiscou furiosamente uma soma. Depois jogou a conta no meio do prato sujo. Harry pegou a conta de cima do prato.

Havia um outro cliente no restaurante, um homem redondo e rosado, de cabeça grande e cabelos despenteados, tingidos de um castanho um tanto desanimador. O homem consumira inúmeras xícaras de café enquanto lia o jornal da noite.

Harry se levantou, tirou algumas notas do bolso, separou duas e as depôs ao lado do prato.

Depois deu o fora dali.

O trânsito do início da noite estava começando a entupir a avenida de carros. O sol se punha atrás dele. Harry olhou para os motoristas dos carros. Pareciam infelizes. O mundo parecia infeliz. As pessoas estavam no escuro. As pessoas estavam apavoradas e decepcionadas. As pessoas estavam presas em armadilhas.

As pessoas estavam na defensiva, nervosas. Sentiam que suas vidas estavam sendo desperdiçadas. E elas estavam certas.

Harry seguiu caminhando. Parou no semáforo. E, naquele momento, teve um sentimento muito estranho. Teve a impressão de que era a única pessoa viva no mundo.

Quando o sinal mudou para o verde, esqueceu-se de tudo. Atravessou a rua e seguiu pela calçada do outro lado.

*– Septuagenarian Stew*

## fuga

O senhorio caminha de lá pra cá pelo corredor
tossindo
fazendo-me saber que está ali,
e eu tenho que esconder
as garrafas,
e não posso ir até o banheiro
as luzes não funcionam,
há buracos nas paredes de
canos arrebentados
e a descarga está estragada,
e o cretino de merda
segue de um lado para o outro
ali fora
tossindo, tossindo,
pra lá e pra cá em seu roupão surrado
ele segue,
e eu já não suporto mais,
*eu me liberto,*
PARTO pra cima dele
assim que ele passa,
"*Mas que diabos é isso?*"
ele grita,
mas é tarde demais,
meu punho já lhe acerta o maxilar;

é um golpe rápido e ele cai,
encolhido e fraco;
pego minha mala e
desço os degraus,
e lá está sua esposa no vão da porta,
ela SEMPRE ESTÁ NO VÃO DA PORTA,
eles não têm mais nada a fazer senão
ficar parados junto à porta ou caminhar pelos corredores,
"Bom dia, sr. Bukowski", seu rosto é o rosto de uma toupeira
pedindo minha morte em suas preces, "o que..."
e eu a empurro para o lado,
ela cai pelos degraus da varanda e
sobre um arbusto,
escuto o estalar dos galhos
e vejo metade de seu corpo submerso nas folhas
como uma vaca cega,
e então sigo rua abaixo
com minha mala,
o sol está agradável,
e começo a pensar
no próximo lugar aonde irei
me instalar, e espero
encontrar alguns seres humanos decentes,
alguém que possa me tratar
melhor.

## poema para os cachorros perdidos

aquele sentimento bom e raro vem nos momentos mais estranhos: certa vez,
depois de dormir
no banco de um parque numa cidade estranha acordei, minhas roupas
úmidas pelo leve sereno e me levantei e comecei a seguir para leste
direto para
a direção em que se erguia o sol e dentro de mim havia uma alegria sutil que
simplesmente estava ali.
em outra ocasião depois de pegar uma prostituta de rua seguimos às

duas da manhã lado a lado sob o luar
em direção ao meu quarto barato mas eu não desejava levá-la para cama.
a alegria cândida brotou do simples fato de caminhar ao lado dela neste
universo
confuso – éramos companheiros, estranhos companheiros caminhando
juntos,
sem dizer nada.
sua echarpe branca e púrpura pendia de sua bolsa – flutuando no
escuro
enquanto caminhávamos
e a música poderia ter vindo da luz da lua.

então houve o tempo
em que fui despejado por não pagar o aluguel e carreguei as coisas da minha
mulher até a porta de um estranho e a vi desaparecer lá
dentro, fiquei ali um instante, ouvi primeiro a risada dela, depois a dele, então
parti.
eu seguia sozinho, eram dez da manhã e fazia calor, o
sol me cegava e tudo o que eu percebia era o som de
meus sapatos no calçamento. então
ouvi uma voz. "ei, parceiro, tem algum aí?"
olhei naquela direção e vi três mendigos de meia-idade sentados contra o muro,
as faces coradas,
ridiculamente acabados e perdidos. "quanto falta para
completar a garrafa?" perguntei. "24 centavos", disse um
deles. Meti a mão no
bolso, apanhei todos os trocados que eu tinha e lhe entreguei. "porra, meu velho,
muito
obrigado!" ele disse.
Segui em frente, então senti vontade de um cigarro, vasculhei
meus
bolsos, senti um pedaço de papel, puxei-o
para fora: uma nota de 5 dólares.

noutra vez aconteceu enquanto eu brigava com o garçom, Tommy (de novo),
no
beco atrás do bar para divertimento dos fregueses, eu levava a
costumeira
surra, todas as garotas em suas calcinhas provocantes torcendo pelo seu
irlandês musculoso ("oh, Tommy, acabe com ele, cague a pau o veado!")

quando alguma coisa estalou em meu cérebro, meu cérebro disse apenas,
"é hora de algo a mais", e acertei um mata-cobra pesado na parte lateral
da cabeça de Tommy e ele me olhou como dizendo: *espere, isso*
*não está no script*, e então disparei outro e pude ver o medo emergir
de dentro dele numa torrente, e o
liquidei com rapidez e então os fregueses o ajudaram a voltar para dentro
enquanto
me amaldiçoavam. O que me encheu de alegria
aquela silenciosa risada lá no fundo do peito foi saber que fiz o que fiz
porque há um limite para a resistência de qualquer homem.
segui até um bar desconhecido na outra quadra, sentei e pedi uma
cerveja.
"não servimos mendigos aqui", me disse o atendente. "não sou um mendigo",
eu disse, "traga a cerveja duma vez." a cerveja
chegou, tomei logo um gole e lá estava eu.

sentimentos bons e raros surgem nos momentos mais estranhos, como agora
enquanto lhes conto tudo isso.

## nós, os artistas...

em São Francisco a senhoria, 80, me ajudou a arrastar a vitrola
verde escada acima e eu tocava a Quinta do Beethoven
até que batessem nas paredes.
havia um grande balde no meio do quarto
cheio de garrafas de vinho e cerveja;
então, deve ter sido *delirium tremens*, pois certa tarde
ouvi um som parecido com uma campainha
exceto pelo fato de que a campainha zunia em vez de bater,
e então uma luz dourada apareceu no canto da peça
junto ao teto
a através do som e da luz
brilhou a face de uma mulher, maltratada mas bonita,
e ela me olhou lá de cima
e depois a face de um homem juntou-se à dela,
a luz se tornou mais forte o homem disse:

nós, os artistas, estamos orgulhosos de você!
então a mulher disse: o rapazinho está assustado,
e eu estava, e logo desapareceram.
levantei, me vesti, e fui para o bar
me perguntando quem eram os artistas e por que deveriam se
orgulhar de mim. havia algumas almas no bar
e descolei uns drinques de graça, pus fogo nas minhas calças com as
cinzas do meu cachimbo de vime, quebrei um copo deliberadamente,
não fui expulso, conheci um homem que dizia ser William
Saroyan, e bebemos juntos até uma mulher entrar e
puxá-lo pela orelha e então pensei, não, esse não pode ser
William, e outro cara entrou e disse: cara, você fala
grosso, bem, escute, acabei de sair por roubo e
agressão, então não se meta comigo! fomos para fora do
bar, era um cara legal, sabia como brigar, e aquela luta seguiu
bastante parelha, então eles pararam e nós voltamos para
dentro e bebemos por mais um par de horas. Voltei para
casa, coloquei a Quinta de Beethoven e
quando eles batem nas paredes eu bato
de volta.

sigo pensando em quando eu era jovem, naquela época, em como eu era,
e mal posso acreditar nisso tudo, mas não importa.
espero que os artistas continuem orgulhosos de mim
mas eles jamais voltaram a
aparecer.

a guerra irrompeu e quando percebi
estava em Nova Orleans
entrando bêbado em um bar
após ter caído na lama numa noite chuvosa.
Vi um homem esfaquear outro e não me importei e
pus um níquel no *jukebox*.
era um jeito de começar. San
Francisco e Nova Orleans eram duas das minhas
cidades favoritas.

# 2

*deite-se*
*deite-se e espere como*
*um animal*

## hoje os melros são brutais

solitário como um velho e usado pomar
que se espalha por toda a Terra
para ser usado e rendido.

abatido como um ex-pugilista vendendo
na esquina o jornal do dia.

assolado por lágrimas como
uma corista envelhecida
cujo último cheque acaba de ser descontado.

um lencinho está à mão seu senhor sua
adoração.

os melros hoje são brutais
como
unhas encravadas
numa noite passada na
cadeia –
o vinho enche de vinho o lamento,
os melros voam por toda parte e
voam em círculos
dedilhando
melodias espanholas e castanholas.

e todo lugar é
nenhum lugar –
o sonho é tão ruim quanto
panquecas e pneus vazios:

por que a gente segue
com nossas mentes e
bolsos cheios de
pó
como um valentão recém-saído da
escola –
me diga
você,
você que foi um herói de alguma
revolução
você que ensina as crianças
você que bebe com toda calma
você que possui belas casas
e caminha pelos jardins
você que matou um homem e é dono de uma
bela mulher
me diga você
por que estou em chamas como lixo velho e
seco.

poderíamos certamente manter uma correspondência
muito interessante.
manteríamos o carteiro ocupado.
e as borboletas e as formigas e as pontes e os
cemitérios
e os construtores de foguetes e os cachorros e os mecânicos de garagem
seguiriam em frente por um
momento
até que ficássemos sem selos
e/ou
ideias.

não sinta vergonha de
nada; acho que Deus sabe o que faz
como
as trancas nas
portas.

## albergue

você não viveu de verdade
até ter estado num
albergue
onde não há nada além de um único
bico de luz
e 56 homens
apertados uns contra os outros
em catres
com todo mundo
roncando
ao mesmo tempo
e alguns desses
roncos
são
tão profundos e
graves e
inacreditáveis –
cavernosos
repulsivos
graves
subumanos
ruídos
vindos do próprio
inferno.

você quase
perde o juízo
submetido a esses
sons que parecem
uma condenação

e os
odores
misturados:
meias
duras e imundas
cuecas

mijadas e
cagadas

e sobre tudo isso
um ar que circula
devagar
que mais parece
a emanação de
lixeiras sem
tampa.

e aqueles
corpos
no escuro

gordos e
magros
e
curvos

alguns
manetas
pernetas

alguns
desmiolados

e o pior de
tudo:
a total
falta de
esperança

que os
amortalha

que os recobre
por completo.

não há como
suportar.

você se
levanta

sai

caminha pelas
ruas

sobe e
desce as
calçadas

passa por prédios

dá a volta na
esquina

e retorna
pela
mesma
rua

pensando

aqueles homens
todos
uma vez foram
crianças

o que aconteceu
com
eles?

e o
que
aconteceu
comigo?

está escuro
e frio
aqui
fora.

• • • • • • • • • • • • • • • • • • • • • • • • • • • • • • • • • • • • • • • • • • • • •

Cheguei a Nova Orleans às cinco da manhã, debaixo de chuva. Sentei-me nas proximidades da rodoviária por um tempo, mas as pessoas me deprimiam de tal maneira que peguei minha mala, enfrentei a chuva e comecei a andar. Não sabia onde ficavam as pensões, qual a localização do bairro pobre.

Eu tinha uma mala de papelão que estava se desmanchando. Certa vez tinha sido preta, mas a cobertura havia descascado, expondo o papelão amarelo de que era feita. Eu tentara resolver o problema passando uma cera preta de sapato sobre as partes descobertas. Enquanto caminhava debaixo da chuva, a cera começou a escorrer da mala e, sem eu perceber, foi sujando as duas pernas das minhas calças de preto cada vez que eu mudava a mala de mão.

Bem, era uma nova cidade. Talvez eu tivesse sorte.

A chuva parou e o sol apareceu. Eu estava no bairro negro. Segui caminhando devagar.

– *Ei, branquelo sujo!*

Coloquei minha mala no chão. Uma mulatona estava sentada nos degraus da varanda, balançando as pernas. Tinha uma boa aparência.

– *Olá, branquelo sujo!*

Eu não disse nada. Fiquei apenas olhando para ela.

– *Está atrás de um bom rabo, branquelo sujo?*

Riu na minha cara. Suas pernas estavam cruzadas bem alto e ela mexia um dos pés; tinha ótimas pernas, sapatos de salto, jogava as pernas para lá e para cá e sorria. Recolhi minha mala e comecei a me aproximar dela pela calçada. Ao chegar mais perto, percebi que a cortina da janela ao seu lado havia se mexido um pouco. Vi o rosto de um negro. Ele parecia o Jersey Joe Wolcott.* Retornei da passagem para a calçada. Suas risadas me seguiram rua abaixo.

---

* Jersey Joe Wolcott (1914-1994): famoso lutador de boxe, campeão por diversas vezes na categoria dos pesos pesados. (N.T.)

Fiquei em um quarto no segundo andar, de frente para um bar. O bar se chamava Café Gangplank. Do meu quarto eu podia ver através das portas abertas do bar tudo o que acontecia lá dentro. Havia uns rostos ferozes por ali, outros interessantes. Eu ficava no meu quarto à noite, bebia vinho e olhava aqueles rostos no bar enquanto meu dinheiro se esvaía. Durante o dia, eu dava longas e vagarosas caminhadas. Ficava sentado por horas olhando os pombos. Descobri um café imundo, com um dono mais imundo ainda, mas onde se podia tomar um café da manhã caprichado – panquecas, cereais, salsicha – por quase nada.

Saí pela rua, como sempre, e fiquei caminhando sem rumo. Sentia-me feliz e relaxado. O sol estava na medida certa. Brando. Havia paz no ar. Ao me aproximar do meio da quadra, avistei um homem parado junto à entrada de uma loja. Segui em frente.

– Ei, PARCEIRO!

Parei e dei meia-volta.

– Está atrás de trabalho?

Retornei até onde ele estava. Por sobre seu ombro, pude ver uma enorme sala escura. Havia uma mesa comprida, com homens e mulheres de pé, de ambos os lados. Eles tinham martelos com os quais golpeavam objetos a sua frente. Na escuridão, os objetos pareciam ser mexilhões. Cheiravam como mexilhões. Dei meia-volta e segui caminhando pela rua.

Lembrei de como meu pai costumava chegar em casa todas as noites e falar do seu trabalho para minha mãe. A ladainha sobre o trabalho começava assim que ele cruzava a porta, continuava ao longo do jantar e se estendia até o momento em que meu pai gritava lá do quarto "Luzes apagadas!", às oito da noite, para que ele pudesse descansar e recuperar as forças para o trabalho do dia seguinte. Não havia nenhum outro assunto, exceto o trabalho.

Perto da esquina, fui parado por outro homem.

– Escute, meu amigo... – ele começou.

– Sim? – perguntei.

– Escute. Sou um veterano da Primeira Guerra Mundial. Coloquei minha vida em risco para defender este país, mas ninguém quer me contratar, ninguém me oferece um emprego. Eles não têm consideração pelo que eu fiz. Estou com fome, me ajude...

– Estou desempregado.

– Está desempregado?

– Isso mesmo.

Afastei-me. Atravessei a rua.

– *Você está mentindo!* – gritou. – *Você está trabalhando. Você tem um emprego!*

Alguns dias mais tarde, eu estava realmente em busca de um.

Ele era uma espécie de atendente, atrás de sua mesa de escritório, e usava um aparelho auditivo cujo fio se estendia ao longo de seu rosto e passava pela camisa, onde a bateria estava escondida. A sala era escura e confortável. Ele vestia um terno marrom surrado, uma camisa amassada e uma gravata com a ponta puída. Chamava-se Heathercliff.

Eu havia visto o anúncio no jornal, e esse lugar ficava perto da minha pensão.

> Procura-se jovem ambicioso com um olho no futuro. Não é necessário ter experiência. Trabalho inicial no setor de expedição, com possibilidade de ascensão.

Esperei do lado de fora com mais cinco ou seis jovens, todos se esforçando em parecer ambiciosos. Tínhamos preenchido nossas fichas de emprego e agora esperávamos. Fui o último a ser chamado.

– Sr. Chinaski, por que razão o senhor abandonou o trabalho na companhia ferroviária?

– Bem, não via muito futuro nesse setor.

– Eles têm bons sindicatos, planos de saúde, aposentadoria.

– Na minha idade, pensar em aposentadoria poderia ser considerado algo supérfluo.

– Por que veio a Nova Orleans?

– Tenho amigos demais em Los Angeles, amigos que estavam atravancando minha carreira. Queria ir para um lugar onde eu pudesse me concentrar, sem ser molestado.

– Como pode saber que permanecerá aqui conosco por tempo suficiente?

– Não tenho como saber.

– Por quê?

– Seu anúncio diz que há um futuro por aqui para um jovem ambicioso. Se não houver qualquer futuro por aqui, será minha hora de partir.

– Por que não está de barba feita? Perdeu uma aposta?

– Ainda não.

– Ainda não?

– Não. Apostei com meu senhorio que poderia conseguir um emprego em um dia, mesmo com essa barba.

– Muito bem, informaremos se o senhor for o escolhido.

– Não tenho telefone.

– Está tudo bem, sr. Chinaski.

Saí dali e voltei para o meu quarto. Cruzei o corredor sujo e fui tomar um banho quente. Logo em seguida, vesti as mesmas roupas e fui atrás de uma garrafa de vinho. Voltei para o quarto e me sentei junto à janela, bebendo, observando as pessoas no bar, o modo como se movimentavam. Eu bebia devagar, tomado novamente pela ideia de comprar uma arma e acabar com tudo aquilo de modo rápido – sem todos aqueles pensamentos e palavrórios. Uma questão de colhões. Perguntava-me se teria mesmo colhões para isso. Terminei a garrafa e fui deitar. Por volta das quatro da manhã, fui acordado por uma batida na porta. Era um mensageiro da Western Union.

Abri o telegrama:

SR. H. CHINASKI. COMPAREÇA AO ESCRITÓRIO
AMANHÃ ÀS 8H. CIA. R. M. HEATHERCLIFF.

Era uma distribuidora de revistas, e ficávamos na mesa de expedição, verificando se os pedidos coincidiam em quantidade com o que estava marcado nas faturas. Então assinávamos a fatura e empacotávamos o pedido para remessas intermunicipais, ou separávamos as revistas para que fossem distribuídas pelo caminhão de entrega local. O trabalho era fácil e monótono, mas os empregados estavam sempre num constante estado de tensão. Estavam preocupados com seus empregos. Havia uma mistura de jovens e mulheres, e não parecia haver nenhum tipo de fiscal. Depois de várias horas, começou uma discussão entre duas das mulheres. Era algo sobre as revistas. Enquanto empacotávamos revistinhas, alguma coisa deu errado do outro lado da mesa. Com o progresso do bate-boca, as mulheres foram se tornando violentas.

– Olhem – eu disse –, essas revistas não valem a pena nem ser lidas, quanto mais que vocês briguem por elas.

– Tudo bem – disse uma das mulheres –, nós sabemos que você se acha bom demais para esse trabalho.

– Bom demais?

– Sim, essa sua atitude. Você acha que a gente não reparou?

Foi quando aprendi, pela primeira vez, que não bastava que você fizesse seu trabalho. Era preciso mostrar interesse, se possível até paixão por ele.

Trabalhei por três ou quatro dias ali, então, na sexta-feira, fomos pagos pelo exato número de horas que tínhamos trabalhado. Os envelopes amarelos que nos deram continham uma série de verdinhas, além dos centavos devidos. Dinheiro de verdade, nada de cheques.

O motorista do caminhão chegou um pouco antes, perto do final do expediente. Sentou-se sobre uma pilha de revistas e fumou um cigarro.

– Sim, Harry – ele disse para um dos empregados –, recebi um aumento hoje. Dois dólares a mais.

Na saída, parei para comprar uma garrafa de vinho, depois fui para o meu quarto, tomei um gole e desci as escadas para ligar para o emprego. O telefone tocou por um longo tempo. Finalmente, o sr. Heathercliff atendeu. Ele ainda estava por lá.

– Sr. Heathercliff?
– Sim?
– É o Chinaski.
– Sim, sr. Chinaski?
– Quero um aumento de dois dólares.
– Como?
– Isso mesmo. O motorista do caminhão ganhou um aumento.
– Mas ele está conosco há dois anos.
– Preciso de um aumento.
– Nesse momento, estamos lhe pagando dezessete dólares por semana e o senhor vem me pedir dezenove?
– Exatamente. Vou receber ou não?
– Não podemos oferecer isso.
– Então me demito.
E desliguei.

– *Factótum*

## jovem em Nova Orleans

morrendo de fome por ali, percorrendo os bares,
e à noite caminhando pelas ruas por
horas,
a luz do luar sempre me parecia
falsa, talvez fosse mesmo,
e no Bairro Francês eu via
passar os cavalos e as carroças,
todos sentados muito eretos nos carros
abertos, o motorista negro, e na
traseira o homem e a mulher,
frequentemente jovens e sempre brancos.
e eu estava sempre branco.
e muito pouco encantado com o
mundo.
Nova Orleans era um lugar onde se
esconder.
eu podia jogar fora a minha vida,

sem ser molestado.
exceto pelos ratos.
os ratos no meu quarto acanhado e escuro
profundamente ressentidos por terem de dividi-lo
comigo.
eles eram grandes e destemidos
e me encaravam com olhos
que comunicavam
sem pestanejar
uma ideia de morte.

as mulheres estavam fora do meu alcance.
viam em mim algo de
depravado.
havia uma garçonete
um pouco mais velha do que
eu, que esboçava um sorriso,
demorando-se ao me
trazer o
café.

aquilo me bastava,
era o
suficiente.

havia alguma coisa, porém,
naquela cidade:
ela não me deixava sentir culpa
por não ter sentimentos em relação às
coisas que tantos outros
precisavam.
ela me deixava em paz.

sentado em minha cama
as luzes apagadas,
ouvindo os sons que vinham
de fora,
erguendo a minha garrafa
de vinho barato,
deixando o calor
da uva

entrar
em mim
enquanto eu escutava os ratos
movendo-se ao redor do
quarto,
eu os preferia
aos
humanos.

estar perdido
quem sabe louco
não era tão mau
se você pudesse
ficar assim:
quieto no seu canto.

foi algo que Nova Orleans me
deu.
ninguém jamais chamou
meu nome.

nada de telefonemas,
nem carro,
nem emprego,
nada de
nada.

apenas eu e os
ratos
e minha juventude,
naquele tempo,
aquele tempo
eu sabia
mesmo através do
vazio,
era uma
celebração
não de algo a ser
feito
mas apenas
conhecido.

## consumação do pesar

ainda escuto as montanhas
o modo como elas riem
de cima a baixo por seus perfis azuis
e mergulhando na água
os peixes lamentam
e toda a água
é fruto de suas lágrimas.
escuto as águas
nas noites de bebedeira
e a tristeza é tanta que posso
ouvi-la em meu relógio
transforma-se nos puxadores da minha cômoda
transforma-se no papel sobre o chão
transforma-se numa calçadeira
no bilhete da lavanderia
transforma-se
na fumaça do cigarro
escalando uma capela de videiras negras...
pouco importa

um pouquinho só de amor não é tão mal assim
ou um pouquinho só de vida

o que realmente importa
é esperar entre paredes
eu nasci para isso

nasci para arrastar rosas pelas avenidas da morte.

Minha mãe gritou ao abrir a porta.

– *Filho, é você, filho?*

– Preciso dormir um pouco.

– Sua cama está sempre pronta.

Segui até o quarto, me despi e deitei na cama. Fui acordado por volta das seis da tarde pela minha mãe.

– Seu pai está em casa.

Levantei-me e comecei a me vestir. O jantar estava servido quando entrei na sala.

Meu pai era um homem grande, mais alto do que eu, e tinha os olhos castanhos. Os meus eram verdes. Seu nariz era largo demais e não havia como não reparar em suas orelhas: pareciam prestes a fugir de sua cabeça.

– Escute – ele disse –, se você quiser ficar por aqui, vou lhe cobrar pelo quarto, pela comida e mais o serviço de lavanderia. Quando você arranjar um trabalho, o que você nos deve será subtraído de seu salário até que sua dívida conosco esteja encerrada.

Comemos em silêncio.

Minha dívida com quarto, comida, roupa lavada etc. já estava tão alta que foram precisos vários salários para liquidá-la. Assim que isso aconteceu, me mudei de imediato. Eu não tinha condições de pagar os preços praticados lá em casa. Encontrei uma pensão próxima ao trabalho. Fazer a mudança não era difícil. Minhas coisas não enchiam nem a metade de uma mala...

Mama Strader era minha senhoria, uma ruiva apagada de boa aparência, muitos dentes de ouro e um namorado velhusco. Chamou-me na cozinha, logo na primeira manhã, e disse que me daria um copo de uísque se eu fosse lá fora alimentar as galinhas. Depois de cumprir a missão, sentei-me para beber com Mama e seu namorado, Al. Estava uma hora atrasado para o trabalho.

Na segunda noite, houve uma batida na minha porta. Era uma gorda já entrada nos quarenta. Trazia uma garrafa de vinho.

– Moro num quarto do outro lado do corredor, me chamo Martha. Você está sempre escutando boa música. Pensei em lhe trazer uma bebida.

Martha entrou. Vestia uma espécie de bata verde e, depois de alguns copos de vinho, começou a me mostrar suas pernas.

– Tenho pernas legais.

– Sou vidrado em pernas.

– Olhe mais pra cima.

Suas pernas eram muito brancas, gorduchas, flácidas, com veias roxas e protuberantes. Martha me contou sua história.

Era uma prostituta. Tinha percorrido todo o circuito dos bares. Sua principal fonte de renda era o dono de uma loja de departamentos.

– Ele me dá dinheiro. Vou até a loja dele e levo tudo o que quero. Os vendedores não me incomodam. Ele disse pra me deixarem em paz. Ele não quer que a mulher saiba que eu trepo muito melhor do que ela.

Martha se levantou e ligou o rádio. Alto.

– Sou uma ótima dançarina – ela disse. – Veja como eu danço!

Ela girava dentro daquela barraca verde, dando chutes no ar. Estava longe de ser o que alardeava. Logo a bata passava da linha de sua cintura, e ela começou a balançar a bunda bem junto ao meu rosto. A calcinha rosa tinha um enorme furo sobre o glúteo direito. Então a bata já era, e ela ficou só de calcinha. Logo todas as suas vestes estavam no chão, e ela seguiu com o número. Seus pelos pubianos quase desapareciam debaixo da barriga frouxa, que não parava de balançar.

O suor fazia com que sua maquiagem escorresse. Subitamente seus olhos se estreitaram. Eu estava sentado na beirada da cama. Ela se jogou sobre mim antes que eu pudesse reagir. Sua boca já aberta foi pressionada contra a minha. Tinha gosto de cuspe e cebolas e vinho barato e (imaginei) dos espermas de quatrocentos homens. Enfiou sua língua na minha boca. Estava grossa pela quantidade de saliva, o que me fez engasgar e empurrá-la para longe. Ela se pôs de joelhos, baixou meu zíper, e em um segundo meu pau frouxo estava em sua boca. Ela chupou e bateu. Martha usava uma pequena fita amarela em seu cabelo grisalho e curto. Tinha verrugas e grandes pintas marrons no pescoço e nas bochechas.

Meu pênis subiu; ela gemeu e me deu uma mordida. Gritei, segurei-a pelos cabelos e a afastei. Fiquei de pé no centro do quarto, aterrorizado e ferido. Tocavam uma sinfonia do Mahler no rádio. Antes que eu pudesse me mover, ela estava novamente de joelhos. Agarrou minhas bolas sem qualquer piedade com as duas mãos. Sua boca se abriu, ela me tomou; sua cabeça ia e vinha, chupando, masturbando. Ela me obrigou a deitar no chão, dando um tremendo puxão no meu saco, quase partindo meu pau ao meio com os dentes. Os sons da chupada enchiam o quarto, enquanto o rádio tocava Mahler. Era como se eu estivesse sendo devorado por um animal impiedoso. Meu pau endureceu, coberto de cuspe e sangue. A visão daquilo a enlouqueceu. Era como ser devorado vivo.

Se eu gozar, pensei em desespero, jamais me perdoarei.

Quando consegui dar um jeito de agarrar seus cabelos para afastá-la, ela apertou novamente minhas bolas e as esmagou sem pena. Seus dentes cravaram na metade do meu pau como se quisessem, feito uma tesoura, parti-lo ao meio.

Gritei, soltei-lhe o cabelo, deitei no chão. Sua cabeça seguia em ação, sem qualquer remorso. Tinha certeza de que essa chupada podia ser ouvida ao longo de toda a pensão.

– NÃO! – gritei.

Ela prosseguiu com uma fúria inumana. Comecei a gozar. Era como sugar o interior de uma serpente que estivesse presa. Sua fúria mesclava-se à loucura; ela engoliu todo o esperma, fazendo-o gorgolejar em sua garganta. Ela continuou masturbando e chupando.

– Martha! Chega! Acabou!

Ela não iria parar. Era como se tivesse se transformado numa enorme boca, capaz de devorar tudo. Continuou chupando e masturbando. Seguiu e seguiu.

– NÃO! – gritei novamente.

Desta vez ela bebeu como se fosse uma batida de baunilha, de canudinho.

Desfaleci. Ela se ergueu e começou a se vestir. Cantou:

*"When a New York baby says goodnight*
*it's early in the morning*

*goodnight, sweetheart*
*it's early in the morning*

*goodnight, sweetheart*
*milkman's on his way home..."**

Com esforço fiquei de pé, agarrando-me aos bolsos da minha calça em busca da carteira. Saquei uma nota de US$ 5, passei a ela. Pegou a nota e enfiou-a entre os seios, pela parte frontal do vestido, deu mais uma agarrada, bem faceira, nas minhas bolas, apertou-as, soltou e seguiu bailando quarto afora.

Trabalhei o tempo necessário para juntar o dinheiro para comprar uma passagem para outro lugar qualquer, mais uns poucos dólares para as despesas iniciais. Larguei o emprego, peguei o mapa dos Estados Unidos e dei uma olhada. Decidi-me por Nova York.

Coloquei cinco garrafas de uísque dentro da mala que levei comigo no ônibus. Toda vez que alguém sentava ao meu lado e começava a falar, eu puxava uma das garrafas e dava um longo trago. Cheguei lá.

A rodoviária de Nova York ficava próxima a Times Square. Ganhei a rua com minha velha mala. Anoitecia. As pessoas saíam em grandes enxames das

---

* Quando uma garota de Nova York diz boa noite, já é cedo da manhã/ boa noite, doçura, já é cedo da manhã/ boa noite, doçura, o leiteiro já encerrou o expediente... (N.T.)

estações do metrô. Como insetos, sem rostos, dementes, elas se lançavam sobre mim, me cercavam, em grande intensidade. Batiam-se e se empurravam, faziam sons terríveis.

Busquei refúgio no vão de uma porta e terminei a última das garrafas.

Então segui em frente, empurrando, acotovelando, até avistar um sinal de "há vagas" na Terceira Avenida. A gerente era uma velha senhora judia.

– Preciso de um quarto – disse-lhe.

– Precisa de um bom terno, meu garoto.

– Estou falido.

– É um terno dos bons, uma pechincha. Meu marido toca a alfaiataria do outro lado da rua. Venha comigo.

Paguei por meu quarto, levei a mala para o andar de cima. Depois a acompanhei até o outro lado da rua.

– Herman, mostre o terno ao garoto.

– Ah, é um ótimo terno.

Herman o trouxe lá de dentro; era azul-marinho, um pouco gasto.

– Parece muito pequeno.

– Não, não, vai servir direitinho.

Saiu de trás do balcão com o terno.

– Aqui. Experimente o paletó.

Herman me ajudou a vesti-lo.

– Viu só? Serve... Quer provar a calça?

Segurou-a na minha frente. Ia da minha cintura aos dedos do pé.

– Parece bem.

– Dez dólares.

– Estou falido.

– Sete dólares.

Dei a Herman os sete dólares, levei o terno para o meu quarto, escada acima. Saí atrás de uma garrafa de vinho. Ao voltar, tranquei a porta, tirei a roupa, preparava-me para a primeira noite verdadeira de sono em um bom tempo.

Deitei na cama, abri a garrafa, dobrei o travesseiro nas costas para ter um bom apoio, respirei fundo e sentei na escuridão olhando a janela. Era a primeira vez que eu estava sozinho em cinco dias. Eu era um homem que se fortalecia na solidão; ela era para mim a comida e a água dos outros homens. Cada dia sem solidão me enfraquecia. Não que me orgulhasse dela, mas dela eu dependia. A escuridão do quarto era como um dia ensolarado para mim. Tomei um gole de vinho.

Subitamente o quarto se encheu de luz. Houve um estrépito e um rugido. A linha elevada do trem passava ao nível da minha janela. Havia uma estação do metrô ali. Olhei para a fila de rostos nova-iorquinos, que me olharam de volta. O trem se demorou e, então, partiu. O quarto ficou escuro. Logo voltou a se encher de luz. Outra vez olhei para os rostos. Era como uma visão do inferno constantemente repetida. Cada novo carregamento de rostos era mais feio, demente e cruel que o anterior. Bebi o vinho.

Aquilo continuou: escuridão, depois luz; luz, depois escuridão. Terminei a garrafa e fui em busca de mais. Voltei, tirei a roupa, retornei para a cama. As partidas e chegadas dos rostos continuavam; era como se eu estivesse tendo uma visão. Eu era visitado por centenas de demônios que o diabo em pessoa não podia tolerar. Bebi mais vinho.

Finalmente me levantei e peguei meu terno novo no armário. Vesti o paletó. Estava apertado. Parecia menor do que quando o experimentei na alfaiataria. De repente, o tecido se rasgou. O paletó abrira completamente no meio das costas. Joguei o que restara fora. Ainda tinha a calça. Enfiei as pernas. Havia botões na frente em vez de zíper. Ao tentar abotoá-los, a costura abriu nos fundilhos. Passei minha mão atrás e senti minhas cuecas.

Durante quatro ou cinco dias, caminhei a esmo. Depois me embebedei por dois dias seguidos. Mudei do meu quarto e fui para o Greenwich Village. Certo dia, li na coluna de Walter Winchell* que O. Henry costumava escrever todos os seus textos na mesa de um famoso bar de escritores. Encontrei o bar e fui procurar pelo que mesmo?

Era meio-dia. Eu era o único cliente, apesar da coluna de Winchell. Fiquei ali plantado, sozinho, na frente de um enorme espelho, do bar e do atendente.

– Sinto muito, senhor, não podemos servi-lo.

Fiquei chocado, incapaz de responder. Esperei por uma explicação.

– O senhor está bêbado.

Era possível que estivesse embriagado, mas eu não bebia uma gota de álcool havia doze horas. Resmunguei alguma coisa sobre O. Henry e fui embora.

Parecia uma loja abandonada. Havia um cartaz na janela: *Precisa-se de ajudante.* Entrei. Um homem com um bigodinho fino me sorriu.

– Sente-se.

Deu-me uma caneta e uma ficha de inscrição, que preenchi.

– Ah? Faculdade?

– Não exatamente.

– Estamos no ramo da publicidade.

– É?

– Não está interessado?

---

* Walter Winchell (1897-1972): famoso homem de mídia norte-americano, tido como o inventor das colunas de fofocas sobre celebridades. (N.T.)

– Bem, veja você, eu andava envolvido com pintura. Um *pintor*, entende? Fiquei sem dinheiro. Não conseguia vender o material.

– Chegam aqui vários desses.

– Também não gosto dos tipos.

– Alegre-se. Talvez você fique famoso depois da morte.

Seguiu falando que o trabalho acarretava, para começo de conversa, fazer o turno da noite, mas que sempre se podia ascender na carreira.

Eu lhe disse que gostava do turno da noite. Ele me disse que eu podia começar no metrô.

Dois caras mais velhos esperavam por mim. Encontrei-os dentro do metrô, onde os vagões estavam estacionados. Deram-me uma braçada de pôsteres e um pequeno instrumento de metal que parecia um abridor de latas. Subimos todos em um dos vagões estacionados.

– Veja como eu faço – disse um dos caras mais velhos.

Subiu em cima dos assentos sujos, arrancando os velhos pôsteres com seu abridor de latas ao longo do percurso. Então é assim que esses negócios vão parar ali, pensei. As pessoas os colocam ali.

Cada pôster era preso por duas tiras de metal que precisavam ser removidas para que um novo pudesse ser colocado. As tiras eram presas com molas e curvas para se encaixarem no contorno da parede.

Deixaram que eu tentasse. As tiras de metal resistiram aos meus esforços. Não iriam se mover. As pontas afiadas cortavam minhas mãos enquanto eu trabalhava. Comecei a sangrar. Para cada pôster retirado, era preciso colocar outro no lugar. Cada troca levava uma eternidade. Parecia uma atividade sem fim.

– Há besouros por toda Nova York – disse um dos caras mais velhos depois de um tempo.

– É mesmo?

– Sim. Você é novo em Nova York?

– Sim.

– Não sabe que todas as pessoas em Nova York sofrem com esses besouros?

– Não.

– Sim. A mulher quis trepar comigo na noite passada. Eu disse, "Não, baby, não vai rolar".

– É?

– É. Disse pra ela que faria a coisa por cinco pratas. Porque é preciso umas cinco pratas em carne pra repor a porra que eu gastaria.

– Ela lhe deu as cinco pratas?

– Que nada. Ofereceu-me uma lata de sopa Campbell's de cogumelo.

Seguimos com o trabalho até chegarmos ao fim do vagão. Os dois homens saíram pela traseira e caminharam em direção ao próximo carro do metrô, que estava estacionado a cerca de quinze metros de distância. Estávamos a uns bons dez metros acima do chão, com nada além dos trilhos para caminhar. Vi que não seria nada difícil para um corpo passar por entre os vãos e cair lá embaixo.

Saí do vagão e comecei a avançar lentamente em direção ao próximo, cuidando onde pisava, o abridor de latas numa mão e os pôsteres na outra. Um metrô cheio de passageiros partiu, as luzes iluminando o caminho.

O veículo se foi, deixando-me na escuridão total. Não conseguia sequer ver os trilhos e as vigas horizontais. Esperei.

Os dois caras mais velhos gritaram lá do outro vagão:

– Vamos! Depressa! Temos muito trabalho pela frente!

– Esperem! Não vejo nada!

– Não temos nenhuma lanterna!

Meus olhos começavam a se adaptar. Avancei lentamente, passo a passo. Assim que entrei no outro carro, coloquei os pôsteres sobre o chão e me sentei. Minhas pernas estavam bambas.

– Qual é o problema?

– Não sei.

– O que é?

– Um homem pode morrer nesse negócio.

– Ninguém nunca caiu.

– Senti que podia ser o primeiro.

– Tudo está na cabeça.

– Eu sei. Como faço pra dar o fora daqui?

– Há uma escada para aqueles lados. Mas você terá que cruzar várias vias, além de cuidar os trens em movimento.

– Sim.

– E não pise no terceiro trilho.

– O que é isso?

– É o condutor de força. É um trilho dourado. Parece feito de ouro. Você vai ver.

Desci para a pista e comecei a caminhar. Os dois caras mais velhos ficaram me olhando. Ali estava o trilho dourado. Passei dando o passo mais largo que pude sobre ele.

Então cheguei à escada. Meio caindo, meio correndo, venci os degraus. Havia um bar do outro lado da rua.

– *Factótum*

# poema para chefes de departamento pessoal:

Um velho me pediu um cigarro
e eu cuidadosamente saquei dois.
"Tô procurando emprego. Vou ficar aqui,
debaixo do sol e fumando."

Ele estava no limite da mendicância e da fúria
e se escorava na morte.
Era um dia frio, de fato, e os caminhões
carregados e pesados como putas velhas
batiam e chacoalhavam pelas ruas...

Caímos como placas de um teto podre
enquanto o mundo luta para se livrar do peso
que lhe atrapalha as ideias.
(Deus é um lugar solitário e sem bife.)

Somos pássaros agonizantes
navios à deriva –
o mundo se choca contra nós
e nós
estendemos nossos braços
e nós
estendemos nossas pernas
como o beijo da morte da centopeia:
mas eles, gentis, nos dão um tapinha nas costas
e chamam nosso veneno de "política".

Bem, nós fumamos, ele e eu – homenzinhos
mordiscando pensamentos medíocres...

Nenhum dos cavalos entra,
e enquanto você vê as luzes das cadeias
e dos hospitais cintilarem,
e homens carregando bandeiras com o cuidado dispensado
        aos bebês,
lembre-se disso:

você é um instrumento cheio de tripas
coração e barriga, cuidadosamente planejado –
de modo que se você pegar um avião para Savannah,
pegue o melhor avião;
ou se você comer frango feito na pedra quente,
faça-o com um animal nobre.
(Você o chama de ave; eu chamo as aves de
flores.)

E se você decidir matar alguém,
que seja qualquer um e não alguém importante:
alguns homens são feitos de partes mais especiais e
preciosas: não mate
se puder
um presidente ou um Rei
ou um homem
atrás de uma escrivaninha –
estes possuem longitudes celestiais
atitudes luminais.

Se essa for sua decisão,
escolha um de nós
que estamos aqui parados, fumando, furiosos;
estamos entorpecidos pela tristeza e
pela febre
por escalar escadas rotas.

Leve-nos
        nunca fomos crianças
        como as suas crianças.
        Não entendemos de canções de amor
        como a sua namorada.

Nossos rostos são como linóleo rachado
fendido sob o peso dos passos resolutos
de nossos mestres.

Estamos misturados a cabeças de cenoura
e semente de papoula e a uma gramática bêbada;
desperdiçamos os dias como melros loucos

ansiando pelas noites de trago.
Nossos sorrisos humanos e descoloridos
nos envolvem como os confetes de outra pessoa:
nós sequer pertencemos ao Partido.

Somos uma cena apagada
com o branco e doentio apagador do Tempo.

Fumamos, insones como um prato de figos.
Fumamos, tão mortos quanto um nevoeiro.

Leve-nos.

Um assassinato na banheira
ou algo rápido e certeiro; nossos nomes
nos jornais.

Conhecidos, por um momento, enfim
por milhões de olhos indiferentes de um violeta apagado
que se mantêm ocupados
apenas com os lampejos
das caricaturas de pobres feitas
por seus comediantes conceituados, mal-acostumados
        e corretos.

Conhecidos, por um momento, enfim,
como eles também serão conhecidos
como você será conhecido
por um homem todo cinza em uma casa toda cinza
que se senta e acaricia uma espada
mais longa que a noite
mais longa que a dor de coluna da montanha
mais longa que todos os prantos
que têm uma bomba atômica sendo expelida das gargantas
e explodindo em uma terra nova,
menos planejada.

Fumamos e as nuvens não nos notam.
Um gato caminha e sacode o Shakespeare
        de suas costas.

Sebo, sebo, vela como cera: nossas espinhas
são curvadas e nossas consciências queimam
de um jeito inocente
o que ainda restava do pavio da vida nos
foi distribuído.

Um velho me pede um cigarro
e me conta seus problemas
e isto
é o que ele disse:
que a Idade era um crime
e que a Compaixão apanhou as bolinhas de gude
e que o Ódio apanhou a
grana.

Ele poderia ter sido seu pai
ou o meu.

Ele poderia ter sido um garanhão
ou um santo.

Mas o que quer que ele tenha sido
agora estava condenado
e nós ficamos debaixo do sol e
fumamos
e olhamos em volta
em nosso ócio
para ver quem era o próximo da
fila.

## nirvana

sem grandes chances,
completamente desprovido de
propósito,
ele era um jovem

seguindo de ônibus
cruzando a Carolina do Norte
em direção a
alguma parte
e então começou a nevar
e o ônibus parou
num pequeno café
nas montanhas
e os passageiros
ali entraram.

sentou juntou ao balcão
com os outros,
fez o pedido e a
comida chegou.
a refeição estava
especialmente
gostosa
assim como o
café.

a garçonete era
diferente das mulheres
que ele
conhecera.
não era afetada,
sentia que dela
emanava um humor
natural.
a frigideira dizia
coisas malucas.
a pia,
logo atrás,
ria, uma risada
boa
limpa e
prazenteira.

o jovem assistiu
à neve cair através da
janela.

queria ficar
naquele café
para sempre.

um sentimento curioso
perpassou-o por completo
de que tudo
era
lindo
ali,
de que sempre seria
maravilhoso ficar
por ali.

então o motorista do ônibus
disse aos passageiros
que era hora de
partir.

o jovem pensou,
ficarei sentado
aqui, apenas ficarei onde
estou.

mas então
ele se ergueu e seguiu
os outros até o
ônibus.

encontrou seu assento
e olhou para o café
através da janela do
ônibus.
então a partida do
veículo, logo uma curva,
em declive, afastando-se
das montanhas.

o jovem
olhou diretamente
para frente.
ouviu os outros
passageiros
falando
de outras coisas,
ou então eles
liam
ou
tentavam
dormir.

não haviam
percebido
a
mágica.

o jovem
virou a cabeça para
o lado,
fechou os
olhos,
fingiu
dormir.
não havia mais nada
a fazer –
apenas escutar
o som do
motor,
o som dos
pneus
sobre a
neve.

• • • • • • • • • • • • • • • • • • • • • • • • • • • • • • • • • • • • • • • • • •

Depois de chegar à Filadélfia, encontrei uma pensão e paguei uma semana de aluguel adiantado. O bar mais próximo devia ter uns cinquenta anos. Dava para sentir o cheiro de urina, merda e vômito acumulados ao longo de meio século brotando das frestas do piso, visto que os banheiros ficavam no andar de baixo.

Eram quatro e meia. Dois homens brigavam no meio do bar.

O cara à minha direita disse que seu nome era Danny. O da esquerda, que se chamava Jim.

Danny trazia um cigarro na boca, a ponta brilhando. Uma garrafa de cerveja vazia cruzou o ar. Por um triz, não lhe acertou em cheio no cigarro e no nariz. Não se moveu nem olhou ao redor, bateu a cinza do cigarro no cinzeiro.

– Essa foi perto, seu filho da puta! Mande mais uma dessas e a pancadaria começa!

Todos os lugares estavam ocupados. Havia umas mulheres por ali, algumas donas de casa, gordas e meio estúpidas, e duas ou três senhoras que enfrentavam dificuldades. Ao me sentar por ali, uma garota levantou e se foi com um homem. Retornou em cinco minutos.

– Helen! Helen! Como você consegue fazer isso?

Ela gargalhou.

Outro se lançou sobre ela para experimentar.

– Deve ser bom. Tenho que provar!

Saíram juntos. Helen retornou em cinco minutos.

– Ela deve ter uma bomba de sucção na buceta!

– Tenho que tentar também – disse um velho sentado no fundo do bar. – Não tenho uma ereção desde que Teddy Roosevelt tomou sua última colina.

Com ele, Helen levou dez minutos.

– Quero um sanduíche – disse um gordo. – Quem vai buscar pra mim por uma graninha?

Eu lhe disse que iria.

– Bife no pão, com tudo o que tem direito.

Deu-me algum dinheiro.

– Fique com o troco.

Fui até o lugar onde se faziam os sanduíches. Um velho meio esquisito apareceu.

– Bife no pão, com tudo o que der pra botar em cima. E uma garrafa de cerveja enquanto espero.

Tomei a cerveja, levei o sanduíche até o gordo e procurei outro lugar. Apareceu uma dose de uísque. Virei. Outra surgiu. Virei. A jukebox tocava.

Um jovem, que devia ter uns 24, veio lá dos fundos do bar.

– Preciso que as persianas sejam limpas – ele me disse.

– Sem dúvida.

– O que você faz?

– Nada. Bebo. Vario entre isso.

– Que tal cuidar das persianas?

– Cinco pratas.

– Contratado.

Eles o chamavam de Billy-Boy. Billy-Boy havia se casado com a dona do bar. Ela estava com 45.

Trouxe-me dois baldes, água e sabão, uns esfregões e esponjas. Retirei as persianas, removi as lâminas e comecei.

– Bebida de graça – disse Tommy, o atendente da noite – enquanto você estiver trabalhando.

– Uma dose de uísque, Tommy.

Era um trabalho lento; o pó havia endurecido, formando uma espécie de laca. Cortei minha mão diversas vezes nas plaquetas de metal. A água ensaboada ardia.

– Uma dose de uísque, Tommy.

Terminei o primeiro jogo de persianas e o coloquei no lugar. Os fregueses do bar deram uma olhada no que eu havia feito.

– Maravilha!

– Com certeza vai ajudar o lugar.

– Na certa vão subir o preço das bebidas.

– Uma dose de uísque, Tommy – eu disse.

Baixei outro jogo de persianas, retirei as plaquetas. Desafiei Jim para uma partida de pinball e lhe tomei vinte e cinco centavos, esvaziei os baldes na privada e os enchi com água limpa.

O segundo jogo progrediu ainda mais devagar. Minhas mãos receberam mais cortes. Duvido que essas persianas tivessem sido limpas em dez anos. Ganhei mais 25 centavos no pinball, e então Billy-Boy ordenou que eu voltasse ao trabalho.

Helen passou em direção ao banheiro feminino.

– Helen, vou lhe dar cinco pratas assim que acabar. Será que dá?

– Claro, mas você não vai nem levantar o negócio quando for a hora.

– Levanto sim.

– Estarei aqui quando fecharem. Se você ainda conseguir ficar de pé, faço de graça!

– Estarei *firme*, baby!

Helen retornou ao banheiro.

– Uma dose de uísque.

– Ei, vá devagar – disse Billy-Boy – ou jamais terminará o trabalho nesta noite.

– Billy, se eu não terminar, você pode ficar com os cinco.

– Fechado. Ouviram isso?

– A gente ouviu, Billy, seu mão-de-vaca.

– A saideira, Tommy.

Tommy me serviu o uísque. Bebi o copo e então fui trabalhar. Consegui progredir. Após mais umas doses de uísque, consegui deixar os três jogos de persianas limpos e brilhantes.

– Tudo pronto, Billy. Pague o que deve.

– Ainda não acabou.

– Como?

– Há mais três janelas no salão dos fundos.

– Salão dos fundos?

– Salão dos fundos. O salão de festas.

Billy-Boy me mostrou o salão dos fundos. Havia mais três janelas, mais três jogos de persianas.

– Deixo por 2,50, Billy.

– Negativo. Ou faz todo o trabalho, ou não recebe nada.

Apanhei os baldes, esvaziei a água suja, enchi de água limpa, sabão, depois desci um novo jogo de persianas. Retirei as plaquetas, depositei-as sobre uma mesa e fiquei olhando para elas.

Jim parou no meio do caminho até o banheiro.

– O que está acontecendo?

– Não conseguirei limpar outro jogo.

Quando Jim saiu do banheiro, foi até o bar e retornou com sua cerveja. Começou a limpar as persianas.

– Jim, deixe disso.

Fui até o bar, peguei mais uma dose. Quando voltei, uma das garotas descia um dos jogos.

– Tome cuidado, não vá se cortar – eu disse a ela.

Alguns minutos depois, havia umas quatro ou cinco pessoas por ali, falando e sorrindo, até mesmo Helen. Todas trabalhavam na limpeza. Logo quase todos os fregueses do bar estavam por lá. Concentrei-me em esvaziar mais dois copos. Finalmente, as persianas estavam limpas e no lugar. Não levou muito tempo. Cintilavam. Billy-Boy apareceu:

– Não tenho que lhe pagar nada.

– O trabalho está terminado.

– Mas não foi você quem terminou.

– Não seja um mão-de-vaca, Billy – alguém disse.

Billy-Boy desencavou uma nota de US$ 5, eu a peguei. Fomos até o bar.

– Uma rodada por minha conta!

Coloquei a nota de US$ 5 sobre o balcão.

– E uma bebida pra mim.

Tommy deu uma volta distribuindo as bebidas.

Tomei a minha e Tommy pegou o dinheiro.

– Você deve US$ 3,15 para o bar.

– Ponha na conta.

– O.k., qual é seu sobrenome?

– Chinaski.

– Conhece aquela do polaco que teve que usar a casinha?

– Sim.

Os drinques continuaram chegando para mim até a hora do fechamento. Após o último, dei uma olhada em volta. Helen tinha desaparecido. Ela mentira.

Como fazem as putas, pensei, assustada com o trabalho que teria...

Ergui-me e tomei o rumo de minha pensão. A lua brilhava. Meus passos ecoavam pela rua vazia, parecendo os passos de um perseguidor. Olhei ao redor. Eu estava enganado. Somente a solidão me acompanhava.

Quando cheguei a St. Louis, fazia muito frio, estava prestes a nevar. Encontrei um quarto num lugar legal e limpo, um segundo andar de fundos. Era cedo da noite e me atacava uma de minhas crises depressivas, o que me fez ir cedo para cama, buscando, de alguma maneira, adormecer.

Quando despertei pela manhã, estava muito frio. Eu tremia de modo incontrolável. Levantei e descobri que uma das janelas estava aberta. Fechei-a e voltei para a cama. Comecei a me sentir nauseado. Consegui dormir mais uma hora, depois acordei. Fiquei de pé, me vesti, mal alcançara o banheiro do corredor quando vomitei. Despi-me novamente e voltei a me deitar. Logo houve uma batida à porta. Não respondi. As batidas continuaram.

– Sim? – respondi.

– Você está bem?

– Sim.

– Podemos entrar?

– Entrem.

Eram duas garotas. Uma estava um pouco acima do peso, mas parecia limpa, radiante, em um vestido florido e rosado. Tinha um rosto gentil. A outra usava um cinto bem apertado que acentuava sua maravilhosa figura. Seu cabelo era longo, negro, e tinha um nariz delicado; usava saltos, dona de pernas perfeitas, vestia uma blusa branca decotada. Seus olhos eram de um castanho-escuro, muito escuro, e seguiam cravados em mim, marotos, muito marotos.

– Sou Gertrude – ela disse – e esta é Hilda.

Hilda se ruborizou quando Gertrude cruzou o quarto em direção à cama.

– Escutamos você no banheiro. Você está passando mal?

– Sim. Mas não é nada sério, tenho certeza. Uma janela aberta.

– A sra. Downing, a senhoria, está fazendo uma sopa para você.

– Não precisa, está tudo bem.

– Vai lhe fazer bem.

Gertrude se aproximou da minha cama. Hilda permaneceu onde estava, rosa e luzidia e ruborizada. Gertrude andava para lá e para cá em seus saltos agudíssimos.

– Você é novo na cidade?

– Sim.

– Não está no exército?

– Não.

– O que você faz?

– Nada.

– Não trabalha?

– Não trabalho.

– Sim – disse Gertrude a Hilda –, olhe essas mãos. Tem as mãos mais lindas que já vi. Dá pra ver que nunca pegaram no batente.

A senhoria, sra. Downing, bateu. Ela era gorda e simpática. Imaginei que seu marido estava morto e que ela era uma pessoa religiosa. Trazia uma enorme tigela de caldo de carne. Podia ver a fumaça subindo. Peguei a tigela. Trocamos gentilezas. Sim, seu marido falecera. Ela era extremamente religiosa. Havia ainda umas bolachas, mais sal e pimenta.

– Muito obrigado.

A sra. Downing olhou para as duas garotas.

– Bem, está na hora de a gente ir. E espero que as garotas não o tenham incomodado muito.

– Oh, não!

Sorri em direção à sopa. Ela gostou do gesto.

– Vamos, garotas.

A sra. Downing deixou a porta aberta. Hilda deu um jeito de ruborizar mais uma vez, deu-me um sorriso discreto, depois saiu. Gertrude permaneceu. Observou-me tomar umas colheradas do caldo.

– Está gostoso?

– Quero agradecer a todas vocês. Tudo isso... não é algo a que eu esteja acostumado.

– Vou indo.

Ela deu meia-volta e caminhou lentamente até a porta. Sua bunda se movia sob a saia negra apertada; suas pernas eram douradas. Junto à soleira, ela parou e se virou, deitando seus olhos negros novamente sobre mim, deixando-os ficar. Fiquei pasmado, em brasa. No momento em que percebeu minha reação, lançou a cabeça para trás e deu uma gargalhada. Tinha um pescoço adorável e toda aquela cabeleira negra. Ela desapareceu no corredor, deixando a porta entreaberta.

Peguei o sal e a pimenta, temperei o caldo, quebrei as bolachas de água e sal e as coloquei na tigela, aplacando minha doença a colheradas.

Após perder várias máquinas de escrever no prego, simplesmente desisti da ideia de possuir uma. Compunha minhas histórias à mão e as enviava dessa maneira. Escrevia-as à pena. Eu precisava ser um calígrafo veloz. Tinha que conseguir executar as letras mais rápido do que as ideias que elas continham. Escrevia três ou quatro contos por semana. Colocava-os no correio. Imaginava os editores da The Atlantic Monthly e da Harper's dizendo: "Ei, aqui está mais uma das coisas daquele louco...".

Certa noite, levei Gertrude a um bar. Sentamos lado a lado em uma mesa e bebemos cerveja. Nevava lá fora. Sentia-me um pouco melhor do que de costume. Bebemos e conversamos. Uma hora, ou por volta disso, se passou. Comecei a me fixar nos olhos de Gertrude, e ela me respondia da mesma maneira. "Nos dias de hoje, é difícil encontrar um bom homem!", dizia a jukebox. Gertrude acompanhava a música com o corpo, com a cabeça, olhava-me nos olhos.

– Você tem uma cara muito estranha – ela disse. – Você não é realmente feio.

– Número quatro no setor de envio de mercadorias, galgando posições.

– Alguma vez você já se apaixonou?

– Isso é para pessoas de verdade.

– Você me parece de verdade.

– Não gosto de pessoas de verdade.

– Não gosta?

– Eu as odeio.

Bebemos mais um pouco, sem falar muito. Continuava a nevar. Gertrude virou a cabeça e ficou olhando para o aglomerado de pessoas. Então voltou a me olhar.

– Ele não é bonito?

– Quem?

– O soldado lá adiante. Está sentado sozinho. Tão ereto. E tem todas as medalhas no uniforme.

– Vamos, é hora de dar o fora daqui.

– Mas ainda é cedo.

– Você pode ficar.

– Não, quero ir com você.
– Não me importo com o que você fizer.
– É por causa do soldado? Você ficou assim por causa do soldado?
– Oh, merda!
– Foi o soldado!
– Estou indo.

Levantei-me, deixei uma gorjeta e caminhei em direção à porta. Ouvi Gertrude atrás de mim. Segui pela rua cortando a neve. Logo ela estava ao meu lado.

– Você nem ao menos pegou um táxi. Andar de salto alto na neve!

Não respondi. Caminhamos as quatro ou cinco quadras até a pensão. Subi os degraus lado a lado com ela. Então entrei em meu quarto, fechei a porta, me despi e fui para a cama. Escutei-a jogar alguma coisa contra a parede em seu quarto.

Filas e mais filas de bicicletas silenciosas. Caixas cheias de peças para bicicleta. Filas e mais filas de bicicletas pendendo do teto: bicicletas verdes, bicicletas vermelhas, bicicletas roxas, bicicletas azuis, bicicletas para meninas, bicicletas para meninos, todas penduradas ali; aros brilhantes, as rodas, os pneus, as tintas, os assentos de couro, as luzes traseiras, os faroletes, os freios de mão; centenas de bicicletas, fila após fila.

Tínhamos uma hora para o almoço. Eu comia depressa, tendo estado desperto ao longo de toda a noite e alvorada, sentia-me cansado e todo dolorido. Havia conseguido encontrar um local escondido debaixo das bicicletas. Eu me arrastava até ali, debaixo de três fileiras de bicicletas imaculadamente arranjadas. Deitava-me ali de costas, e suspensas sobre mim, alinhados com precisão, pendiam pneus, aros prateados e reluzentes, pinturas novas, tudo em perfeita ordem. Tudo era grandioso, correto, ordenado – 500 ou 600 bicicletas se estendendo sobre mim, cobrindo-me, tudo no seu devido lugar. De algum modo, aquilo tinha um profundo significado. Eu as olhava e sabia que tinha 45 minutos de descanso sob aquela árvore de bicicletas.

Ao mesmo tempo, eu sabia, em outra parte da minha consciência, que, se alguma vez eu me deixasse cair no meio de todas aquelas bicicletas cintilantes, seria meu fim, que eu nunca poderia me salvar. Assim, eu ficava ali deitado de costas, deixando que as rodas e os aros e as cores de alguma forma me acalmassem.

Um homem de ressaca jamais deveria deitar de costas e olhar para o telhado de um galpão. As vigas de madeira, por fim, apoderam-se de você; e as claraboias – você pode ver o gradeado para os pássaros sobre as claraboias de vidro – que formam esse gradeado de certa maneira trazem à mente de um homem a imagem de uma prisão. Então há todo aquele peso sobre os olhos, o desejo desesperado por um gole apenas, e o som das pessoas se movendo, você as escuta, sabe que seu tempo está se esgotando, de alguma maneira você terá que se levantar e também entrar nesse movimento, preenchendo ordens e empacotando pedidos...

Ela era a secretária do gerente. Seu nome era Carmen – mas, apesar do nome espanhol, ela era loira e usava vestidos colados de tricô, sapatos de salto agulha, meias de náilon, cinta-liga, trazia a boca muito pintada, porém, ah, ela sabia rebolar, sabia mexer, ondulava os quadris quando vinha com os pedidos até a mesa, voltava do mesmo modo para o escritório, a rapaziada de olho em cada movimento, em cada contração de sua bunda; oscilando, serpenteando, rebolando. Não sou um galanteador. Nunca fui. Para ser um galã, é preciso ter a lábia doce. Nunca fui bom em passar a lábia numa mulher. Mas, finalmente, com Carmen me pressionando, levei-a até um dos transportes de carga que descarregávamos nos fundos do galpão e a peguei de pé, atrás de um desses caminhões. Foi bom, foi quente; pensei no céu azul e em praias amplas e limpas, porém ao mesmo tempo foi triste – faltava, na certa, algum sentimento humano que eu desconhecia ou com o qual não sabia lidar. Eu tinha erguido aquele vestido de tricô acima de seus quadris e fiquei ali, a bombeá-la, apertando, por fim, minha boca contra seus lábios carregados de batom escarlate e gozei entre duas caixas lacradas com o ar cheio de cinzas e com ela pressionada contra um caminhão imundo e descascado na misericordiosa escuridão.

– *Factótum*

## cisne da primavera

cisnes também morrem na primavera
e lá flutua um
morto num domingo
emborcado
circulando na corrente
e eu caminho até a rotunda
por onde circulam
deuses em carruagens
cachorros,
mulheres
e a morte
desce pela minha garganta
como um rato,
e escuto as pessoas se aproximarem
com suas cestas de piquenique

e suas risadas,
e me sinto culpado
pelo cisne
como se a morte
fosse algo vergonhoso
e como um louco
eu me afasto
e os abandono
meu belo cisne.

## um dia

Brock, o chefe de seção, estava sempre escarafunchando o cu com os dedos, usando a mão esquerda. Sofre de um caso grave de hemorroidas.

Tom percebeu isso ao longo do dia de trabalho.

Brock estivera na sua cola por meses. Aqueles olhos redondos e sem vida pareciam estar sempre à espreita de Tom. E então Tom acabou notando a mão esquerda, enfiada no cu, escarafunchando.

E Brock estava realmente na sua cola.

Tom executava seu trabalho tão bem quanto os outros. Talvez não mostrasse exatamente o mesmo entusiasmo dos demais, mas cumpria com suas obrigações.

Ainda assim, Brock não deixava de persegui-lo, fazendo comentários, despejando sugestões inúteis.

Brock era parente do dono da loja e um posto lhe fora arranjado: chefe de seção.

Naquele dia, Tom terminava de acondicionar o dispositivo de luz num pacote oblongo de um metro de comprimento e o depositou na pilha que estava atrás da sua mesa de trabalho. Voltou-se para pegar um novo conjunto da linha de montagem.

Brock estava parado à sua frente.

– Quero falar com você, Tom...

Brock era alto e magro. Seu corpo se inclinava para frente a partir da cintura. A cabeça estava sempre curvada, como se pendurada em seu pescoço longo e esguio. A boca ficava sempre aberta. Seu nariz era bastante proeminente com narinas muito grandes. Os pés eram grandes e desajeitados. As calças ficavam frouxas em seu corpo magricelo.

– Tom, você não está fazendo seu trabalho.

– Estou mantendo a média de produção. Do que você está falando?

– Não acho que você esteja empacotando direito. É preciso usar mais fita. Tivemos alguns problemas com quebra de materiais e estamos querendo resolver.

– Por que vocês não colocam as iniciais de cada empacotador nas caixas? Assim, se houver algum estrago por causa de mau acondicionamento, vocês podem rastrear o culpado.

– Quem deve pensar por aqui sou *eu*, Tom. Esse é o meu trabalho.

– Claro.

– Venha cá. Quero que você observe como o Roosevelt faz os pacotes.

Foram até a mesa de Roosevelt.

Roosevelt estava no trabalho havia treze anos.

Ficaram observando Roosevelt embalar os dispositivos de luz.

– Vê como ele faz? – perguntou Brock.

– Bem, sim...

– O que eu quero dizer é o seguinte: veja como ele faz o empacotamento... ele ergue e deixa cair lá dentro... é como tocar piano.

– Mas desse jeito ele não está *protegendo* o dispositivo...

– Claro que está. Ele o está *acomodando*, não consegue ver?

Tom discretamente inspirou e expirou.

– Tudo bem, Brock, está bem acomodado...

– Faça como ele...

Brock deu uma circulada na mão esquerda e a cravou lá dentro.

– A propósito, sua linha de montagem está atrasada...

– Claro. Você estava falando comigo.

– Isso é problema seu. Vai ter que recuperar agora.

Brock enfiou mais uma vez os dedos e depois se afastou.

Roosevelt ria em silêncio.

– *Acomode*, filho da puta!

Tom riu.

– Quanta merda será que um cara tem que aguentar apenas pra se manter vivo?

– Muita – veio a resposta –, e nunca para...

Tom voltou para sua mesa e conseguiu recuperar o prejuízo. E quando Brock olhava para ele, empacotava com a técnica da "acomodação". E Brock sempre parecia estar de olho nele.

Por fim, chegou a hora do almoço, trinta minutos de intervalo. Mas para muitos dos trabalhadores a hora do almoço não significa fazer uma refeição, mas sim descer até a Vila e entornar garrafas e mais garrafas de cerveja, preparando-se para enfrentar o turno da tarde.

Alguns dos caras as misturavam com anfetaminas. Outros, com barbitúricos. Muitos com anfetaminas e barbitúricos, levando tudo goela abaixo com uma cerveja.

Do lado de fora da fábrica, no estacionamento, havia mais gente, sentada no interior de carros velhos, reunida em grupos diferentes. Os mexicanos ficavam num, e os negros, noutro, e às vezes, ao contrário do que acontecia nos presídios, eles se misturavam. Não havia muitos brancos, apenas alguns sulistas, sempre silenciosos. Mas Tom gostava de toda a rapaziada.

O único problema no lugar era o Brock.

Durante aquele almoço, Tom estava em seu carro com Ramon.

Ramon abriu a mão e lhe mostrou um enorme comprimido amarelo. Parecia uma bala quebra-queixo.

– Ei, cara, experimente isso. Você vai ficar totalmente na paz. Quatro ou cinco horas parecem cinco minutos. E você vai se sentir FORTE, *nada* fará você cansar...

– Obrigado, Ramon, mas eu já estou na maior merda.

– Mas isso aqui é justamente pra tirar você da merda, não sacou?

Tom não respondeu.

– Beleza – disse Ramon –, eu já tinha tomado o meu, mas fico com o seu também!

Colocou o comprimido na boca, ergueu a garrafa de cerveja e tomou um bom gole. Tom ficou olhando aquele comprimido gigantesco, dava para vê-lo descer pela garganta de Ramon. Até que enfim foi engolido.

Ramon se virou devagar na direção de Tom e sorriu:

– Veja, a porra do negócio nem chegou no meu estômago e *já* estou me sentindo melhor!

Tom riu.

Ramon tomou mais um gole de cerveja, depois acendeu um cigarro. Para um homem que supostamente estava se sentindo tão bem ele parecia sério demais.

– Sabe, cara, sou um homem de merda... não posso nem dizer que sou homem... Olha só, na noite passada tentei comer a minha esposa... Ela engordou uns vinte quilos este ano... Preciso me embebedar pra conseguir... Bombei e bombei, cara, e *nada*... O pior de tudo, fiquei com pena *dela*... Disse que era por causa do trabalho. E *era* por causa do trabalho, mas também não era. Ela se levantou e ligou a tevê...

Ramon continuou:

– Cara, tudo mudou. Há um ou dois anos atrás, tudo era divertido entre a gente, interessante, eu e a minha esposa... Ríamos de qualquer coisa... Agora não há mais nada disso... O que a gente tinha se perdeu, não sei onde foi parar...

– Sei como é isso, Ramon...

Ramon se endireitou com rapidez, como se recebesse uma mensagem:

– Merda, cara, está na nossa hora!

– Vamos lá!

Tom retornava da linha de montagem com um dispositivo e Brock o esperava. Brock disse:

– Tudo bem, deixe isso aí. Venha comigo.

Seguiram até a linha de montagem.

E lá estava Ramon com seu pequeno avental marrom e seu bigodinho.

– Fique à esquerda dele – disse Brock.

Brock ergueu a mão e a maquinaria começou a funcionar. A esteira movia os dispositivos de um metro em direção a eles num ritmo firme mas previsível.

Ramon tinha esse enorme rolo de papel à sua frente, uma bobina aparentemente interminável de pesado papel marrom. Surgiu o primeiro dispositivo de luz vindo da linha de montagem. Ele rasgou um pedaço de papel, abriu-o sobre a mesa, e em seguida colocou o dispositivo de luz sobre ele. Dobrou o papel ao meio, prendendo-o com durex. Depois dobrou as pontas em triângulo, primeiro a esquerda, depois a direita, e então o dispositivo seguiu na direção de Tom.

Tom cortou um pedaço de fita adesiva e a fez deslizar com cuidado sobre o topo do dispositivo, onde o papel deveria ser selado. Então, com pedaços menores, terminou de fixar a dobra da esquerda e depois a da direita. Depois ergueu o pesado dispositivo, deu meia-volta, seguiu por um corredor e colocou-o direitinho num suporte de parede, onde aguardaria por um dos empacotadores. Por fim retornou à mesa em que outro dispositivo já vinha em sua direção.

Era o pior trabalho em toda a fábrica e todo mundo sabia disso.

– Agora você vai trabalhar com o Ramon, Tom...

Brock se afastou. Não havia necessidade alguma de vigiá-lo: se Tom não executasse a função com propriedade, a linha de montagem inteira pararia.

Ninguém aguentava muito tempo como o segundo de Ramon.

– Sabia que você ia precisar do amarelão – disse Ramon com um sorriso.

Os dispositivos se moviam sem parar na direção deles. Tom cortava metros e mais metros de fita durex da máquina à sua frente. Era uma fita reluzente, grossa e pegajosa. Esforçava-se ao máximo para manter o acelerado ritmo de trabalho, mas, para acompanhar Ramon, algumas precauções tinham de ser eliminadas: a ponta cortante da máquina de durex acabava por provocar, ocasionalmente, cortes longos e profundos em suas mãos. Os cortes eram quase invisíveis e quase nunca sangravam, mas, ao olhar para seus dedos e suas palmas, podia ver as linhas brilhantes e vermelhas na pele. Não havia nenhuma pausa. Os dispositivos pareciam se mover cada vez mais rápido e a cada momento se tornavam mais e mais pesados.

– Caralho – disse Tom –, vou ter que desistir. Acho que até dormir no banco da praça é melhor.

– Claro – disse Ramon –, claro, qualquer coisa é melhor do que essa merda...

Ramon trabalhava com um sorriso fixo e insano no rosto, negando a impossibilidade daquilo tudo. E então a maquinaria parou, como ocorria de vez em quando.

Que dádiva dos deuses foi aquilo!

Alguma parte havia enguiçado, superaquecido. Sem esses colapsos das máquinas, muitos dos trabalhadores não aguentariam. Durante essas pausas de dois ou três minutos, eles conseguiam reorganizar seus sentidos e suas almas. Quase.

Os mecânicos lutavam com energia para encontrar a causa da falha.

Tom espichou os olhos para as garotas mexicanas que trabalhavam na linha de montagem. Para ele, elas eram todas lindas. Desperdiçavam o seu tempo, entregavam-se a uma vida tola e marcada pela rotina do trabalho, mas ainda assim *mantinham* alguma coisa em si, alguma coisa não identificável. Boa parte delas usava pequenas fitas nos cabelos: azuis, amarelas, verdes, vermelhas... E faziam piadas entre si e riam o tempo todo. Mostravam uma coragem enorme. Seus olhos conheciam alguma coisa da vida.

Mas os mecânicos eram bons, muito bons, e a maquinaria já voltava a funcionar. Os dispositivos de luz se moviam outra vez na direção de Tom e Ramon. Todos estavam de novo a soldo da Companhia Sunray.

E depois de certo tempo, Tom ficou tão cansado que há muito já não se poderia mais chamar cansaço o que sentia, era como estar bêbado, era como estar enlouquecendo, era como estar bêbado e louco de uma só vez.

Ao aplicar mais um pedaço de durex em um dispositivo de luz, ele gritou:

– SUNRAY!

Talvez tivesse sido o tom, talvez o momento do grito. Seja como for, todos começaram a rir, as mexicanas, os empacotadores, os mecânicos, mesmo o velho que se ocupava de lubrificar e conferir a maquinaria, todos riam. Loucura total.

Brock se aproximou.

– O que está acontecendo? – perguntou.

Ele ficou em silêncio.

Os dispositivos surgiam e partiam; os trabalhadores permaneciam.

Então, de alguma maneira, como despertar de um pesadelo, o dia terminou. Foram até o painel apanhar seus cartões, esperaram na fila para bater o relógio-ponto.

Tom bateu o ponto, colocou o cartão de volta no painel e seguiu na direção do seu carro. Deu a partida e ganhou a rua, pensando: "Espero que ninguém se atravesse no meu caminho, estou tão fraco que acho que não conseguiria nem pisar no freio".

Tom dirigia com a gasolina no vermelho. Estava cansado demais para parar num posto de gasolina.

Deu um jeito de estacionar, chegou até a porta, abriu-a e entrou.

A primeira coisa que viu foi Helena, sua esposa. Vestia uma camisola suja e frouxa, estirada no sofá, a cabeça sobre um travesseiro. Sua boca estava aberta, ela roncava. Tinha uma boca bastante redonda, e seu ronco era uma mistura de cuspida e engasgo, como se não pudesse se decidir entre cuspir o que lhe restava de vida ou engoli-la.

Era uma mulher infeliz. Sentia que sua vida era incompleta.

Uma garrafa de meio litro de gim estava sobre a mesa de centro. Três quartos tinham sido consumidos.

Os dois filhos de Tom, Rob e Bob, de cinco e sete anos, batiam uma bolinha de tênis contra a parede. Era a parede do lado sul da casa, a que não tinha nenhum móvel. A parede uma vez fora branca, mas agora trazia as marcas da sujeira das infinitas rebatidas das bolinhas de tênis.

Os garotos não prestaram nenhuma atenção à chegada do pai. Haviam parado de jogar a bolinha contra a parede. Discutiam agora.

– EU ELIMINEI VOCÊ!

– NÃO, TEM QUE SER QUATRO BOLAS!

– TRÊS JÁ ESTÁ FORA!

– QUATRO!

– Ei, só um pouquinho – interveio Tom –, posso perguntar uma coisa pra vocês?

Os dois pararam e o encararam, quase ofendidos.

– É isso aí – disse Bob por fim. Ele era o garoto de sete anos.

– Como vocês conseguem jogar *basebol* batendo uma bolinha de tênis contra a parede?

Olharam para Tom, mas logo o ignoraram.

– TRÊS ESTÁ FORA!

– NÃO, SÓ NA BOLA QUATRO!

Tom seguiu até a cozinha. Havia uma panela branca no fogão. Uma fumaça negra se erguia de seu interior. Tom ergueu a tampa. O fundo estava enegrecido, com batatas, cenouras e pedaços de carne, tudo queimado. Tom fechou a panela e desligou o fogo.

Avançou até a geladeira. Havia uma latinha de cerveja ali. Pegou e abriu, tomou um gole.

O som da bolinha de tênis contra a parede recomeçou.

Em seguida um outro som: Helena. Ela havia trombado em alguma coisa. E agora estava ali, de pé na cozinha. Na mão direita segurava a garrafinha de gim.

– Você deve estar puto, não é?

– Só queria que você desse comida para as crianças...

– Você me deixa a porra de 3 dólares por dia. O que vou fazer com a porra de 3 dólares?

– Podia ao menos comprar papel higiênico. Toda vez que quero limpar a bunda, olho em volta e só tem um rolo vazio ali.

– Ei, uma mulher também *tem* os seus problemas! COMO VOCÊ ACHA QUE EU VIVO? Todo dia você sai pro *mundo*, você sai e vê como a vida é lá fora! Eu tenho que ficar sentada *aqui*! Não sabe o que é isso um dia depois do outro.

– Pois é, tem isso...

Helena tomou um gole de gim.

– Você sabe que eu te amo, Tommy, e que quando você está infeliz isso me machuca, machuca de verdade, aqui no peito.

– Tudo bem, Helena, vamos nos sentar aqui e manter a calma.

Tom foi até a mesa da cozinha e se sentou. Helena trouxe a garrafa consigo e ocupou um lugar na frente dele. Olhou-o.

– Por Deus, o que houve com as suas mãos?

– Trabalho novo. Tenho que descobrir uma maneira de proteger minhas mãos... Uma fita adesiva, luvas de borracha... alguma coisa...

Havia terminado sua latinha.

– Escute, Helena, tem mais desse gim por aí?

– Sim, acho que sim...

Observou-a seguir na direção do guarda-louça, esticar o braço e apanhar uma garrafa das de meio litro. Colocou-a sobre a mesa e se sentou. Tom retirou o lacre e a tampa.

– Quantas dessas você tem por aí?

– Algumas...

– Bom. Como se bebe esse negócio? Puro?

– É...

Tom tomou um bom gole. Depois olhou para as mãos, abrindo e fechando as duas, observando as feridas vermelhas que se expandiam e se contraíam. Eram fascinantes.

Pegou a garrafa, despejou um pouco de gim sobre uma das palmas e em seguida esfregou uma mão na outra.

– Ai! Essa porra arde!

Helena tomou outro gole de sua garrafa.

– Tom, por que você não arranja outro trabalho?

– Outro trabalho? Onde? Tem uns cem caras querendo o *meu*...

Então Rob e Bob entraram correndo. Detiveram-se junto à mesa.

– Ei – disse Bob –, quando a gente vai *comer*?

Tom olhou para Helena.

– Acho que tenho algumas salsichas – ela disse.

– Salsichas de novo? – perguntou Rob. – *Salsichas* de novo? Odeio essas *salsichas*!

Tom olhou para o filho.

– Ei, camarada, pega leve...

– Bem – disse Bob –, então que tal um gole dessa bebidinha de merda aí?

– Seu miserável! – gritou Helena.

Estendeu o braço e mandou um tapa, forte, de mão aberta, na orelha de Bob.

– Não bata nas crianças, Helena – disse Tom –, já tive o bastante disso quando era pequeno.

– Não me diga como educar os meus filhos!

– São meus também...

Bob estava ali de pé, parado. Sua orelha estava muito vermelha.

– Então você quer uma bebidinha, não é? – perguntou Tom.

Bob não respondeu.

– Venha cá – disse Tom.

Bob se aproximou de seu pai. Tom lhe estendeu a garrafa.

– Vamos lá, beba. Beba a porra da sua bebida.

– Tom, o que você está *fazendo*? – perguntou Helena.

– Vamos lá... beba – disse Tom.

Bob ergueu a garrafa de meio litro, tomou um gole. Devolveu-a e ficou ali parado. De repente começou a empalidecer, até mesmo sua orelha vermelha começou a ficar branca. Tossiu.

– Esse negócio é HORRÍVEL! É como beber *perfume*! Por que vocês bebem *isso*.

– Porque a gente é idiota. Porque vocês têm uns pais idiotas. Agora vá para o quarto e leve o seu irmão junto com você...

– A gente pode ver tevê lá? – perguntou Rob.

– Tudo bem, mas andem duma vez...

Os dois saíram.

– Só o que falta você transformar os meus filhos em *bêbados*! – disse Helena.

– Espero apenas que eles tenham mais sorte do que a gente na vida.

Helena tomou um gole de sua garrafa. Secou-a.

Ela se levantou, tirou a panela queimada do fogo e jogou a comida no lixo.

– Pra que fazer *tanto* barulho? Quem precisa dessa barulheira toda! – disse Tom.

Helena parecia chorar.

– Tom, o que a gente vai *fazer*?

Ligou a água quente e despejou na panela.

– Fazer? – perguntou Tom. – Do que você está falando?

– Desse nosso modo de *vida*!

– Não há muito que a gente *possa* fazer.

Helena raspou a comida grudada e despejou um pouco de sabão na panela, depois foi até o guarda-louça e sacou mais uma garrafa de meio litro de gim. Contornou a mesa e se sentou de frente para Tom, abrindo a garrafa.

– É preciso deixar a panela de molho por um tempo... Depois eu ponho as salsichas...

Tom bebia da sua garrafa, deixando a bebida assentar.

– Amor, você é uma bebum, uma gambá.

As lágrimas ainda estavam lá.

– Ah, sim, bem, *quem* você acha que me *deixou* assim? UMA CHANCE!

– Essa é fácil – respondeu Tom –, duas pessoas: você e eu.

Helena tomou o primeiro gole da nova garrafa. Com isso, de imediato, as lágrimas desapareceram. Riu de mansinho.

– Ei, tive uma ideia! Posso conseguir emprego como garçonete ou algo assim... Aí você poderia descansar um pouco, sabe... O que você acha?

Tom estendeu sua mão por sobre a mesa e tomou uma das mãos de Helena.

– Você é uma boa garota, mas vamos deixar tudo como está.

Então as lágrimas voltaram a brotar. Helena era boa com as lágrimas, principalmente quando bebia gim.

– Tommy, você ainda me ama?

– Claro, baby, você é maravilhosa quando está bem.

– Eu também te amo, Tom, você sabe disso...

– Claro, baby, o mesmo aqui!

Tom ergueu sua garrafa. Helena a dela.

Brindaram com as garrafas de gim em pleno ar, então cada um bebeu da sua.

No quarto, Rob e Bob mantinham o rádio ligado, a todo volume. Havia uma claque no programa e as pessoas da claque não paravam de gargalhar. Gargalhavam e gargalhavam e gargalhavam

e gargalhavam.

– *Septuagenarian Stew*

Miami foi o lugar mais distante ao qual conseguir chegar sem deixar o país. Levei Henry Miller comigo e tentei lê-lo ao longo do percurso. Ele era bom quando era bom, e vice-versa. Tomei uma garrafa de uísque. Depois outra e ainda outra. A viagem levou quatro dias e cinco noites. Fora uns amassos com uma jovem morena cujos pais não podiam mais lhe pagar a faculdade, nada de mais ocorreu. Ela deixou o ônibus no meio da noite em uma parte particularmente estéril e fria do país e desapareceu. Eu sempre tive insônia na estrada, e o único modo de dormir em um ônibus era enchendo completamente a cara. Mas não me arriscava a fazer isso. Quando chegamos ao destino, eu mal havia dormido ou cagado por cinco dias e mal conseguia caminhar. Era cedo da noite. A sensação de estar novamente caminhando pelas ruas era deliciosa.

QUARTOS PARA ALUGAR. Aproximei-me e toquei a campainha. Nessas circunstâncias, a atitude mais sábia era deixar a mala fora do alcance da visão da pessoa que abrisse a porta.

– Procuro um quarto. Quanto custa?

– US$ 6,50 por semana.

– Posso dar uma olhada?

– Claro.

Entrei e a segui pela escada. Devia ter uns 45, mas sua bunda balançava de um modo legal. Sempre que seguia essas mulheres escada acima, como agora, eu pensava que, se uma dessas senhoras se oferecesse para tomar conta de mim, oferecendo-me refeições quentes e roupas limpas para vestir, eu aceitaria.

Ela abriu a porta, e eu dei uma olhada no interior.

– Tudo bem – eu disse –, parece um bom lugar.

– Você tem emprego?

– Mais ou menos.

– Posso perguntar o que você faz?

– Sou escritor.

– Oh, você já escreveu livros?

– Oh, ainda não estou pronto pra escrever um romance. Por enquanto escrevo artigos, alguma coisa para revistas. Os textos não são grande coisa, mas estou melhorando.

– Tudo bem. Vou lhe dar uma chave e fazer um recibo.

Seguia-a novamente pela escada. O rabo não se movimentava com a mesma beleza descendo os degraus. Olhei sua nuca e me imaginei a beijá-la atrás das orelhas.

– Sou a sra. Adams – ela disse. – E você?

– Henry Chinaski.

Enquanto ela preenchia o recibo, eu escutava uns sons que lembravam o de uma madeira sendo serrada, vindos detrás de uma porta que ficava à nossa esquerda. O som de serragem era pontuado pelo ofegar de uma respiração penosa. Cada tomada de ar parecia ser a última, ainda que logo fosse sucedida por outra mais dolorosa.

– Meu marido está doente – disse a sra. Adams ao me passar o recibo e a chave. Sorriu. Seus olhos brilhantes tinham uma adorável cor de avelã. Dei meia-volta e segui pela escada.

Quando entrei no meu quarto, lembrei que havia deixado minha mala lá embaixo. Fui buscá-la. Ao passar pela porta da sra. Adams, os ofegos estavam muito mais altos. Levei minha mala escada acima, lancei-a sobre a cama, voltei a descer e ganhei a noite. Encontrei uma espécie de bulevar principal seguindo um pouco para o norte, entrei em uma mercearia e comprei um pote de manteiga de amendoim e um pão de sanduíche. Tinha uma faquinha de bolso e poderia assim espalhar a manteiga no pão e ter algo para comer.

Quando retornei à pensão, parei no saguão e fiquei com os ouvidos no sr. Adams, pensando, eis a Morte. Fui para o meu quarto, abri o pote de manteiga de amendoim e, enquanto escutava os sons do moribundo que vinham do térreo, mergulhei meus dedos fundo no vidro. Comi a pasta direto dos dedos. Estava uma delícia. Então abri o pão. Estava verde e úmido, exalando um cheiro azedo e forte. Como podiam vender um pão nesse estado? Que tipo de lugar era a Flórida? Joguei o pão no chão, tirei a roupa, apaguei as luzes, puxei as cobertas e me deitei no escuro, escutando.

Encontrei um emprego nos classificados do jornal. Fui contratado por uma loja de roupas, mas não em Miami, e sim em Miami Beach, e a cada manhã eu tinha que enfrentar uma travessia aquática junto com a minha ressaca. O ônibus corria por uma faixa muito estreita de cimento e ficava junto à água sem qualquer forma de guard-rail, nenhuma proteção. Só havia a pista. O motorista se recostava, e nós seguíamos sobre essa faixa estreita de cimento completamente cercada pela água, e todos a bordo, as vinte e cinco ou trinta pessoas, confiavam nele, mas eu jamais. Às vezes, era um motorista novo, e eu pensava, como eles selecionam esses filhos da puta? Havia água profunda nos dois lados, e um erro de julgamento mataria a todos nós. Isso era ridículo. Suponha que ele tenha brigado com sua mulher naquela manhã? Ou que tenha câncer? Ou que tenha visões de Deus? Um dente podre? Qualquer coisa. Seria o suficiente para ele. Lá estaríamos nós no fundo do mar. Sei que, se eu estivesse dirigindo, consideraria a possibilidade ou o desejo de afogar todo mundo. E algumas vezes, depois de ter feito essas consideração, a possibilidade passaria à ação. Para cada Joana d'Arc há um Hitler suspenso do outro lado da balança. A velha história do bem e do mal. Mas nenhum dos motoristas jamais nos lançou no mar. Por suas cabeças não passava mais do que prestações do carro, resultados do beisebol, cortes de cabelo, férias, enemas, visitas familiares. Não havia um homem de verdade entre toda aquela merda. Eu sempre chegava enjoado no trabalho, ainda que em segurança. O que demonstra porque Schumann é melhor termo de comparação que Shostakovich...

Fui contratado para o que eles chamavam de bola extra. O bola extra era o cara que fazia de tudo sem ter, ao mesmo tempo, nenhuma atividade específica. Ele devia saber o que fazer após consultar uma espécie profunda e infalível de sexto sentido. Instintivamente, esse cara devia saber como manter as coisas funcionando de modo natural, o que era melhor para a empresa, a Mãe de todos, e suprir-lhe todas as pequenas necessidades que eram irracionais, contínuas e insignificantes.

Um bom bola extra não tem face nem sexo e deve estar disposto a se sacrificar pela causa. Está sempre esperando junto à porta, antes mesmo do primeiro homem chegar. Logo deve lavar a calçada, cumprimentando cada pessoa pelo nome à medida que elas chegam, sempre trazendo no rosto um sorriso brilhante e encorajador. Reverente. Isso fará com que todos se sintam melhores antes que as engrenagens do moedor comecem a funcionar. Ele verifica se os papéis higiênicos estão em ordem, principalmente no banheiro feminino. Os cestos nunca devem estar cheios. As janelas não podem estar encardidas. Os pequenos reparos são prontamente feitos em mesas e cadeiras. Nada de portas que não abram facilmente. Os relógios sempre ajustados. Nenhum tapete enrugado. Jamais deixar uma mulher bem-alimentada e forte ficar sobrecarregada por um pacotinho qualquer.

Eu não era muito bom nisso. Minha ideia era vagar por aí sem fazer nada, evitando sempre cruzar com o chefe, além dos puxa-sacos que poderiam me denunciar. Eu não era tão esperto assim. Agia mais por instinto do que qualquer outra coisa. Sempre iniciava um trabalho com a sensação de que, assim que eu o terminasse, seria demitido, e isso me deu um ar tranquilo, que era facilmente confundido com inteligência ou algum poder secreto.

Era um comércio de roupas autossuficiente e autoabastecido, combinando fábrica e venda no atacado. O mostruário, os produtos finalizados e os vendedores ficavam todos no primeiro andar, enquanto a fábrica funcionava no segundo. A fábrica era um labirinto de passarelas e passagens que nem mesmo os ratos conseguiam vencer, longas e estreitas galerias onde homens e mulheres trabalhavam sob lâmpadas de trinta watts, inclinados, movendo os pedais, costurando, sem jamais erguer os olhos ou trocar uma palavra, curvos e calados, trabalhando incessantemente.

Certa vez, em um de meus empregos em Nova York, eu tinha trabalhado transportando tecido para fábricas como essa. Eu seguia com o caminhão por uma rua congestionada, vencendo o tráfego, e então entrava em uma ruela atrás de um prédio encardido. Havia um elevador escuro, e eu tinha que puxar umas cordas por umas roldanas de madeira. Uma das cordas era para subir, a outra para descer. Não havia luz e, enquanto o elevador subia lentamente, eu ficava de olho nos números brancos sobre a parede nua, números que brotavam da escuridão – 3, 7, 9, rabiscados a giz por uma mão esquecida. Chegava ao meu andar, puxava outra corda com meus dedos e, usando toda a minha força, abria com esforço e devagar uma velha e pesada porta de metal, revelando filas e mais filas de velhas senhoras judias sentadas às suas máquinas, trabalhando nas pilhas de tecidos. A costureira número 1 na máquina 1, inclinada, cuidando do seu espaço. A garota número 2 na máquina 2, pronta para substituí-la se fosse necessário. Elas jamais erguiam os olhos ou tomavam consciência de minha presença.

Nessa mistura de fábrica e comércio em Miami Beach, não havia necessidade de entregas. Tudo estava à mão. No meu primeiro dia, andei entre o labirinto de máquinas de costura olhando para as pessoas. Diferentemente de Nova York, a maioria dos trabalhadores era formada de negros. Aproximei-me de um negro, bem pequeno – quase anão –, que tinha um rosto mais agradável que os outros. Ele fazia algum trabalho de acabamento, com uma agulha. Eu tinha uma garrafinha no bolso.

– Seu trabalho é de matar. Vai um trago?

– Claro – ele disse.

Tomou um bom gole. Então devolveu a garrafa. Ofereceu-me um cigarro.

– Você é novo na cidade.

– Sim.

– De onde veio?

– Los Angeles.

– Um astro de cinema.

– Sim, de férias.

– Não devia estar falando com um costureiro.

– Eu sei.

Ele ficou em silêncio. Parecia um pequeno macaquinho, um macaco velho e gracioso. Para os caras do andar debaixo, ele era realmente um macaco. Tomei um gole. Sentia-me bem. Observava-os trabalhar, todos quietos sob suas lâmpadas de trinta watts, suas mãos movendo-se delicadas e habilidosas.

– Me chamo Henry – eu disse.

– Brad – ele respondeu.

– Escute, Brad, fico muito, mas muito deprimido vendo vocês trabalharem. Que tal se eu cantar uma música pra vocês?

– Não.

– Esse seu trabalho aqui é pavoroso. Por que você segue com isso?

– Porra, não tenho escolha.
– O Senhor disse que há!
– Você acredita no Senhor?
– Não.
– No que você acredita?
– Em nada.
– Então estamos quites.

Falei com alguns dos outros empregados. Os homens eram de poucas palavras, algumas das mulheres riam de mim.

– Sou um espião – eu ria de volta. – Sou um espião da companhia. Estou de olho em todo mundo.

Tomei outro gole. Cantei a eles minha música favorita, "My heart is a Hobo". Eles seguiram trabalhando. Ninguém tirou os olhos das roupas. Quando terminei, eles seguiam no labor. Por alguns instantes, houve silêncio. Então escutei uma voz:

– Olha só, branquelo, não venha mais aqui.

Decidi que o melhor era passar uma mangueira na calçada da frente.

Levou quatro dias e cinco noites para que o ônibus chegasse a Los Angeles. Como de costume, não consegui dormir ou defecar durante a viagem. Houve uma certa excitação quando uma loira enorme embarcou em algum lugar da Louisiana. Naquela noite ela começou a se vender por US$ 2, e todos os homens e uma das mulheres do ônibus se aproveitaram de sua generosidade, excetuados o motorista e eu. As transações comerciais se davam à noite na parte traseira do veículo. Ela se chamava Vera. Usava um batom púrpura e ria por qualquer motivo. Aproximou-se de mim durante uma rápida parada em uma cafeteria. Plantou-se atrás de mim e me perguntou:

– Qual é, se acha bom demais pra mim?

Não respondi.

– Veadinho.

Ao retornar para o lado de um dos seus fregueses, ouvi seus resmungos enojados...

Em Los Angeles, fiz uma ronda nos velhos bares da vizinhança à procura de Jan. Não obtive qualquer sucesso antes de encontrar Whitey Jackson, que estava trabalhando atrás do balcão no Pink Mule. Ele me disse que Jan estava trabalhando como camareira no Durham Hotel na Beverly com a Vermont. Fui até lá. Eu procurava pelo escritório da gerência quando ela saiu de um dos quartos. Estava com uma boa aparência, como se esse tempo longe de mim lhe tivesse feito bem.

Então ela me viu. Não fez nada além de ficar onde estava, parada, apenas seus olhos foram ficando maiores e mais azuis. Até que ela disse:

– Hank!

Correu em minha direção e nos abraçamos. Beijou-me com loucura, que tentei retribuir.

– Por Deus – ela disse –, achei que nunca mais fosse ver você!

– Voltei.

– De vez?

– Minha cidade é L.A.

– Afaste-se um pouco – ela disse –, deixe-me ver você.

Dei um passo para trás, um sorriso aberto no rosto.

– Você está magro. Perdeu peso – Jan disse.

– Você está ótima. Está com alguém?

– Não.

– Não há ninguém mesmo?

– Ninguém. Você sabe que não suporto as pessoas.

– Estou feliz que você esteja trabalhando.

– Venha até o meu quarto – ela disse.

Fui atrás dela. O quarto era muito pequeno, mas tinha um quê de agradável. Você podia olhar o tráfego lá fora pela janela, ver o semáforo mudar de cor, o garoto vendendo jornal na esquina. Gostei do lugar. Jan se jogou na cama.

– Venha, deite aqui do meu lado – ela disse.

– Estou constrangido.

– Eu te amo, seu idiota, nós já trepamos umas 800 vezes, então relaxe.

Tirei meus sapatos e me estiquei na cama. Ela ergueu uma das pernas.

– Continua gostando do que vê?

– Claro que sim! Jan, você terminou seu serviço?

– Sim, com exceção do quarto do sr. Clark. E ele não liga muito pra isso. Ele sempre me dá gorjetas.

– Jan...

– Sim?

– A passagem de ônibus me deixou pelado. Preciso de um lugar pra ficar até arranjar um emprego.

– Posso esconder você aqui.

– Sério?

– Claro.

– Eu te amo, baby – eu disse.

– Cretino – ela respondeu.

Começamos a fazer amor. Estava uma delícia. Uma verdadeira e genuína delícia.

Depois que terminamos, Jan se levantou e abriu uma garrafa de vinho. Abri meu último maço de cigarros e sentamos na cama para beber e fumar.

– Você está todo lá – ela disse.

– Como assim?

– Digo, nunca conheci um homem como você.

– Ah, é?

– Os outros chegavam só uns dez ou vinte por cento lá, você está lá inteiro, você todo está bem lá, é tão diferente.

– Não sei do que você está falando.

– Você tem um gancho, você prende as mulheres.

Aquilo fez eu me sentir bem. Após terminarmos nossos cigarros, voltamos a fazer amor. Então Jan me mandou ir buscar mais uma garrafa. Retornei. Eu tinha que retornar.

Fui contratado de imediato por uma companhia de lâmpadas fluorescentes. Ficava na Alameda Street, na direção norte, em um agrupamento de armazéns. Eu trabalhava no balcão. Era uma verdadeira barbada, pois eu apanhava os pedidos em uma cesta, preenchia-os, embrulhava os conjuntos em papelão e os deixava no setor de expedição, cada conjunto etiquetado e com o endereço de entrega. Eu pesava os embrulhos, acrescentava o valor do transporte e ligava para a transportadora para que viesse apanhar as encomendas.

No primeiro dia em que eu estava lá, no turno da tarde, ouvi um estrondo atrás de mim, próximo à linha de montagem. As velhas caixas de madeira que continham as partes prontas corriam para longe da parede e se espatifavam no chão – metal e vidro atingindo em cheio o cimento do piso, explodindo, produzindo uma terrível barulheira. Os trabalhadores da linha de montagem correram para o outro lado do prédio. Então tudo ficou em silêncio. O chefe, Mannie Feldman, saiu de seu escritório.

– *Que diabos está acontecendo aqui?*

Ninguém respondeu.

– *Certo, desliguem a linha de montagem! Vocês todos, peguem pregos e martelo e deem um jeito nessas caixas de madeira!*

O sr. Feldman retornou para o seu escritório. Não havia nada que eu pudesse fazer além de me apresentar para ajudá-los. Nenhum de nós era carpinteiro. Foi preciso toda a tarde e mais da metade da manhã seguinte para que conseguíssemos pregar todas as caixas. Ao terminarmos, o sr. Feldman saiu de seu escritório.

– *Então, conseguiram? Muito bem, agora me escutem: quero as 939 em cima, as 820 logo abaixo, os lanternins e vidros nas caixas mais de baixo, entenderam? Será que há alguém aqui que pode não ter entendido o que é pra fazer?*

Não houve nenhuma resposta. As 939 eram as caixas mais pesadas – extremamente pesadas – e ele as queria por cima. Ele era o chefe. Fizemos o que ele mandou. Colocamos as 939 no topo, todo aquele peso, e deixamos as mais leves por baixo. Então retornamos ao trabalho. As caixas resistiram o resto do dia e da noite seguinte. Pela manhã, começamos a ouvir uns rangidos. Eram as caixas cedendo. Os trabalhadores da linha de montagem começaram a se afastar, não contendo as gargalhadas. Cerca de dez minutos antes do intervalo da manhã, todas as caixas desabaram. O sr. Feldman veio correndo de seu escritório:

– *Mas que diabos está acontecendo aqui?*

Feldman tentava receber seu seguro e decretar falência ao mesmo tempo. Na manhã seguinte, um homem de aspecto muito digno veio da parte do Banco da América. Ele nos disse para não montarmos mais nenhuma caixa. "Apenas recolham essa merda do chão", foi o modo como colocou a questão. Ele se chamava Jennings, Curtis Jennings. Feldman devia ao Banco da América um caminhão de dinheiro, e agora eles o queriam de volta, antes que o negócio falisse. Jennings assumiu o controle da companhia. Estava sempre circulando, observando o trabalho de todos. Mergulhou fundo nos livros-caixa de Feldman; verificou as trancas e as janelas e a cerca de segurança em torno ao estacionamento. Veio até mim:

– Não use mais a transportadora Sieberling. Foram roubados quatro vezes ao transportarem um de nossos carregamentos entre o Arizona e o Novo México. Alguma razão em especial pra você estar trabalhando com esse pessoal?

– Não, nenhuma razão.

O representante da Sieberling me passava dez centavos por baixo dos panos a cada duzentos quilos em mercadorias despachadas.

Em três dias, Jennings demitiu um homem que trabalhava no escritório principal e o substituiu por três jovens mexicanas cheias de disposição para trabalhar por metade do que o outro ganhava. Demitiu também o homem da limpeza e, além de ter que despachar as mercadorias, incluiu em meu trabalho a função de motorista da empresa para entregas locais.

Assim que recebi meu primeiro contracheque, me mudei do quartinho de Jan para um apartamento só meu. Ao chegar certa noite, ela havia se mudado para lá. Ora, foda-se, eu lhe disse, minha terra é sua terra. Pouco tempo depois, tivemos nossa pior briga. Ela foi embora, e eu fiquei bêbado por três dias e três noites. Assim que recuperei a sobriedade, soube que meu trabalho já era. Nunca voltei lá. Decidi limpar o apartamento. Aspirei o chão, escovei as esquadrias das janelas, esfreguei a banheira e a pia, encerei o chão da cozinha, matei todas as aranhas e baratas, esvaziei e lavei os cinzeiros, lavei os pratos, areei a pia da cozinha, estendi toalhas limpas e coloquei um novo rolo de papel higiênico no banheiro. Devia ser a veadagem chegando, pensei.

Quando Jan finalmente voltou para casa – uma semana depois –, acusou-me de ter trazido uma mulher aqui, pois tudo parecia limpo demais. Ela aparentava uma fúria imensa, que não passava, obviamente, de disfarce para sua própria culpabilidade. Eu não conseguia entender por que não me livrava dela. Era uma adúltera compulsiva – ia com qualquer um que conhecesse num bar e, quanto mais baixo e imundo fosse, mais ela gostava. Usava continuamente nossas brigas para se justificar. No íntimo, eu seguia me dizendo que todas as mulheres do mundo não eram putas, somente a minha.

– *Factótum*

## posto de bombeiros

(Para Jane, com amor)

saímos do bar
porque estávamos sem dinheiro
mas ainda tínhamos algumas garrafas de vinho
no quarto.

era cerca de quatro da tarde
e passamos por um posto de bombeiros
e ela
enlouqueceu:

"um POSTO DE BOMBEIROS! ah, eu adoro
os CAMINHÕES, são tão vermelhos e tudo o
mais! vamos entrar!"

eu a segui.
"CAMINHÕES DE BOMBEIRO!" ela gritou
rebolando seu grande
rabo.

ela já tentava subir num
deles, erguendo a saia até
a cintura, tentando alcançar o
banco.

"aqui, aqui, deixe eu ajudar você!" correu um
bombeiro.

outro bombeiro se aproximou de
mim: "nossos cidadãos são sempre bem-vindos",
ele me
disse.

o outro cara já estava ao lado dela no
banco. "você tem uma dessas COISAS enormes?"
ela lhe perguntou. "digo, hahaha!, quero dizer um
desses CAPACETES enormes!

"tenho um outro capacete que também é enorme", ele lhe
disse.

"hum, hahaha!"

"você joga cartas?" perguntei ao *meu*
bombeiro. tenho 43 centavos e todo o tempo do
mundo.

"venha comigo até os fundos" ele
disse. "claro, nada de jogo por aqui.
é contra as
regras."

"entendo", eu lhe
disse.

já havia transformado meus 43 centavos em
um dólar e noventa
quando a vi subir as escadas com
*seu* bombeiro.

"ele vai me mostrar seus
alojamentos", ela me
disse.

"entendo", eu lhe
respondi.

quando o bombeiro dela desceu deslizando pelo mastro
dez minutos depois
eu lhe fiz um aceno
com a cabeça.

"são 5
dólares."

"5 dólares pelo
quê?"

"não queremos um escândalo, não é
mesmo? nós dois poderíamos perder nossos
empregos. claro, eu não estou
trabalhando.

ele me passou os
5.

"sente aí, você pode
recuperá-los."

"qual que é o jogo?"
"blackjack."

"jogar é contra a
lei."

"tudo que é interessante é. além disso,
você está vendo algum dinheiro sobre a
mesa?"
ele se sentou.

agora éramos
5.

"que tal a parada, Harry?" alguém
perguntou.

"nada mal, nada
mal."

o outro cara subia as
escadas.

jogavam muito mal.
não se davam ao trabalho de memorizar o
baralho. não sabiam se sobravam mais
cartas altas do que baixas. e basicamente jogavam até estourar,
não sabiam garantir uma mão
baixa.

quando o outro cara desceu
me passou uma nota de
cinco.

"como estava, Marty?"
"nada mal. ela conhece... uns movimentos
bacanas."

"mais uma carta!" eu disse. "uma ótima garota. vou
eu mesmo lá."

ninguém disse
nada.

"algum incêndio sério nos últimos tempos?"
perguntei.

"não. nada de
mais."

"caras, vocês precisam
se exercitar. mais uma carta para
mim!"

um garoto grande e ruivo, que estava dando um lustre num
caminhão

largou sua flanela e
subiu as escadas.

ao descer me jogou uma nota de
cinco.

quando o quarto cara desceu eu lhe dei
3 de cinco por uma de
vinte.

não sei quantos bombeiros
estavam no prédio ou onde eles
estavam. notei que alguns haviam escapado da minha cobrança
mas eu era um bom
esportista.

estava escurecendo
quando o alarme
tocou.

começaram a correr pra lá e pra cá
caras surgiram deslizando pelo
mastro.

então ela surgiu deslizando pelo
mastro. era boa nesse negócio do
mastro. uma mulher de verdade. nada além de tripas
e
rabo.

“vamos embora”, eu lhe
disse.

ela ficou ali, dando tchauzinho para os
bombeiros mas eles já não
pareciam
muito interessados.

“vamos voltar para o bar”, eu lhe
disse.

"ah, você arrumou uma
grana?"

"achei uns trocos que eu achava que tinha
perdido..."

sentamos no fundo do bar
com uísque e cerveja para dar uma
amaciada.
"preciso dar uma boa
dormida."

"claro, baby, você precisa de um bom
sono."

"olha aquele marinheiro me encarando!
deve achar que eu sou... uma..."

"não, ele não acha nada disso. relaxe, você tem
classe, muita classe. às vezes você me lembra uma
cantora de ópera. você sabe, uma daquelas prima-donas.
você exala classe.
bebe
aí."

pedi mais 2
rodadas.

"sabe, paizinho, você é o único homem que eu
AMO! digo, de verdade... AMO! sabe disso,
né?"

"claro que sei. às vezes penso que sou um rei
apesar de ser quem sou."

"sim, sim, é *isso* que estou dizendo, algo
assim."

tive que ir mijar. quando voltei
o marinheiro estava sentado no meu
lugar. a perna dela roçava a do marinheiro
enquanto ele falava.

me afastei e fui jogar dardos com
Harry o Cavalo e com o jornaleiro da
esquina.

• • • • • • • • • • • • • • • • • • • • • • • • • • • • • • • • • • • • • • • • • • •

O Hotel Sans era o melhor da cidade de Los Angeles. Era um hotel antigo, mas tinha a classe e o charme que faltavam aos mais novos. Ficava de frente para o parque do centro da cidade.

Era famoso por suas convenções de negócio e pelas putas caríssimas, de talento quase legendário que, no final de uma noite lucrativa, costumavam presentear os mensageiros com boas gorjetas. Havia também histórias de mensageiros que haviam se tornado milionários – mensageiros desgraçados, com cacetes de 27 centímetros que haviam tirado a sorte grande ao conhecer e se casar com alguma velhota rica que se hospedara no hotel. E a comida, as LAGOSTAS, os enormes *chefs* negros em seus altos e brancos chapéus de mestre-cuca, que sabiam de tudo, não apenas sobre comida, mas sobre a vida e sobre mim e sobre todas as coisas.

Fui contratado para trabalhar na seção de abastecimento. O setor de descarga tinha estilo: para cada caminhão que chegava, havia dez caras a postos para descarregar, quando na verdade dois bastariam. Eu vestia minhas melhores roupas. Nunca tive que tocar em nada.

Descarregávamos (eles descarregavam) tudo o que chegava ao hotel, em sua maioria itens alimentícios. Minha impressão era de que os ricos comiam mais lagostas do que qualquer outra coisa. Caixas e mais caixas do bicho não paravam de chegar, criaturas deliciosamente rosadas e grandes, balançando suas garras e barbas.

– Você gosta desse negócio, não, Chinaski?

– Claro. Maravilha – eu concordava.

Um dia, a mulher encarregada dos empregados me chamou. O escritório ficava atrás do setor de descarga.

– Quero que você gerencie este escritório aos domingos, Chinaski.

– E o que tenho que fazer?

– Basta atender ao telefone e contratar os lavadores de prato dos domingos.

– Tudo bem!

O primeiro domingo foi ótimo. Só tive que ficar ali sentado. Logo entrou um velho.

– Pois não, camarada? – perguntei.

Ele vestia um terno caro, mas estava cheio de vincos e um pouco sujo; e os punhos estavam puídos. Segurava o chapéu em uma das mãos.

– Escute, vocês precisam de um cara que seja bom de conversa? Alguém que possa tratar com o público? Tenho uma certa dose de charme, sei contar histórias engraçadas, sou capaz de fazer as pessoas darem boas risadas.

– É?

– Ah, sim.

– Faça-me rir.

– Oh, você não entende. Tem que ser no cenário adequado, é preciso clima, decoração, você entende...

– Faça-me rir.

– Senhor...

– Você não serve, não passa de um bêbado!

Os lavadores de pratos eram contratados pela tarde. Saí do escritório. Quarenta vagabundos de rua estavam por ali.

– Prestem atenção! Precisamos de cinco homens de qualidade! Cinco! Nada de bêbados, pervertidos, comunistas ou molestadores de criança! E é preciso ter o cartão da previdência! Vamos lá, tirem o cartão do bolso e ergam sobre suas cabeças!

Os cartões começaram a aparecer. Eles os agitavam.

– Ei, eu tenho um!

– Ei, camarada, olhe eu aqui! Me dê essa chance, cara!

Olhei para eles devagar.

– Você, com essa marca de merda no colarinho – apontei. – Dê um passo à frente.

– Isso não é uma marca de merda, senhor. É molho de carne.

– Bem, sei não, camarada, me parece que você anda comendo mais merda do que rosbife!

– Ha, ha, ha, ha – gargalharam os vagabundos. – Ha, ha, ha, ha.

– Certo. Ainda preciso de quatro bons lavadores! Tenho aqui quatro moedinhas na mão. Vou jogar pra cima. Os quatro que me trouxerem as moedinhas lavarão os pratos hoje!

Lancei as moedas bem alto sobre a multidão. Corpos saltaram e caíram, roupas se rasgaram, muitos praguejares, um homem gritou, vários socos foram trocados. Então os quatro sortudos se aproximaram, um por vez, ofegando, cada qual com sua moedinha. Dei-lhes seus cartões de trabalho e lhes indiquei a cantina dos empregados, onde, antes de mais nada, receberiam comida. Os outros vagabundos foram se retirando vagarosamente pela rampa de carregamento, desceram e seguiram pela viela em direção à terra devastada que é o centro de Los Angeles aos domingos.

O Mercado dos Trabalhadores Rurais* ficava na Fifth Street com a San Pedro. Você tinha que se apresentar às cinco da manhã. Ainda estava escuro quando eu cheguei lá. Alguns homens estavam sentados, outros de pé, enrolando seus cigarros e conversando baixinho. Tais lugares sempre têm o mesmo cheiro – suor velho, urina e vinho barato.

No dia anterior, eu tinha ajudado Jan a se mudar para a casa de um corretor de imóveis, um gordo que morava na Kingsley Drive. Fiquei escondido num canto do saguão e a vi beijá-lo. Logo os dois entraram no apartamento dele e a porta se fechou. Retornei sozinho para a rua, notando pela primeira vez os papéis esvoaçantes e o lixo que se acumulava pelas calçadas. Havíamos sido despejados de nosso apartamento. Eu tinha US$ 2,08. Jan me prometeu que esperaria minha sorte mudar, mas era difícil de acreditar nisso. O nome do corretor era Jim Bemis, tinha um escritório na Alvarado Street e era cheio da grana.

– Odeio quando ele trepa comigo – ela tinha dito.

Agora, provavelmente, ela estava dizendo a mesma coisa de mim.

Laranjas e tomates eram empilhados em diversas caixas e, aparentemente, eram de graça. Apanhei uma laranja, fiz um buraco com os dentes na casca e chupei o suco. Eu havia exaurido os meus benefícios do seguro-desemprego desde que deixara o Hotel Sans.

Um cara de cerca de quarenta anos veio em minha direção. Seu cabelo parecia morto, de fato nem parecia cabelo humano, lembrando mais fios de linha. A luz branca que vinha do teto lhe atingia em cheio. Ele tinha verrugas marrons na cara, muitas delas concentradas ao redor de sua boca. Um ou dois pelos negros brotavam de cada uma delas.

– Como vai?

– Tudo bem.

– Está a fim de um boquete?

– Não, acho que não.

– Estou com tesão, cara. Estou excitado. Sei realmente fazer um.

– Escute, sinto muito. Não estou a fim.

* Espécie de organização responsável por arregimentar trabalhadores, entre eles muitos imigrantes mexicanos, para trabalhar em colheitas na Califórnia, como a de laranjas, por exemplo. Trata-se, evidentemente, de trabalho temporário. (N.T.)

Ele se afastou tomado de fúria. Dei uma olhada pelo galpão. Havia cerca de cinquenta homens esperando. Havia dez ou doze funcionários do governo sentados em suas mesas ou caminhando ao redor. Eles fumavam e pareciam mais preocupados que os vagabundos de rua. Os funcionários estavam separados dos vagabundos por uma sólida tela de metal entrelaçada, que ia do teto ao chão. Alguém a tinha pintado de amarelo. Era um amarelo bastante apagado.

Quando um dos funcionários tinha que fazer uma transação com um dos vagabundos, ele destravava e corria uma portinhola de vidro presa à tela. Quando a questão da papelada se resolvia, o funcionário fechava a portinhola, trancava-a por dentro e, toda vez que isso ocorria, a esperança parecia desaparecer. Todos despertávamos quando a portinhola deslizava, a chance de cada homem era a chance de todos nós, mas, quando ela se fechava, a esperança evaporava. Então restava apenas olhar para as caras uns dos outros.

Na parede dos fundos, atrás da tela amarela e dos funcionários, havia seis quadros-negros. Havia giz branco e apagadores, como na escola. Cinco dos quadros estavam vazios, embora ainda fosse possível enxergar os resquícios das mensagens anteriores, de trabalhos havia muito preenchidos e naquele momento perdidos para sempre, ao menos no que nos dizia respeito.

Havia uma mensagem no sexto quadro:

PRECISA-SE DE COLHEDORES DE TOMATES EM
BAKERSFIELD

Eu pensara que as colheitadeiras automáticas haviam extinguido esse trabalho. No entanto, ali estava o anúncio. Seres humanos, aparentemente, saem mais barato que máquinas. E máquinas quebram. É isso.

Dei uma olhada ao redor do recinto – não havia orientais nem judeus, pouquíssimos negros. A maioria dos vagabundos ou era composta de brancos pobres ou de mexicanos. Os dois negros, naquele momento, já iam altos no vinho.

Então um dos funcionários se pôs de pé. Era um homem grande, com uma proeminente barriga de cerveja. O que você podia notar era sua camisa amarela com listras pretas verticais. A camisa estava esturricada, e ele usava braçadeiras – para segurar suas mangas como nas fotografias tiradas em 1890. Ele se aproximou e destravou uma das janelas de vidro na tela amarela.

– Muito bem! Há um caminhão lá nos fundos recolhendo gente pra trabalhar em Bakersfield!

Correu a janela, trancou-a, sentou-se à sua mesa e acendeu um cigarro.

Por um momento, ninguém se mexeu. Então, um a um, aqueles que estavam sentados nos bancos começaram a se levantar, os rostos sem expressão. Os homens que já aguardavam de pé deixaram cair seus cigarros e os apagaram cuidadosamente com as solas de seus sapatos. Depois disso, começou um êxodo vagaroso e geral; todos saíram em fila por uma porta lateral que dava para um pátio cercado.

O sol nascia. Na verdade, olhávamos pela primeira vez uns para os outros. Uns poucos homens sorriam ao reconhecer um rosto familiar.

Permanecemos enfileirados, lutando para conseguir chegar até a caçamba, o dia começando a raiar. Era hora de partir. Subíamos em um caminhão de exército usado na Segunda Guerra Mundial, a cobertura de lona toda rasgada. Fomos avançando, aos encontrões, mas ao mesmo tempo tentando manter a mínima polidez. Então, cansado das cotoveladas, dei um passo para o lado.

A capacidade do caminhão era admirável. O grande capataz mexicano acompanhava a tudo em um dos lados da traseira da caçamba, acenando sem parar:

– Isso aí, isso aí, vamos lá, vamos lá...

Os homens avançavam devagar, como se entrassem na boca de uma baleia.

Pela lateral do caminhão eu podia ver os rostos deles; falavam baixinho e sorriam. Sentia a um só tempo repugnância por aquelas pessoas, mas também minha solidão. Então decidi que era capaz de colher tomates. Decidi embarcar. Alguém bateu em mim pelas costas. Era uma mexicana gorda e ela parecia bastante sentimental. Agarrei-a pelos quadris para ajudá-la a subir. Ela era muito pesada, difícil de manejar. Finalmente encontrei apoio em algo; aparentemente uma de minhas mãos se atolou no fundo da sua virilha. Consegui colocá-la para dentro. Então fui em busca de um apoio para também subir. Eu era o último. O capataz mexicano pôs o pé sobre minha mão.

– Não – ele disse –, já temos gente que chega.

O motor do caminhão deu a partida, engasgou e apagou. O motorista tentou novamente. Desta vez pegou, e eles seguiram em frente.

A Associação de Trabalhadores para a Indústria ficava nos limites da periferia. Aqui os vagabundos de rua eram mais bem vestidos, mais jovens, porém igualmente indiferentes. Sentavam-se por ali, nas bordas das janelas, inclinados para frente, aquecendo-se ao sol e bebendo o café grátis que a A.T.I. oferecia. Não havia creme e açúcar, mas era de graça. Não havia qualquer tela nos separando dos funcionários. Os telefones tocavam com mais frequência, e os empregados aqui tinham um aspecto muito mais descontraído que os do Mercado dos Trabalhadores Rurais.

Aproximei-me de um balcão e me foi dada uma ficha e uma caneta presa por corrente.

– Preencha – disse o funcionário, um rapaz mexicano de boa aparência que tentava esconder sua cordialidade atrás de uma postura profissional.

Comecei a preencher a ficha. Na lacuna para o número de telefone, escrevi: nenhum. Após grau de escolaridade e capacitação profissional, escrevi: dois anos na L.A. City College. Jornalismo e belas-artes.

Então eu disse ao funcionário:

– Rasurei a ficha. Poderia me conseguir outra?

Ele me passou uma nova em branco. Em vez daquilo, escrevi: ensino médio, L. A. High School. Carregador, almoxarife, trabalhador braçal. Alguma experiência como datilógrafo.

Devolvi-lhe a ficha.

– Muito bem – disse o funcionário –, sente aí e vamos ver se aparece alguma coisa.

Encontrei um espaço na borda de uma das janelas e me sentei. Um negro velho estava sentado próximo de mim. Ele tinha um rosto interessante; não trazia aquele olhar resignado que a maioria dos que estavam ali mostrava. Era como se ele tentasse não rir de si mesmo nem do resto de nós.

Ele viu que eu o olhava. Sorriu com malícia.

– O cara que chefia esse lugar é muito esperto. Foi demitido dos Trabalhadores Rurais, ficou puto da vida, veio pra cá e abriu isso aqui. Especializado em serviços de meio turno. Um cara que quer descarregar um vagão, rápido e barato, liga pra cá.

– Pois é, ouvi falar.

– O cara quer descarregar um vagão, rápido e barato, liga pra cá. O chefe desse lugar leva cinquenta por cento. A gente não reclama, pega o que aparece.

– Pra mim está beleza. Merda.

– Você parece desanimado. Tudo certo?

– Perdi uma mulher.

– Logo vêm outras, e você também vai acabar perdendo elas.

– Pra onde elas vão?

– Experimente isso aqui.

Era uma garrafa em um saco. Tomei um gole. Vinho do porto.

– Obrigado.

– Não há mulheres quando se está na rua.

Ele me passou novamente a garrafa.

– Não deixe ele ver nós dois bebendo. Isso deixa ele louco.

Enquanto estávamos ali sentados, vários homens foram chamados e seguiram para algum posto. Aquilo nos alegrou. Pelo menos havia alguma ação.

Meu amigo negro e eu ficamos esperando, revezando a garrafa.

Até que ela acabou vazia.

– Onde é a loja de bebidas mais próxima? – perguntei.

Recebi o endereço e fui até lá. De alguma maneira, durante o dia, o calor sempre era escaldante nas periferias de Los Angeles. Você avistava os vagabundos caminhando nas redondezas com pesados sobretudos. Mas quando a noite caía, e o albergue estava cheio, aqueles sobretudos vinham a calhar.

Quando retornei da loja, meu amigo continuava ali.

Sentei-me e abri a garrafa, passei o saco.

– Pô, mantém o negócio na moita – ele disse.

Era agradável ficar bebendo aquele vinho.

Alguns mosquitos começaram a se reunir e a circular ao nosso redor.

– Mosquitinhos do vinho – ele disse.

– Os filhos da puta ficam viciados nisso.

– Sabem o que é bom.

– Bebem pra esquecer suas mulheres.

– Só bebem.

Dei um golpe com a mão no ar e apanhei um dos mosquitinhos. Quando a abri a única coisa que pude ver foi uma mancha negra e a estranha visão de duas asinhas. Nada mais.

– Aí vem ele!

Era o jovem de boa aparência que comandava o lugar. Apressou-se em nossa direção.

– Muito bem! Caiam fora daqui! Sumam, seus bebuns de merda! Deem o fora daqui antes que eu chame a polícia!

Ele nos conduziu até a porta, aos empurrões e nos maldizendo. Senti culpa, mas nenhuma raiva. Mesmo enquanto nos empurrava, eu sabia que ele não dava a mínima para o que fazíamos. Ele usava um anel enorme na mão direita.

Não avançávamos com a pressa necessária, e recebi um golpe com a mão do anel no meu supercílio esquerdo; logo senti o sangue começar a correr e depois meu olho inchar. Meu amigo e eu estávamos de volta para as ruas.

Afastamo-nos. Encontramos um pórtico e sentamos sobre os degraus. Passei-lhe a garrafa. Ele deu um gole.

– Coisa fina.

Devolveu-me a garrafa. Dei um gole.

– É, coisa fina.

– O sol já vai alto.

– É, o sol já vai alto mesmo.

Ficamos em silêncio, revezando a garrafa.

Então a bebida chegou ao fim.

– Bem – ele disse, está na minha hora.

– Nos falamos.

Ele se afastou. Levantei-me, segui na direção contrária, dobrei a esquina e ganhei a Main Street. Segui até chegar ao Roxie.

As fotos das strippers estavam expostas atrás de um vidro junto à porta de entrada. Aproximei-me e comprei um ingresso. A garota no guichê parecia melhor do que as fotos. Naquele momento me restavam 38 centavos. Entrei no teatro escuro equipado com oito fileiras de poltronas. As três primeiras estavam lotadas.

Tive sorte. O filme já havia terminado, e a primeira stripper já estava no palco. Darlene. A primeira geralmente era a pior, uma veterana decadente que não conseguiria, no mais das vezes, nada além de uns números de bailado na segunda linha do coro. Seja como fosse, tínhamos Darlene para a abertura. Era provável que alguma das dançarinas tivesse sido assassinada, ou estivesse menstruada, ou tivesse tido uma crise histérica, explicando assim a nova oportunidade para Darlene de um número solo.

Darlene, no entanto, era boa. Magra, mas peituda. Um corpo que lembrava um salgueiro. Ao fim daquelas costas esguias, no meio daquele corpo magro, brotava um enorme traseiro. Era como um milagre – o suficiente para levar um homem à loucura.

Darlene trajava um vestido negro de veludo, longo e muito justo – suas panturrilhas e pernas pareciam de um branco mortiço contra aquela negrura. Ela dançava e nos olhava com olhos de maquiagem extremamente carregada. Era sua chance. Ela queria retornar – ter novamente o seu número no programa. Eu estava com ela. À medida que o zíper descia, mais e mais do seu corpo ficava à mostra, saltando para fora daquele sofisticado vestido de veludo negro, pernas e carne branca. Logo ela estava apenas com seu sutiã cor-de-rosa e uma tanga cheia de penduricalhos, falsos diamantes que balançavam e reluziam aos seus movimentos.

Darlene seguiu dançando e se agarrou à cortina do palco, que estava puída e coberta por uma grossa camada de pó. Ela se agarrou ao pano, dançando no compasso que o quarteto de músicos impunha e sob a luz rosada dos holofotes.

Começou a trepar com a cortina. A banda acelerou o ritmo. Darlene realmente se entregou para a cortina. As luzes rosadas passaram de súbito a púrpuras. A banda veio com tudo. Ela pareceu chegar ao orgasmo. Sua cabeça se curvou para trás, sua boca se abriu.

Então ela se endireitou e voltou dançando para o centro do palco. De onde eu estava sentado, podia escutá-la cantar para si mesma por sobre a música. Agarrou seu sutiã cor-de-rosa e o arrancou, enquanto um cara três filas abaixo acendia um cigarro. Agora restava apenas a tanga. Empurrou o dedo contra o umbigo e gemeu.

Darlene seguiu dançando no centro do palco. A banda tocava com mais sutileza. Ela começou a se mexer com doçura. Então o quarteto começou a esquentar a coisa novamente. Os músicos avançavam para o ato culminante; o baterista atacava o aro da caixa lembrando o fogo de uma metralhadora; eles pareciam extenuados, desesperados.

Darlene manipulou seus seios nus, mostrando-os para a gente, seus olhos reluziam com a plenitude do sonho, seus lábios úmidos e entreabertos. De repente, ela se voltou e balançou seu imenso rabo para nós. As contas tremularam e brilharam em um bailado louco e cintilante. O canhão de luz acompanhava a dança e os movimentos como uma espécie de sol. O quarteto seguia botando para quebrar. Darlene girava e girava. Ela lançou as contas para longe. Eu olhei, eles olharam. Podíamos ver os pelos de sua buceta através de sua segunda pele. A banda realmente fazia sua bunda vibrar.

E eu não conseguia ficar de pau duro.

– *Factótum*

## a noite em que eles pegaram o Branquelo

sonho de pássaro e papéis de parede descolando
sintomas de um sono sombrio
e às 4 da manhã o Branquelo saiu do seu quarto
(o consolo para o pobre está nos números
como papoulas no verão)
e ele começou a gritar *socorro! socorro! socorro!*
(um velho com um cabelo tão branco quanto uma presa de marfim)
e ele vomitava sangue
*socorro socorro socorro*
e eu o ajudei a se esticar no chão do hall
e bati na porta da senhoria
(ela é francesa como o melhor dos vinhos mas dura como
um bife americano) e
gritei seu nome, *Marcella! Marcella!*
(o leiteiro logo chegaria com suas garrafas
de um branco puro como gélidos lírios)
*Marcella! Marcella! socorro socorro socorro,*
e ela gritou através da porta:
seu polaco de merda, encheu a cara de novo? Então
o olho de Prometeu à porta
e ela
calculando o rio vermelho em seu cérebro retangular
(oh, não passo de um polaco bêbado
um cara de segunda classe um escritor de cartas para jornais)
e ela falou ao telefone como uma senhora que ordenasse pão e ovos,
e eu me agarrei à parede

sonhando com poemas ruins e com minha própria morte
e então os homens vieram... um com um charuto, o outro com a barba por fazer,
e eles o puseram de pé e desceram a escada
sua cabeça de marfim em chamas (Branquelo, meu parceiro de trago...
todas as canções, as agitadas canções ciganas, falam de
guerra, lutas, das boas putas,
de pardieiros flutuando em vinho,
flutuando num falar frenético,
charutos baratos e raiva)
e a sirene o levou de vez, exceto pela parte vermelha
e eu comecei a vomitar e a besta francesa gritou
*você vai ter que limpar essa sujeira, toda ela, você e o Branquelo!*
e os navios a vapor partiram e os homens ricos em seus iates
beijam garotas jovens o suficiente para serem suas filhas,
e o leiteiro chegou e ficou apenas olhando
e as luzes de néon piscavam vendendo alguma coisa
pneus ou óleo ou roupas íntimas
e ela bateu a porta e eu estava mais uma vez sozinho
envergonhado
era a guerra, a guerra eterna, a guerra que não se acaba nunca,
e eu gritei colado às paredes descascadas,
a fraqueza de nossos ossos, nossos cérebros fracos e embriagados,
e a manhã começou a rastejar pelo hall...
soavam as descargas, havia bacon, havia café,
havia ressacas, e eu também
entrei e fechei minha porta e me sentei e esperei pelo nascer do sol.

## o soldado, sua mulher e o vagabundo

eu vivia como um vagabundo em São Francisco mas certa vez consegui
ir a um concerto sinfônico junto com pessoas
bem-vestidas
e a música era boa mas algo relacionado à
audiência não era
e algo relacionado à orquestra
e ao maestro não

era,
embora o prédio fosse ótimo e a
acústica perfeita
eu preferia escutar música sozinho
no meu rádio
e depois disso eu voltei para o meu quarto e
liguei o rádio mas
veio então uma pancada na parede:
"DESLIGA ESSE MALDITO NEGÓCIO!"

havia um soldado no quarto ao lado
vivendo com sua mulher
e logo ele seria mandado para o front para me proteger
de Hitler e então
eu desliguei o rádio e ouvi sua
mulher dizer, "você não devia ter feito isso".
e o soldado disse, "POR QUE ESSE OTÁRIO NÃO VAI SE FODER?!"
o que me pareceu ser uma ótima coisa para
fazer com sua mulher.
claro,
isso nunca aconteceu.

de qualquer modo, jamais voltei a pôr meus pés num concerto
e naquela noite escutei o rádio bem
baixinho, meu ouvido colado ao
alto-falante.

a guerra tem seu preço e a paz nunca dura e
milhões de homens na flor da idade iriam morrer por aí
e enquanto eu escutava música clássica
ouvi os dois fazendo amor, desesperados e
lastimosos, através de Shostakovich, Brahms,
Mozart, através do crescendo e do clímax
e através da parede
dividida de nossas escuridões.

## a tragédia das folhas

despertei para a secura e as samambaias estavam mortas;
as plantas nos vasos amarelas como milho;
minha mulher se fora
e as garrafas vazias como cadáveres exangues
rodeavam-me com suas inutilidades;
o sol continuava bom, contudo,
e o bilhete da minha senhoria se rompia num agradável e
condescendente amarelo; do que se precisava agora
era de um bom comediante, ao estilo clássico, um bobo da corte
com piadas capazes de vencer a dor absurda; a dor é absurda
pelo simples fato de existir, nada mais;
barbeio-me com cuidado com uma velha lâmina
o homem que uma vez tinha sido jovem e
que se dizia ter gênio; mas
esta é a tragédia das folhas,
das samambaias mortas, das plantas mortas;
e segui até um hall escuro
onde a senhoria esperava
execrável e resoluta,
mandando-me para o inferno,
gesticulando seus braços gordos e suarentos
e gritando
gritando e exigindo o aluguel
porque o mundo havia nos
decepcionado.

## você e a sua cerveja e o quão maravilhoso você é

Jack entrou e encontrou o maço de cigarros junto à lareira. Ann estava no sofá lendo um exemplar da *Cosmopolitan*. Jack acendeu um cigarro e sentou-se. Faltavam dez minutos para a meia-noite.

– Charley disse para você não fumar – disse Ann, levantando os olhos da revista.

– Mereço um cigarro. Esta noite foi dura.

– Ganhou?

– Não foi unânime, mas ganhei. Benson era um cara duro, muita coragem. Charley disse que Parvinelli é o próximo. Ganhando do Parvinelli, ganhamos o campeonato.

Jack se levantou, foi até a cozinha, voltou com uma garrafa de cerveja.

– Charley me disse pra manter você longe da cerveja – disse Ann enquanto baixava a revista.

– Charley disse isso, Charley disse aquilo... Estou cansado disso. Ganhei a luta. Ganhei dezesseis seguidas, tenho direito a um cigarro e a uma cerveja.

– Tem de manter a forma.

– Não importa. Surro qualquer um deles.

– Você é tão bom... Quando você se embebeda, tenho que ficar ouvindo "como você é bom". É de dar nos nervos.

– Eu sou bom. Dezesseis seguidas, quinze nocautes. Quem é melhor?

Ann não respondeu. Jack levou sua garrafa de cerveja e seu cigarro para o banheiro.

– Você nem me deu um beijo ao chegar. A primeira coisa que você fez foi pegar a sua garrafa de cerveja. Tão bom, certo. Um bom bebedor de cerveja.

Jack não respondeu. Cinco minutos mais tarde, apareceu em pé na porta do banheiro, com as calças e os calções pelos tornozelos.

– Pelo amor de Deus, Ann, não dá pra deixar nem um rolo de papel higiênico aqui?

– Desculpa.

Foi até o armário e levou um rolo para ele. Jack terminou o serviço e saiu. Então terminou sua cerveja e pegou outra.

– Aqui está você, vivendo com o melhor peso médio do mundo e tudo que faz é reclamar. Um monte de garotas gostaria de estar aqui comigo, e tudo que você faz é ficar sentada e reclamar.

– Sei que você é bom, Jack, talvez até seja o melhor, mas você não faz ideia de como é entediante ficar sentada e ouvir você dizer mais e mais uma vez o quão maravilhoso você é.

– Oh, então você está entediada, é isso?

– Sim, porra, você e a sua cerveja e o quão maravilhoso você é.

– Diga o nome de um peso médio que seja melhor. Você nem mesmo vai às minhas lutas.

– Existem outras coisas além de lutar, Jack.

– Como o quê? Passar o dia com essa bunda no sofá lendo *Cosmopolitan?*

– Gosto de exercitar a mente.

– E deveria. Tem muito ainda pra progredir nesse terreno.

– Estou dizendo que existem outras coisas além de lutar.

– Como o que, por exemplo?

– Bem, arte, música, pintura, coisas desse tipo.

– E você sabe fazer alguma delas?

– Não, mas aprecio.

– Merda, prefiro ser o melhor no que estou fazendo.

– Bom, melhor, o único... Deus, você não consegue apreciar as pessoas pelo que elas são?

– Pelo que elas são? O que a maioria delas é? Lesmas, sanguessugas, dândis, dedos-duros, cafetões, empregados...

– Você está sempre rebaixando os outros. Nenhum dos seus amigos é bom o suficiente. Você é o fodão!

– Isso mesmo, boneca.

Jack foi até a cozinha e voltou com outra cerveja.

– Você e a sua maldita cerveja!

– É um direito meu. Eles vendem. Eu compro.

– Charley disse...

– Quero que Charley se foda!

– Você é o melhor!

– Isso mesmo. Pelo menos Pattie sabia disso. Ela admitia e se orgulhava. Sabia o que isso custava. Tudo que você faz é reclamar.

– Bem, por que você não volta pra ela? O que está fazendo aqui comigo?

– Era bem nisso que estava pensando.

– Bem, não somos casados, posso ir embora a qualquer hora.

– Isso é o que está nos fodendo. Merda, chego aqui morto de cansado depois de uma luta dura de dez assaltos, e você nem mesmo fica feliz por eu ter vencido. Tudo que você faz é reclamar de mim.

– Escute, Jack, existe mais na vida além de lutar. Quando o conheci, admirei-o pelo que você era.

– Eu era um lutador. Não existe nenhuma outra coisa além de lutar. Isso é o que sou: um lutador. Essa é a minha vida e sou bom nisso. O melhor. Noto que você sempre simpatiza com os lutadores de segunda classe... como Toby Jorgenson.

– Toby é muito engraçado. Tem um senso de humor, um senso de humor de verdade. Gosto do Toby.

– Sua marca são nove vitórias, apenas cinco por nocaute e uma derrota. Dou uma surra nele mesmo podre de bêbado.

– E Deus sabe que você fica podre de bêbado frequentemente. Como você acha que me sinto nas festas quando você está caindo de bêbado, rolando no chão, quando não está se gabando pela sala, dizendo pra todo mundo "SOU O MELHOR, O MELHOR, O MELHOR DE TODOS!"? Não acha que isso faz com que eu me sinta um cu?

– Talvez você seja um cu mesmo. Se gosta tanto do Toby, por que não vai ficar com ele?

– Ah, só disse que gostava dele, achei ele engraçado, isso não quer dizer que quero ir para a cama com ele.

– Bem, você vai pra cama comigo e diz que sou entediante. Não sei o que diabos você quer.

Ann não respondeu. Jack se levantou, caminhou até o sofá, ergueu a cabeça de Ann e beijou-a, retornou ao seu lugar e se sentou.

– Escute, deixe-me contar sobre essa luta com o Benson. Até você teria ficado orgulhosa de mim. Ele me derruba no primeiro assalto, uma direita perigosa. Levanto e o seguro o resto do assalto. Caio outra vez no segundo assalto e quase não consigo me levantar quando a contagem já estava em oito. Seguro ele outra vez. Uso alguns dos assaltos seguintes para recuperar minhas pernas. Ganho o sexto, o sétimo e o oitavo assaltos, derrubo ele uma vez no nono e duas vezes no décimo. Não acho que era luta para decidir nos pontos. Mas os juízes acharam que era. Venci, mas não foi unânime. Bem, são 45 mil, entende, garota? Quarenta e cinco mil. Sou ótimo. Não dá pra negar. Sou muito bom. Dá pra negar?

Ann não respondeu.

– Vamos, diz que eu sou o melhor.

– Está bem, você é o melhor.

– Bem, começamos a nos entender.

Jack caminhou até ela e a beijou novamente.

– Sinto que sou tão bom. Boxe é uma obra de arte, realmente é. É preciso ter coragem para ser um grande artista e é preciso ter coragem pra ser um bom lutador.

– Tudo bem, Jack.

– Tudo bem, Jack? É tudo que você tem a dizer? Pattie costumava ficar feliz quando eu ganhava. Ficávamos ambos felizes a noite inteira. Você não pode compartilhar algo de bom que eu fiz? Porra, você está apaixonada por mim ou está apaixonada pelos perdedores, aqueles merdas? Acho que você seria mais feliz se eu chegasse aqui como perdedor.

– Quero que você vença, Jack, é só que você põe muita ênfase no que faz...

– Porra, é o meu sustento, minha vida. Me orgulho de ser o melhor. É como voar, é como sair voando pelo céu espancando o sol.

– O que você vai fazer quando não puder mais lutar?

– Porra, vamos ter bastante dinheiro para fazer o que quisermos.

– Menos nos dar bem, talvez.

– Talvez eu possa aprender a ler *Cosmopolitan*, melhorar minha mente.

– Bem, há espaço para melhorias.

– Vai se foder!

– Quê?

– Vai se foder!

– Bem, é algo que você não faz já há algum tempo.

– Alguns caras gostam de foder mulheres que não param de reclamar, eu não gosto.

– Imagino que Pattie não reclamava?

– Todas reclamam, mas você é a campeã.

– Bem, por que não volta para Pattie?

– Você está aqui agora. Só posso hospedar uma puta de cada vez.

– Puta?

– Puta.

Ann se levantou e foi até o armário, pegou sua mala e começou a guardar suas roupas ali. Jack foi até a cozinha e pegou outra garrafa de cerveja. Ann estava chorando, tomada de fúria. Jack sentou com a cerveja e tomou um bom gole. Precisava de um uísque, precisava de uma garrafa de uísque. E de um bom charuto.

– Posso vir pegar o resto das minhas coisas quando você não estiver por aqui.

– Não se preocupe. Mando pra você.

Ela parou junto à porta.

– Bem, imagino que seja o fim – ela disse.

– Creio que sim – respondeu Jack.

Ela fechou a porta e se foi. Procedimento padrão. Jack terminou sua cerveja e foi até o telefone. Discou o número de Pattie. Ela atendeu.

– Pattie?

– Oi, Jack, como tem passado?

– Ganhei uma grande essa noite. Não foi unânime. Tudo que tenho que fazer é passar por cima do Parvinelli e levo o campeonato.

– Vai acabar com a raça deles, Jack. Sei que você consegue.

– O que vai fazer essa noite, Pattie?

– É uma da manhã, Jack. Andou bebendo?

– Um pouco. Estou comemorando.

– E Ann?

– Brigamos. Só ando com uma mulher por vez, você sabe disso, Pattie.

– Jack...

– Quê?
– Estou com um cara.
– Um cara?
– Toby Jorgenson. Ele está no banheiro...
– Oh, sinto muito.
– Também sinto muito, Jack. Eu amava você... talvez ainda ame.
– Merda, vocês mulheres gostam mesmo de jogar essa palavra por aí...
– Sinto muito, Jack.
– Tudo bem.

Ele desligou. Então foi até o armário pegar seu casaco. Vestiu, terminou a cerveja, desceu o elevador e foi até o carro. Dirigiu pela Normandie a cem quilômetros por hora, parou na loja de bebidas na Hollywood Boulevard. Saiu do carro e entrou na loja. Comprou um pacote de cerveja de seis garrafas Michelob, uma caixa de Alka-Seltzer. Então, no caixa, pediu ao funcionário por uma garrafa de Jack Daniels. Enquanto o funcionário estava somando as compras, um bêbado entrou com dois pacotes de seis cervejas Coors.

– Ei, cara! – ele disse a Jack. – Você não é Jack Backenweld, o lutador?

– Sou – respondeu Jack.

– Cara, vi a sua luta essa noite, Jack, você tem colhões. Você é realmente bom!

– Obrigado, cara – respondeu ao bêbado e então pegou sua sacola de compras e caminhou para o carro. Sentou lá, abriu a tampa do Daniels e tomou um bom trago. Então voltou, dirigiu em alta velocidade no sentido oeste, de volta pela Hollywood, dobrou a esquerda na Normandie e notou uma garota nova e bem feita de corpo cambaleando pela rua. Parou o carro, pegou a garrafa de uísque e mostrou a ela.

– Quer uma carona?

Jack ficou surpreso quando ela entrou.

– Vou ajudar você a beber isso, senhor, mas nada além disso.

– Claro que não – disse Jack.

Desceu a Normandie a sessenta quilômetros por hora, um respeitado cidadão, o terceiro melhor peso médio no ranking mundial. Por um momento sentiu vontade de contar para ela com quem estava andando, mas mudou de ideia e estendeu a mão para apalpar um dos joelhos dela.

– Você tem um cigarro, senhor? – ela perguntou.

Ele ofereceu rapidamente um cigarro com a mão, acionou o isqueiro do painel, que saltou para fora, e então acendeu o fogo para ela.

– *Ao sul de lugar nenhum*

## câncer

encontrei seu quarto no alto de uma
escada.
ela estava sozinha.
"olá, Henry", ela disse, e depois,
"você sabe, eu odeio esse quarto, ele não
tem janelas."

eu estava com uma ressaca daquelas.
o cheiro era insuportável,
sentia-me prestes a
vomitar.

"eles me operaram dois dias atrás",
ela disse. "me senti melhor no dia
seguinte, mas agora está tudo igual a antes, talvez até
pior."

"sinto muito, mãe."

"sabe, você estava certo, seu pai
é um homem terrível."

pobre mulher. um marido brutal e
um filho alcoólatra.

"me desculpe, mãe, eu volto
logo..."

o cheiro havia me impregnado,
meu estômago pulava.
saí do quarto
e desci metade do lance de escadas,
me sentei ali
agarrado ao corrimão,
respirando o ar
puro.

a pobre mulher.

segui respirando e
mantendo o controle para não
vomitar.

me levantei e voltei a subir os
degraus em direção ao quarto.

"ele tinha me mandado para um
hospício, você
sabia?"

"sim. eu informei a eles
que tinham pegado a pessoa
errada."

"você parece doente, Henry, está tudo bem
contigo?"

"não estou num bom dia, mãe. Volto
para ver você
amanhã."

"tudo bem, Henry..."

fiquei de pé, fechei a porta, em seguida
desci a escada.
ganhei a rua, cheguei a um
roseiral.

soltei tudo sobre o
roseiral.

pobre e desgraçada mulher...

no dia seguinte cheguei com
flores.
subi a escada até a
porta.

havia uma guirlanda na
porta.
tentei abrir a porta mesmo assim.
estava trancada.

desci os degraus
cruzei as roseiras e seu jardim
e cheguei à rua
onde havia estacionado meu
carro.

duas garotinhas
entre 6 e 7 anos
voltavam da escola para casa.

"desculpem-me, senhoritas, mas vocês
gostariam de ganhar umas flores?"

elas pararam e me
encararam.
"tome", estiquei o buquê à mais alta
das garotas. "agora, vocês
dividam, por favor, dê para sua amiguinha
a metade delas."

"obrigada", disse a mais
alta, "elas são
lindas."

"sim, são mesmo", disse a
outra, "muito
obrigada."

elas se afastaram descendo a rua
e eu entrei no meu carro,
dei a partida, e
dirigi de volta para o meu
canto.

# a morte do pai

Minha mãe morrera um ano antes. Uma semana após a morte de meu pai, eu estava na casa dele, sozinho. Era em Arcadia, e o mais perto que eu chegara daquela casa em algum tempo fora ao passar pela autoestrada a caminho de Santa Anita.

Eu era desconhecido para os vizinhos. O funeral acabara, e eu me dirigi à pia, enchi um copo d'água, bebi-o, depois saí.

Sem saber que outra coisa fazer, peguei a mangueira, abri a água e comecei a aguar os arbustos. Cortinas correram enquanto eu estava parado no gramado da frente. Depois eles começaram a sair de suas casas. Uma mulher veio do outro lado da rua.

– Você é Henry? – ela me perguntou.

Respondi-lhe que era Henry.

– Conhecíamos seu pai há anos.

Aí o marido aproximou-se.

– Conhecemos sua mãe também – ele disse.

Eu me curvei e fechei a mangueira.

– Não querem entrar? – perguntei.

Eles se apresentaram como Tom e Nellie Miller, e entramos em casa.

– Você é a cara do seu pai.

– É, é o que me dizem.

Sentamo-nos e ficamos olhando uns para os outros.

– Oh – disse a mulher –, ele tinha *tantos* quadros. Devia gostar de quadros.

– É, gostava, né?

– Eu adoro aquele quadro do moinho no pôr do sol.

– Pode ficar com ele.

– Oh, posso?

A campainha tocou. Eram os Gibsons. Eles me disseram que também tinham sido vizinhos de meu pai durante anos.

– Você é a cara do seu pai – disse a sra. Gibson.

– Henry nos deu o quadro do moinho.

– Isso é ótimo. Eu *adoro* aquele quadro do cavalo azul.

– Pode ficar com ele, sra. Gibson.

– Oh, não está falando sério.

– Sim, está tudo bem.

A campainha tornou a tocar, e outro casal entrou. Deixei a porta entreaberta. Logo um homem enfiou a cabeça.

– Eu sou Doug Hudson. Minha esposa está no cabeleireiro.

– Entre, sr. Hudson.

Outros chegaram, a maioria aos pares. Começaram a circular pela casa.

– Vai vender a casa?

– Acho que vou.

– É um bairro adorável.

– Estou vendo.

– Oh, eu *adoro* aquela moldura, mas não gosto do quadro.

– Leve a moldura.

– Mas que vou fazer com o quadro?

– Jogue no lixo. – Olhei em volta. – Se alguém vir um quadro que goste, por favor, leve.

Pegaram. Em breve as paredes estavam nuas.

– Você precisa dessas cadeiras?

– Não, na verdade, não.

Passantes entravam da rua, nem todos se davam o trabalho de se apresentar.

– E o sofá? – perguntou alguém em voz muito alta. – Você quer?

– Não quero o sofá – eu disse.

Levaram o sofá, depois a mesa do café da manhã e as cadeiras.

– Tem uma torradeira aí, não tem, Henry?

Levaram a torradeira.

– Não precisa dos pratos, precisa?

– Não.

– E a prataria?

– Não.

– E a chaleira e o liquidificador?

– Levem.

Uma das senhoras abriu um armário na varanda dos fundos.

– E todas essas frutas em conserva? Você jamais vai poder comer tudo isso.

– Tudo bem, peguem todos um pouco. Mas tentem dividir igualmente.

– Oh, eu quero os morangos!

– Oh, eu quero os figos!

– Oh, eu quero a geleia!

As pessoas saíam e voltavam, trazendo outras consigo.

– Escuta, tem uma garrafa de uísque aqui no armário! Você bebe, Henry?

– Deixe o uísque.

A casa estava ficando lotada. A descarga do banheiro funcionou. Alguém derrubou um copo da pia e quebrou-o.

– É melhor ficar com esse aspirador, Henry. Pode usar ele em seu apartamento.

– Tudo bem, vou ficar.

– Ele tinha umas ferramentas de jardinagem na garagem. E elas?

– Não, é melhor eu ficar com essas.

– Dou quinze dólares pelas ferramentas de jardinagem.

– Tudo bem.

Ele me deu quinze dólares e eu lhe dei a chave da garagem. Em breve se podia ouvi-lo rolando o aparador de grama para sua casa no outro lado da rua.

– Você não devia ter vendido todo aquele equipamento a ele por quinze dólares, Henry. Valia muito mais.

Não respondi.

– E o carro? Já tem quatro anos.

– Acho que vou ficar com o carro.

– Dou cinquenta dólares por ele.

– Acho que vou ficar com o carro.

Alguém enrolou o tapete da sala da frente. Depois disso, começaram a perder o interesse. Em breve restavam apenas três ou quatro, depois foram-se todos. Deixaram-me a mangueira do jardim, a cama, a geladeira e o fogão, e um rolo de papel higiênico.

Saí e fechei a porta da garagem. Dois meninos passaram de patins. Pararam quando eu fechava as portas da garagem.

– Está vendo aquele cara?

– Estou.

– O pai dele morreu.

Foram em frente. Eu peguei a mangueira, abri a torneira e comecei a aguar as rosas.

*– Numa fria*

## o gênio da multidão

Há suficiente violência, traição,
ódio
Absurdo no ser humano
comum
Para abastecer qualquer exército a qualquer
dia.
E Os Melhores Assassinos São Aqueles
Que Pregam Contra Ele.

E Os Que Melhor Odeiam São Aqueles
Que Pregam o AMOR
E OS MELHORES NA GUERRA
– POR FIM – SÃO AQUELES QUE
PREGAM
A PAZ

Aqueles Que Pregam DEUS
PRECISAM de Deus
Aqueles que Pregam A PAZ
Não Têm Paz.
AQUELES QUE PREGAM O AMOR
NÃO TÊM AMOR
CUIDADO COM OS PREGADORES
Cuidado com Os Conhecedores.

Cuidado
Com Aqueles
que SEMPRE
ESTÃO LENDO
LIVROS

Cuidado com Aqueles Que Detestam a
Pobreza Ou Estão Orgulhosos Dela

CUIDADO Com Aqueles Rápidos na Prece
Porque Eles Precisam de PRECES em Troca
CUIDADO Com Aqueles Rápidos em Censurar:
Eles Têm Medo Daquilo Que
Não Conhecem

Cuidado Com Aqueles Que Buscam Multidões
Constantes; Eles Não São Nada
Sozinhos

Cuidado Com
O Homem Comum
A Mulher Comum
CUIDADO Com o Amor Deles

O Amor Deles É Comum, Busca o
Comum
Mas Há Gênio No Modo Como Odeiam
Há Gênio Suficiente No Ódio
Deles Para Matá-Lo, Para Matar
Qualquer Um.

Por Não Desejarem a Solidão
Por Não Entenderem a Solidão
Tentarão Destruir
Tudo
Que Seja Diferente
Deles Mesmos

Por Serem Incapazes
De Criar Arte
Eles Não
Entenderão a Arte

Considerarão o Fracasso
Como Criadores
Somente Como Uma Falha
Do Mundo

Por Serem Incapazes De Amar Por Completo
ACREDITARÃO Que Seu Amor É
Incompleto
E ASSIM ELES ODIARÃO
VOCÊ

E o Ódio Deles Será Perfeito
Como Um Diamante Que Cintila
Como Uma Faca
Como Uma Montanha
COMO UM TIGRE
COMO Cicuta

A ARTE Que Lhes É
Mais Fina

## um livrinho grátis de 25 páginas

matando por uma cerveja morrendo
pela vida e por causa da vida
numa tarde ventosa em Hollywood
escutando música sinfônica no meu radinho vermelho
sobre o chão.

um amigo disse,
"tudo o que você precisa fazer é ir lá fora e se deitar
na calçada
alguém aparece e o recolhe
alguém tomará conta de você".

olhei pela janela para a calçada
vejo uma coisinha maravilhosa caminhando na calçada
ela não se deitaria ali,
somente em lugares especiais para pessoas especiais com $$$$ especiais
e
maneiras especiais
enquanto eu estou matando por uma cerveja numa tarde ventosa em
Hollywood,
nada como uma bela jovem que rebola e passa por você na
calçada
rebolando e passando em frente à sua janela faminta
está vestida nos melhores trajes
não dá bola para o que você diz
para sua aparência e o que você faz
contanto que você não se ponha em seu
caminho, e deve ser porque ela não caga ou
não tem sangue
ela deve ser uma nuvem, amigo, o modo como passa flutuando pela gente.

estou enjoado demais para me deitar
as calçadas me assustam
a maldita cidade inteira me assusta,
o que me tornarei
o que já me tornei
me assusta.

ah, a bravata se foi
a grande corrida através do centro se foi
numa tarde ventosa em Hollywood
meu rádio estala e cospe sua música suja
cortando um chão cheio de garrafas de cerveja vazias.

agora escuto uma sirene
ela se aproxima
a música para
o homem no rádio diz,
"vamos mandar um livrinho de 25 páginas grátis para você:
ENFRENTANDO OS CUSTOS DA UNIVERSIDADE".

a sirene fenece dentro das montanhas de caixa de papelão
e eu olho outra vez através da janela enquanto o pulso cerrado de
uma nuvem carregada se impõe...
o vento balança as plantas lá fora
espero pelo entardecer espero pela noite espero sentado numa cadeira
junto à janela...
o cozinheiro apanha e joga na água
o caranguejo ainda vivo
vermelho-rosa e salgado e de peito sólido e
o jogo
continua

venham me pegar.

## parque de diversões

dirijo à noite até a praia
no inverno
e me sento e olho para o píer queimado, onde estava o parque de diversões
me pergunto por que o deixam ali
na água.
quero que desapareça,

implodido,
varrido,
apagado;
aquele píer não deveria estar mais ali
com loucos vivendo lá dentro
as entranhas queimadas do parque de diversões...
é terrível, digo, liquidem essa coisa desgraçada,
tirem isso da minha frente,
essa lápide em pleno mar.

os loucos podem arranjar outros buracos
para se enfiar.
eu costumava caminhar por aquele píer quando tinha 8
anos de idade.

## john dillinger e *le chasseur maudit**

é uma pena, e simplesmente foge ao estilo, mas não dou a mínima:
as garotas me lembram cabelos no ralo, garotas me lembram intestinos
e bexigas e movimentos excretórios; é uma pena também que
bolas de sorvete, bebês, válvulas de motor, plagióstomos, palmeiras,
passos no hall... tudo me excita com a calma fria
da lápide do túmulo; em nenhum lugar, talvez, há refúgio exceto
em ouvir falar que houve outros homens desesperados:
Dillinger, Rimbaud, Villon, Babyface Nelson, Sêneca, Van Gogh,
ou mulheres desesperadas: lutadoras de vale-tudo, enfermeiras, garçonetes, putas
poetisas... contudo,
suponho que o retirar dos cubos de gelo é importante
ou um rato farejando uma garrafa de cerveja vazia –
dois vazios profundos se encarando,
ou o mar à noite entupido de navios imundos
que penetram a teia relutante de seu cérebro com suas luzes,
com suas luzes salgadas
que te tocam e te abandonam

---

* Em francês no original. *O caçador maldito.* (N.T.)

pelo amor mais sólido de alguma Índia;
ou dirigir por grandes distâncias sem razão
dopado através de janelas abertas que
rasgam e desfraldam sua camiseta como um pássaro temeroso,
e sempre as sinaleiras, sempre o vermelho,
fogo noturno e derrota, derrota...
escorpiões, pedaços, fardéis,
ex-empregos, ex-mulheres, ex-rostos, ex-vidas,
Beethoven em sua cova tão surdo quanto uma beterraba;
carrinhos de mão vermelhos, sim, talvez,
ou uma carta do Inferno assinada pelo diabo
ou dois bons garotos espancando outro pra valer
em algum estádio barato cheio de ululante fumaça,
mas basicamente, não dou a mínima, sentado aqui
com uma boca cheia de dentes apodrecidos
sentado aqui lendo Herrick e Spenser e
Marvell e Hopkins e Brönte (Emily, hoje);
e escutando *Midday Witch* de Dvorak
ou *Le Chasseur Maudit*,
não dou a mínima de fato, e é uma pena:
tenho recebido cartas de um jovem poeta
(bem jovem, ao que parece) me dizendo que um dia
certamente serei reconhecido como
um dos maiores poetas do mundo. *Poeta!*
uma malversação: hoje caminhei pelo sol e pelas ruas
da cidade: vendo nada, aprendendo nada, sendo
nada, e ao voltar ao meu quarto
passei por uma velha senhora que me sorriu um riso tenebroso;
ela já estava morta, e em todos os lugares eu me lembrava de fios:
fios de telefone, fios elétricos rostos elétricos
presos como peixinhos dourados em um copo e sorrindo,
e os pássaros se foram, nenhum dos pássaros quer fios
ou o sorriso dos fios
e eu fecho minha porta (enfim)
mas através da janela tudo segue igual:
uma buzina soou, alguém riu, um puxão de descarga,
e então o mais estranho
pensei em todos os cavalos com seus números
que haviam passado em meio à gritaria,
passado como Sócrates, como Lorca,

como Chatterton...
prefiro imaginar que nossas mortes não terão muita importância
exceto por uma questão de preparativo, um problema,
como jogar o lixo fora,
e embora eu tenha guardado as cartas do jovem poeta,
não acredito nelas
mas de vez em quando
como às palmeiras doentes
e ao sol que se põe,
eu as vejo.

## chuva

uma orquestra sinfônica.
há uma tempestade,
eles estão tocando um prelúdio de Wagner
e as pessoas abandonam seus assentos debaixo das árvores
e correm para dentro de um pavilhão
as mulheres aos gritinhos, os homens fingindo calma,
cigarros molhados sendo jogados fora,
Wagner segue tocando, e agora todos estão debaixo do
pavilhão. mesmo os pássaros abandonam as árvores
e entram no pavilhão e agora é a Rapsódia
Húngara #2 de Lizst, e segue chovendo, mas vejam,
um homem está sentado sozinho na chuva
escutando. a audiência o percebe. volta-se para
vê-lo. a orquestra segue com sua
função. o homem segue sentado em meio à noite e à chuva,
escutando. há algo errado com ele,
não é mesmo?
ele veio escutar
música.

## um rádio corajoso

no segundo andar da Coronado Street
eu costumava encher a cara
e jogar o rádio pela janela
sem que ele parasse de tocar e, claro,
a vidraça se partia
e o rádio acabava alojado sobre as telhas
ainda ligado
e eu dizia para minha mulher,
"Ah, que rádio maravilhoso!"
na manha seguinte eu tirava a janela
do esquadro
e levava-a rua abaixo
até o vidraceiro
que fazia a troca necessária.

seguia jogando o rádio pela janela
cada vez que ficava bêbado
e lá ficava ele sobre o telhado
ainda tocando –
um rádio mágico
um rádio corajoso,
e a cada manhã eu levava a janela
outra vez ao vidraceiro.

não lembro bem como tudo isso terminou
embora me lembre de que
finalmente nos mudamos.
havia uma mulher no andar de baixo que trabalhava no
jardim vestindo um traje de banho
e seu marido reclamava que não podia dormir à noite
por minha causa
por isso nos mudamos
e no lugar seguinte
ou me esqueci de jogar o rádio pela janela
ou apenas perdi a vontade de
jogá-lo.

lembro sim de sentir falta da mulher que trabalhava no
jardim em trajes de banho,

ela realmente mandava ver com aquela pazinha
e ela erguia o rabo bem alto no ar
e eu costumava sentar à janela
para acompanhar o sol brilhar naquelas carnes

enquanto a música tocava.

## uma parada na viagem

fazer amor ao sol, debaixo do sol da manhã
num quarto de hotel
sobre um beco
onde homens pobres se empurram por garrafas;
fazer amor ao sol
fazer amor sobre um carpete mais vermelho que nossos sangues,
fazer amor enquanto os garotos vendem manchetes
e Cadillacs,
fazer amor sobre uma fotografia de Paris
e um pacote aberto de Chesterfields,
fazer amor enquanto outros homens – pobres diabos –
trabalham.

Desse momento – para agora...
talvez anos no modo como medem,
mas há apenas uma sentença que segue em minha cabeça –
há tantos dias
em que a vida faz uma parada e se levanta e se senta
e aguarda como um trem sobre os trilhos.
passo pelo hotel às 8
e às 5; há gatos pelo beco
e garrafas e mendigos,
e eu ergo meus olhos pra janela e penso,
*já não sei mais onde você está,*
e eu sigo em frente e me pergunto onde
a vida vai
quando faz uma parada.

## 3

*ponha seu nome sob os holofotes*
*ponha-o lá numa*
*folha de ofício mimeografada*

# 22.000 dólares em 3 meses

a noite chegou como um ser que se arrasta
corrimão acima, sibilando sua língua
de fogo, e me lembro dos
missionários com a lama até os joelhos
batendo em retirada através do belo rio azul
e as balas da metralhadora erguendo pequenas
fontes e Jones bêbado junto à margem
dizendo fodam-se esses selvagens
onde arrumaram armas de fogo?
e eu retorno pra ver Maria
e ela diz, você acha que eles vão atacar,
acha que eles vão atravessar o rio?
medo de morrer? lhe pergunto, e ela diz
quem não tem?
e eu fui até o armário de remédios
e me servi uma taça cheia, e disse
ganhamos 22.000 dólares em 3 meses construindo estradas
pro Jones e é preciso morrer um pouco
para fazer tudo mais depressa... Você acha que os comunistas
começaram com isso? ela perguntou, você acha que são os comunistas?
e eu disse, dá pra parar de ser uma vaca neurótica.
essas republiquetas crescem porque estão
enchendo os bolsos com dinheiro dos *dois* lados... e ela
me olhou com aquela linda estupidez das colegiais
e se afastou, escurecia mas eu a deixei partir,
precisamos saber quando é hora de deixar uma mulher ir a fim de mantê-la,
e se você não quer ficar com ela deixa-a ir de qualquer maneira,
assim que é sempre um processo de deixar partir, de um modo ou de outro,
então me sentei e terminei o drinque e preparei outro

e pensei, quem poderia imaginar que um curso de engenharia na Old Miss
poderia trazê-lo para onde as lâmpadas balançam devagar
no verde de certa noite distante?
e Jones apareceu com o braço ao redor de sua cintura azul
e ela também andara bebendo, e eu me aproximei e disse,
marido e mulher? e isso a deixou puta porque se uma mulher não pode
pegá-lo pelo cangote e fazê-lo de gato e sapato, está acabada,
e eu me servi mais uma dose caprichada, e
disse, vocês 2 podem não perceber
mas não vamos sair vivos daqui.

bebemos o resto da noite.
você poderia ouvir, se ficasse bem parado,
a água descendo através das árvores de deus,
e as estradas que havíamos construído
dava pra ouvir os animais a cruzá-las
e os selvagens, tolos bárbaros com alguma cruz bárbara para enterrar.
e finalmente o último olhar no espelho
enquanto os amantes embriagados se abraçam
e se afastam e erguem um pedaço de palha
do teto da cabana
então acendem o isqueiro, e eu
vejo as chamas se alastrarem, como ratos esfaimados
sobre as frágeis estruturas marrons, vagarosamente mas de modo
real, e logo irreal, algo que parecia uma ópera,
e então caminhei em direção ao som da metralha,
o mesmo rio, e a lua voltada para mim
e no caminho eu vi uma cobra, das pequenas,
mais parecendo uma cascavel, mas não poderia ser uma cascavel,
e se assustou ao me ver, e eu a agarrei atrás do pescoço
antes que pudesse se enrolar e então a segurei
seu pequeno corpo se enroscando ao redor do meu pulso
como um dedo amoroso e todas as árvores abriram seus olhos
e eu levei minha boca à sua
e o amor era iluminação e lembrança,
comunistas mortos, fascistas mortos, democratas mortos, deuses mortos e
ao retornar ao que restara da cabana de Jones
lá estava seu braço morto e carbonizado ao redor de sua cintura azul e morta.

# Maja Thurup

Houve ampla cobertura da imprensa e da televisão, e a senhora estava para escrever um livro sobre tudo isso. O nome da senhora era Hester Adams, duas vezes divorciada, dois filhos. Tinha 35 anos, e alguém poderia imaginar que essa seria sua última jogada. As rugas estavam aparecendo, os peitos estavam caindo já há algum tempo, os tornozelos e as panturrilhas estavam engrossando, já havia sinais de uma barriga. A América aprendeu que a beleza reside apenas na juventude, especialmente para a mulher. Mas Hester Adams tinha a sombria beleza da frustração e da perda vindoura; era algo que rastejava por cima dela, a perda vindoura, e dava-lhe alguma coisa sexualmente atrativa, como uma mulher desesperada para quem o tempo está passando enquanto ela continua sentada em um bar cheio de homens. Hester tinha olhado ao redor, visto poucos sinais de ajuda vindos dos homens americanos e entrou em um avião para a América do Sul. Entrou na selva com sua câmera, sua máquina de escrever portátil, seus tornozelos que estão engrossando, sua pele branca e arranjou para si um canibal, um canibal negro: Maja Thurup. Maja Thurup tinha uma cara com um bom aspecto. Seu rosto parecia estar marcado por mil ressacas e mil tragédias. E era verdade: passara por mil ressacas, mas todas as tragédias tinham a mesma origem: Maja Thurup tinha o pau maior do que a média, muito maior do que a média. Nenhuma garota na aldeia o aceitava. Tinha provocado a morte de duas garotas com seu instrumento. Uma tinha sido penetrada pela frente e a outra por trás. Não fazia diferença.

Maja era um homem solitário que bebia e pensava em sua solidão até que Hester Adams chegou com um guia e sua pele branca e uma câmera. Depois das apresentações formais e algumas bebidas perto do fogo, Hester tinha entrado na cabana de Maja e aguentado tudo o que Maja Thurup podia meter e ainda pediu por mais. Era um milagre para ambos, e os dois se casaram em uma cerimônia tribal de três dias, durante a qual homens capturados de tribos inimigas eram assados e comidos em meio a danças, encantamentos e embriaguez. Foi depois da cerimônia, depois que as ressacas passaram que os problemas começaram. O pajé, notando que Hester não partilhara da carne assada do homem da tribo inimiga (decorada com abacaxi, azeitona e nozes), anunciou para todos que não se tratava de uma deusa branca, mas uma das filhas de um deus mau chamado Ritikan. (Séculos atrás, Ritikan tinha sido expulso do céu tribal por se recusar a comer qualquer coisa além de vegetais, frutas e nozes.) O anúncio causou dissensão na tribo, e dois amigos de Maja Thurup foram imediatamente assassinados por terem sugerido que a habilidade de Hester de lidar com todo o tamanho do pau de Maja era em si um milagre e o fato de que ela não ingeria outras formas de carne humana poderia ser perdoado, pelo menos temporariamente. Hester e Maja fugiram para a América, para North Hollywood para ser mais preciso, onde Hester deu início aos procedimentos para tornar Maja Thurup um cidadão americano. Sendo uma antiga professora de colégio, Hester começou a instruir Maja no uso de roupas e da língua inglesa, a beber cervejas e vinhos da Califórnia, a assistir a televisão e a se alimentar de comidas compradas no Safety Market mais próximo. Maja não apenas via televisão, mas também aparecia nela com Hester, e eles declararam seu amor publicamente. Então voltaram para seu apartamento em North Hollywood e fizeram amor. Depois Maja sentou no meio do tapete com seus livros de gramática inglesa, bebendo cerveja e vinho e cantando cantos nativos e tocando bongô. Hester trabalhava em seu livro sobre Maja e Hester. Uma grande editora estava esperando. Tudo que Hester precisava fazer era escrever.

Certa manhã, eu estava na cama lá pelas oito horas. No dia anterior eu perdera quarenta dólares em Santa Anita, minhas economias na conta do California Federal estavam se tornando perigosamente baixas e eu não tinha escrito uma história decente em um mês. O telefone tocou. Levantei, pigarreei, tossi e atendi ao telefone.

– Chinaski?

– Sim?

– Aqui é Dan Hudson.

Dan dirigia a revista *Flare* de Chicago. Ele pagava bem. Era o editor e o diretor.

– Olá, Dan, nossa.

– Olha, tenho algo para você.

– Claro, Dan. O que é?

– Quero que você entreviste uma puta que casou com um canibal. Torne o sexo GRANDE. Misture amor com horror, sabe?

– Sei. Tenho feito isso minha vida toda.

– Pago quinhentos dólares se conseguir entregar antes do prazo final, que é 27 de março.

– Dan, por quinhentos dólares consigo fazer do Burt Reynolds uma lésbica.

Dan me passou o endereço e um número de telefone. Levantei, joguei água na cara, tomei dois Alka-Seltezers, abri uma garrafa de cerveja e telefonei para Hester Adams. Contei-lhe que queria dar publicidade a sua relação com Maja Thurup como uma das maiores histórias de amor do século XX. Para os leitores da revista *Flare*. Afirmei-lhe que isso ajudaria Maja a obter sua cidadania americana. Ela concordou com a entrevista, e marcamos para a primeira hora da tarde.

Era um apartamento no terceiro andar de um prédio sem elevador. Ela abriu a porta. Maja estava sentado no chão, com seu bongô, bebendo uma garrafa de um vinho do Porto direto do gargalo. Estava descalço, vestia calças jeans apertadas e uma camiseta branca com listras pretas, zebrada. Hester estava vestindo uma roupa idêntica. Trouxe-me uma garrafa de cerveja, peguei um cigarro do maço na mesa de café e comecei a entrevista.

– Quando você viu Maja pela primeira vez?

Hester me deu uma data. Também disse a hora com exatidão e o lugar.

– Quando você começou a perceber os primeiros sentimentos de amor por Maja? Quais foram exatamente as circunstâncias que desencadearam a relação?

– Bem – disse Hester –, foi quando...

– Ela me ama quando eu meto o troço nela – disse Maja do tapete.

– Ele aprendeu inglês muito rapidamente, não é mesmo?

– Sim, ele é brilhante.

Maja pegou a garrafa e tomou um bom gole.

– Meto o troço nela, ela dizer "Oh meu deus oh meu deus oh meu deus!" Rá, rá, rá, rá!

– Maja tem um corpo fantástico – ela disse.

– Ela engole também – disse Maja –, ela engole bem. Garganta profunda, rá, rá, rá!

– Amei Maja desde o começo – disse Hester. – Foram seus olhos, seu rosto... tão trágico. E o jeito que ele caminhava. Ele caminha, bem, ele caminha meio que como um tigre.

– Porra – disse Maja –, trepamos e esporreamos, porra, foda, porra. Estou ficando cansado.

Maja bebeu mais um pouco. Ele me olhou.

– Você fode ela. Eu cansei. Ela grande túnel faminto.

– Maja tem um senso de humor muito peculiar – disse Hester. – Isso foi outra coisa que me fez amá-lo ainda mais.

– A única coisa que você gosta em mim – disse Maja – é o meu caralho poste telefônico.

– Maja está bebendo desde a manhã – disse Hester –, você terá de perdoá-lo.

– Talvez seja mais adequado que eu volte quando ele estiver melhor.

– Acho que sim.

Hester marcou um novo horário comigo, duas da tarde do dia seguinte.

Tudo corria bem. Eu precisava de fotografias. Conhecia um fotógrafo totalmente arruinado, um tal de Sam Jacoby que era bom e cobraria barato. Levei-o até lá comigo. Era uma tarde ensolarada com apenas uma fina camada de poluição no ar. Subimos e toquei a campainha. Não houve resposta. Toquei a campainha mais uma vez. Maja abriu a porta.

– Hester não está – ele disse. – Foi à loja de conveniências.

– Tínhamos hora marcada para as duas da tarde em ponto. Gostaria de entrar e esperar.

Entramos e sentamos.

– Mim tocar tambor para você – disse Maja.

Ele tocou o tambor e cantou alguns cantos da floresta. Ele era muito bom. Estava bebendo outra garrafa de vinho do Porto. Ainda estava vestindo sua camiseta listrada ao estilo zebra e seus jeans.

– Foder, foder, foder – ele disse. – É só o que ela quer. Ela me deixa louco.

– Sente falta da floresta, Maja?

– Você não caga contra a corrente, paizinho.

– Mas ela ama você, Maja.

– Rá, rá, rá!

Maja fez outro solo no tambor. Mesmo bêbado ele era bom.

Quando Maja acabou, Sam me perguntou:

– Você acha que ela pode ter uma cerveja na geladeira?

– Pode ser.

– Minha cabeça não está boa. Preciso de uma cerveja.

– Vai lá. Traga duas. Depois compro mais para ela. Eu devia ter trazido algumas.

Sam levantou-se e foi até a cozinha. Ouvi a porta da geladeira se abrindo.

– Estou escrevendo um artigo sobre você e Hester – disse para Maja.

– Mulher buracão. Nunca enche. Como um vulcão.

Ouvi Sam vomitando na cozinha. Ele bebia muito. Sabia que estava de ressaca. Mas ainda assim era um dos melhores fotógrafos em atividade. Então tudo ficou quieto. Sam voltou caminhando. Sentou-se. Não trouxe a cerveja.

– Eu tocar tambor mais uma vez – disse Maja.

Ele tocou novamente. Ainda estava tocando bem. Embora não tão bem como da outra vez. O vinho estava pegando.

– Vamos sair daqui – Sam me disse.

– Tenho que esperar por Hester – respondi.

– Cara, vamos embora – disse Sam.

– Vocês querem um pouco de vinho? – Maja ofereceu.

Levantei e fui até a cozinha buscar uma cerveja. Sam me seguiu. Fui em direção à geladeira.

– *Por favor*, não abra essa porta! – ele disse.

Sam caminhou até a pia e vomitou mais uma vez. Olhei para a porta da geladeira. Não a abri. Quando Sam acabou, eu disse:

– Tudo bem. Vamos embora.

Caminhamos até a sala da frente, onde Maja ainda estava sentado tocando seu bongô.

– Eu tocar tambor mais uma vez – ele disse.

– Não, obrigado, Maja.

Saímos e descemos a escada e ganhamos a rua. Entramos no meu carro. Dei a partida e arranquei. Não sabia o que dizer. Sam não disse nada. Estávamos no bairro comercial. Dirigi até um posto de gasolina e disse ao frentista para encher o tanque com gasolina comum. Sam saiu do carro e foi até um telefone público para ligar para a polícia. Vi Sam sair da cabine telefônica. Paguei pela gasolina. Não consegui minha entrevista. Fiquei sem os meus quinhentos dólares. Esperei enquanto Sam voltava para o carro.

– *Ao sul de lugar nenhum*

## os lixeiros

aí vêm eles
esses caras
caminhão cinza
rádio ligado

estão com pressa

é muito excitante:
camisa aberta
as barrigas pendendo

recolhem as latas de lixo
esvaziam-nas na compactadora
e então o mecanismo sobe
barulhento demais...

eles precisam preencher formulários de requerimento
para conseguir esses trabalhos
precisam pagar as prestações da casa e
dirigem carros do ano

embebedam-se sábado à noite

agora sob o sol de Los Angeles
correm pra lá e pra cá atrás de latas de lixo

todo o lixo vai pra algum lugar

e eles gritam uns para os outros

então estão todos no caminhão
seguindo para oeste em direção ao mar

nenhum deles sabe
que estou vivo

REX DISPOSAL CO.

## a noite mais estranha que de fato você já viu

eu tinha esse quarto da frente na DeLongpre
e costumava me sentar por horas
durante o dia
olhando pela janela
da frente.
havia um número incontável de garotas que
passavam
rebolando;
aquilo salvava minhas tardes,
acrescentava algo à cerveja e aos
cigarros.

certo dia eu vi alguma coisa
a mais.
escutei primeiro o som.
"vamos lá, empurrem!", ele disse.
era uma enorme tábua
com 1 metro de largura por
20 de comprimento;

com rodinhas atarraxadas às extremidades
e ao meio.
ele puxava pela frente
usando duas longas cordas presas à tábua
e ela ia atrás
controlando a direção e também empurrando.
todos os seus bens estavam atados àquela
tábua:
potes, panelas, colchas e tudo o mais
amarrado à tábua
bem preso;
e as rodinhas rangiam.

ele era branco, um colono, um
sulista –
magro, curvo, as calças a ponto
de cair e revelar
seu rabo –
o rosto rosado pelo sol e o
vinho barato,
e ela negra
caminhando aprumada
empurrando;
ela era simplesmente maravilhosa
de turbante
grandes brincos verdes
um vestido amarelo
que ia
do pescoço ao
tornozelo.
seu rosto estava gloriosamente
indiferente.

"não se preocupe!" ele gritou, voltando-se para
ela, "alguém vai
nos alugar um quarto!"

ela não respondeu.

então eles desapareceram
embora eu ainda ouvisse
as rodinhas.

eles iriam conseguir,
pensei.

tenho certeza que
sim.

•••••••••••••••••••••••••••••••••••••••••••••

Tudo começou com um equívoco.

Era época de Natal e soube através do bêbado que vivia colina acima, que fazia esse esquema todo Natal, que eles contratavam quase qualquer um, e então eu pintei lá e quando me dei conta eu já estava com essa mochila de couro nas costas, dando voltas por aí a meu bel-prazer. Que trabalho, pensei. Uma moleza! Eles lhe designavam apenas uma ou duas quadras e, se você conseguisse percorrê-las a tempo, o carregador regular designava mais uma quadra, ou talvez você pudesse retornar e o supervisor lhe indicava uma nova área, mas dava para fazer as coisas à sua maneira, ou seja, levar o tempo que fosse preciso para colocar os cartões de natal nas caixas postais.

Creio que foi no meu segundo dia como temporário que essa mulher enorme apareceu e passou a me acompanhar enquanto eu entregava as cartas. Quero dizer com esse enorme é que seu rabo era enorme e suas tetas eram enormes e que ela era enorme em todos os lugares certos. Ela parecia um pouco louca, mas segui olhando para seu corpo mesmo assim, sem me importar.

Ela falava e falava e falava. Então deixou escapar. Seu marido era um oficial servindo numa ilha distante e ela se sentia sozinha, sabe, e vivia naquela casinha dos fundos, por conta própria.

– Que casinha? – perguntei.

Escreveu o endereço num pedaço de papel.

– Também sou sozinho – eu disse –, mais tarde apareço por lá pra gente conversar.

Eu era comprometido, mas a minha parceira estava fora boa parte do tempo, em algum lugar, o que me fazia alguém sozinho de fato. Estava sozinho e pronto para ter aquele enorme rabo junto a mim.

– Está bem – ela disse –, vejo você de noite.

Ela era muito legal, era uma boa trepada, mas como todas as trepadas, depois da terceira ou quarta noite, comecei a perder o interesse e não voltei mais.

Mas eu não conseguia deixar de pensar, deus, tudo o que esses carteiros têm pra fazer é entregar suas cartas e trepar. Esse é o trabalho certo pra mim, oh, sim sim sim.

Então fiz o exame, passei, depois o teste físico, passei, e lá estava eu – um carteiro substituto. No começo foi moleza. Mandaram-me para a Estação West Avon e era como no Natal, exceto que eu não trepava com ninguém. Todo dia eu esperava dormir com alguém, mas não conseguia. Mas o supervisor era camarada e eu me arrastava pelas redondezas, uma quadra aqui outra ali. Não usava sequer um uniforme, apenas um boné. Usava minhas roupas de sempre. Do jeito que eu e minha parceira Betty bebíamos, mal sobrava dinheiro para roupas.

Então fui transferido para a Estação Oakford.

O supervisor era um tipo pescoçudo chamado Jonstone. Estavam precisando de ajuda por ali e entendi por quê. Jonstone gostava de vestir camisas vermelho-escuras – significando perigo e sangue. Havia sete substitutos – Tom Moto, Nick Pelligrini, Herman Stratford, Rosey Anderson, Bobby Hansen, Harold Wiley e eu, Henry Chinaski. O horário de chegada era às cinco da manhã e eu era o único bêbado por ali. Sempre bebia até depois da meia-noite, e lá ficávamos nós sentados, às cinco da manhã, esperando pelo turno, esperando que algum dos carteiros regulares ligasse dizendo estar doente. Isto normalmente ocorria em dias de chuva ou numa onda de calor ou nos dias depois de feriados, quando as cartas se acumulavam e o peso dobrava.

Havia quarenta ou cinquenta rotas diferentes, talvez mais, cada situação era diferente, não havia nunca como se familiarizar com elas, você precisava apanhar as cartas que lhe cabiam e estar pronto antes das oito para os despachos por caminhão, e Jonstone não aceitava desculpas. Os substitutos faziam entregas em qualquer canto, seguiam sem almoço e morriam pelas ruas. Jonstone nos mandava fazer as entregas já com trinta minutos de atraso – girando em sua cadeira em sua camisa vermelha:

– Chinaski, pegue a rota 539!

Começávamos meia hora atrasados, mas ainda assim tínhamos que fazer as entregas a tempo e voltar no horário. E uma ou duas vezes por semana, já combalidos, exaustos e fodidos, tínhamos que fazer as coletas noturnas, e o horário do cronograma era impossível de ser cumprido – o caminhão jamais seria tão rápido. Era preciso pular quatro ou cinco caixas na primeira corrida e na próxima volta elas já estavam entupidas de cartas e você fedia, corria com o suor invadindo os sacos. E eu, que só queria uma foda, acabei fodido. Com a cortesia de Jonstone.

Os próprios substitutos tornaram Jonstone possível ao obedecer suas ordens impossíveis. Não conseguia entender como um homem cuja crueldade era tão patente tinha permissão para ocupar sua posição. Os carteiros regulares não davam a mínima, o cara do sindicato era um inútil, então preenchi um relatório de trinta páginas num dos meus dias de folga, enviei uma cópia pelo correio para Jonstone e a outra levei pessoalmente ao Escritório Federal. O atendente me pediu para esperar. E assim esperei e esperei e esperei. Esperei por uma hora e meia, então fui conduzido à presença de um homenzinho de cabelos cinzentos, com olhos que pareciam cinza de cigarro. Não chegou nem a pedir que eu sentasse. Começou a gritar comigo mal eu passei pela porta.

– O senhor é um desses filhos da puta metidos a esperto, não é?

– Pediria que o senhor não me xingasse, senhor!

– Sim, um desses filhos da puta sabichões, com seu vocabulariozinho de filho da puta, que não perde uma chance de mostrar o quanto sabe!

Ele me estendeu os papéis. E gritou:

– O SR. JONSTONE É UM ÓTIMO HOMEM!

– Não seja tolo. O sujeito é obviamente um sádico – eu disse.

– Há quanto tempo o senhor está nos Correios?

– Três semanas.

– O SR. JONSTONE ESTÁ NOS CORREIOS HÁ TRINTA ANOS!

– Sim, e o que *isso* tem a ver com o assunto?

– Já disse, O SR. JONSTONE É UM ÓTIMO HOMEM!

Creio que o pobre sujeito tinha vontade mesmo de me matar. Ele e Jonstone deviam ter dormido juntos.

– Tudo bem – eu disse –, Jonstone é um ótimo homem. Esqueça essa porra toda.

Então me afastei e tirei o dia seguinte de folga. Sem remuneração, claro.

– *Cartas na rua*

## tesuda

ela era tesuda, tão tesuda
que eu não queria que ninguém mais a tivesse,
e se eu não chegasse a tempo em casa

ela saía, e eu não podia suportar aquilo –
eu ficava louco...
sei que era uma tolice, coisa de criança,
mas eu me deixava envolver por isso, me deixava envolver

eu entregava todas as cartas
e então Henderson me colocava para apanhar o correio noturno
num velho caminhão do exército,
e o maldito começava a esquentar no meio da corrida
e a noite avançava
comigo pensamentos na tesuda da Miriam
no sobe e desce do caminhão
enchendo sacos de carta
o motor cada vez mais quente
o ponteiro da temperatura cravado no máximo
QUENTE QUENTE
como Miriam.

eu pulava para dentro e para fora
mais três coletas e depois para a estação
lá estaria meu carro
esperando para me levar até Miriam que se sentava em meu sofá azul
com um uísque com gelo
cruzando as pernas e balançando seus tornozelos
como era seu costume,
mais duas paradas...
o caminhão apagou junto a um sinal, era o inferno
se impondo
outra vez...
eu tinha que estar em casa às 8, 8 era o prazo final de Miriam.

fiz a última coleta e o caminhão apagou junto a um sinal
a meia quadra da estação
não dava mais a partida, não dava mais a partida...
tranquei as portas, tirei as chaves e corri até a
estação...
joguei as chaves... bati o ponto...
seu maldito caminhão está emperrado junto ao sinal,
gritei,
Pico e Western...

... avancei pelo corredor, enfiei a chave na porta,
abri-a... seu copo estava lá, e um bilhete:

filho da puta:
esperei até oito e cinco
você não me ama
seu filho da puta
alguém vai me amar
esperei o dia inteiro

Miriam

me servi uma bebida e deixei a água encher a banheira
havia 5.000 bares na cidade
e eu percorreria 25 deles
atrás de Miriam

seu ursinho púrpura de pelúcia segurava o bilhete
encostado contra um travesseiro

dei uma bebida para o urso, outra para mim
e entrei na água
quente.

• • • • • • • • • • • • • • • • • • • • • • • • • • • • • • • • • • • • • • • • • • •

– Chinaski! Pegue a rota 539!

A mais difícil de toda a estação. Prédios com caixas com nomes rabiscados ou sem qualquer identificação, iluminadas por lâmpadas amareladas em corredores escuros. Velhas senhoras plantadas nos saguões, pelas ruas, fazendo sempre as mesmas perguntas, como se fossem uma única pessoa com uma única voz:

– Carteiro, o senhor tem alguma carta pra mim?

E você tinha vontade de gritar:

– Senhora, como, *diabos*, vou saber quem a *senhora* é ou quem eu sou ou quem qualquer um é?

O suor pingando, a ressaca, a impossibilidade do cronograma, e Jonstone lá no escritório com sua camisa vermelha, sabendo de tudo, saboreando cada gota, fingindo fazer o que fazia por uma questão de contenção de custos. Mas todo mundo conhecia suas razões. Oh, que ótimo homem ele era!

As pessoas. As pessoas. E os cachorros.

Deixe-me falar sobre os cachorros. Era um desses dias de 37ºC e eu seguia em frente, suando, enjoado, delirante, de ressaca. Parei junto a um pequeno prédio cuja caixa de correspondência ficava escada abaixo, junto à calçada da frente. Entrei com minha chave. Não houve qualquer som. Então senti alguma coisa se esfregando contra minha virilha. Escalei os degraus. Olhei para trás e lá estava um pastor alemão, crescido, com o focinho a meio caminho do meu rabo. Com uma abocanhada poderia arrancar fora meus bagos. Decidi que aquelas pessoas não receberiam suas cartas naquele dia, e que talvez jamais recebessem nenhuma outra. Cara, o que estou dizendo é que aquele focinho foi longe demais. SNUF! SNUF! SNUF!

Coloquei a correspondência de volta na sacola de couro e então bem devagar, bem devagarzinho, dei meio passo. O focinho me seguiu. Mais um meio passo com o outro pé. O focinho ali. Então dei um passo completo, bem devagar. E depois mais outro. Então parei. O focinho já não estava no meu rabo. E o bicho ficou parado, olhando para mim. Talvez ele nunca tivesse cheirado nada como aquilo e não soubesse muito bem o que fazer.

Discretamente me afastei.

– *Cartas na rua*

## o pior e o melhor

nos hospitais e nas cadeias
está o pior
nos hospícios
está o pior
nas coberturas
está o pior
nos albergues vagabundos
está o pior
nas leituras de poesia
nos concertos de rock
nos *shows* beneficentes para os inválidos

está o pior
nos funerais
nos casamentos
está o pior
nas paradas
nos rinques de patinação
nas orgias sexuais
está o pior
à meia-noite
às 3 da manhã
às 5h45 da tarde
está o pior
pelotões de fuzilamento
rasgando o céu
isto é o melhor
pensar na Índia
olhando para as carrocinhas de pipoca
assistindo ao touro pegar o matador
isto é o melhor
lâmpadas encaixotadas
um velho cão se coçando
amendoins em um saquinho
isto é o melhor
jogar inseticida nas baratas
um par de meias limpas
coragem natural vencendo o talento natural
isto é o melhor
de frente para pelotões de fuzilamento
lançar pedaços de pão às gaivotas
fatiar tomates
isto é o melhor
tapetes com marcas de cigarro
fendas nas calçadas
garçonetes que mantêm a sanidade
isto é o melhor
minhas mãos mortas
meu coração morto
silêncio
adágio de pedras
o mundo em chamas

isto é o melhor
para mim.

•••••••••••••••••••••••••••••••••••••••••••••

O carteiro favorito de Stone era Matthew Battles. Battles nunca aparecia com um amassadinho na camisa. De fato, tudo o que ele usava era novo, parecia novo. Os sapatos, as camisas, as calças, o quepe. Seus sapatos brilhavam de verdade e nenhuma de suas roupas parecia ter sido lavada mais do que uma vez. Assim que uma camisa ou um par de calças apresentavam algum sinal de uso, ele os jogava fora.

Quando Matthew passava, o Stone frequentemente nos dizia:

– Olhem bem, *isso* sim é um carteiro!

E o Stone dizia aquilo a sério. Seus olhos quase faiscavam de amor.

E Matthew ficava lá em pé em frente à sua caixa, limpo e ereto, penteado e com um rosto descansado, os sapatos brilhando de um jeito vitorioso, jogando suas cartas com alegria.

– Você é um autêntico carteiro, Matthew!

– Obrigado, sr. Jonstone!

Certa vez, às cinco da manhã, entrei e fiquei esperando bem atrás do Stone. Ele parecia um pouco curvo debaixo de sua camisa vermelha.

Moto estava ao meu lado. Ele me disse:

– Flagraram o Matthew ontem.

– Flagraram ele?

– É, ele andava abrindo as correspondências. Tirava o dinheiro das cartas para o Templo Nekalayla. Depois de quinze anos de serviço.

– Como descobriram?

– Graças a umas senhoras. As velhas mandavam donativos em dinheiro para o Nekalayla e não estavam recebendo nem um cartão de agradecimento. Nekalayla avisou os Correios e os Correios ficaram de olho em Matthew. Pegaram ele tirando o dinheiro das cartas no banheiro.

– Não brinca?

– Sério. Foi pego em plena luz do dia.

Encostei-me na parede.

Nekalayla tinha construído um enorme templo, pintando-o de um verde horrendo, acho que aquele verde lhe lembrava a cor de dinheiro, e tinha um escritório com uma equipe de trinta ou quarenta pessoas que não faziam nada além de abrir envelopes, retirar os cheques e o dinheiro, registrar o montante, o nome do remetente, a data e assim por diante. Outros se ocupavam enviando livros e panfletos escritos por Nekalayla, sua foto estava na parede, uma foto enorme dele com roupas religiosas e barba, havia também um quadro muito grande de N., voltado para o escritório, como se vigiasse a todos.

Nekalayla declarava que certa vez, em suas andanças pelo deserto, encontrou Jesus Cristo e que Ele tinha lhe contado tudo. Sentaram juntos numa pedra, e J.C. foi desembuchando tudo. Agora ele transmitia os segredos para os que pudessem pagar por eles. Também celebrava uma cerimônia todo domingo. Seus ajudantes, que eram também seus seguidores, viviam tocando sinos e campainhas.

Imagine Matthew Battles tentando sacanear Nekalayla, o mesmo cara que tinha se encontrado com Jesus Cristo num deserto!

– Alguém já comentou algo com o Stone? – perguntei.

– Você está *brincando*?

Ficamos sentados por mais ou menos uma hora. Um estagiário foi designado para substituir o Matthew. Os outros foram escalados pra outros serviços. Fiquei sentado sozinho atrás do Stone. Então levantei e fui até sua mesa.

– Sr. Jonstone?

– Sim, Chinaski?

– Onde está Matthew hoje? Doente?

O Stone baixou a cabeça. Olhou o jornal que tinha nas mãos e fingiu continuar a sua leitura. Voltei para o meu lugar e me sentei.

Às sete da manhã, o Stone se virou:

– Não há nada pra você hoje, Chinaski!

Levantei e fui em direção à porta. Parei bem ali.

– Bom dia, sr. Jonstone. Tenha um bom dia.

Ele não respondeu. Desci até a loja de bebidas e comprei uma garrafinha de *Grandad* para o café da manhã.

As vozes das pessoas eram as mesmas, não importa onde você entregasse a correspondência, você escutava sempre as mesmas coisas.

– Você está atrasado, não está?

– Onde está o carteiro de sempre?

– Olá, Tio Sam!

– Carteiro! Carteiro! Essa carta não é daqui!

As ruas estavam cheias de pessoas insanas e estúpidas. A maioria delas morava em belas casas e não parecia trabalhar, e você se perguntava como elas faziam para sobreviver. Havia um cara que nunca deixava você colocar a correspondência em sua caixa. Ficava parado na calçada, esperando você aparecer a duas ou três quadras de distância e lá ficava, a mão estendida.

Perguntei a alguns dos outros que já tinham feito aquela rota:

– O que há de errado com aquele cara que fica lá parado com a mão estendida?

– Que cara que fica parado com a mão estendida? – perguntaram.

Todos eles também tinham a mesma voz.

Um dia, quando eu fazia essa rota, o homem-que-estende-a-mão estava a meia quadra, rua acima. Conversava com um vizinho, olhou para trás em minha direção a mais de uma quadra de distância e achou que daria tempo de voltar e me alcançar. Quando se virou de costas para mim, comecei a correr. Nem acredito que eu possa ter entregado as cartas tão depressa, todo avanço e movimento, sem fazer uma pausa, eu ia batê-lo. Já estava com meia carta em sua caixa quando ele se voltou e me viu.

– OH, NÃO, NÃO, NÃO! – gritou. – NÃO A COLOQUE NA CAIXA!

Desceu a rua correndo em minha direção. Tudo o que eu vi foi o movimento indistinto de seus pés. Ele deve ter corrido cem metros em 9,2 segundos.

Pus a carta em sua mão. Olhei-o abrir a carta, andar em direção à varanda, abrir a porta e entrar em casa. Alguém um dia terá de me dizer o que significava tudo aquilo.

Outra vez eu estava numa nova rota. O Stone sempre me colocava em rotas difíceis, mas de vez em quando, dadas as circunstâncias das coisas, ele era obrigado a me deslocar para uma menos perigosa. Com a rota 511 eu ia me dando muito bem e lá estava eu pensando novamente na hora do *almoço*, o almoço que nunca chegava.

Era um bairro residencial de classe média. Sem apartamentos. Somente casas e mais casas com seus jardins bem cuidados. Mas era uma *nova* rota e eu ia me perguntando onde estaria a armadilha. Até o tempo estava agradável.

Por Deus, pensei, desta vez vou conseguir! Almoço e volto ainda em tempo! A vida, finalmente, era suportável!

As pessoas por aqui não tinham nem cachorro. Ninguém parado do lado de fora esperando a sua carta. Eu não ouvia uma voz humana por horas. Talvez eu tivesse atingido a minha maturidade como carteiro, o que quer que isto significasse. Eu seguia em frente, eficiente, quase dedicado.

Lembrei-me de um dos carteiros mais velhos, apontando o peito e dizendo:

– Chinaski, um dia esse negócio vai pegar você, vai pegar bem aqui!

– Ataque cardíaco?

– Dedicação ao serviço. Espere e verá. Você sentirá orgulho com o trabalho.

– Bobagem!

Mas o homem tinha sido sincero.

Pensava nele enquanto caminhava.

Agora eu levava uma carta registrada com recibo a ser assinado.

Avancei e toquei a campainha. Alguém abriu o postigo da porta. Não pude ver o rosto.

– Carta registrada!

– Para trás! – exclamou uma voz de mulher. Para trás para que eu possa ver o seu rosto!

Bem, aí estava, pensei, mais uma louca.

– Escute, minha senhora, a senhora não precisa ver o meu rosto. Vou enfiar este canhoto na sua caixa de correio e a senhora pode apanhar a sua carta lá no posto. Leve um documento de identidade.

Deixei o canhoto em sua caixa e fui me afastando.

A porta se abriu e ela veio correndo. Usava uma dessas combinações transparentes e estava sem sutiã. Apenas uma calcinha azul-marinho. Seu cabelo estava despenteado e armado como se tentasse fugir da cabeça. Parecia haver algum tipo de creme em seu rosto, principalmente debaixo dos olhos. O seu corpo era branco, como se o sol jamais tivesse tocado sua pele e seu rosto tinha um aspecto pouco saudável. Sua boca estava escancarada. Usava um risco de batom e era bem *torneada* de cima a baixo...

Percebi tudo isso quando ela correu em minha direção. Já estava deslizando a carta registrada de volta ao malote.

Ela gritou:

– Me dê a carta!

Eu disse:

– Espere, a senhora terá...

Ela agarrou a carta, correu até a porta, abriu-a e correu para dentro.

Droga! Você não podia voltar sem a carta registrada ou ao menos a assinatura! Era preciso registrar, assinar, dar baixa nessas coisas.

– Ei!

Fui atrás dela e meti o pé na porta bem a tempo.

– EI! SUA DESGRAÇADA!

– Vá embora! Vá embora! Você é um bandido!

– Olhe, senhora! Tente entender! A senhora precisa assinar a carta. Não pode ficar com ela assim! A senhora está roubando os Correios dos Estados Unidos!

– Vá embora, seu bandido!

Joguei todo o meu peso contra a porta e entrei sala adentro. A escuridão era total. Todas as persianas estavam baixadas. Todas as persianas da casa estavam baixadas.

– O SENHOR NÃO TEM O DIREITO DE ENTRAR NA MINHA CASA! SAIA!

– E a senhora não tem o direito de roubar os Correios! Ou devolve a carta ou terá de assiná-la. Depois disso eu saio.

– Está bem! Está bem! Eu assinarei!

Mostrei onde assinar e lhe entreguei uma caneta. Olhei para os seus peitos e para o resto do corpo e pensei, que pena que ela seja louca, que pena, que pena.

Ela me devolveu a caneta e a sua assinatura – era simplesmente um rabisco. Abriu a carta e começou a ler, enquanto me virava para sair.

Então se posicionou em frente à porta, os braços em cruz. A carta estava no chão.

– Bandido! Bandido! Bandido! Você veio aqui para me estuprar!

– Escute, senhora, deixe eu passar!

– A MALDADE ESTÁ ESTAMPADA NA SUA CARA!

– E a senhora acha que eu não sei? Agora me deixe sair!

Com uma das mãos tentei empurrá-la para o lado. Ela cravou as unhas em meu rosto, de jeito. Deixei cair o malote, o meu quepe escorregou, e, enquanto eu pegava um lenço para estancar o sangue, ela avançou e atacou a outra face.

– SUA VADIA! QUE DIABOS HÁ DE ERRADO COM VOCÊ?

– Viu? Viu só? Você é um bandido!

Ela estava de pé bem junto de mim. Agarrei-a pela bunda e lhe beijei a boca. Aqueles peitos roçavam em mim, ela toda estava junto a mim. Afastou a cabeça para trás, distanciando-se:

– Estuprador! Estuprador! Maldito estuprador!

Me inclinei e levei minha boca a um dos peitos, depois beijei o outro.

– Estupro! Estupro! Estou sendo estuprada!

Ela estava certa. Puxei suas calcinhas, abri o zíper, coloquei meu pau para dentro. Então fui conduzindo-a em direção ao sofá. Caímos sobre ele.

Ela ergueu as pernas bem alto.

– ESTUPRO! – gritou.

Meti até gozar, fechei o zíper, apanhei a mala do correio e me afastei enquanto ela olhava absorta e em silêncio para o teto...

Perdi o almoço, mas nem assim consegui cumprir a tabela.

– Você está quinze minutos atrasado – disse o Stone.

Eu não disse nada.

O Stone olhou pra mim.

– Por Deus, o que houve com o seu rosto? – perguntou.

– O que houve com o seu? – perguntei.

– O que você quer dizer?

– Esquece.

– *Cartas na rua*

## um casal adorável

eu tinha que dar uma cagada
mas em vez disso fui
até essa loja para
fazer uma chave.
a mulher usava um vestido
de algodão e cheirava
a rato almiscarado.
"Ralph", ela urrou
e, seu marido,
um porco velho numa
camisa florida
calçando um sapato 39
apareceu e ela disse,
"esse homem quer
uma chave".
ele começou a afiá-la
como se realmente não quisesse
fazer aquilo.
havia sombras
furtivas e urina
no ar.
segui ao longo do
balcão de vidro,
apontei e chamei a
mulher,
"ei, eu quero este
aqui".
ela me alcançou o
objeto: um canivete
num estojo de um púrpura
claro.
US$ 6,50 mais as taxas.
a chave custou
praticamente
nada.
peguei o troco e
saí em direção

à rua.
algumas vezes você precisa
de gente desse tipo.

••••••••••••••••••••••••••••••••••••••••••••

Depois de três anos fui "efetivado". Isso significava receber pelos dias de feriado (os estagiários não recebiam) e uma jornada semanal de quarenta horas com dois dias de folga. O Stone também foi obrigado a me designar como substituto para cinco rotas diferentes no máximo. Isso era tudo o que me cabia: cinco rotas diferentes. Com o tempo, aprenderia onde estavam as caixas de correio, além dos atalhos e armadilhas de cada rota. Cada dia seria mais fácil. Poderia começar a cultivar aquele ar de tranquilidade.

De algum modo, porém, não me sentia muito feliz. Eu não era do tipo que procura deliberadamente por sofrimento, o trabalho ainda tinha lá sua variedade, mas aquele velho glamour dos dias de estagiário fazia falta – aquele não-ter-a-mais-vaga-ideia do que poderia acontecer depois.

Alguns dos funcionários de carreira se aproximaram para me cumprimentar.

– Parabéns – diziam.

– É isso aí – eu disse.

Parabéns pelo quê? Eu não tinha feito nada. Agora era um membro do clube. Era um dos caras. Eu poderia estar ali pelos próximos anos, chegar, inclusive, a pleitear minha própria rota. Comprar presentes de Natal para a família. E quando eu ligasse dizendo estar doente, diriam para um dos pobres estagiários, "Onde está o carteiro de *sempre*? Ele nunca se atrasa."

Então lá estava eu. Depois disso foi emitido um boletim dizendo que nenhum quepe ou equipamento deveria ser posto sobre a caixa do carteiro. A maioria dos rapazes colocava seus quepes ali. Aquilo não fazia mal nenhum e economizava uma viagem até o vestiário. Agora, depois de três anos pondo meu quepe ali em cima, recebia uma ordem para não fazê-lo.

Bem, eu continuava chegando de ressaca e não podia me ocupar de coisas tão banais quanto o lugar onde pôr o quepe. De modo que meu quepe continuou onde sempre esteve, mesmo no dia posterior à expedição da ordem.

O Stone veio correndo com uma advertência. Dizia que era contra as regras e o regulamento manter qualquer tipo de objeto sobre a caixa. Pus a advertência no bolso e segui distribuindo as cartas. O Stone se sentou, girando em sua cadeira, sem deixar de me observar. Todos os outros carteiros tinham posto os quepes em seus armários. A exceção era eu – e um certo Marty. E o Stone tinha se aproximado do Marty e dito:

– Muito bem, Marty, você leu a ordem. Seu quepe não deveria estar sobre a caixa.

– Oh, sinto muito, senhor. É o hábito, sabe. Sinto muito. – Marty tirou seu quepe de cima da caixa e subiu as escadas para guardá-lo no armário.

Na manhã seguinte, esqueci outra vez da regra. O Stone apareceu com sua advertência.

O texto dizia que era contra as regras e o regulamento manter qualquer tipo de objeto sobre a caixa.

Pus a advertência no bolso e segui distribuindo as cartas.

Na manhã seguinte, assim que entrei, pude ver que o Stone estava à minha espreita. Não fazia nenhuma questão de esconder que me vigiava. Esperava para ver o que eu faria com meu quepe. Deixei-o esperar por um momento. Então retirei o quepe da cabeça e o coloquei sobre a caixa.

O Stone veio correndo com sua advertência.

Não a li. Joguei-a na cesta de lixo, deixei meu quepe ali e segui distribuindo as cartas.

Dava para ouvir o Stone à sua máquina. O próprio som das teclas era raivoso.

Me perguntava como ele teria aprendido a datilografar.

Ele retornou. Estendeu-me uma segunda advertência.

Olhei para ele.

– Não preciso ler esse negócio. Sei o que está escrito. Diz que eu não li a primeira advertência.

Joguei a segunda advertência no lixo.

O Stone voltou correndo para sua máquina.

Apresentou-me uma terceira advertência.

– Veja só – eu disse –, sei o que está escrito nessas folhas. Na primeira dizia que não era para eu pôr meu quepe sobre a caixa. Na segunda, que eu não havia lido a primeira. A terceira é por não ter lido nem a primeira, nem a segunda.

Olhei-o, e depois deixei a advertência cair no lixo, sem lê-la.

– Agora posso jogá-las fora tão rápido quanto você é capaz de datilografá-las. Isso pode seguir por horas e horas, e logo um de nós estará fazendo papel de ridículo. Você decide.

O Stone retornou para sua cadeira e se sentou. Não datilografou mais nada. Ficou apenas olhando para mim.

Não apareci no dia seguinte. Dormi até a hora do almoço. Sequer telefonei para avisar. Então fui até o Escritório Central. Disse-lhes a que vinha. Colocaram-me em frente a uma mesa com uma mulher velha e magra. Seus cabelos eram grisalhos e seu pescoço muito fino, um pescoço que subitamente se inclinava na metade de sua extensão. Isso fazia com que a cabeça se projetasse para frente e que ela me olhasse por sobre os óculos.

– Sim.

– Quero pedir demissão.

– *Demissão*?

– Sim, demissão.

– E o senhor é um carteiro efetivo?

– Sim – eu disse.

– Tsc, tsc, tsc, tsc, tsc, tsc, tsc – seguiu, produzindo este som com seus lábios secos.

Passou-me os papéis necessários e eu fiquei ali a preenchê-los.

– Há quanto tempo trabalha nos Correios?

– Três anos e meio.

– Tsc, tsc, tsc, tsc, tsc, tsc, tsc, tsc – ela seguiu –, tsc, tsc, tsc, tsc.

E isso foi tudo. Voltei para casa e para Betty e nós tiramos o selo da garrafa.

Mal eu sabia que em dois anos eu estaria de volta como escrevente e que lá eu ficaria, encolhido sobre meu assento, por quase doze anos.

– *Cartas na rua*

## o dia em que mandei meu pé-de-meia pro espaço

e, eu disse, você pode pegar seus tios e tias ricos
e avós e pais
e todo o petróleo fétido deles
e seus sete lagos
e todos os seus perus
e búfalos
e o estado inteiro do Texas,
quer dizer, seus espantalhos
e suas caminhadas de sábado à noite no calçadão,
e sua biblioteca de 50 centavos
e seus vereadores corruptos

e seus artistas aveadados –
pode pegar tudo isso
e seu jornal semanal
e seus famosos tornados,
e suas nojentas enchentes
e todos os seus gatos miantes
e sua assinatura da *Time*,
e enfiar no rabo, baby,
bem no meio do rabo.

posso voltar a manusear uma picareta e um machado (acho)
e posso arranjar
25 pratas por uma luta de 4 assaltos (talvez);
claro, estou com 38
mas um pouco de tintura pode esconder os fios
grisalhos do meu cabelo;
e ainda posso escrever um poema (às vezes),
não se esqueça *disso*, e mesmo que
não rendam nada,
é melhor do que esperar por mortes e petróleo,
e dar tiros em perus selvagens,
e esperar que o mundo
comece a girar.

tudo bem, vagabundo, ela disse,
dê o fora.

o quê? eu disse

dê o fora. você teve seu
último acesso de fúria.
cansei dos seus acessos de fúria:
você sempre atua como um
personagem de uma peça de O'Neill.

mas eu sou diferente, baby,
não consigo
evitar.

você é diferente, essa é boa!
Nossa, quanta diferença!
não bata
a porta
quando sair.

mas, baby, eu *amo* o seu
dinheiro!

você nunca me disse
que me ama!

o que você quer afinal
um mentiroso ou um
amante?

de você não quero nada! se manda, vagabundo,
se manda!

... mas baby!

*volta* lá pro seu *O'Neill*!

fui até a porta,
fechei-a com cuidado e me afastei,
pensando: tudo o que elas querem
é um índio de madeira
que diga sim e não
e fique parado junto ao fogo e
não faça muito barulho;
mas acontece que você já não é mais
uma criança, rapaz;
da próxima vez jogue visando
o pé-de-
meia.

Passei o Natal com Betty. Ela assou um peru e nós bebemos. Betty sempre gostou de grandes árvores de Natal. Essa devia ter uns dois metros de altura por um de largura, coberta com luzes, lâmpadas elétricas, lantejoulas e outras porcarias. Bebemos várias doses de uísque, fizemos amor, comemos nosso peru, bebemos mais um pouco. O prego da base estava frouxo e a base não era grande o suficiente para dar suporte à árvore. Eu ficava tentando ajeitá-lo. Betty se esticou na cama e apagou. Eu bebia no chão, de cuecas. Então também me estiquei. Fechei os olhos. Alguma coisa me despertou. Abri os olhos. Bem a tempo de ver a enorme árvore coberta de luzes quentes se inclinar devagar em minha direção, a estrela pontuda descendo como uma adaga. Não consegui entender muito bem o que estava acontecendo. Parecia o fim do mundo. Não conseguia me mexer. Os galhos da árvore me impediam. Eu estava debaixo dela. As lâmpadas incandesciam.

– Oh, OH, JESUS CRISTO, TENHA PIEDADE! SENHOR, ME AJUDE! JESUS! JESUS! SOCORRO!

As lâmpadas me queimavam. Rolei para a esquerda, mas não consegui me libertar, depois rolei para a direita.

– AI!

Finalmente consegui escapar rolando de baixo da árvore. Betty estava de pé, parada.

– O que aconteceu? O que é isso?

– NÃO ESTÁ VENDO? ESSA MALDITA ÁRVORE TENTOU ME MATAR!

– O quê?

– SIM, OLHA PRA MIM!

Meu corpo estava coberto de marcas vermelhas.

– Oh, *pobrezinho*!

Segui até a parede e desliguei a árvore da tomada. As luzes se apagaram. A coisa estava morta.

– Oh, minha pobre arvorezinha!

– Pobre arvorezinha?

– É, me deu *tanta* pena!

– Amanhã de manhã eu boto ela de pé de novo. Não confio nela agora. Vou deixar que descanse durante a noite.

Ela não gostou da ideia. Senti que teria de enfrentar um bate-boca, então coloquei o negócio de pé, apoiado numa cadeira, e acendi as luzes outra vez. Se a coisa tivesse queimado seus peitos ou seu rabo, ela teria jogado o negócio pela janela. Aquilo me pareceu uma extrema gentileza da minha parte.

Alguns dias depois do Natal apareci na casa de Betti para vê-la. Ela estava sentada em seu quarto, bêbada, às 8h45 da manhã. Seu aspecto não era nada bom, o que também se poderia dizer de mim naquela ocasião. Era como se cada um dos pensionistas tivesse dado a ela um pouco de bebida. Havia de tudo: vinho, vodca, uísque, scotch. Das marcas mais baratas. As garrafas enchiam o quarto.

– Esses cretinos! Será que eles não *conhecem* ninguém melhor? Se você beber todo esse negócio é morte na certa!

Betty apenas me olhou. Pude perceber tudo naquele olhar.

Ela tinha um filho e uma filha que nunca vinham visitá-la, sequer lhe escreviam. Era uma faxineira num hotel barato. Quando a conheci, suas roupas eram caras, tornozelos bem torneados em sapatos de luxo. Era toda rija, quase bela. Olhos selvagens. Sorridente. Vinda de um marido rico, recém-divorciada, ele que logo morreria num acidente de carro, bêbado, queimado vivo em Connecticut.

– Você jamais irá domá-la – me diziam.

Ali estava ela. Mas eu tinha recebido alguma ajuda.

– Escute – eu disse –, tenho que levar uma parte desse negócio. Quero dizer, de vez em quando eu lhe entrego uma garrafa. Não vou bebê-las.

– Deixe as garrafas – disse Betty. Não me olhava. Seu quarto ficava no último andar e ela se sentava junto à janela, acompanhando o tráfego da manhã.

Me aproximei.

– Veja, estou acabado. Tenho que ir embora. Mas pelo amor de Deus, pegue leve com esse negócio!

– Claro – ela disse.

Inclinei-me e lhe dei um beijo de despedida.

Retornei cerca de uma semana e meia depois. Não houve qualquer resposta para as minhas batidas.

– Betty! Betty! Você está bem?

Girei a maçaneta. A porta estava aberta. A cama estava virada. Havia uma enorme mancha de sangue no lençol.

– Ah, caralho! – eu disse. Olhei em volta. Todas as garrafas tinham sumido.

Então olhei mais uma vez ao meu redor. Ali estava a francesa de meia-idade que era dona do lugar. Ficou junto à porta.

– Ela está no Hospital Geral do Condado. Estava muito doente. Chamei a ambulância na noite passada.

– Ela bebeu todo aquele negócio?

– Teve alguma ajuda.

Desci correndo as escadas e entrei no meu carro. Logo cheguei lá. Conhecia bem o lugar. Informaram-me o número do quarto.

Havia três ou quatro camas num quarto apertado. Uma mulher estava sentada sobre a sua no sentido cruzado, mastigando uma maçã e rindo com duas visitantes do sexo feminino. Puxei a cortina divisória que circundava a cama de Betty, sentei-me no banquinho e me inclinei sobre ela.

– Betty! Betty!

Toquei seu braço.

– Betty!

Seus olhos se abriram. Eram novamente belos. De um azul sereno e brilhante.

– Tinha certeza de que era você – ela disse.

Em seguida voltou a fechar os olhos. Seus lábios estavam ressecados. Restos de saliva amarelada haviam se acumulado no canto esquerdo de sua boca. Peguei um lenço e removi os resíduos. Limpei seu rosto, suas mãos, sua garganta. Peguei outro lenço e espremi um pouco de água em sua língua. Depois um pouco mais. Molhei seus lábios. Ajeitei seus cabelos. Podia ouvir as mulheres rindo através da cortina que nos separava.

– Betty, Betty, Betty. Por favor, quero que você beba um pouco de água, apenas um golinho, não precisa ser muito, só um gole.

Ela não respondeu. Tentei aquilo por uns dez minutos. Nada.

Mais restos de saliva se formaram em sua boca. Removi-os.

Então me levantei e fechei a cortina. Fiquei olhando para as três mulheres.

Me afastei e falei com a enfermeira encarregada.

– Escute, por que ninguém faz nada em relação à mulher do 45-c? Betty Williams.

– A gente faz o que pode, senhor.

– Mas não há ninguém ali.

– Fazemos nossas rondas regulares.

– Mas onde estão os médicos? Não vi nenhum médico.

– O doutor já a examinou, senhor.

– Como é que vocês a abandonam lá daquele jeito?

– A gente faz o que pode, senhor.

– SENHOR! SENHOR! SENHOR! ESQUEÇA ESSA PORRA DE "SENHOR"! Aposto que se fosse o presidente ou o governador ou o prefeito ou um filho da puta qualquer cheio da grana, então haveria um montão de médicos ao redor do quarto fazendo *alguma coisa*! Por que vocês simplesmente não deixam o pessoal morrer? Que pecado há em ser pobre?

– Já lhe disse, meu senhor, estamos fazendo TUDO ao nosso alcance.

– Voltarei em duas horas.

– O senhor é o marido?

– Eu vivia com ela em concubinato.

– Pode nos deixar seu nome e um número de telefone?

Passei-lhe as informações e saí apressado.

O funeral estava marcado para as dez e meia e já fazia calor. Eu vestia um terno preto barato, comprado e ajustado às pressas. Era o meu primeiro terno novo em anos. Conseguira localizar o filho. Seguimos em seu Mercedes-Benz novinho. Tinha conseguido localizá-lo com a ajuda de uma tira de papel com o endereço de seu sogro. Duas chamadas de longa distância e cheguei até ele. Quando finalmente conseguiu se deslocar até aqui, sua mãe já estava morta. Morreu enquanto eu fazia as ligações. O rapaz, Larry, jamais tinha se enquadrado nas normas da sociedade. Tinha o hábito de roubar os carros dos amigos, mas entre os amigos e o tribunal dava um jeito de resolver as coisas. Então o exército o apanhou, e, de alguma maneira, entrou para um programa de treinamento, o que fez com que, assim que saísse, arranjasse um emprego muito bem pago. Foi quando deixou de ver a mãe, quando conseguiu esse bom emprego.

– Onde está sua irmã? – perguntei.

– Não sei.

– É um carro bacana. Não dá nem pra ouvir o motor.

Larry sorriu. Gostou do comentário.

Havia apenas três pessoas acompanhando o funeral: o filho, o amante e a irmã retardada da dona do hotel. Seu nome era Marcia. Marcia nunca dizia nada. Ficava apenas sentada, com um sorriso vazio nos lábios. Sua pele era branca como esmalte. Tinha um cabelo armado, de um amarelo mortiço, e um chapéu que não assentava. Marcia havia sido mandada pela dona do hotel para representá-la. A dona não podia perder seu negócio de vista.

Claro, eu estava com uma ressaca dos diabos. Paramos para tomar um café.

Àquela altura, então, já tinham ocorrido alguns problemas com o funeral. Larry tivera uma discussão com o padre católico. O padre não queria realizar o serviço. Finalmente foi decidido que ele faria o serviço pela metade. Bem, metade era melhor do que nada.

Tivemos problemas até com as flores. Eu havia comprado uma coroa de rosas, rosas misturadas, que foram arranjadas de modo a compor uma coroa. A floricultura passou a tarde inteira em cima do arranjo. A dona da floricultura tinha conhecido Betty. Haviam tomado umas e outras na época em que Betty e eu, alguns anos antes, morávamos numa casa com cachorro. Seu nome era Delsie. Sempre desejara chegar ao que estava debaixo das calcinhas de Delsie, mas nunca tinha conseguido.

Delsie tinha me telefonado.

– Hank, qual é o *problema* com esses cretinos?

– Que cretinos?

– Esses caras da funerária.

– Qual é o problema?

– Bem, eu mandei um rapaz na caminhonete para entregar a coroa e eles não deixaram ele entrar. Disseram que estavam fechados. Você sabe, é uma distância enorme.

– E aí, Delsie?

– Bem, por fim os caras deixaram ele pôr as flores para dentro, mas não pôde colocá-las no refrigerador. Então o rapaz teve que deixar elas ali mesmo. Que diabos há com essas pessoas?

– Não sei. Que diabos há com todo mundo?

– Não conseguirei ir ao funeral. Você está bem, Hank?

– Por que você não vem me consolar?

– Teria que levar o Paul.

Paul era seu marido.

– Esqueça.

Então assim estávamos, a caminho de nosso meio-funeral.

Larry ergueu os olhos do café.

– Vou escrever para você mais tarde para a gente ver o negócio da lápide. Agora estou pelado.

– Tudo bem – eu disse.

Larry pagou os cafés, então nós saímos e embarcamos no Mercedes-Benz.

– Espere um minuto – eu disse.

– O que foi? – perguntou Larry.

– Acho que esquecemos alguma coisa.

Retornei ao café.

– Marcia.

Ela seguia sentada à mesa.

– Estamos indo, Marcia.

Ela se levantou e me seguiu até a rua.

– *Cartas na rua*

## para Jane: com todo amor que tive, que não foi suficiente: –

recolho a saia,
recolho as luminosas contas negras
do colar,

esta coisa que uma vez se moveu
em torno da carne,
e chamo Deus de mentiroso,
digo que qualquer coisa que
como esta
tenha se movido
ou conhecido
meu nome
jamais poderia morrer
na verdade comum da morte,
e eu recolho
seu vestido
amado,
esvaziado do amor que dela emanava,
e falo
com todos os deuses,
deuses judeus, deuses cristãos,
pedacinhos de coisas brilhantes
ídolos, pílulas, pão,
compreensões, riscos,
renúncias conscientes,
ratos na complacência de dois que foram às raias da loucura
sem qualquer chance,
consciência de colibri, sorte de colibri
apoio-me nisso,
apoio-me em tudo isso
e sei:
seu vestido sobre meus braços:
mas
ninguém irá
devolvê-la para mim.

## para Jane

225 dias sob a relva
e você sabe mais do que eu.
há muito que eles secaram seu sangue,
você não é mais que um graveto seco numa lixeira.
é assim que as coisas funcionam?
neste quarto
as horas de amor
ainda fazem sombras.
quando você se foi
levou quase
tudo junto.
às noites me ajoelho
diante de tigres
que não deixarão que eu exista.
o que você foi
não voltará a se repetir.
os tigres me encontraram
e eu já não me importo.

## saboreio as cinzas de tua morte

as florações espargem
água inesperada
pela manga da minha camisa,
água inesperada
fresca e pura
como neve –
enquanto espadas
afiadas como talos
penetram
em seu peito
e as doces e selvagens
pedras

caem sobre nós
e
nos encerram.

●●●●●●●●●●●●●●●●●●●●●●●●●●●●●●●●●●●●●●●●●●●●

Foi quando desenvolvi um novo sistema para usar no hipódromo. Eu tinha arrumado três mil dólares em um mês e meio, indo às corridas apenas duas ou três vezes por semana. Comecei a sonhar. Vi uma casinha à beira-mar. Vi-me vestido com roupas caras, calmo, levantando de manhã, entrando em meu carro importado, dirigindo com suavidade na saída da garagem. Vi jantares prazerosos com belos filés, precedidos e sucedidos por deliciosos drinques gelados em copos coloridos. A bela gorjeta. O charuto. E mulheres a mancheias. É fácil se deixar levar por esse tipo de pensamento quando os homens lhe entregam notas graúdas no guichê das apostas. Quando numa corrida de 1.200 m, que leva, digamos, um minuto e nove segundos, você ganha o equivalente a um mês de salário.

Então ali estava eu, de pé no escritório do superintendente. Lá estava ele atrás de sua mesa. Eu tinha um charuto na boca e uísque no meu hálito. Sentia-me endinheirado. Eu parecia endinheirado.

– Sr. Winters – eu disse –, os Correios sempre me trataram bem. Mas há interesses externos que simplesmente exigem minha atenção. Se o senhor não puder me dar uma licença, serei obrigado a me demitir.

– Já não lhe dei uma licença no início do ano, Chinaski?

– Não, sr. Winters, o senhor rejeitou o meu pedido de licença. Desta vez isto não será possível. Ou a licença ou a demissão.

– Tudo bem, preencha o formulário e eu o assinarei. Mas só posso lhe dar noventa dias de dispensa.

– Aceito – eu disse, exalando uma longa coluna de fumaça azul de meu charuto caro.

– Cartas na rua

## nº 6

vou ficar com o cavalo 6
numa tarde chuvosa
um copo de café de papel
na mão
tudo prestes a começar,
o vento fazendo rodopiar
pequenas cambaxirras do
grande telhado superior,
os jóqueis partindo
para uma corrida intermediária
silenciosos
e a garoa fazendo
todas as coisas
de uma só vez
quase iguais,
os cavalos em paz uns
com os outros
antes da guerra bêbada
e eu debaixo da tribuna principal
sensível aos
cigarros
conformado com o café,
então os cavalos passam
levando seus pequenos homens
consigo –
é fúnebre e gracioso
e agradável
como o desabrochar
das flores.

De alguma maneira o dinheiro se esvaiu depois disso e logo eu abandonei as corridas e fiquei sentado em meu apartamento, esperando que a licença de noventa dias acabasse. Meus nervos estavam em frangalhos graças à bebida e à ação.

Não é nenhuma novidade que as mulheres dão em cima dos homens. Quando você pensa que terá um tempinho para respirar, basta erguer os olhos e outra já está por ali. Alguns dias depois de retornar ao trabalho, a outra já estava por ali. Fay. Fay era grisalha e sempre se vestia de preto. Dizia que era um protesto contra a guerra. Mas se Fay queria protestar contra a guerra, por mim tudo bem. Era uma espécie de escritora e frequentava algumas oficinas literárias. Tinha ideias sobre como Salvar o Mundo. Se ela pudesse salvá-lo para mim, isto também estaria bem. Estivera vivendo dos cheques da pensão alimentícia de um antigo marido – tinham tido três filhos –, e a mãe também lhe mandava algum dinheiro de vez em quando. Fay nunca tivera mais do que um ou dois empregos na vida.

Enquanto isso, Janko tinha uma nova história de merda. Ele me mandava pra casa a cada manhã com a cabeça doendo. Naquela época eu vinha recebendo inúmeras multas de trânsito. Parecia que a cada vez que eu olhava pelo retrovisor lá estavam as sirenes vermelhas. Um carro-patrulha ou uma moto.

Certa noite cheguei em casa tarde. Estava realmente acabado. Sacar a chave e levá-la até a fechadura estava no limite das minhas forças. Segui até o quarto e lá estava Fay na cama, lendo *The New Yorker* e comendo chocolates. Ela sequer disse olá.

Fui até a cozinha e procurei alguma coisa para comer. Não havia nada na geladeira. Resolvi me servir um copo d'água. Fui até a pia. Estava entulhada de porcaria. Fay gostava de guardar potes vazios e suas tampas. Os pratos sujos enchiam metade da pia e, flutuando sobre a água, junto com alguns pratos de papel, estavam os potes e as tampas.

Retornei ao quarto no exato momento em que Fay punha na boca um pedaço de chocolate.

– Veja bem, Fay – eu disse –, sei que você quer salvar o mundo. Mas será que você não pode começar pela cozinha?

– Cozinhas não são importantes – ela disse.

Era difícil bater numa mulher grisalha, de modo que eu simplesmente segui para o banheiro e deixei que a água enchesse a banheira. Um banho escaldante talvez pudesse esfriar os nervos. Quando a banheira se encheu tive medo de entrar nela. Meu corpo estropiado havia, àquela altura, endurecido de tal maneira que eu temia me afogar ali dentro.

Fui até a sala e depois de um esforço consegui tirar as calças, as cuecas, os sapatos, as meias. Retornei ao quarto e galguei a cama até junto a Fay. Não conseguia me ajeitar. Cada vez que eu me movia, o custo era alto.

O único momento em que você está sozinho, Chinaski, pensei, é quando você dirige para o trabalho ou volta dele.

Finalmente consegui encontrar uma posição sobre minha barriga. Meu corpo todo doía. Logo eu estaria de volta no trabalho. Se eu conseguisse dar um jeito de dormir, isso me ajudaria. Com alguma frequência, podia ouvir o som de uma página sendo virada, de um chocolate sendo comido. Havia sido uma de suas noites de oficina. Se ela pudesse ao menos apagar as luzes.

– Como estava a oficina? – perguntei, deitado de bruços.

– Estou preocupada com Robby.

– Oh – perguntei –, o que está acontecendo?

Robby era um cara perto dos quarenta que tinha vivido com a mãe desde que nascera. Tudo o que ele escrevia, segundo tinham me informado, eram histórias muito engraçadas sobre a Igreja Católica. Robby realmente tirava sarro dos católicos. As revistas apenas não estavam prontas para Robby, embora tivesse sido publicado uma vez num jornal canadense. Certa vez, numa das minhas noites de folga, eu tinha visto Robby. Levei Fay até esta mansão onde eles se encontravam para ler suas coisas.

– Oh! Este é o Robby! – Fay dissera. – Ele escreve essas histórias divertidíssimas sobre a Igreja Católica!

Ela havia me apontado o cara. Robby estava de costas para a gente. Sua bunda era larga e grande e molenga; ficava pendurada dentro das calças. Será que eles não veem isso?, pensei.

– Você não quer entrar? – Fay tinha perguntado.

– Talvez na próxima semana...

Fay pôs outro chocolate na boca.

– Robby está preocupado. Perdeu seu emprego de entregador. Diz que não consegue escrever sem estar empregado. Precisa do sentimento de segurança. Diz que não será capaz de escrever nada enquanto não encontrar outro trabalho.

– Caralho – eu disse –, já sei onde podemos arranjar um emprego.

– Onde? Como?

– Estão contratando gente lá nos Correios, a torto e a direito. O salário não é mau.

– OS CORREIOS! ROBBY É SENSÍVEL DEMAIS PARA TRABALHAR NOS CORREIOS!

– Desculpe – eu disse –, achei que valia a pena tentar. Boa noite.

Fay não me respondeu. Estava furiosa.

– *Cartas na rua*

## sua mulher, a pintora

Havia esboços de homens, mulheres e patos sobre as paredes,
e do lado de fora um grande ônibus verde cortava o tráfego como
a insanidade que saltasse de uma linha ondulada, Turguêniev, Turguêniev,
diz o rádio, e Jane Austen, Jane Austen, também.

"Vou fazer o retrato dela no dia 28, quando você estiver
no trabalho."

Ele estava a um passo da obesidade e caminhava constantemente,
espatifava-se; eles o tinham; esvaziavam-no por dentro como
uma mosca na teia, e seus olhos eram injetados de raiva-medo.

Ele sente o ódio e o descartar do mundo, mais afiados que sua
gilete, e sua intuição está suspensa como um pólipo úmido; e
ele se julga derrotado ao tentar remover os fios de barba
presos à lâmina sob a água (como a vida), não tão quente como deveria.

*Daumier. Rue Transnonain, le 15 Avril, 1843. (Litografia.)*
*Paris, Bibliothèque Nationale.*

"Ela tem um rosto como nunca vi em outra mulher."

"O que é isso? Um caso amoroso?"

"Tolinho. Não posso amar uma mulher. Além disso, ela está grávida."

Não posso pintar – uma flor devorada por uma cobra; aquela luz do sol é uma
mentira; e aqueles mercados cheiram a sapatos e a nudez de garotos vestidos,
e abaixo de tudo isso algum rio, algum movimento, alguma virada que
suba ao longo do limite de meu templo e morda com uma picada atordoante...
homens dirigem carros e pintam suas casas,
mas eles são loucos; homens se sentam nas barbearias, compram chapéus.

*Corot. Lembrança de Mortefontaine.*
*Paris, Louvre.*

"Tenho que escrever para o Kaiser, embora eu ache que ele é homossexual."

"Você segue lendo Freud?"

"Página 299."

Ela produziu um pequeno chapéu e ele fez dois estalos com a mão debaixo do
braço, erguendo-o da cama como uma longa antena de
lesma, e ela foi à igreja, e ele pensou agora eu tenho
tempo e o cachorro.

Sobre a igreja: o problema de uma máscara é que ela
nunca muda.

Tão rude as flores que crescem e não crescem belas.
Tão incrível a cadeira no pátio que não precisa sustentar pernas
e barriga e braço e pescoço e boca que morde o
vento como o fim de um túnel.

Ele se voltou na cama e pensou: estou procurando algum
segmento no ar. Ele flutua sobre a cabeça das pessoas.
Quando chove sobre as árvores ele se acomoda entre os galhos
mais quente e mais verdadeiramente sanguíneo que a pomba.

*Orozco. Cristo Destruindo a Cruz.*
*Hanover, Dartmouth College, Baker Library.*

Deixou-se consumir pelo sono.

•••••••••••••••••••••••••••••••••••••••••••••

Fay estava grávida. Mas isso não a fez mudar nem as coisas nos Correios mudaram.

Os mesmos funcionários faziam todo o trabalho enquanto o resto do pessoal, a equipe mista, ficava por ali, discutindo esportes. Eram todos caras negros, grandes – com uma constituição de profissionais da luta livre. Sempre que um novato entrava no serviço, era enviado para a equipe mista. Isso evitava que eles assassinassem os supervisores. Se as equipes mistas tinham um supervisor, jamais se conseguia avistá-lo. A equipe carregava os caminhões com as cartas que chegavam através do elevador de carga. Isso ocupava cinco minutos de uma hora de trabalho. Às vezes, eles contavam as cartas, ou ao menos fingiam. Pareciam bastante calmos e inteligentes, fazendo suas contas com um lápis comprido atrás da orelha. Mas na maior parte do tempo eles discutiam sobre esporte, de um modo violento. Todos eram especialistas – liam os mesmos comentaristas esportivos.

– Muito bem, cara, quem é pra você o melhor jogador de todos os tempos do campo externo?

– Bem, Willie Mays, Ted Williams, Cobb.

– O quê? O quê?

– É isso aí, meu!

– E quanto ao Babe? Como deixar o Babe de fora?

– Ok, Ok, quem é o seu jogador cinco estrelas na posição?

– Não é cinco estrelas, é o melhor de todos os tempos!

– Ok, Ok, você sabe o que eu quero dizer, meu, você sabe o que eu quero dizer!

– Bem, fico com Mays, Ruth e Di Maj!

– Vocês dois perderam a noção! E o Hank Aaron, rapaziada? Como deixar o Hank de fora?

Certa vez, todos os cargos da equipe mista foram postos à disposição. As vagas eram preenchidas principalmente em função do tempo de trabalho. A equipe mista se organizou e rasgou as fichas de preenchimentos de vagas do livro de pedidos. Eles não podiam fazer nada. Ninguém deu queixa por escrito. Era um caminho comprido e escuro até o estacionamento à noite.

Comecei a sentir tonturas. Podia senti-las vindo. A caixa começava a girar. As crises duravam um minuto. Não conseguia entender o que se passava. Cada carta se tornava mais e mais pesada. Os funcionários começavam a ter aquele aspecto de um cinza esmaecido. Eu começava a deslizar de meu banquinho. Minhas pernas mal eram capazes de me sustentar. O trabalho estava me matando.

Fui até meu médico e lhe disse o que estava acontecendo. Ele mediu minha pressão.

– Não, não, não há nada de errado com sua pressão.

Então ele me auscultou e me pesou.

– Não vejo nada de errado.

Depois resolveu fazer um exame de sangue especial. Fez três coletas de sangue, sucessivas, em intervalos, cada um parecendo maior do que o anterior.

– Importa-se de esperar na outra sala?

– Não, não, vou dar uma volta por aí e retorno na hora combinada.

– Certo, mas volte mesmo na hora combinada.

Cheguei a tempo para a segunda coleta. Então houve uma espera maior para a terceira, cerca de vinte ou 25 minutos. Dei uma volta pela rua. Nada de especial estava acontecendo. Fui até uma loja de conveniências e fiquei lendo uma revista. Coloquei-a de volta em seu lugar, olhei para o relógio e saí. Vi aquela mulher sentada na parada de ônibus. Era uma dessas que a gente vê raramente. Mostrava boa parte das pernas. Não conseguia desviar meus olhos. Atravessei a rua e fiquei a uns vinte metros de distância.

Então ela se levantou. Tive que segui-la. Aquele rabo gostoso acenava para mim. Eu estava hipnotizado. Ela entrou numa agência dos Correios. Entrou numa enorme fila e eu fiquei atrás dela. Trazia dois postais consigo. Comprei doze postais de via aérea e dois dólares em selos.

Quando saí, ela apanhava o ônibus. Vi ainda um resquício daquelas pernas e daquele rabo deliciosos entrando no ônibus, ônibus que a levou embora.

O médico estava esperando.

– O que aconteceu? O senhor está cinco minutos atrasado!

– Não sei. Meu relógio deve ter parado.

– AS COISAS TÊM QUE SER FEITAS COM EXATIDÃO!

– Vamos. Tire meu sangue duma vez.

Ele me enfiou a agulha...

Dois dias depois, os testes disseram que não havia nada de errado comigo. Não sei se foi por causa daquela diferença de cinco minutos. Mas as crises de tontura pioraram. Comecei a sair do trabalho quatro horas antes do previsto, sem preencher corretamente os formulários.

Eu chegava por volta das onze da noite e lá estava Fay. Pobre Fay grávida.

– O que aconteceu?

– Não conseguia suportar mais – eu disse –, estou muito sensível...

– *Cartas na rua*

# um despachante de nariz vermelho

Quando conheci Randall Harris, ele estava com 42 anos e vivia com uma mulher de cabelo grisalho, uma tal de Margie Thompson. Margie estava com 45 e não era muito bonita. Naquela época, eu editava uma pequena revista chamada *Mad Fly* e tinha ido visitá-los numa tentativa de conseguir algum material de Randall.

Randall era conhecido por ser um solitário convicto, um bêbado, um homem bruto e amargo, mas seus poemas eram crus, crus e honestos, simples e selvagens. Estava escrevendo como ninguém mais fazia naquela época. Ele trabalhava como despachante em um depósito de autopeças.

Sentei de frente para Randall e Margie. Eram sete e quinze da noite e Harris já estava bêbado de cerveja. Pôs uma garrafa na minha frente. Eu tinha ouvido falar de Margie Thompson. Ela era uma comunista das antigas, uma salvadora do mundo, uma benfeitora. Alguém poderia se perguntar o que ela estava fazendo ao lado de Randall, que não se importava com nada e não fazia questão de escondê-lo.

– Gosto de fotografar merda – ele me disse –, essa é a minha arte.

Randall começou a escrever com 38 anos. Com 42, depois de três pequenos livros de contos (*A morte é uma cadela mais suja que o meu país, Minha mãe trepou com um anjo* e *Os cavalos desenfreados da loucura*), estava começando a receber o que se pode chamar de reconhecimento da crítica. Mas não ganhava grana com seus textos e disse:

– Não sou nada além de um despachante com uma depressão profunda.

Vivia em um velho casarão em Hollywood com Margie, e ele era estranho, de verdade.

– Apenas não gosto de gente – ele disse. – Sabe, Will Rogers disse uma vez: "Nunca encontrei um homem de quem não gostasse". Comigo é o contrário, nunca encontrei um homem de quem gostasse.

Mas Randall tinha senso de humor, uma capacidade de rir da dor e de si mesmo. Não havia como não gostar dele. Era um homem feio com um cabeção e uma cara amassada... apenas o nariz parecia ter escapado do achatamento generalizado.

– Não tenho osso suficiente em meu nariz, é como se fosse de borracha – ele explicava. Seu nariz era longo e muito vermelho.

Eu já ouvira histórias sobre Randall. Dizia-se que era de quebrar janelas e jogar garrafas contra as paredes. Era um bêbado terrível. Também tinha períodos em que não atendia à porta nem ao telefone. Não tinha televisão, apenas um radinho e somente ouvia música sinfônica... algo estranho para um sujeito bruto como ele.

Randall também tinha períodos em que tirava a parte de baixo do telefone e enchia com papel higiênico ao redor da campainha para que não soasse. Ficava assim por meses. Alguém poderia se perguntar por que ele tinha um telefone, afinal. Sua educação era precária, mas ele evidentemente lia boa parte dos melhores escritores.

– Bem, seu merda – ele me disse –, imagino que você esteja se perguntando o que faço ao lado dela? – e apontou para Margie.

Não respondi.

– Ela é boa de cama – ele disse – e me dá as melhores fodas a oeste de Saint Louis.

Esse era o mesmo sujeito que tinha escrito quatro ou cinco excelentes poemas de amor para uma mulher chamada Annie. Era de se pensar como tudo isso funcionava.

Margie apenas ficava sentada ali, mostrando os dentes. Ela também escrevia poesia, mas não era muito boa. Frequentava dois *workshops* por semana, o que não ajudava muito.

– Então você quer alguns poemas? – ele me perguntou.

– Sim, gostaria de olhar alguns.

Harris foi até o armário, abriu a porta e pegou alguns papéis amassados e rasgados do fundo. Entregou-os para mim.

– Escrevi esses aí na noite passada.

Então ele foi até a cozinha e voltou com mais duas cervejas. Margie não bebia.

Comecei a ler os poemas. Eram todos poderosos. Ele datilografava com a mão muito pesada, e as palavras pareciam cinzeladas no papel. A força de sua escrita sempre me surpreendia. Parecia estar dizendo todas as coisas que deveríamos dizer, mas que nunca teríamos coragem de pronunciar.

– Vou levar esses poemas – eu disse.

– Ok – ele disse. – Beba.

Quando se visitava Harris, beber era uma obrigação. Ele fumava um cigarro atrás do outro. Usava calças marrons de algodão, folgadas, dois número acima do que seria o correto, e camisas velhas que estavam sempre em frangalhos. Tinha aproximadamente um metro e oitenta de altura e pesava uns cem quilos, em grande parte decorrentes da cerveja. Tinha os ombros caídos e nos espiava por trás das pálpebras semicerradas. Bebemos por cerca de duas horas e meia, o ar estava saturado pela fumaça. Subitamente Harris se levantou e disse:

– Dê o fora daqui, seu escroto, você me dá nojo!

– Calma, Harris, calma...

– Eu disse AGORA! Escroto!

Levantei e parti com os poemas.

Voltei àquele casarão dois meses mais tarde para entregar algumas cópias da *Mad Fly* para Harris. Tinha publicado todos os dez poemas dele. Margie me deixou entrar. Randall não estava lá.

– Ele está em Nova Orleans – disse Margie –, acho que ele está tirando uma folga. Jack Teller quer publicar seu próximo livro, mas ele quer conhecer Randall antes. Teller diz que não pode editar ninguém de quem não goste. Pagou a passagem área de ida e volta.

– Randall não é o que se poderia chamar de um sujeito cativante – eu disse.

– Veremos – disse Margie. – Teller é um bêbado e um ex-presidiário. Talvez formem uma bela dupla.

Teller publicava a revista *Riftraff* e tinha seu próprio prelo. Fazia um belo trabalho. A última edição de *Riftraff* tinha a cara feia de Harris na capa mamando em uma garrafa de cerveja e trazia alguns de seus poemas.

*Riftraff* era amplamente reconhecida como a revista literária número um da época. Harris estava começando a ganhar mais e mais destaque. Isso acabaria se tornando uma boa chance para ele, se não a estragasse com sua língua pérfida e seus modos de bêbado. Antes de partir, Margie me disse que estava grávida... de Harris. Como eu disse, ela tinha 45 anos.

– O que ele disse quando você lhe contou?

– Pareceu indiferente.

Parti.

O livro realmente foi publicado em uma edição de dois mil exemplares, muito bem impressos. A capa era feita de cortiça importada da Irlanda. As páginas eram multicoloridas e de um papel extremamente bom, impressas em um tipo exótico e entremeadas com alguns desenhos em nanquim que o próprio Harris havia feito. A edição foi aclamada, tanto pelo livro em si quanto pelo conteúdo. Mas Teller não podia pagar os *royalties*. Ele e sua esposa viviam com uma margem de lucro muito pequena. Em dez anos o livro passou a custar 75 dólares no mercado de livros raros. Enquanto isso Harris voltou para seu emprego de despachante no armazém de autopeças.

Quando fui visitá-lo novamente, quatro ou cinco meses depois, Margie se fora.

– Ela partiu há muito tempo – disse Harris. – Beba uma cerveja.

– O que aconteceu?

– Bem, depois que voltei de Nova Orleans, escrevi alguns contos. Enquanto eu estava no trabalho, ela revirou minhas gavetas. Leu algumas das minhas histórias e ficou alterada com o conteúdo delas.

– Sobre o que eram?

– Ah, sobre as minhas aventuras amorosas com algumas mulheres em Nova Orleans.

– As histórias eram verdadeiras? – perguntei.

– Como vai a *Mad Fly*? – perguntou.

A criança nasceu, uma menina, Naomi Louise Harris. Ela e a mãe viviam em Santa Mônica, e Harris dirigia até lá uma vez por semana para vê-las. Pagava pensão alimentícia e continuava bebendo sua cerveja. Depois disso, soube que ele mantinha uma coluna semanal no jornal de vanguarda *Los Angeles Lifeline*. Chamava suas colunas de *Impressões de um Maníaco de Primeira Classe.* Sua prosa era como sua poesia: indisciplinada, antissocial e preguiçosa.

Harris deixou crescer um cavanhaque e deixou seu cabelo mais comprido. Na próxima vez que o vi, estava vivendo com uma garota de 35 anos, uma ruiva bonita chamada Susan. Susan trabalhava em uma loja de material de desenho, pintava e tocava violão razoavelmente. Também bebia ocasionalmente uma cerveja com Randall, que era mais do que Margie fazia. O casarão parecia mais limpo. Quando Harris acabava uma garrafa, atirava-a numa sacola de papel, em vez de atirá-la no chão. Mas, ainda assim, era um bêbado terrível.

– Estou escrevendo um romance – ele me disse – e às vezes arranjo alguma leitura de poesia nas universidades da região. Também tenho uma leitura marcada em Michigan e outra no Novo México. As ofertas são bem boas. Não sinto vontade de ler, mas sou um bom leitor. Dou a eles um show e um pouco de boa poesia.

Harris também estava começando a pintar. Não pintava muito bem. Pintava como uma criança de cinco anos que tivesse enchido a cara de vodca, mas dava um jeito de vender um ou dois quadros por quarenta ou cinquenta dólares. Contou-me que estava pensando em abandonar seu emprego. Três semanas depois ele realmente largou o emprego para fazer a leitura em Michigan. Já tinha usado as férias a que tinha direto para fazer a viagem a Nova Orleans.

Lembrei de uma vez que em que ele me havia prometido:

– Jamais lerei diante daqueles sanguessugas, Chinaski. Vou pra cova sem nunca fazer uma leitura pública. É pura vaidade, é se vender.

Não o lembrei dessa afirmação.

Seu romance *A morte na vida de todos os olhos sobre a face da Terra* foi publicado por uma pequena porém prestigiada editora que pagava *royalties* regularmente. As críticas foram boas, incluindo uma na *New York Review of Books.* Mas ele ainda era um bêbado terrível e brigava constantemente com Susan por causa da bebida.

Finalmente, depois de um porre homérico, em que ele se enfureceu, amaldiçoou e gritou a noite toda, Susan o deixou. Vi Randall vários dias depois que ela partira. Harris estava estranhamente quieto, quase normal.

– Eu a amava, Chinaski – ele me disse. – Não vou conseguir superar essa, meu chapa.

– Você vai conseguir, Randall. Você vai ver. Vai conseguir. O ser humano é muito mais resistente do que você pensa.

– Merda – ele disse –, espero que você esteja certo. Estou com um buraco danado no peito. As mulheres já colocaram muitos homens bons embaixo da ponte. Elas não sentem isso da forma que nós sentimos.

– Elas sentem, sim. Ela só não conseguia mais suportar as suas bebedeiras.

– Porra, homem, escrevo a maioria dos meus textos quando estou bêbado.

– É esse o segredo?

– Merda, claro que é. Sóbrio, sou apenas um despachante, e não dos melhores...

Deixei-o lá agarrado em sua cerveja.

Voltei a visitá-lo três meses mais tarde. Harris ainda estava em seu casarão. Ele me apresentou Sandra, uma loira bonita de 27 anos. Seu pai era um juiz da Suprema Corte, e ela era uma estudante de graduação na Universidade do Sul da Califórnia. Além de ter um corpo bem-torneado, tinha certa sofisticação e classe, algo que faltara às outras mulheres de Randall. Estava bebendo uma garrafa de vinho italiano.

O cavanhaque de Randall tinha se transformado em uma barba e seu cabelo estava ainda mais comprido. Suas roupas eram novas e da última moda. Estava usando sapados de quarenta dólares, um relógio de pulso novo e seu rosto parecia mais magro, suas unhas, limpas... mas seu nariz ainda enrubescia à medida que ia bebendo o vinho.

– Randall e eu vamos nos mudar para West L.A. Este fim de semana – ela me disse. – Esse lugar é imundo.

– Escrevi muitas coisas boas aqui – ele disse.

– Randall, querido – ela disse –, não é o *lugar* que escreve, é *você.* Acho que podemos lhe arranjar um emprego de professor para lecionar três dias por semana.

– Não sei ensinar.

– Querido, você pode lhes ensinar *tudo.*

– Merda – ele disse.

– Estão pensando em fazer um filme baseado no livro de Randall. Vimos o roteiro. É um belo roteiro.

– Um filme? – perguntei.

– A probabilidade é baixa – disse Harris.

– Querido, estão trabalhando nele. Tenha um pouco de fé.

Bebi outro cálice de vinho com eles e então parti. Sandra era uma garota bonita.

Não recebi o endereço de Randall em West L.A. E não fiz nenhuma tentativa de localizá-lo. Cerca de um ano depois, li uma resenha do filme *Flor no cu do inferno.* Era baseado em seu romance. Era uma crítica favorável e Harris chegou mesmo a atuar em um pequeno papel.

Fui assistir. Tinham feito um bom trabalho em cima do livro. Harris parecia um pouco mais austero do que quando o havia visto pela última vez. Decidi encontrá-lo. Depois de um tempo dando uma de detetive, bati à porta de sua cabana em Malibu uma noite por volta das nove. Randall atendeu.

– Chinaski, seu cachorro velho – ele disse. – Entre.

Uma bela garota estava sentada no sofá. Parecia ter aproximadamente dezenove anos, simplesmente irradiava uma beleza natural.

– Essa é Karilla – ele disse.

Eles estavam bebendo uma garrafa de vinho francês, dos caros. Sentei com eles e bebi um cálice. Tomei vários cálices. Outra garrafa apareceu e conversamos calmamente. Harris não ficou bêbado e inoportuno e não pareceu fumar muito.

– Estou trabalhando numa peça para a Broadway – ele me disse. – Dizem que o teatro está morrendo, mas eu tenho algo para eles. Um dos principais produtores está interessado. Estou finalizando o último ato agora. É um gênero interessante. Sempre fui craque nos diálogos, você sabe.

– Sim – eu disse.

Fui embora lá pelas onze e meia naquela noite. A conversa tinha sido agradável... As têmporas de Harris começavam a exibir um respeitável tom grisalho, e ele não disse "merda" mais do que quatro ou cinco vezes.

A peça *Atire em seu pai, atire em seu Deus, livre-se do desembaraço* era um sucesso. Estava entre as peças recordistas em tempo de exibição na Broadway. Tinha de tudo: algo para os revolucionários, algo para os reacionários, algo para os que amavam comédia, para os que amavam drama, tinha até mesmo algo para os intelectuais e, ainda assim, fazia sentido. Randall Harris se mudou de Malibu para uma casa maior em Hollywood Hills. Agora é possível saber notícias dele pelos tabloides.

Após algumas dificuldades, encontrei a localização de sua casa em Hollywood Hills, uma mansão de três andares com vista para as luzes de Los Angeles e Hollywood.

Estacionei, saí do carro e caminhei pela passagem que levava até a porta da frente. Era perto das oito e meia da noite, a temperatura estava baixa, quase fazia frio; a lua estava cheia e o ar fresco e limpo.

Toquei a campainha. Pareceu-me uma longa espera. Finalmente a porta se abriu. Era o mordomo.

– Sim, senhor? – me perguntou.

– Vim para ver Randall Harris, da parte de Henry Chinaski – eu disse.

– Um momento, por favor, senhor.

Ele fechou a porta em silêncio e esperei. Mais uma vez, um longo intervalo. Então o mordomo voltou.

– Sinto muito, senhor, mas o sr. Harris não pode ser perturbado neste momento.

– Oh, tudo bem.

– Gostaria de deixar uma mensagem, senhor?

– Uma mensagem? Sim, dê-lhe os meus "parabéns".

– "Parabéns"? Isso é tudo?

– Sim, isso é tudo.

– Boa noite, senhor.

– Boa noite.

Voltei para o meu carro, entrei. Dei a partida e comecei a longa viagem descendo as colinas. Tinha comigo aquela antiga cópia da *Mad Fly* que queria que ele autografasse. Era a cópia com dez poemas de Randall Harris. Ele provavelmente estava ocupado. Talvez, pensei, se eu mandasse pelo correio a revista com um envelope selado de resposta, ele assinasse.

Eram apenas nove da noite. Havia tempo para ir a um outro lugar.

– *Ao sul de lugar nenhum*

## garota de minissaia lendo a bíblia junto à minha janela

Domingo. estou comendo um
pomelo. a missa terminou na Igreja Ortodoxa
Russa a
oeste.
ela é morena
de descendência oriental,
grandes olhos castanhos erguem-se da Bíblia
e voltam a baixar. uma Bíblia pequena, vermelha
e negra, e enquanto ela lê
suas pernas seguem em movimento, não param,
ela executa uma dança lenta e ritmada
lendo a Bíblia...
brincos dourados e compridos;
2 braceletes de ouro em cada braço,
e está num traje minúsculo, suponho,
a roupa adere a seu corpo,
a mais leve das camadas é esta roupa,
ela rebola pra lá e pra cá,
pernas longas e jovens esquentando ao sol...

não há como escapar dela
nem se deseja isso...
meu rádio toca música sinfônica
que ela não pode ouvir
mas seus movimentos coincidem *exatamente*
com os ritmos da
sinfonia...

ela é morena, ela é morena
ela está lendo sobre Deus.

eu sou Deus.

## garras do paraíso

borboleta de madeira
sorriso de bicarbonato de sódio
mosca de serragem
amo minha pança
e o homem da loja de bebidas
me chama,
"sr. Schlitz."
os caixas no hipódromo
gritam,
"O POETA SABE A VERDADE!"
quando desconto meus bilhetes.
as senhoras
dentro e fora da cama
dizem que me amam
e eu sigo por aí com pés
molhados e brancos.

albatrozes com olhos embriagados
as cuecas sujas do Popeye
percevejos de Paris,

já limpei as barricadas
dominei o
automóvel
a ressaca
as lágrimas
mas eu conheço
a condenação final
como qualquer garoto de escola que vê
o gato ser esmagado
pelo tráfego.

meu crânio tem uma fenda de
quatro centímetros bem no
topo.
a maioria dos meus dentes está
na frente. sinto
tonturas em supermercados
cuspo sangue quando bebo
uísque
e me entristeço
até a
aflição
quando penso em todas as
boas mulheres que conheci
que se
dissolveram
desapareceram
por trivialidades:
viagens a Pasadena,
piqueniques de criança,
tampas de pasta de dente
ralo abaixo.

não há nada a fazer
senão beber
jogar nos cavalos
apostar no poema

enquanto as jovens
se tornam mulheres

e as metralhadoras
apontam para mim
encolhidas
atrás de paredes mais finas
que pálpebras.

não há defesa
exceto em todos os erros
cometidos.

nesse meio-tempo
tomo banhos de chuveiro
atendo ao telefone
ponho ovos pra ferver
estudo o movimento e a perda
e me sinto tão bem
quanto o próximo instante
caminhando ao sol.

•••••••••••••••••••••••••••••••••••••••••••

Fay estava indo bem com a gravidez. Para uma mulher madura, ela estava bem. Esperávamos em casa. Finalmente chegou a hora.

– Não vai levar muito tempo – ela disse. – Não quero chegar lá muito cedo.

Saí e dei uma verificada no carro. Retornei.

– Ooooh, oh – ela disse. – Não, espere.

Talvez ela *pudesse* salvar o mundo. Orgulhava-me sua calma. Perdoei-a a louça suja, a *The New Yorker* e a oficina de escritores. A velha era apenas mais uma criatura sozinha num mundo que não estava nem aí pra ela.

– É melhor irmos agora – eu disse.

– Não – disse Fay –, não quero fazer você esperar muito tempo. Sei que você não anda se sentindo bem.

– Fodam-se meus problemas. Vamos fazer isso duma vez.

– Não, por favor, Hank.

Ela simplesmente ficou ali sentada.

– Em que posso ajudar você? – perguntei.

– Nada.

Ficou onde estava por mais dez minutos. Fui até a cozinha atrás de um copo d'água. Quando voltei, ela disse:

– Você está pronto pra dirigir?

– Claro.

– Sabe onde fica o hospital?

– Claro.

Ajudei-a a entrar no carro. Havia percorrido duas vezes o trajeto na semana passada, como treinamento. Mas quando cheguei lá não fazia a mais vaga ideia de onde estacionar. Fay apontou para uma pista.

– Vá por ali. Estacione ali. Entramos por esse caminho.

– Sim, senhora – eu disse...

Ela estava num leito, num quarto dos fundos que dava para a rua. Seu rosto se contraía.

– Segure minha mão – ela disse.

Foi o que fiz.

– Está mesmo acontecendo? – perguntei.

– Sim.

– Você faz tudo parecer tão fácil – eu disse.

– Você é muito gentil. Isso ajuda.

– Gosto de *ser* gentil. É aquele maldito Correio...

– Eu sei. Eu sei.

Olhávamos pela janela dos fundos.

Eu disse:

– Olhe para aquelas pessoas lá embaixo. Não fazem ideia do que acontece aqui em cima. Apenas caminham pela calçada. Sim, isso é engraçado... uma vez eles também tiveram que nascer, cada um deles.

– Sim, é engraçado.

Podia sentir os movimentos do corpo dela através de sua mão.

– Segure mais forte – ela disse.

– Sim.

– Vou odiar quando você tiver que ir.

– Onde está o médico? Onde está todo mundo? Mas que merda!

– Eles logo aparecem.

Logo em seguida uma enfermeira entrou. Era um hospital católico e se tratava de uma enfermeira muito bonita, morena, espanhola ou portuguesa.

– O senhor... deve sair... agora – ela me disse.

Mostrei a Fay meus dedos cruzados e sorri um sorriso torto. Não creio que ela tenha visto. Peguei o elevador e desci.

Meu médico alemão me acordou. O mesmo que me havia feito os testes sanguíneos.

– Parabéns – ele disse, com um aperto de mão –, é uma menina. Quatro quilos.

– E a mãe?

– A mãe ficará bem. Não deu nenhum trabalho.

– Quando posso ver as duas?

– O senhor será avisado. Trate de sentar, eles virão chamá-lo. – E então ele se foi.

Olhei através do vidro. A enfermeira apontou para a minha filha. Seu rosto estava bem vermelho e ela chorava mais alto do que todos os outros bebês. A sala estava cheia de bebês, todos aos berros. Quantos nascimentos! A enfermeira parecia muito orgulhosa de meu bebê. Ao menos, esperava que aquela criança fosse a minha. Ela a ergueu de modo que eu pudesse vê-la melhor. Sorri através do vidro, não sabia como agir. Ela apenas berrou para mim. Pobrezinha, pensei, pobre criatura. Eu não sabia então que ela seria linda um dia, que se pareceria muito comigo, hahaha.

Gesticulei para a enfermeira que baixasse o bebê, então dei um tchauzinho para as duas. Era uma enfermeira bacana. Boas pernas, boas cadeiras. Seios fartos.

Fay tinha uma mancha de sangue no lado esquerdo de sua boca, e eu apanhei um lenço molhado e limpei a marca. As mulheres foram feitas para sofrer, não era à toa que estavam sempre pedindo declarações de amor.

– Queria que eles me deixassem com a nenê – disse Fay –, não está certo isso de nos separarem.

– Eu sei. Mas deve haver alguma razão de ordem médica.

– Sim, mas mesmo assim não parece certo.

– Não, não é mesmo. Mas a menina parece bem. Farei o que puder para que eles a tragam o quanto antes. Deve ter uns quarenta bebês por lá. Estão fazendo todas as mães esperarem. Acho que isso deve acontecer pra que elas tenham tempo de se recuperar. Nosso bebê parece *muito* forte, posso lhe garantir. Por favor, não se preocupe.

– Eu ficaria tão feliz com a minha nenê.

– Eu sei, eu sei. Não vai demorar.

– Senhor – uma enfermeira gorda, mexicana, se aproximou –, vou ter que pedir para o senhor sair agora.

– Mas eu sou o pai.

– Sim, nós sabemos. Mas sua esposa precisa descansar agora.

Apertei a mão de Fay, beijei-lhe a testa. Ela fechou os olhos e pareceu dormir. Não era uma mulher jovem. Talvez ela não tivesse salvado o mundo, mas tinha feito uma grande melhoria. Um brinde a Fay.

– *Cartas na rua*

## marina:

majestosa, mágica
infinita
minha garotinha é o
sol
sobre o tapete –
porta afora
apanhando uma
flor, rá!,
um velho,
cansado de guerra
emerge de sua
cadeira
e ela me olha
mas vê apenas
amor,
rá!, e eu me torno
rápido com o mundo
e amo de imediato
assim como eu havia sido criado
para fazer.

O bebê engatinhava, descobrindo o mundo. Marina dormia na cama com a gente à noite. Lá estava Marina, Fay, o gato e eu. O gato também dormia na cama. Veja só, pensei, tenho três bocas dependendo de mim. Que estranho. Eu ficava ali sentado, vendo os três dormirem.

Então, por duas noites seguidas, ao chegar em casa ao amanhecer, ainda madrugada, Fay estava por ali, sentada, lendo os classificados.

– Todos esses quartos são o olho da cara – ela disse.

– Claro – eu disse.

Na noite seguinte, enquanto ela lia o jornal, eu lhe perguntei:

– Você está se mudando?

– Sim.

– Tudo bem. Eu ajudo você a encontrar um lugar amanhã. Damos uma volta por aí.

Concordei em lhe pagar uma soma cada mês. Ela disse:

– Tudo bem.

Fay ficou com a garota. Eu com o gato.

Encontramos um lugar que ficava a oito ou dez quadras. Ajudei-a na mudança, disse adeus à menina e dirigi de volta pra casa.

Eu aparecia para ver Marina duas ou três ou quatro vezes por semana. Sabia que enquanto pudesse ver a garota eu estaria bem.

Fay continuava se vestindo de preto em protesto contra a guerra. Participava de manifestações locais pela paz, encontros de amor livre, ia a leituras de poesia, oficinas, reuniões do partido comunista, e ficava sentada num café hippie. Levava a menina consigo. Se ela não saía, ficava em casa, sentada numa cadeira, fumando cigarro atrás de cigarro e lendo. Usava buttons de protesto em sua blusa preta. Mas normalmente ela estava na rua com a menina quando eu ia lá visitá-la.

Um dia, afinal, consegui pegá-las em casa. Fay comia sementes de girassol com iogurte. Ela assava o próprio pão, mas não era lá muito comestível.

– Conheci Andy, um cara que é motorista de caminhão – ela me disse. – Ele pinta nas horas vagas. Aí está um dos quadros. – Fay apontou para a parede.

Eu brincava com a garota. Olhei para a pintura. Não disse nada.

– Ele tem um pau enorme – disse Fay. – Ele esteve aqui noite dessas e me perguntou, "Como você quer que eu coma você com o meu pauzão?" e eu lhe disse que "preferia ser comida com amor!".

– Ele fala como um desses caras que conhecem a vida – eu disse a ela.

Brinquei com a menina por mais um tempo, então parti. Eu tinha uma prova de método se aproximando.

Logo depois disso, recebi uma carta de Fay. Ela e a criança estavam vivendo numa comunidade hippie no Novo México. Era um lugar legal, ela disse. Marina poderia respirar ar puro por lá. Mandou junto um pequeno desenho que a menina havia feito para mim.

– *Cartas na rua*

## notas sobre o aspecto linhoso:

uma florzinha do John F. Kennedy bate à minha porta é atingida no
pescoço;
os gladíolos se reúnem às dúzias ao redor da extremidade da
Índia
pingando no Ceilão;
dúzias de ostras* leem Germaine Greer.

enquanto isso, minha excitação vai da conversa fiada dos filisteus
ao olho do peixinho
o peixinho sendo devorado pelos sonhos cumulativos de
Simon Bolívar. Ó,
a liberdade da limitação angular da distância seria
delicioso.
a guerra é perfeita,
o que é sólido pinga e se dispersa,
Schopenhauer riu por 72 anos,
e um homúnculo em Nova York me disse
certa tarde numa
casa de penhores:
"Cristo conseguiu atrair mais atenção que eu
mas eu fui mais longe com menos..."

bem, a distância entre 5 pontos é a mesma assim como a
distância entre 3 pontos é a mesma distância
entre um ponto:

tudo é tão cordial como um bombom:
tudo isso em que estamos
envolvidos:

os eunucos são mais precisos que o sono

o selo postal é louco, Indiana é ridículo

o camaleão é a última flor ambulante.

---

* No original *oysters*, uma possível referência, comum nos Estados Unidos, à parte externa do órgão sexual feminino. Tal sentido se faz ainda mais forte em função de Germaine Greer, famosa feminista australiana de então. (N.T.)

# nenhum caminho para o paraíso

Eu estava sentado em um bar na avenida Western. Era perto da meia-noite e estava metido em uma das minhas habituais confusões. Quero dizer, você sabe, nada dá certo: as mulheres, os trabalhos, a falta de trabalhos, o tempo, os cães. Por fim, você simplesmente senta em uma espécie de estado de transe e espera como se estivesse no banco da parada de ônibus aguardando a morte.

Bem, estava sentado lá e então chega essa mulher com cabelo preto e longo, bom corpo, olhos castanhos e tristes. Não me virei para olhá-la. Ignorei-a, mesmo ela tendo sentado no banco ao lado do meu, quando havia uma dúzia de outros lugares vagos. Na verdade, éramos os únicos no bar, exceto pelo balconista. Ela pediu um vinho seco. Depois me perguntou o que eu estava bebendo.

– Scotch com água.

– Dê-lhe um scotch com água – ela disse ao balconista.

Bem, isso era incomum.

Abriu a bolsa, removeu uma pequena gaiola de arame e tirou algumas pessoas pequenas e as colocou no balcão. Tinham todos aproximadamente dez centímetros de altura e estavam vivos e bem vestidos. Havia quatro deles, dois homens e duas mulheres.

– Fazem desses agora – ela disse. – São muito caros. Custaram quase dois mil dólares cada um quando comprei. Agora já estão chegando aos 2.400 dólares. Não sei como são feitos, mas provavelmente é coisa fora da lei.

As pessoas em miniatura estavam caminhando por cima do balcão. Repentinamente um dos pequenos homens deu um tapa na cara de uma das pequenas mulheres.

– Sua vagabunda – ele disse –, já chega!

– Não, George, você não pode – ela gritou –, eu te amo! Vou me matar! Tenho que ter você!

– Não me importo! – disse o pequeno sujeito e puxou um cigarrinho e o acendeu. – Tenho o direito de viver.

– Se você não a quer – disse o outro sujeitinho –, fico com ela, eu a amo.

– Mas não quero você, Marty. Estou apaixonada pelo George.

– Mas ele é um idiota, Anna, um idiota completo!

– Eu sei, mas o amo de qualquer forma.

O idiotinha caminhou pelo balcão e beijou a outra mulherzinha.

– Estou com um triângulo amoroso em andamento – disse a mulher que havia me pagado uma bebida. – Esses são Marty e George e Anna e Ruthie. George vai se dar mal, muito mal. Marty é meio quadrado.

– Não é triste ver tudo isso? Errr, qual o seu nome?

– Dawn.* É um nome terrível. Mas é o que as mães fazem com suas crianças às vezes.

– O meu é Hank. Mas não é triste...

– Não, não é triste observar isso tudo. Não tive muita sorte com os meus próprios amores, péssima sorte, aliás...

– Passa o mesmo com todos nós.

– Parece que sim. De qualquer forma, comprei essas pessoinhas e agora fico olhando pra elas. E é como ter e não ter esses problemas. Mas fico muito excitada quando começam a fazer amor. É aí que fica difícil.

– São excitantes?

– Muito, muito excitantes. Meu Deus, me deixam louca!

– Por que você não os obriga a fazer sexo? Quero dizer agora. Ficaremos olhando juntos.

– Não se pode forçá-los. Têm de fazer por conta própria.

– Com que frequência acontece?

– Oh, eles são bem bons. Quatro ou cinco vezes por semana.

Estavam caminhando pelo balcão.

– Escute – disse Marty –, me dê uma chance. Apenas uma chance, Anna.

– Não – disse Anna. – Meu coração pertence ao George. Não pode ser de nenhuma outra maneira.

George estava beijando Ruthie, apalpando seus peitos. Ruthie estava ficando excitada.

– Ruthie está ficando excitada – eu disse a Dawn.

– Está, está mesmo.

Eu também estava ficando. Agarrei Dawn e a beijei.

– Escute – ela disse. – Não gosto que eles façam sexo em público. Vou levá-los para casa e colocá-los para transar.

– Mas aí não poderei olhar.

– Bem, terá que vir comigo.

– Tudo bem – respondi. – Vamos lá.

Acabei minha bebida e saímos juntos. Ela carregava as criaturas em uma pequena gaiola de arame. Entramos no carro dela e colocamos o pessoal entre nós, no banco da frente. Olhei para Dawn. Era realmente jovem e bonita. Parecia ser boa também por dentro. Como podia ter fracassado com os homens? Há tantas maneiras de as coisas saírem erradas. Os quatro pequenos custaram-na oito mil. Tudo isso para se afastar de relacionamentos e na verdade *não* se afastar de relacionamentos.

A casa era perto dos morros, um lugar com uma aparência agradável. Descemos do carro e caminhamos até a porta. Segurei a gaiola com os pequenos enquanto ela abria a porta.

---

* Alvorada. (N.T.)

– Ouvi Randy Newman semana passada no The Troubador. – Ele não é ótimo? – perguntou.

– Sim, é ótimo.

Entramos na sala, e Dawn tirou os pequenos da gaiola e os colocou em uma mesinha. Então caminhou até a cozinha, abriu o refrigerador e pegou uma garrafa de vinho. Trouxe dois copos.

– Perdão – ela disse. – Mas você parece um pouco louco. O que você faz?

– Sou escritor.

– E irá escrever sobre isso?

– Ninguém jamais acreditará, mas vou.

– Olha – disse Dawn. – George tirou as calcinhas de Ruthie. Ele está enfiando os dedos nela. Gelo?

– Sim, está fazendo isso. Não, sem gelo. Puro está ótimo.

– Não sei o que acontece – disse Dawn –, mas fico realmente excitada quando os observo. Talvez seja porque são tão pequenos. Realmente me excita.

– Entendo o que quer dizer.

– Olhe, o George está chupando ela.

– É mesmo.

– Olhe pra eles!

– Deus do céu!

Agarrei Dawn. Ficamos ali em pé nos beijando. Enquanto isso, seus olhos iam dos meus para eles e novamente para os meus.

O pequeno Marty e a pequena Anna também estavam olhando.

– Olhe – disse Marty –, eles vão trepar. Nós bem que podíamos trepar também. Até os grandes vão transar. Olhe pra eles!

– Você ouviu isso? – perguntei a Dawn. – Eles disseram que nós vamos trepar. É verdade?

– Espero que sim – disse Dawn.

Levei-a para o sofá e levantei o vestido acima da cintura. Beijei seu pescoço.

– Eu te amo – eu disse.

– Mesmo? Ama?

– Sim, de alguma forma, sim...

– Tudo bem – disse a pequena Anna ao pequeno Marty. – Também podemos trepar, mesmo que eu não ame você.

Eles se abraçaram no meio da mesinha. Eu já tinha tirado as calcinhas de Dawn. Ela gemia. Ruthie gemia. Marty se aproximava de Anna. Estava acontecendo por toda parte. Tive a ideia de que todas as pessoas no mundo estavam trepando. Então esqueci do resto do mundo. De alguma forma fomos para o quarto. Então penetrei Dawn para a longa e lenta cavalgada.

Quando ela saiu do banheiro, eu estava lendo uma história muito idiota na *Playboy*.

– Foi tão bom – ela disse.

– O prazer foi meu – respondi.

Ela voltou para a cama. Pus a revista de lado.

– Acha que daremos certo juntos? – perguntou.

– O que quer dizer?

– Acha que vamos conseguir ficar juntos por algum tempo?

– Não sei. Coisas acontecem. O começo é sempre mais fácil.

Então ouvimos um grito vindo da sala.

– Ai, ai – ela disse.

Saltou da cama e correu para a sala. Segui logo atrás. Quando cheguei lá, ela estava segurando George nas mãos.

– Oh, meu Deus!

– O que aconteceu?

– Foi a Anna!

– O que tem a Anna?

– Cortou fora as bolas dele! George é um eunuco!

– Uau!

– Pegue papel higiênico, rápido! Ele pode sangrar até morrer!

– Esse filho da puta – disse Anna da mesinha –, se não posso ter o George, ninguém mais terá.

– Agora vocês duas são minhas! – disse Marty.

– Não, agora você tem que escolher uma de nós – disse Anna.

– Então, com qual vai ficar? – perguntou Ruthie.

– Amo as duas – disse Marty.

– Parou de sangrar – disse Dawn. – Ele está frio.

Ela embrulhou George em um lenço e o colocou sobre a borda da lareira.

– Quero dizer – seguiu Dawn – que se você acha que não daremos certo, não vou insistir.

– Acho que amo você, Dawn.

– Olhe – ela disse. – Marty está abraçando Ruthie!

– Vão trepar?

– Não sei. Parecem excitados.

Dawn pegou Anna e a colocou na gaiola de arame.

– Deixe-me sair daqui! Vou matar os dois! Deixe-me sair daqui!

George gemeu de dentro do lenço sobre a borda. Marty já tirara as calcinhas de Ruthie. Puxei Dawn para perto de mim. Era bonita e jovem e boa por dentro. Eu podia estar apaixonado novamente. Era possível, nos beijamos. Mergulhei fundo em seus olhos. Então emergi e comecei a correr. Eu sabia onde estava. Uma barata e uma águia faziam amor. O tempo era um idiota com um banjo na mão. Continuei correndo. Seu cabelo longo caía sobre meu rosto.

– Vou matar todo mundo! – gritava a pequena Anna. Agitava-se na gaiola de arame às três horas da manhã.

– *Ao sul de lugar nenhum*

## dow jones: em queda

como podemos resistir?
como podemos falar de rosas
ou de Verlaine?
este é um bando faminto
que gosta de trabalhar e contar
e conhece as leis especiais,
que gosta de sentar nos parques
pensando em nada que preste.

é ali que a porca torce o rabo
sobre os montes rochosos
onde os rostos enlouquecem como violetas calcinadas pelo sol
onde falham as vassouras e as cordas e as tochas,
sombras em apuros...
onde as paredes caem em massa.

amanhã os banqueiros ditarão o tempo
de fechar os portões contra nossa inundação
e prevaricarão com as águas;
martelando, martelando o tempo,
lembre-se já
        as flores estão abertas ao vento
        e isso não faz nenhuma diferença afinal
        exceto como um estremecimento na nuca
quando já de volta à nossa terra aberta
mortos outra vez
caminhamos entre os mortos.

# o maior fracassado do mundo

ele costumava vender jornais ali em frente:
"Escolha os vencedores! Fique rico apostando um centavo!"
e lá pela terceira ou quarta corrida
você poderia vê-lo deslizando em seu carrinho estropiado
equipado com rodinhas de patins.
impulsionava-se com as mãos;
suas pernas não passavam de dois cotos
e os aros das rodinhas estavam gastos.
dava para ver a parte interna das rodinhas e elas oscilavam
algo terrível
disparando e reluzindo
faíscas supremas!
movia-se mais rápido do que qualquer um, o cigarro pendendo dos lábios,
dava para ouvir sua aproximação
"oh, Deus, mas que diabos é isso?", perguntavam os mais novos.

ele era o maior fracassado do mundo
mas jamais desistia
deslizando até o guichê das apostas de 2 dólares, gritando:
"É O CAVALO NÚMERO 4, SEUS OTÁRIOS! COMO CONSEGUIRÃO
VENCER O CAVALO
4?"
no placar o 4 estava pagando
60 para 1.
nunca ouvi que ele tivesse escolhido um vencedor.

diziam que ele dormia no meio do mato. acho que foi por ali que
ele morreu. não tem mais
aparecido.

havia uma puta gorda e loira
que vivia tocando nele para dar sorte, e ela
ria.

ninguém jamais teve sorte. a puta também se
foi.

acho que nada nunca funciona para nós. somos otários, claro –
patrocinando aquilo tudo e ainda pagando um ágio de 15 por cento,
mas como diremos a um sonhador
que há um ágio de 15 por cento no
sonho? ele apenas vai rir e dizer,
isso é tudo?

eu perdi essas
faíscas.

## um vento que sopra fresco e selvagem...

eu não deveria ter culpado apenas meu pai, mas,
ele foi o primeiro a me introduzir ao
ódio estúpido e cru.
ele era realmente bom nisso: tudo e qualquer coisa deixavam-no
louco – coisas da menor importância traziam de imediato seu ódio
à superfície
e eu parecia ser a principal fonte de sua
irritação.
eu não o temia
mas suas fúrias faziam-me mal ao coração
porque ele era então grande parte do meu mundo
e era um mundo de horror mas eu não deveria culpar apenas
meu pai
porque quando deixei aquele... lar... encontrei seus semelhantes
em toda parte: meu pai era apenas uma pequena parte do
todo, embora sua capacidade para odiar fosse a maior
entre as pessoas que já conheci.
mas os outros também eram bons nisso: alguns dos
chefes de seção, dos vagabundos de rua, algumas das mulheres
com que vivi,
a maioria das mulheres foi dotada para o
ódio – culpando minha voz, minhas ações, minha presença
culpando-me de um modo geral
por aquilo que *elas*, em retrospecto, não haviam conseguido

fazer.
eu era simplesmente o alvo de seus descontentamentos
e num certo sentido
culpavam-me
por não ser capaz de retirá-las dos
escombros de seus passados; o que não levavam em consideração era
que eu também tinha meus próprios problemas – a maioria deles causada
pelo simples fato de viver com elas.

sou um sujeito tolo, que se alegra facilmente ou que chega mesmo
a uma estúpida alegria quase sem motivo
e se me deixam sozinho eu me viro numa boa.

mas vivi com tanta frequência e por tanto tempo junto a esse ódio
que
meu único recanto, meu único refúgio é estar longe de todos
eles, quando estou em outro lugar, não importa onde –
uma garçonete velha e gorda que me traz uma xícara de café
é em comparação
como um vento que sopra fresco e selvagem.

## um dia de trabalho

Joe Mayer era escritor *freelance.* Estava de ressaca e o telefone acordou-o às nove horas da manhã. Ele levantou-se e atendeu.

– Alô?

– Oi, Joe. Como vai indo?

– Oh, lindo.

– Lindo, é?

– É.

– Vicki e eu acabamos de nos mudar pra nossa nova casa. Ainda não temos telefone. Mas posso lhe dar o endereço. Tem uma caneta à mão?

– Só um minuto.

Joe tomou o endereço.

– Não gostei daquele conto seu em *Anjo Quente.*

– Tudo bem – disse Joe.

– Não quero dizer que não gostei, quero dizer que não gostei em comparação com a maioria das outras coisas suas. A propósito, sabe onde anda Buddy Edwards? Griff Martin, que editava *Histórias Quentes*, está procurando ele. Achei que talvez você soubesse.

– Não sei onde ele está.

– Acho que talvez esteja no México.

– Pode ser.

– Bem, escuta, passo aí pra ver você em breve.

– Claro.

Joe desligou. Pôs dois ovos numa panela d'água, pôs a água do café para ferver e tomou um alka-seltzer. E voltou para a cama.

O telefone tornou a tocar. Ele se levantou e atendeu.

– Joe?

– Sim?

– Aqui é Eddie Greer.

– Ah, sim.

– Queremos que você faça um recital beneficente...

– Que é?

– Pro I.R.A.

– Escuta, Eddie, eu não me ligo em política nem religião, nem seja lá no que for. Realmente não sei o que está acontecendo por lá. Não tenho TV, não leio jornais... nada disso. Não sei quem está certo ou errado, se é que isso existe.

– A Inglaterra está errada, cara.

– Não posso fazer recital pro I.R.A., Eddie.

– Tudo bem então...

Os ovos estavam prontos. Ele se sentou, descascou-os, pôs pão na torradeira e diluiu o Sanka com água quente. Comeu os ovos e a torrada e tomou dois cafés. Depois voltou para a cama.

Já ia dormir quando o telefone tornou a tocar. Levantou-se e atendeu.

– Sr. Mayer?

– Sim?

– Eu me chamo Mike Haven, sou amigo de Stuart Irving. Nós publicamos juntos em *Mula de Pedra*, quando *Mula de Pedra* era editada em Salt Lake City.

– Sim?

– Eu cheguei de Montana e fico aqui uma semana. Estou no Hotel Sheraton na cidade. Gostaria de fazer uma visita e conversar com você.

– Hoje é um mau dia, Mike.

– Bem, talvez eu possa passar depois, esta semana.

– É, por que não liga depois?

– Sabe, Joe, eu escrevo como você, poesia e prosa. Quero levar alguns trabalhos meus e ler pra você. Você vai ficar surpreso. Meu material é realmente forte.

– Ah, é?

– Você vai ver.

Depois foi o carteiro. Uma carta. Joe leu-a:

> Caro sr. Mayer:
> Peguei seu endereço com Sylvia, a quem o senhor escrevia, para Paris, há muitos anos. Sylvia ainda está viva em San Francisco e ainda escreve seus poemas doidos, proféticos e angelicais. Estou morando em Los Angeles agora e adoraria ir visitar o senhor! Por favor, diga-me quando estaria bem para o senhor.
>
> amor, Diana.

Ele despiu o roupão e vestiu-se. O telefone tornou a tocar. Ele foi até lá, olhou-o e não atendeu. Saiu, entrou no carro e dirigiu-se a Santa Anita. Dirigia devagar. Ligou o rádio e sintonizou uma música sinfônica. Não estava muito nublado. Desceu o Sunset, pegou o atalho favorito, subiu o morro em direção a Chinatown, passando pelo Anexo, pelo Little Joe, Chinatown, e pegou o trecho tranquilo ao lado dos pátios da ferrovia, olhando os vagões marrons lá embaixo. Se soubesse pintar, gostaria de pegar aquilo. Talvez os pintasse mesmo assim. Subiu a Broadway e pegou Huntington Drive para ir ao hipódromo. Comprou um sanduíche de carne em conserva e um café, abriu o programa das corridas e sentou-se. Parecia uma boa cartada.

Pegou Rosalina no primeiro a 10,80 dólares, Wife's Objection no segundo a 9,20 e cravou-os na dupla diária por 48,40. Teve um ganho de 25 dólares em Rosalina e de cinco em Wife's Objection, e assim faturou 73,20. Perdeu em Sweetott, ficou em segundo com Harbor Point, segundo com Pitch Out, segundo com Brannan, todas apostas na cabeça, e estava com um lucro de 48,20 quando teve um ganho de 20 dólares em Southern Cream, que o levou de volta a 73,20.

Não estava ruim no hipódromo. Só encontrou três conhecidos. Operários de fábrica. Negros. Dos velhos tempos.

A oitava corrida foi o problema. Cougar, que estava pagando 128, corria contra Unconscious, pagando 123. Joe não considerou os outros na corrida. Não conseguia decidir-se. Cougar estava 3 a 5, e Unconscious, 7 a 2. Estando com um ganho de 73,20, ele achou que podia se dar ao luxo de apostar no 3 a 5. Apostou 30 dólares. Cougar partiu mole, como se corresse numa vala. Quando chegou na metade da primeira volta, estava dezessete corpos atrás do cavalo da frente. Joe sabia que pegara um perdedor. No fim, seu 3 a 5 ficou cinco corpos atrás e a corrida acabou.

Ele pôs 10 e 10 em Barbizon Jr. e Lost at Sea no nono, perdeu e saiu com 23,20. Era mais fácil colher tomates. Entrou em seu velho carro e voltou devagar...

Quando entrava na banheira, a campainha da porta tocou. Ele se enxugou e enfiou a camisa e as calças. Era Max Billinghouse. Max tinha vinte e poucos anos, não tinha dentes, era ruivo. Trabalhava como faxineiro e sempre usava blue jeans e uma camiseta branca suja. Sentou-se numa cadeira e cruzou as pernas.

– Bem, Mayer, que é que há?

– Que quer dizer?

– Quero dizer: está sobrevivendo com sua literatura?

– No momento.

– Tem alguma novidade?

– Não desde que você esteve aqui na semana passada.

– Como foi seu recital de poesia?

– Foi tudo bem.

– A turma que vai a recital de poesia é bem falsa.

– A maioria das turmas é.

– Tem algum doce? – perguntou Max.

– Doce?

– É, eu tenho mania de doces. Tenho mania de doces.

– Não tenho nenhum doce.

Max levantou-se e foi até a cozinha. Voltou com um tomate e duas fatias de pão. Sentou-se.

– Nossa, você não tem nada pra comer por aqui.

– Vou ter de ir ao supermercado.

– Sabe – disse Max –, se eu tivesse de ler diante de uma multidão, na verdade insultava eles, ia ferir os sentimentos deles.

– Podia.

– Mas eu não sei escrever. Acho que vou andar por aí com um gravador. Às vezes converso comigo mesmo quando estou trabalhando. Depois posso escrever o que digo e fazer um conto.

Max era homem de hora e meia. Servia para uma hora e meia. Jamais ouvia, só falava. Após uma hora e meia, levantou-se.

– Bem, tenho de ir andando.

– Tudo bem, Max.

Max saiu. Sempre falava das mesmas coisas. Que insultara pessoas num ônibus. Que uma vez se encontrara com Charles Manson. Que um homem estava mais bem servido com uma prostituta que com uma mulher honesta. Tinha sexo na cabeça. Não precisava de roupas novas, de carro novo. Era um solitário. Não precisava das pessoas.

Joe foi à cozinha, pegou uma lata de atum e fez três sanduíches. Pegou a garrafa de uísque que vinha poupando e serviu uma boa dose com água. Ligou o rádio na estação de clássicos. "Danúbio Azul". Desligou-o. Acabaram os sanduíches. A campainha tocou. Joe foi até a porta e abriu-a. Era Hymie. Hymie tinha um emprego mole em algum lugar de algum governo municipal perto de Los Angeles. Era poeta.

– Escuta – ele disse –, aquele livro que estava pensando, *Antologia de poetas de Los Angeles*, vamos esquecer.

– Tudo bem.

Hymie sentou-se.

– Precisamos de um novo título. Acho que eu tenho. *Perdão aos fomentadores da guerra*. Pense nisso.

– Acho que gosto – disse Joe.

– E podemos dizer: "Este livro é para Franco, Lee Harvey Oswald e Adolf Hitler". Ora, eu sou judeu, logo isso exige alguma coragem. Que acha?

– Parece bom.

Hymie levantou-se e fez sua imitação de um judeu gordo típico dos velhos tempos, um judeu muito gordo. Deu uma cuspida e sentou-se. Era muito engraçado. Era o homem mais engraçado que Hymie conhecia. Servia por uma hora. Após uma hora, levantou-se e foi embora. Sempre falava das mesmas coisas. Que a maioria dos poetas era ruim. Que era trágico, tão trágico que tinha graça. Que se ia fazer?

Joe tomou outro bom uísque com água e foi para a máquina de escrever. Bateu duas linhas, e o telefone tocou. Era Dunning no hospital. Dunning bebia muita cerveja. Cumprira seus vinte anos no exército. O pai de Dunning tinha sido editor de uma revistinha famosa. Morrera em junho. A esposa de Dunning era ambiciosa. Pressionara-o para ser médico, muito. Ele conseguira ser quiropaxista. E trabalhava como enfermeiro tentando economizar oito ou dez mil dólares para uma máquina de raios x.

– Que tal eu aparecer pra tomar umas cervejas com você? – perguntou Dunning.

– Escuta, podemos adiar isso? – perguntou Joe.

– Que é que há? Está escrevendo?

– Mal comecei.

– Tudo bem, eu espero.

– Obrigado, Dunning.

Joe sentou-se à máquina de escrever. Não estava mal. Chegou ao meio da página, quando ouviu passos. Depois uma batida. Abriu a porta.

Eram dois rapazinhos. Um de barba negra, o outro barbeado.

O rapaz de barba disse:

– Vi você em seu último recital.
– Entre – disse Joe.
Entraram. Tinham seis garrafas de cerveja importada, casco verde.
– Vou pegar um abridor – disse Joe.
Ficaram ali sentados mamando a cerveja.
– Foi um bom recital – disse o rapaz de barba.
– Quem foi sua maior influência? – perguntou o sem barba.
– Jeffers. Poemas mais longos. *Tamar. Garanhão Ruão.* Por aí.
– Alguma coisa nova em literatura que lhe interesse?
– Não.
– Dizem que você está saindo da marginalidade, que faz parte do *establishment*. Que acha disso?
– Nada.
Houve outras perguntas do mesmo tipo. Os rapazes não aguentavam mais do que uma cerveja por cabeça. Joe cuidou das outras quatro. Eles partiram em 45 minutos.
Mas o sem barba disse, quando saíam:
– A gente volta.
Joe tornou a sentar-se à máquina de escrever com uma nova bebida. Não conseguia bater. Levantou-se e foi ao telefone.
Discou. E esperou. Ela estava em casa. Respondeu.
– Escuta – disse Joe –, me deixa sair daqui. Me deixa ir aí dar uma foda.
– Quer dizer que pretende passar a noite?
– É.
– De novo?
– É, de novo.
– Tudo bem.
Joe foi até o canto da varanda e desceu a rampa da garagem. Ela morava três ou quatro casas abaixo. Ele bateu. Lu deixou-o entrar.
Luzes apagadas. Ela estava só de calcinha e levou-o para a cama.
– Deus – ele gemeu.
– Que foi?
– Bem, é tudo inexplicável de certa forma, ou *quase* inexplicável.
– E só tirar a roupa e vir pra cama.
Joe fez isso. Deitou-se. A princípio não sabia se ia funcionar de novo. Tantas noites seguidas. Mas o corpo dela estava ali e era jovem. E os lábios abertos e concretos. Joe flutuava. Era bom estar no escuro. Ele malhou-a bem. Chegou a baixar lá embaixo e meter a língua na xoxota. Depois, quando montou, após quatro ou cinco estocadas, ouviu uma voz...
– Mayer... estou procurando um certo Joe Mayer... – Ouviu a voz do senhorio. O senhorio estava bêbado.

– Bem, se ele não está nesse apartamento de frente, verifique aquele de trás. Ele está num ou noutro.

Joe deu quatro ou cinco estocadas até começarem as batidas na porta. Ele escorregou para fora e, nu, foi à porta. Abriu uma janela lateral.

– Sim?

– Ei, Joe! Oi, que anda fazendo, Joe?

– Nada.

– Bem, que tal uma cervejinha, Joe?

– Não – disse Joe.

Bateu a janela lateral e voltou para a cama.

– Quem era? – ela perguntou.

– Não sei. Não reconheci o rosto.

– Me beija, Joe. Não fique aí deitado.

Ele beijou-a, enquanto a lua do sul da Califórnia atravessava as cortinas do sul da Califórnia. Era Joe Mayer. Escritor *freelance*.

Conseguiu.

*– Numa fria*

## a vida feliz dos cansados

nitidamente em sintonia com
a canção de um prisioneiro
fico de pé na cozinha
a meio caminho da loucura
sonhando com a Espanha de
Hemingway.
é um mormaço, como dizem,
mal consigo respirar,
já dei uma cagada e
li as páginas de esporte,
abri a geladeira
olhei para um pedaço púrpuro de
carne,
deixei-o por
ali.

o lugar para se achar o centro
está na margem
que golpeando o céu
é como um encanamento
vibrando.

coisas terríveis se arrastam
pelas paredes; flores cancerígenas crescem
na varanda; meu gato branco teve
um olho arrancado
e há apenas 7 dias
de corrida para o fim da
temporada de verão.

a dançarina nunca chegou do
Club Normandy
e Jimmy não trouxe a
puta,
mas há um cartão postal do
Arkansas
e um folheto do Food King:
10 pacotes de férias no Havaí,
e tudo o que eu preciso fazer é
preencher o formulário.
mas eu não quero ir pro
Havaí.

quero a puta com olhos de pelicano
umbigo de latão
e
coração de marfim.

tirei da geladeira o pedaço de carne
púrpura
larguei-o na
frigideira.

então o telefone tocou.

dobrei-me sobre um dos joelhos e rolei para debaixo
da mesa. fiquei ali até que
o telefone parasse de
tocar.

então me levantei e
liguei o
rádio.
não por acaso Hemingway enchia
a cara, a Espanha que se foda,
não poderia mesmo
suportá-la.

é puro
mormaço.

## a leitura de poesia

ao meio-dia em ponto
numa pequena faculdade próxima à praia
sóbrio
o suor me escorrendo pelos braços
uma gota de suor sobre a mesa
esmagada por um de meus dedos
maldito dinheiro maldito dinheiro
meu deus eles devem achar que eu adoro isso aqui tanto quanto os outros
mas é apenas pra pagar o pão e a cerveja e o aluguel
maldito dinheiro
estou nervoso enojado sinto-me mal
pobres diabos estou caindo estou caindo

uma mulher se levanta
sai da sala
bate a porta

um poema sujo
alguém tinha me dito para não ler poemas sujos
por aqui

é tarde demais.

meus olhos não conseguem ver alguns versos
leio mesmo
assim
desesperado tremendo
enojado

eles não conseguem ouvir minha voz
e eu digo,
desisto, não dá mais, já
era.

e mais tarde no meu quarto
lá estão a cerveja e o uísque
o sangue de um covarde.

isto então
será meu destino:
arrastar-me atrás de uns trocados em auditórios pequenos e escuros
lendo poemas de que há muito já me
cansei.

e então me acostumei a pensar
que os homens que dirigem nossos ônibus
ou limpam nossas privadas
ou matam outros homens aí pelos becos não passam de uns
otários.

## prato feito

levei minha amiga à sua última leitura de poesia,
ela disse.
sim, sim? perguntei.
ela é jovem e bonita, ela disse.
e? perguntei.
ela achou um
lixo.

então ela esticou as pernas no sofá
e tirou as
botas.

minhas pernas não são lá essas coisas,
ela disse.

tudo bem, pensei, minha poesia não é lá
essas coisas; suas pernas não são lá essas
coisas.

misturemos as duas.

## um homem

George estava deitado em seu *trailer*, estirado de costas, vendo televisão em um pequeno aparelho portátil. Os pratos da janta não estavam lavados, a louça do café da manhã não estava lavada, ele precisava se barbear, e as cinzas de seu cigarro de palha caíam na camiseta de dormir que ele estava usando. Algumas das cinzas ainda estavam queimando. Às vezes as cinzas não caíam na camiseta que vestia, mas sim na própria pele, então ele praguejava enquanto as empurrava para longe com pequenos tapas.

Bateram à porta do *trailer*. Lentamente ele se levantou e foi atender. Era Constance. Trazia consigo uma garrafa de uísque em uma sacola.

– George, deixei aquele cretino, não dava mais para aguentar aquele filho da puta.

– Sente-se.

George abriu a garrafa, pegou dois copos, encheu cada um com um terço de uísque e dois terços de água. Sentou-se na cama com Constance. Ela pegou um cigarro de sua bolsa e o acendeu. Estava bêbada, e suas mãos tremiam.

– Levei o dinheiro dele também. Peguei a porra do dinheiro e fugi enquanto ele estava no trabalho. Você não sabe como sofri nas mãos daquele filho da puta.

– Deixe-me fumar um pouco – disse George.

Ela alcançou o cigarro para ele e, como inclinou o corpo ao se aproximar, George enlaçou-a com um braço, puxou-a e deu-lhe um beijo.

– Seu filho da puta – ela disse. – Senti a sua falta.

– Senti falta dessas suas pernas gostosas, Connie. Realmente senti falta dessas pernas.

– Ainda gosta delas?

– Fico de pau duro só de olhar.

– Eu nunca teria dado certo com um sujeito que estudou em universidade – disse Connie. – São muito moles, são como biscoitinho molhado no leite. E ele mantinha a casa limpa. George, era como ter uma empregada. Ele fazia tudo. O lugar era impecável. Dava para comer um cozido de carne feito na privada. Ele era antisséptico, é isso o que ele era.

– Beba mais. Vai se sentir melhor.

– E ele não conseguia fazer amor.

– Quer dizer que ele não conseguia ter uma ereção?

– Oh não. Ele conseguia ter uma ereção. Tinha o tempo todo. Mas não sabia fazer uma mulher feliz, sabe. Não sabia o que fazer. Com todo aquele dinheiro, todo aquele estudo, ele era um inútil.

– Eu queria ter estudado em uma universidade.

– Você não precisa. Você já tem tudo de que precisa, George.

– Sou apenas um peão. Com empreguinhos de merda.

– Eu disse que você tem tudo o que precisa, George. Você sabe como fazer uma mulher feliz.

– É?

– Sim. E sabe do que mais? A *mãe* dele vinha nos visitar! A *mãe*! Duas ou três vezes por semana. E ficava sentada lá me olhando, fingindo que gostava de mim, mas passava o tempo todo me tratando como se eu fosse uma puta, como se eu fosse uma grande puta, uma puta malvada que estava roubando o filhinho dela! O precioso Walter! Que confusão!

– Beba, Connie.

George tinha terminado. Esperou que Connie esvaziasse seu copo, então pegou ambos e os encheu novamente.

– Ele dizia que me amava. E eu dizia: "Olha a minha buceta, Walter!". E ele não olhava pra minha buceta. Ele dizia: "Não quero olhar pra essa coisa". Essa *coisa*! Assim ele a chamava! Você não tem medo da minha buceta, não é mesmo, George?

– Ela nunca me mordeu.

– Mas você já mordeu ela, já mordiscou, não é, George?

– Acho que sim.

– E lambeu e chupou?

– Suponho que sim.

– Você sabe muito bem, George, o que fez.

– Quanto dinheiro você pegou?

– Seiscentos dólares.

– Não gosto de pessoas que roubam dos outros, Connie.

– É por isso que você não passa de um lavador de pratos. Você é honesto. Mas ele era tão idiota, George. E ele tinha dinheiro, e eu mereci a grana... ele e a *mãe* dele e o *amor* dele, seu *amor maternal*, suas pias pequenas e limpas e privadas e sacos de lixo e carros novos e as pastilhas contra mau hálito e as loções pós-barba e as pequenas ereções e a preciosa fazeção de amor. Tudo para *ele*, você entende, tudo para *ele!* Você sabe o que uma mulher quer, George...

– Obrigado pelo uísque, Connie. Me dá outro cigarro.

George encheu os copos mais uma vez.

– Senti falta das suas pernas, Connie. Realmente senti falta dessas pernas. Gosto do jeito que você usa esses saltos altos. Me deixa louco. Essas mulheres modernas não sabem o que estão perdendo. O salto alto modela a panturrilha, a coxa, a bunda; põe ritmo na caminhada. Realmente me excita!

– Você fala como um poeta, George. Às vezes você fala assim. Você é um tremendo lavador de pratos.

– Sabe o que eu realmente gostaria de fazer?

– O quê?

– Gostaria de chicotear suas pernas com o meu cinto, as pernas, a bunda, as coxas. Gostaria de fazer você tremer e chorar e então, quando estivesse tremendo e chorando, eu ia te arrebentar com amor puro.

– Não quero isso, George. Você nunca falou assim antes. Sempre foi correto comigo.

– Levanta um pouco o vestido.

– O quê?

– Levanta um pouco o vestido, quero ver mais as suas pernas.

– Gosta delas, não é, George?

– Deixa a luz bater nelas!

Constance levantou o vestido.

– Jesus Cristo nosso Senhor – disse George.

– Gosta das minhas pernas?

– Amo suas pernas!

Então George se espichou através da cama e deu uma bofetada na cara de Constance. O cigarro caiu de sua boca.

– Por que você fez isso?

– Você trepou com o Walter! Trepou com o Walter!

– E daí?

– Levanta mais esse vestido!

– Não!

– Faz o que eu estou mandando!

George deu outro tapa ainda mais forte. Constance levantou a saia um pouco mais.

– Um pouco abaixo da calcinha! – gritou George. – Não quero ver a calcinha!

– Cristo, George, o que você tem?

– Você trepou com Walter!

– George, eu juro, você está louco. Quero ir embora. Deixe-me sair daqui, George!

– Não se mexa ou mato você!

– Você me mataria?

– Juro que sim!

George levantou e se serviu de outro copo cheio de uísque puro, bebeu e sentou-se ao lado de Constance. Ele pegou seu cigarro e o segurou contra o pulso dela. Ela gritou. Segurou o cigarro ali, firmemente, então o afastou.

– Sou um homem, gata, dá pra entender isso?

– Sei que você é homem, George.

– Aqui, olha para os meus músculos!

George levantou-se e flexionou os dois braços.

– Lindo, né, gata? Olha para esses músculos! Sente isso! Sente isso!

Constance apalpou e sentiu um de seus braços e depois o outro.

– Sim, você tem um corpo lindo, George.

– Sou um homem. Sou um lavador de pratos, mas sou um homem, um homem de verdade.

– Eu sei, George.

– Não sou como aquele merdinha que você deixou.

– Eu sei disso.

– E também sei cantar. Você precisa ouvir a minha voz.

Constance ficou ali sentada. George começou a cantar. Cantou "Old Man River". Depois "Nobody Knows the Trouble I've Seen". Cantou "Saint Louis

Blues" e "God Bless America", parando várias vezes e rindo. Então se sentou ao lado de Constance e disse:

– Connie, você tem pernas lindas.

Pediu outro cigarro. Fumou, bebeu mais dois copos, então colocou sua cabeça no colo dela, em cima das coxas, contra as meias, e disse:

– Connie, acho que não sou bom, acho que sou louco, sinto muito por ter batido em você, me desculpe por tê-la queimado com aquele cigarro.

Constance permaneceu sentada. Passou seus dedos pelos cabelos de George, afagando-o e reconfortando-o. Logo ele estava dormindo. Ela esperou um pouco mais. Então levantou sua cabeça e a recostou em um travesseiro, levantou suas pernas e as endireitou na cama. Ela levantou-se, caminhou até a garrafa de uísque, serviu uma boa dose em seu copo, acrescentou um toque de água e bebeu tudo de uma vez. Caminhou até a porta do *trailer*, abriu-a, saiu e a fechou às suas costas. Caminhou pelo jardim, abriu o portão da cerca, caminhou pela viela sob o luar da uma da madrugada. O céu estava limpo e sem nuvens. O mesmo céu cheio de estrelas estava lá. Chegou ao bulevar e caminhou para leste, chegou até a entrada do Blue Mirror. Entrou, olhou ao redor e lá estava Walter sentado na ponta do balcão do bar, sozinho e bêbado. Caminhou até ele e sentou-se ao seu lado.

– Sentiu a minha falta, amor? – ela perguntou. Walter ergueu os olhos e a reconheceu. Não respondeu. Ele olhou para o balconista, e o balconista olhou para eles. Todos se conheciam.

– *Ao sul de lugar nenhum*

## saindo à rua para apanhar a correspondência

o cômico meio-dia
em que esquadrões de minhocas emergem como
dançarinas de strip-tease
para serem levadas à força pelos melros.

saio
e por todos os lados da rua
o exército verde lança suas cores
como num eterno 4 de Julho,
e eu também parecia imerso naquele mar,
uma espécie desconhecida de explosão,

uma sensação, talvez, de que não havia um
inimigo
em nenhum lugar.

e eu cheguei até a caixa de correspondência
e não havia nada ali
dentro – nem sequer uma
conta da companhia de gás ameaçando um
novo corte no
serviço.

nem sequer um bilhete da minha ex-mulher
jactando-se de sua felicidade
atual.

minha mão vasculha a caixa numa espécie de
descrença muito tempo depois da mente já ter
desistido.

não há sequer uma mosca morta
lá dentro.

sou um cretino, penso, eu deveria saber a essa altura
como as coisas funcionam.

volto para dentro enquanto todas as flores saltam para
me agradar.

alguma coisa? a mulher
pergunta.

nada, respondo, o que tem pro
café da manhã?

# um qualquer

deus eu tinha os olhos azuis mais tristes,
esta mulher se sentou por ali e
disse
você é mesmo Charles
                    Bukowski?
e eu disse
esqueça isso
não me sinto bem
a tristeza mais triste me domina
tudo o que eu quero é
comer você

e ela riu
e achou que eu estava sendo
espirituoso
e Ó eu apenas acompanhei a amplitude de suas pernas finas e celestiais
vi seu fígado e seu intestino fremente
vi Cristo ali dentro
saltando para um folk-rock

todas as longas linhagens de fome absoluta dentro de mim
se ergueram
e eu me aproximei
e a agarrei no sofá
e eu fiz seu vestido em pedaços ao redor de sua face

e não dei a mínima
estupro ou o fim do mundo
mais uma vez
estar ali
em qualquer lugar
real

sim
sua calcinha estava no
chão

e meu pau entrou
meu pau meu deus meu pau lá dentro

eu era um Charles
qualquer.

## grite quando se queimar

Henry serviu um drinque e olhou pela janela a quente e nua rua de Hollywood. Nossa, fora um longo estirão, e ele ainda estava contra a parede. A seguir viria a morte, a morte estava sempre ali. Cometera um erro estúpido e comprara um jornal alternativo, e ainda idolatravam Lenny Bruce. Havia uma foto dele, morto, logo depois da dose ruim. Certo, Lenny tinha sido engraçado às vezes: "Não posso gozar!" – essa tinha sido uma obra-prima, mas ele não era tão bom assim. Perseguido, certo, claro, física e espiritualmente. Bem, todos morremos um dia, era simples matemática. Nada de novo. A espera é que era um problema. O telefone tocou. Era sua namorada.

– Escuta, seu filho da puta, estou cansada de suas bebedeiras. Me fartei disso com meu pai...

– Ah, diabos, não é tão ruim assim.

– É, sim, e não vou passar por isso de novo.

– Escuta, você está exagerando.

– Não, estou cheia, estou lhe dizendo, estou cheia. Vi você na festa, pedindo mais uísque, foi aí que fui embora. Estou cheia. Não vou aguentar mais nada...

Ela desligou. Ele foi encher outro copo de uísque com água. Entrou no quarto com o copo, tirou a camisa, as calças, os sapatos, as meias. De cueca, foi para a cama com a bebida. Faltavam quinze para meio-dia. Sem ambição, sem talento, sem sorte. O que o mantinha fora da sarjeta era pura sorte, e a sorte jamais durava. Bem, era uma pena aquele negócio da Lu, mas Lu era uma vencedora. Esvaziou o copo e deitou-se. Pegou *Resistência, rebelião e morte,* de Camus... leu algumas páginas. Camus falava de angústia, terror, e da miserável condição humana, mas falava disso de uma forma tão cômoda e floreada... a linguagem... aquele ali achava que nada afetava a ele ou a *sua* literatura. Em outras palavras, era como se tudo fosse ótimo. Camus escrevia como alguém que acabou de concluir um lauto jantar de bife com batatas e salada, e depois enxaguou com uma garrafa de bom vinho francês. A humanidade podia ter andado sofrendo, mas ele não. Um sábio, talvez, mas Henry preferia alguém que gritasse quando se queimasse. Largou o livro no chão e tentou dormir. Era sempre difícil. Se conseguia dormir três horas em cada 24, dava-se por satisfeito. Bem, pensou, as paredes ainda estavam ali, era só dar quatro paredes a alguém que ele tinha uma chance. Nas ruas, nada se podia fazer.

A campainha da porta tocou.

– Hank! – gritou alguém. – Oi, Hank!

Que merda é essa, ele pensou. E agora?

– Sim... – respondeu, ali deitado, de cuecas.

– Oi! Que está fazendo?

– Espere um minuto...

Levantou-se, pegou a camisa e as calças e entrou no quarto da frente.

– Que está fazendo?

– Me vestindo...

– Se vestindo?

– É.

Eram meio-dia e dez. Ele abriu a porta. Era o professor de Pasadena que ensinava literatura inglesa. Trazia um mulherão consigo. O professor apresentou-a. Assistente editorial numa das grandes editoras de Nova York.

– Oh, coisinha fofa – ele disse, e avançou e apertou forte a coxa direita dela. – Eu te amo.

– Você não perde tempo – ela disse.

– Bem, você sabe, os escritores sempre tiveram de puxar o saco dos editores.

– Eu achava que era o contrário.

– Não é. É o escritor que morre de fome.

– Ela quer ver seu romance.

– Eu só tenho uma edição encadernada. Não posso dar a ela uma edição encadernada.

– Dê uma a ela. Talvez eles comprem – disse o professor.

Falavam do romance dele, *Pesadelo.* Ele calculou que ela queria apenas ganhar um exemplar de graça.

– Nós estávamos indo para Del Mar, mas Pat queria ver você em carne e osso.

– Que legal.

– Hank leu os poemas dele para minha classe. Nós lhe pagamos cinquenta dólares. Ele estava assustado e chorando. Tive de empurrá-lo para a frente da classe.

– Foi uma coisa indigna. Só cinquenta dólares. Auden ganhava dois mil. Não acho que ele seja tão melhor assim do que eu. Na verdade...

– É, sabemos o que você acha.

Henry recolheu as cartelas de corrida em torno dos pés da assistente editorial.

– O pessoal me deve mil e cem. Não consigo receber. As revistas de sexo se tornaram incríveis. Tive de conhecer a garota do escritório da frente. Uma certa Clara. "Oi, Clara", telefono pra ela, "teve um bom café da manhã?" "Oh, sim, Hank, e você?" "Claro", eu digo, "dois ovos duros." "Sei por que está telefonando", ela responde. "Claro", eu digo, "o mesmo de sempre." "Bem, estamos com ele aqui, nosso p.o. 984765, no valor de 85 dólares." "E tem outro, Clara, seu p.o. 973895, por cinco contos, 570 dólares." "Ah, sim, vou pedir ao Sr. Masters que assine esses." "Obrigado, Clara", digo a ela. "Oh, tudo bem", ela diz, "vocês merecem seu dinheiro." "Claro", eu digo. E então ela diz: "E se não receber, você liga de novo, não liga? Ha-ha-ha." "Sim, Clara", digo a ela. "Eu ligo de novo."

O professor e a assistente editorial riram.

– Eu não consigo, porra, alguém quer um drinque?

Eles não responderam e Henry serviu-se um.

– Cheguei a tentar conseguir jogando nos cavalinhos. No princípio fui bem, mas fiquei sem grana. Tive de parar. Só tenho dinheiro pra ganhar.

O professor começou a explicar o sistema para ganhar no vinte e um em Las Vegas. Henry aproximou-se da assistente editorial.

– Vamos pra cama – disse.

– Você tem graça – ela disse.

– É – ele disse –, como Lenny Bruce. Quase. Ele morreu, e eu estou morrendo.

– Ainda tem graça.

– É, sou o herói. O mito. Sou o não mimado, o que não se vendeu. Minhas cartas são vendidas em leilão por 250 dólares lá no leste. E eu não posso comprar um saco de peidos.

– Todos vocês, escritores, vivem chorando miséria.

– Talvez a miséria tenha chegado. Não se pode viver da própria alma. Não se pode pagar o aluguel com a alma. Experimente fazer isso um dia.

– Talvez eu devesse ir pra cama com você – ela disse.

– Vamos, Pat – disse o professor, levantando-se –, temos de chegar a Del Mar.

Dirigiram-se para a porta.

– Foi um prazer conhecer você.

– Claro – disse Henry.

– Vai conseguir.

– Claro – ele disse –, adeus.

Voltou para o quarto, tirou a roupa e meteu-se na cama. Talvez conseguisse dormir. O sono parecia a morte. Então adormeceu. Estava no jóquei. O homem do guichê lhe dava dinheiro e ele o guardava na carteira. Era dinheiro paca.

– Precisa comprar uma carteira nova – disse o homem –, essa aí está rasgada.

– Não – ele disse –, não quero que os outros saibam que estou rico.

A campainha tocou.

– Oi, Hank! Hank!

– Tudo bem, tudo bem... espere um minuto...

Vestiu a roupa de novo e abriu a porta. Era Harry Stobbs. Outro escritor. Conhecia escritores demais.

Stobbs entrou.

– Tem alguma grana, Stobbs?

– Porra, não.

– Tudo bem, eu pago a cerveja. Achei que você estava rico.

– Não, eu estava morando com uma garota em Malibu. Ela me vestia bem, me alimentava. Me deu um chute. Agora estou morando num chuveiro.

– Chuveiro?

– É, é legal. Portas de vidro corrediças de verdade.

– Tudo bem, vamos. Tem carro?

– Não.

– A gente vai no meu.

Entraram no Comet 62 dele e subiram para Hollywood e Normandy.

– Vendi um artigo pra *Time*. Cara, achei que tinha entrado na grana. Recebi o cheque deles hoje. Ainda não saquei. Adivinha quanto? – perguntou Stobbs.

– Oitocentos dólares?

– Não, 165.

– Quê? A revista *Time*? Cento e sessenta e cinco dólares?

– É isso aí.

Estacionaram e foram a uma pequena loja de bebidas pegar a cerveja.

– Minha mulher me chutou – disse Henry a Stobbs. – Diz que eu bebo demais. Uma mentira descarada. – Pegou duas embalagens de seis cervejas no freezer. – Estou chegando ao fim da corda. Festa ruim ontem de noite. Só escritores mortos de fome, e professores em risco de perder os empregos. Papo profissional. Muito cansativo.

– Os escritores são prostitutas – disse Stobbs –, os escritores são as prostitutas do universo.

– As prostitutas do universo se dão muito melhor, meu amigo.

Dirigiram-se ao balcão.

– "Asas da Canção" – disse o dono da loja.

– "Asas da Canção" – respondeu Henry.

O dono da loja tinha lido uma matéria no *L. A. Times* cerca de um ano atrás sobre a poesia de Henry e jamais esquecera. Era o número Asas da Canção deles. A princípio ele detestara, mas agora achava engraçado. Asas da Canção, deus do céu.

Entraram no carro e voltaram. O carteiro tinha passado. Havia alguma coisa na caixa.

– Talvez seja um cheque – disse Henry.

Pegou a carta, abriu duas garrafas e a carta. Dizia:

"Caro sr. Chinaski, acabei de ler seu romance *Pesadelo* e seu livro de poemas *Fotografias do inferno*, e acho o senhor um grande escritor. Sou casada, 52 anos, filhos crescidos. Gostaria muito de ter notícias suas. Respeitosamente, Doris Anderson."

A carta vinha de uma cidadezinha do Maine.

– Eu não sabia que ainda tinha gente no Maine – ele disse a Stobbs.

– Acho que não tem – disse Stobbs.

– Tem. Esta aqui.

Henry jogou a carta no saco de lixo. A cerveja estava boa. As enfermeiras voltavam para o alto edifício do outro lado da rua. Moravam muitas enfermeiras ali. A maioria usava uniformes transparentes, e o sol da tarde fazia o resto. Ele ficou ali com Stobbs vendo-as saltar de seus carros e passar pela entrada de vidro, desaparecendo para seus chuveiros, aparelhos de TV e portas fechadas.

– Veja só aquela – disse Stobbs.

– Um-hum.

– Lá vai outra.

– Oh, nossa!

Estamos agindo como garotos de quinze anos, pensou Henry. Não merecemos viver. Aposto que Camus nunca ficou espionando pelas janelas.

– O que você pretende fazer, Stobbs?

– Bem, enquanto tiver aquele chuveiro, eu vou levando.

– Por que não arranja um emprego?

– Um emprego? Não dê uma de maluco.

– Acho que tem razão.

– Veja só aquela! Olha que rabo!

– É, de fato.

Ficaram sentados, atacando a cerveja.

– Mason – ele disse a Stobbs, falando de um jovem poeta inédito – foi viver no México. Caça carne com arco e flecha, pesca peixes. Levou a mulher e uma empregada. Faturou quatro livros. Escreveu até um *western*. O problema é que quando a gente está no campo, é quase impossível receber o dinheiro. A única maneira de receber o dinheiro é ameaçar eles de morte. Sou bom nessas cartas. Mas se o cara está a mil e quinhentos quilômetros, eles sabem que a gente esfria até chegar à porta deles. Mas eu gosto de caçar minha própria carne. É melhor do que ir ao A & P. A gente finge que os animais são assistentes editoriais e editores. É sensacional.

Stobbs ficou até umas cinco da tarde. Falaram mal da literatura, dos caras importantes que realmente fediam. Caras como Mailer, Capote. Depois Stobbs foi embora e Henry tirou a camisa, as calças, os sapatos e as meias e voltou para a cama. O telefone tocou. Estava no chão perto da cama. Ele baixou o braço e pegou-o. Era Lu.

– Que está fazendo? Escrevendo?

– Raramente escrevo.

– Bebendo?

– Chegando ao fim da corda.

– Acho que precisa de uma enfermeira.

– Vamos às corridas esta noite.

– Tudo bem. A que horas você passa?

– Seis e meia tá bem?

– Seis e meia tá bem.

– Té logo, então.

Esticou-se na cama. Bem, era bom estar de volta com Lu. Ela era boa para ele. Estava certa, ele bebia demais. Se Lu bebesse como ele, não a quereria. Seja justo, cara. Veja o que aconteceu com Hemingway, sempre sentado com uma bebida na mão. Veja Faulkner, veja eles todos. Bem, merda.

O telefone tocou de novo.

– Chinaski?

– É.

Era a poetisa Janessa Teel. Tinha um belo corpo, mas ele nunca fora para a cama com ela.

– Eu gostaria que você viesse jantar amanhã de noite.

– Estou firme com Lu – ele disse. Nossa, pensou, sou fiel. Nossa, pensou, sou um cara legal. Nossa.

– Traga ela junto.

– Acha que seria sensato?

– Por mim, tudo bem.

– Escuta, eu ligo pra você amanhã. Pra confirmar.

Desligou e tornou a se estender. Durante trinta anos, pensou, eu quis ser um escritor, e agora sou um escritor, e que é que isso significa?

O telefone tornou a tocar. Era o poeta Doug Eshlesham.

– Hank, querido...

– Sim, Doug?

– Estou duro, querido, preciso duns cinco dólares. Me passa uns cinco.

– Doug, os cavalinhos acabaram comigo. Estou duro, absolutamente.

– Oh – disse Doug.

– Desculpe, querido.

– Bem, tudo bem.

Doug desligou. Doug já lhe devia quinze paus. Mas ele tinha os cinco. Devia ter dado a Doug. Provavelmente, Doug estava comendo comida de cachorro. Não sou um cara muito legal, ele pensou. Nossa, não sou um cara muito legal, afinal.

Estendeu-se na cama, pleno, em sua inglória.

– *Numa fria*

## o cadarço

uma mulher, um
pneu que está no chão, uma
doença, um
desejo; medos a sua frente,
medos que de tão estáticos
permitem que você os estude
como peças num tabuleiro de
xadrez...
não são as grandes coisas que
mandam um homem para o
hospício. para a morte ele está pronto, ou
o assassinato, o incesto, o roubo, incêndios, enchentes...
não, é a ininterrupta série de *pequenas* tragédias
que manda um homem para o
hospício...
não a morte de sua paixão
mas um cadarço que rebenta
quando já não há mais tempo...
o medonho da vida
é o enxame de trivialidades
capazes de matar mais rápido que o câncer
e que estão sempre ali –
emplacamentos ou taxas
ou carteiras de motorista vencidas,
ou contratações ou demissões,
perpetradas ou não perpetradas por você, ou
constipação

multas por velocidade
chatos ou grilos ou ratos ou cupins ou
baratas ou moscas ou um
gancho arrebentado numa
rede, ou falta de gás
ou gás demais,
a pia entupida, o senhorio bêbado,
o desinteresse do presidente e a loucura do
governador.
interruptor de luz quebrado, colchão que parece um
porco-espinho;
105 dólares por um conserto, carburador e bomba de gasolina na
Sears Roebuck;
e a conta de telefone sobe e a do mercado
desce
e o cordão da descarga está
estragado,
e a luz se foi –
a luz do hall, a luz da frente, a luz dos fundos;
a luz interna; uma escuridão
dos infernos
e duas vezes mais
cara.
então há sempre os chatos e as unhas encravadas
e as pessoas que insistem que são
suas amigas;
isso é algo que não falta nunca e não para por aí;
torneira pingando, Jesus e Natal;
salame azulado, 9 dias de chuva,
abacates de 50 centavos
e linguiças
púrpuras.

ou fazendo tudo
como uma garçonete no Norm's na troca de turno,
ou como um limpador de
frigideiras,
ou um sujeito do lava-rápido ou
um batedor de bolsinhas de velhas senhoras

deixando-as aos gritos nas calçadas
com os braços quebrados aos 80
anos.

de repente
duas luzes vermelhas no seu retrovisor
e sangue nas suas roupas
de baixo;
dor de dente, e US$ 979 por uma ponte
US$ 300 por um dente
de ouro,
e China e Rússia e América, e
e cabelos longos e cabelos curtos e nenhum
cabelo, e barbas e ausência de
faces,
com cada cadarço arrebentado
entre uma centena de cadarços arrebentados,
um homem, uma mulher, uma
coisa
entra num
manicômio.
então tome cuidado
ao se
abaixar.

## se aguentássemos...

se aguentássemos o que podemos ver...
os motores a nos pôr malucos,
amantes enfim se odiando;
este peixe no mercado
subindo em direção às nossas mentes;
flores apodrecendo, moscas presas nas teias;
revoltas, rugidos de leões enjaulados,
palhaços fazendo amor com notas de dólar,

nações movendo gente como peões;
ladrões à luz do dia com maravilhosas
esposas à noite e vinhos;
as cadeias superlotadas,
o desempregado padrão,
a relva que morre, fogos de quarto de dólar
homens velhos o suficiente para amar a cova.
Essas coisas, e outras, em essência
mostram a vida oscilando sobre um eixo podre.
Mas elas nos deixam um pouquinho de música
e um show apimentado na esquina
um trago de scotch, uma gravata azul,
um pequeno volume com poemas de Rimbaud,
um cavalo correndo como se o demônio lhe
torcesse o rabo
sobre os capinzais e gritando, e então
o amor de volta
como um bonde dobrando a esquina
no horário certo,
a cidade esperando,
o vinho e as flores,
a água atravessando o lago
e verão e inverno e verão e verão
e outra vez inverno.

# 4

## *mais uma criatura atordoada pelo amor*

## o mais forte dos estranhos

você não os verá seguidamente
pois onde quer que esteja a multidão
eles não
estarão lá.
esses tipos bizarros, não
muitos
mas deles
vêm
os poucos
pintores decentes
as poucas
sinfonias decentes
os poucos
livros decentes
e outras
obras.
e dos
melhores entre
esses estranhos
talvez
nada.
eles são
suas próprias
pinturas
seus próprios
livros
suas próprias
músicas
suas próprias

obras.
às vezes eu penso
eu os
vejo – digamos
um certo
velho
sentado num
certo banco
de uma certa
maneira
ou
há um certo movimento
das mãos
de um empacotador ou
empacotadora
quando guardam
as compras do
supermercado.
às vezes chega
a ser alguém com quem
você esteve morando
por algum
tempo –
você perceberá
um
rápido e fugaz
lampejo
nunca antes
percebido
neles.

algumas vezes
você só notará
suas
existências
subitamente
em
vívidas
lembranças
alguns meses

alguns anos
depois que eles tiverem
partido.

me lembro
de um
deles –
tinha cerca de
20 anos
bêbado às
10 da manhã
mirando fixo
um espelho
rachado em
Nova Orleans

o rosto sonhador
contra as
paredes do
mundo

onde
eu fui
parar?

## os últimos dias do garoto suicida

posso me ver agora
depois de todos esses dias e noites de suicídio
sendo arrastado em uma cadeira de rodas numa dessas casas de repouso estéreis
(claro, isto apenas se eu tiver sorte e for famoso)
por uma enfermeira retardada e aborrecida...
então me sentarei muito ereto em minha cadeira...
quase cego, os olhos voltados para a parte escura de meu crânio
à procura da
misericórdia da morte...

"Não é um dia lindo, sr. Bukowski?"

"Ó, claro, claro..."

as crianças cruzam por mim e eu sequer existo
e mulheres adoráveis passeiam por ali
com quadris enormes e deliciosos
e traseiros fogosos e firmes e quentes e tudo o mais
implorando para serem amadas
e eu sequer
existo...

"É o primeiro dia de sol em 3 dias,
sr. Bukowski."

"Ó, claro, claro."

lá estou eu sentado muito ereto em minha cadeira de rodas,
mais branco do que uma folha de papel
exangue,
desmiolado, uma aposta perdida, eu, Bukowski,
perdido...

"Não é um dia lindo, sr. Bukowski?"

"Ó, claro, claro..." mijando no meu pijama, a baba me escorrendo
da boca.

2 jovens estudantes passam correndo –

"Ei, você viu aquele velho?"

"Deus, sim, é de embrulhar o estômago!"

depois de todas as ameaças em fazê-lo
uma outra pessoa cometeu suicídio por mim
afinal.

a enfermeira detém a cadeira, arranca uma rosa do canteiro próximo,
coloca-a na minha mão.

não sei nem mesmo
o que ela é. poderia ser muito bem o meu pau
por todo o bem
que faz.

## solidão

Edna estava caminhando pela rua com sua sacola de compras quando passou pelo carro. Havia um cartaz na janela lateral:

PROCURA-SE MULHER

Ela parou. Havia um grande pedaço de papelão grudado na janela com alguma substância. A maior parte estava datilografada. De onde estava na calçada, Edna não conseguia ler o aviso. Podia apenas ver as letras graúdas:

PROCURA-SE MULHER

Era um carro novo e caro. Edna deu um passo sobre a grama para ler a parte datilografada:

Homem, 49 anos. Divorciado. Procura mulher para casamento. Deve ter entre 35 e 44 anos. Gosta de televisão e películas cinematográficas. Boa comida. Sou especialista em custos de produção, com estabilidade no emprego. Dinheiro no banco. Gosto de mulheres acima do peso.

Edna tinha 37 anos e estava acima do peso. Havia um número de telefone. Também havia três fotos do cavalheiro em busca de uma mulher. Ele parecia bem sério de terno e gravata. Também parecia estúpido e um pouco cruel. E feito de madeira, pensou Edna, feito de madeira.

Edna se afastou, sorrindo um pouco. Sentia também uma espécie de repulsa. Ao chegar ao seu apartamento, ela o tinha esquecido. Apenas algumas horas depois, sentada na banheira, voltou a pensar nele e, dessa vez, pensou em como ele devia estar realmente sozinho para fazer tal coisa:

Imaginou-o chegando em casa, encontrando as contas de gás e telefone na caixa de correio, despindo-se, tomando um banho, a televisão ligada. Então leria o jornal da tarde. Depois iria para a cozinha preparar sua refeição. De pé, de cuecas, olhando para a frigideira. Pegando sua comida e caminhando para uma mesa, comendo. Bebendo seu café. Então mais televisão. E talvez uma solitária lata de cerveja antes de se deitar. Havia milhões de homens como ele por toda a América.

Edna saiu da banheira, enrolou-se na toalha, vestiu-se e saiu do apartamento. O carro ainda estava lá. Anotou o nome do homem, Joe Lighthill, e o número do telefone. Leu a parte datilografada novamente. "Películas cinematográficas." Que termo estranho para se usar. Agora as pessoas dizem "filmes". *PROCURA-SE MULHER.* O aviso era muito ousado. Estava diante de um sujeito original.

Quando Edna chegou em casa, tomou três xícaras de café antes de discar o número. O telefone chamou quatro vezes.

– Alô? – ele respondeu.

– Sr. Lighthill?

– Sim?

– Vi seu anúncio. Seu anúncio no carro.

– Ah, sim.

– Meu nome é Edna.

– Como vai, Edna?

– Ah, vou bem. Tem feito tanto calor. Esse tempo está demais.

– Sim, nada fácil.

– Bem, sr. Lighthill...

– Me chame apenas de Joe.

– Bem, Joe, rá rá rá, me sinto tão boba. Sabe por que estou telefonando?

– Você viu meu aviso?

– Quero dizer, rá rá rá, o que há de errado com você? Não consegue arranjar uma mulher?

– Acho que não, Edna. Me diga, onde elas estão?

– As mulheres?

– Sim.

– Ah, por toda parte, veja bem.

– Onde? Me diga. Onde?

– Bem, na igreja, veja bem. Há mulheres na igreja.

– Não gosto de igrejas.

– Ah.

– Escute, por que você não vem para cá, Edna?

– Quer dizer para sua casa?

– Sim. Moro em um lugar legal. Podemos tomar um drinque, conversar. Sem pressão.

– Está tarde.

– Não está tão tarde. Escute, você viu meu aviso. Deve estar interessada.

– Bem...

– Você está com medo, é só isso. Está apenas com medo.

– Não, não estou com medo.

– Então venha pra cá, Edna.

– Bem...

– Venha.

– Certo. Vejo você em quinze minutos.

O apartamento ficava no último andar de um condomínio moderno. Número 17. A piscina abaixo refletia as luzes. Edna bateu. A porta se abriu, e lá estava o sr. Lighthill: entradas frontais, nariz aquilino com pelos que saíam pelas narinas, a camisa aberta na altura do pescoço.

– Entre, Edna...

Entrou, e a porta se fechou atrás dela. Trazia seu vestido azul de seda. Estava sem meias, de sandálias, e fumando um cigarro.

– Sente-se, vou pegar uma bebida para você.

Era um lugar agradável. Tudo nas cores azul e verde e *muito* limpo. Ela ouviu o sr. Lighthill cantarolar surdamente, enquanto preparava as bebidas, hmmmmmmm, hmmmmmmm, hmmmmmmm... Ele parecia tranquilo e isso a ajudou a descontrair.

O sr. Lighthill – Joe – voltou com as bebidas. Alcançou a Edna a sua e então sentou-se em uma cadeira do outro lado da sala.

– Sim – ele disse –, tem feito muito calor, um calor infernal. Mas tenho ar-condicionado.

– Notei. É muito bom.

– Tome a sua bebida.

– Ah, claro.

Edna tomou um gole. Era uma boa bebida, um pouco forte, mas com um gosto agradável. Observou Joe inclinar a cabeça enquanto bebia. Ele parecia ter rugas profundas em torno do pescoço. E suas calças estavam muito folgadas. Pareciam ser de uma numeração muito maior. Davam a suas pernas uma aparência cômica.

– É um belo vestido, Edna.

– Gosta?

– Oh, sim. Você é bem fornida. O vestido fica muito bem em você, muito bem.

Edna não disse nada. E Joe também não. Apenas permaneceram sentados, olhando um para o outro e bebericando suas bebidas.

Por que ele não fala?, pensou Edna. É ele quem tem de falar. Havia nele algo que lembrava madeira, *sim*. Ela terminou seu drinque.

– Deixe-me preparar outra bebida para você – disse Joe.

– Não, realmente está na minha hora.

– Ora, vamos lá – ele disse –, deixe-me preparar outra bebida. Precisamos de algo para relaxar.

– Tudo bem, mas depois vou embora.

Joe foi até a cozinha com os copos. Ele não estava mais cantarolando. Voltou, alcançou a Edna um copo e sentou-se novamente em sua cadeira do outro lado da sala, em frente à cadeira dela. A bebida estava ainda mais forte.

– Sabe – ele disse –, me dou bem nesses testes sobre sexo das revistas.

Edna tomou um gole de sua bebida e não respondeu.

– Como você se sai nesses testes? – Joe perguntou.

– Nunca fiz nenhum.

– Deveria, sabe, assim você descobre quem e o que você é.

– Acha que esses testes funcionam? Já vi nos jornais. Nunca fiz nenhum, mas já vi – disse Edna.

– Claro que funcionam.

– Talvez eu não seja boa em sexo – disse Edna –, talvez seja por isso que estou sozinha.

Ela bebeu um longo gole de seu copo.

– Cada um de nós está, no final, sozinho – disse Joe.

– Como assim?

– Quero dizer, não importa quão bem a coisa esteja indo no sexo, no amor ou em ambos, chega um dia em que tudo acaba.

– Isso é triste – disse Edna.

– Claro que é. Então chega o dia em que tudo acaba. Ou há uma separação ou a coisa toda se resolve em uma trégua: duas pessoas vivendo juntas sem sentir nada. Acho que ficar sozinho é melhor.

– Você se divorciou da sua esposa, Joe?

– Não. Ela se divorciou de mim.

– O que deu errado?

– Orgias sexuais.

– Orgias sexuais?

– Veja bem, uma orgia sexual é o lugar mais solitário do mundo. Essas orgias... fiquei com uma sensação de desespero... aqueles caralhos entrando e saindo... me desculpe...

– Tudo bem.

– Aqueles caralhos entrando e saindo, pernas enlaçadas, dedos trabalhando, bocas, todo mundo se agarrando e suando e determinado a fazer a coisa toda... de alguma forma.

– Não sei muito sobre essas coisas, Joe – disse Edna.

– Acho que sem amor, sexo não é nada. As coisas só podem representar alguma coisa quando existe algum sentimento entre os participantes.

– Quer dizer que as pessoas têm que gostar umas das outras?

– Ajuda.

– Imagine que eles se cansem uns dos outros? Imagine que *tenham* que continuar juntos? Por economia? Filhos? Essas coisas?

– Orgias não os manterão juntos.

– E o que manteria?

– Bem, não sei. Talvez o suingue.

– O suingue?

– Você sabe, quando dois casais se conhecem *muito* bem e trocam parceiros. Os sentimentos têm, pelo menos, uma chance. Por exemplo, digamos que eu sempre tenha gostado da esposa de Mike. Gosto dela há meses. Já a observei caminhar pela sala. Gosto dos movimentos dela. Os movimentos me deixaram curioso. Imagino, você sabe, o que vem depois desses movimentos. Já a vi braba, já a vi bêbada, já a vi sóbria. E então, vem o suingue. Você está no quarto com ela, finalmente você a está conhecendo. Há uma chance de algo real. É claro, Mike está com a sua esposa no outro quarto. Você pensa: "Boa sorte, Mike, e espero que você seja tão bom amante quanto eu".

– E isso dá certo?

– Bem, não sei... Suingues podem causar dificuldades... mais tarde. Tudo tem que ser combinado... muito bem combinado, antecipadamente. E então pode ter pessoas que não se conheçam bem o suficiente, não importa quanto tenham conversado.

– Você é um desses, Joe?

– Bem, esse negócio de suingue pode ser bom para alguns... talvez seja bom para muitos. Acho que não daria certo para mim. Sou muito puritano.

Joe terminou sua bebida. Edna bebeu o restante da sua e se levantou.

– Escute, Joe, tenho que ir...

Joe caminhou através da sala na direção dela. Ele parecia um elefante naquelas calças. Ela viu suas orelhas grandes. Então ele a agarrou e começou a beijá-la. Seu mau hálito vencia todas as bebidas. Ele tinha um cheiro muito azedo. Parte de sua boca não estava fazendo contato. Era forte, mas sua força não era pura, sua força claudicava. Ela afastou seu rosto para longe e mesmo assim ele a mantinha presa.

– Joe, me solta! Você está indo muito rápido, Joe! Me solte!

– Para que você veio aqui, sua puta?

Ele tentou beijá-la novamente e conseguiu. Era horrível. Edna ergueu o joelho. Acertou-o em cheio. Ele se dobrou e caiu no tapete.

– Deus, deus... por que você fez isso? Você tentou me matar...

Ele rolava no chão.

Seu traseiro, ela pensou, ele tinha uma bunda tão *feia*.

Deixou-o rolando no tapete e desceu as escadas correndo. O ar estava limpo lá fora. Ela ouviu pessoas conversando, ouviu seus aparelhos de televisão. Não era uma caminhada muito longa até seu apartamento. Sentiu necessidade de outro banho, livrou-se do seu vestido de seda azul e se lavou. Então saiu da banheira, secou-se com a toalha e ajeitou os rolos em seus cabelos. Decidiu que nunca mais o veria.

– *Ao sul de lugar nenhum*

# sozinho com todo mundo

a carne cobre os ossos
e eles colocam uma mente
ali dentro e
algumas vezes uma alma,
e as mulheres quebram
vasos contra as paredes
e os homens bebem
demais
e ninguém encontra o
par ideal
mas seguem na
procura
rastejando para dentro e para fora
dos leitos.
a carne cobre
os ossos e a
carne busca

muito mais do que mera
carne.
de fato, não há qualquer
chance:
estamos todos presos
a um destino
singular.
ninguém nunca encontra
o par ideal.
as lixeiras da cidade se completam
os ferros-velhos se completam
os hospícios se completam
as sepulturas se completam
nada mais
se completa.

•••••••••••••••••••••••••••••••••••••••••••

Eu tinha cinquenta anos e há quatro não ia para cama com mulher nenhuma. Não tinha amigas. Olhava-as passarem pelas ruas ou em qualquer lugar que as visse, mas as olhava sem desejo e com uma sensação de futilidade. Eu me masturbava regularmente, mas a ideia de ter uma relação com uma mulher – mesmo em termos não-sexuais – estava além da minha imaginação. Eu tinha uma filha ilegítima de seis anos. Vivia com a mãe e eu pagava pensão alimentícia. Antes disso, aos 35, eu tinha me casado. O casamento durou dois anos e meio. Minha mulher pediu o divórcio. Só estive apaixonado uma vez. Ela morreu de alcoolismo agudo. Tinha 48 quando eu tinha 38. Minha mulher era doze anos mais jovem que eu. A esta altura deve estar morta também, embora eu não tenha certeza. Escrevia-me uma longa carta todo Natal, nos primeiros seis anos depois do divórcio. Nunca as respondi...

Não tenho bem certeza de quando vi Lydia Vance pela primeira vez. Foi cerca de seis anos atrás, eu tinha acabado de largar um emprego de doze anos como funcionário dos Correios tentando viver como escritor. Eu estava apavorado e bebia mais do que nunca. Tentava escrever meu primeiro romance. Bebia meio litro de uísque e uma dúzia de cervejas, todas as noites, enquanto escrevia. Fumava charutos baratos e datilografava e bebia e escutava música clássica no rádio até de madrugada.

Fixei como objetivo uma média de dez páginas por noite, mas nunca sabia antes da manhã seguinte quantas páginas tinha escrito. Levantava de manhã, vomitava, então ia até a sala e dava uma olhada no sofá para ver quantas páginas havia ali. Excediam sempre as minhas dez. Às vezes eram 17, 18, 23, 25 páginas. Claro, o trabalho de cada noite precisava ser revisado, e o que não prestava, jogado fora. Foram necessárias 21 noites para escrever meu primeiro romance.

Os proprietários do condomínio onde eu morava então viviam nos fundos e achavam que eu era louco. Todas as manhãs, ao acordar, havia um enorme saco de papel pardo na minha porta. O conteúdo variava, mas, na maior parte das vezes, eram tomates, rabanetes, laranjas, cebolinhas, latas de sopa, cebolas roxas. Em certas noites eu bebia cerveja com eles até as quatro ou cinco da manhã. O velho apagava, e a velha e eu ficávamos de mãos dadas, e eu a beijava de vez em quando. Sempre dava um dos caprichados na hora da despedida. Era terrivelmente enrugada, mas o que ela podia fazer? Era católica e ficava uma gracinha quando botava seu chapéu cor-de-rosa e saía para ir à igreja domingo de manhã.

Acho que conheci Lydia Vance na minha primeira leitura de poesia. Foi numa livraria da Avenida Kenmore, chamada The Drawbridge. Mais uma vez eu estava apavorado. Mantive um ar superior, mas estava apavorado. Quando entrei, só tinha lugar de pé. Peter, que dirigia a livraria e vivia com uma garota negra, tinha uma pilha de dinheiro à sua frente.

– Porra – ele me disse –, se eu conseguisse juntar sempre esse pessoal todo, teria dinheiro suficiente pra fazer outra viagem à Índia!

Entrei e eles começaram a aplaudir. No que dizia respeito a leituras de poesia, eu estava prestes a perder o cabaço.

Li por trinta minutos, então pedi um intervalo. Ainda estava sóbrio e podia sentir os olhos me encarando da escuridão. Algumas pessoas chegaram e falaram comigo. Então, durante uma brecha, Lydia Vance se aproximou. Eu estava sentado numa mesa, bebendo cerveja. Ela apoiou as duas mãos na beirada da mesa, debruçou-se, e me encarou. Tinha cabelos longos e castanhos, muito longos, um nariz proeminente, e um olho que não combinava muito bem com o outro. Mas emanava vitalidade – era impossível não notá-la. Podia sentir as vibrações circulando entre a gente. Algumas das vibrações eram confusas, não eram boas, mas também estavam lá. Ela me olhou, e eu respondi seu olhar. Lydia Vance estava com uma jaqueta de camurça, ao estilo *cowgirl*, com uma franja ao redor do pescoço. Tinha uns peitos legais. Eu lhe disse:

– Gostaria de arrancar essa franja da sua jaqueta, a gente podia começar por aí!

Lydia se afastou. Que fracasso. Nunca soube o que dizer às mulheres. Mas seu rabo era maravilhoso. Fiquei olhando aquele rabo enquanto ela se afastava.

A parte traseira do *jeans* o envolvia, e eu fiquei olhando aquilo tudo enquanto ela se afastava.

Acabei a segunda parte do recital e esqueci de Lydia, assim como eu esquecia das mulheres com quem cruzava nas calçadas. Peguei meu dinheiro, autografei alguns guardanapos, alguns pedaços de papel, depois saí, guiando de volta para casa.

– *Mulheres*

# um cavalo de olhos azul-esverdeados

o que você vê é aquilo que vê:
os hospícios raramente
estão visíveis.
que continuemos caminhando por aí
e nos coçando e acendendo
cigarros
é mais miraculoso
do que os banhos das beldades
do que as rosas e as mariposas.
sentar-se em um pequeno quarto
e beber uma latinha de cerveja
e fechar um cigarro
ouvindo Brahms
em um radinho vermelho
é como ter voltado
de uma dúzia de batalhas
com vida
ouvir o som
da geladeira
enquanto as beldades banhadas apodrecem
e as laranjas e maçãs
rolam para longe.

Um ou dois dias depois recebi um poema de Lydia pelo correio. Era um poema longo e começava com:

Saia, velho ogro
Saia de seu buraco escuro, velho ogro
Saia para a luz do sol conosco e
Deixe que a gente ponha margaridas nos seus cabelos...

O poema seguia dizendo como seria bom dançar pelos campos na companhia de ninfas que me trariam alegria e sabedoria verdadeira. Coloquei a carta numa das gavetas da cômoda.

Fui acordado na manhã seguinte por uma batida na janela da porta da frente. Eram dez e meia.

– Suma – eu disse

– É Lydia.

– Tudo bem. Espere um minuto.

Vesti uma camiseta e um par de calças e abri a porta. Então corri até o banheiro e vomitei. Tentei escovar meus dentes, mas lá veio uma nova golfada – a doçura da pasta de dente revoltou meu estômago. Retornei para a sala.

– Você está passando mal – disse Lydia. – Quer que eu vá embora?

– Oh, não, já estou bem. Sempre acordo assim.

Lydia estava bonita. A luz entrava através das cortinas e se refletia nela. Trazia uma laranja numa das mãos e ficava jogando-a para cima. A laranja brilhava sob o sol da manhã.

– Não posso ficar. Mas queria perguntar uma coisa.

– Claro.

– Sou escultora. Queria esculpir sua cabeça.

– Tudo bem.

– Você vai ter que ir lá em casa. Não tenho um estúdio. Vamos ter que fazer por lá. Você não vai ficar nervoso, não é mesmo?

– Não.

Anotei seu endereço e as instruções para chegar até lá.

– Tente chegar às onze da manhã. As crianças chegam da escola no meio da tarde e isso atrapalha bastante.

– Estarei lá às onze – eu lhe disse.

Sentei de frente para Lydia na mesa da cozinha. Entre nós havia um grande bloco de argila. Começou a fazer perguntas.

– Seus pais ainda estão vivos?

– Não.

– Você gosta de L.A.?

– É minha cidade favorita.

– Por que você escreve sobre as mulheres do modo como faz?

– Como assim?

– Você sabe.

– Não sei, não.

– Bem, acho que é uma desgraça que um homem que escreve tão bem quanto você não saiba nada sobre as mulheres.

Não respondi.

– Merda! O que a Lisa fez com...? – Ela começou a vasculhar a sala. – Ah, essas garotinhas que consomem com as ferramentas de suas mães!

Lydia encontrou outro objeto. Começou a trabalhar o bloco de argila com uma ferramenta de madeira com um arame curvo na ponta. Ela balançava a ferramenta na minha direção por sobre o bloco. Eu a observava. Seus olhos me encaravam. Eram grandes, castanho-escuros. Mesmo seu olho ruim, aquele que não combinava muito bem com o outro, tinha um aspecto legal. Devolvi seu olhar. Lydia trabalhava. O tempo passou. Eu estava num transe. Então ela disse:

– Que tal uma parada? Toma uma cerveja?

– Beleza. Claro.

Quando ela se levantou para ir até a geladeira eu a segui. Tirou a garrafa e fechou a porta. Ao se voltar, agarrei-a pela cintura e a puxei em minha direção. Colei minha boca e meu corpo nela. Segurava a garrafa numa das mãos com o braço estendido. Beijei-a. Beijei-a de novo. Lydia me afastou.

– Está bem – ela disse –, já chega. Temos muito trabalho pela frente.

– *Mulheres*

## minha tiete

fiz uma leitura no último sábado no
bosque para além de Santa Cruz
e estava a 3/4 do final
quando escutei um grito longo e desesperado
e uma jovem bastante

atraente veio correndo em minha direção
vestido longo & fogo divino nos olhos
e invadiu o palco
e gritou: "EU QUERO VOCÊ!
EU QUERO VOCÊ! ME LEVE! ME
LEVE!"
eu disse a ela: "olhe, fique longe
de mim".
mas ela continuava agarrada às minhas
roupas e se esfregando em
mim.
"onde você estava", eu lhe perguntei, "quando eu
vivia com apenas uma barra de doce por dia e
mandava meus contos para a
*Atlantic Monthly*?"
ela agarrou minhas bolas e quase
as arrancou. seus beijos
tinham gosto de sopa de merda.
2 mulheres subiram no palco
e
a carregaram para dentro do
bosque.
eu ainda podia ouvir seus gritos
quando comecei o poema seguinte.
talvez, pensei, eu devesse
tê-la possuído naquele palco na frente
de todos aqueles olhos.
mas alguém nunca pode ter certeza
se isso é boa poesia ou
ácido de má qualidade.

••••••••••••••••••••••••••••••••••••••••••••

Fiquei dois dias sem ver Lydia, embora tenha dado um jeito de telefonar para ela umas sete ou oito vezes nesse período. Então o fim de semana chegou. Seu ex-marido, Gerald, costumava ficar com as crianças nos fins de semana.

Peguei o carro e fui até onde ela morava naquele sábado, às onze da manhã, e bati na porta. Ela estava com um *jeans* apertado, botas, blusa laranja. Seus olhos castanhos pareciam mais escuros do que nunca e, à luz do sol, ela abriu a porta, fazendo com que eu notasse um tom natural em seus cabelos escuros. Aquilo foi surpreendente. Me deixou beijá-la; então fechou a porta atrás de nós e fomos até o meu carro. A gente tinha decidido ir à praia – não para tomar banho –, pois era pleno inverno, mas só para fazer alguma coisa.

Seguimos. Era bom ter Lydia no carro comigo.

– Que festa *aquela* – ela disse. – Você chama aquilo de festa de colação? Aquilo era uma festa da *copulação*, isso sim. Uma festa da copulação!

Eu dirigia com uma das mãos, enquanto a outra descansava na parte interna da coxa de Lydia. Não conseguia evitar. Ela não parecia se importar. Eu ia dirigindo, e a mão escorregou por entre suas pernas. Ela continuou a conversar. De repente, ela disse:

– Tire a mão. Aí é a minha buceta!

– Desculpe – eu disse.

Nenhum de nós disse nada até chegarmos ao estacionamento em Venice Beach.

– Você quer um sanduíche e uma coca, algo assim? – perguntei.

– Beleza – ela disse.

Entramos num mercadinho judeu pra comprar as coisas e as levamos para um montinho gramado que dava para o mar. Tínhamos sanduíches, picles, batatas fritas e refrigerantes. A praia estava quase deserta e a comida estava com um gosto bom. Lydia não dizia nada. Fiquei espantado com a rapidez com que ela comia. Estraçalhava o sanduíche com selvageria, tomava grandes goles de coca, comia metade de um picles com uma só mordida e pegava enormes punhados de batata frita. Eu, ao contrário, como muito devagar.

Paixão, pensei, ela exalava paixão.

– Que tal esse sanduíche? – perguntei.

– Uma beleza. Eu estava com fome.

– Eles fazem sanduíches legais. Quer mais alguma coisa?

– Sim, queria um doce.

– De que tipo?

– Ah, qualquer um. Um que fosse gostoso.

Dei uma mordida no meu sanduíche, tomei um gole de Coca, larguei tudo e fui até o mercadinho. Comprei dois doces, assim ela poderia escolher. Na volta, vi que um negro alto se dirigia ate o montinho. Era um dia frio, mas o cara estava sem camisa e tinha um corpo bem musculoso. Parecia ter vinte e poucos anos. Andava devagar e ereto. Tinha um pescoço longo, magro, e um brinco de ouro pendurado na orelha esquerda. Passou na frente de Lydia, pela areia, entre ela e o mar. Subi no montinho e sentei ao lado de Lydia.

– Você viu aquele cara? – ela perguntou.

– Sim.

– Jesus, e eu estou com você, vinte anos mais velho do que eu. Podia pegar alguém como ele... O que há de errado comigo, afinal?

– Olhe. Trouxe dois doces. Pegue um.

Pegou um, rasgou o invólucro, deu uma mordida e ficou olhando o rapaz negro que se afastava ao longo da praia.

– Cansei da praia – ela disse –, vamos voltar para minha casa.

Ficamos uma semana sem nos ver. Então, certa tarde, lá estava eu na casa de Lydia, os dois na cama, nos beijando. Lydia se afastou.

– Você não entende nada de mulher, não é mesmo?

– Do que você está falando?

– Quero dizer, ao ler seus poemas e seus contos dá pra ver que você não entende nada de mulher.

– Me fale mais.

– Bem, é que para eu me interessar por um homem ele tem que chupar minha buceta. Você já chupou uma buceta?

– Não.

– Você tem mais de cinquenta anos e nunca chupou uma buceta?

– Não.

– Tarde demais.

– Por quê?

– Não dá pra ensinar truque novo pra cachorro velho.

– Claro que dá.

– Não, é tarde demais pra você.

– Sempre demorei pra arrancar na largada.

Lydia se levantou e foi até a sala. Voltou com um lápis e um pedaço de papel.

– Agora, veja bem, vou mostrar uma coisa pra você. – Começou a desenhar no papel. – Bem, isso é uma buceta, e aqui fica um negócio de que você provavelmente nunca ouviu falar: o clitóris. Aqui é o lugar onde estão as sensações. O clitóris se esconde, consegue ver, ele sai pra fora de vez em quando, é cor-de-rosa e muito *sensível*. Às vezes ele se esconde de você e é preciso achá-lo. Basta tocar nele com a ponta da língua...

– Ok – eu disse –, entendi tudo.

– Acho que você não vai conseguir. Já disse, não dá pra ensinar truque novo pra um cachorro velho.

– Vamos tirar a roupa e nos deitar.

A gente se despiu e se esticou na cama. Comecei a beijar Lydia. Desci dos lábios para o pescoço, e daí para os peitos. Depois, deslizei até o umbigo. Desci mais.

– Você não *conseguirá* – ela disse. – Sai sangue e urina daí; pense nisso, sangue e urina...

Fui lá embaixo e comecei a lamber. Ela fizera um desenho acurado para mim. Tudo estava onde devia estar. Ouvi sua respiração ficar pesada; depois gemidos. Aquilo me excitou. Fiquei de pau duro. O clitóris se revelou, mas não era exatamente rosado, era de um rosa-púrpura. Aticei o clitóris. Brotaram uns sucos que se misturaram com os pentelhos. Lydia gemia sem parar. Então escutei a porta da frente abrir e fechar. Ouvi passos. Ergui os olhos. Um negrinho de uns cinco anos estava ali parado, ao lado da cama.

– Mas que diabos você quer aqui? – perguntei.

– Tem alguma garrafa vazia? – perguntou.

– Não, não tenho nenhuma garrafa vazia – respondi.

Ele saiu do quarto para a sala, saiu pela porta da frente e se foi.

– Deus – disse Lydia –, achei que a porta da frente estava trancada. Era o garotinho da Bonnie.

Lydia se levantou e trancou a porta da frente. Voltou e se estendeu na cama. Eram umas quatro horas da tarde de sábado.

Voltei a mergulhar ali.

– *Mulheres*

## o chuveiro

gostamos de um banho depois da função
(gosto da água mais quente do que ela)
e seu rosto está sempre suave e pacífico
e ela me lavará primeiro
espalhará sabonete sobre minhas bolas
erguerá as bolas
as esfregará
depois lavará meu pau:
"ei, essa coisa ainda está dura!"
então pegará nos pelos lá embaixo –
na barriga, nas costas, no pescoço, nas pernas,
eu sorrio, sorrio, sorrio,
e então eu a lavarei...

primeiro a buceta
ficarei atrás dela, meu pau entre sua bunda
ensaboarei com gentileza seus pentelhos,
lavarei tudo ali com movimentos sutis,
uma demora talvez mais longa que o necessário,
então a parte de trás das suas coxas, seu rabo,
as costas, o pescoço, para depois virá-la, beijá-la,
ensaboar os seios, tomando-os e depois a barriga, o pescoço,
a parte da frente das pernas, os tornozelos, os pés,
e então a buceta, mais uma vez, para a boa sorte...
mais um beijo, e ela sairá primeiro,
enxugando-se, algumas vezes cantando enquanto eu permaneço lá dentro
abrindo ainda mais a torneira quente
sentindo a bonança do milagre do amor
para só depois sair...
isto ocorre normalmente no meio da tarde e tudo está tranquilo,
e ao nos vestirmos falamos sobre o que ainda há
para ser feito
mas por estarmos juntos quase tudo está resolvido,
de fato, tudo está resolvido,
e pelo tempo em que essas coisas estiverem resolvidas
na história da mulher e
do homem, será diferente para cada um
melhor e pior para cada um –
para mim, é esplêndido o suficiente para lembrar
superando os exércitos que marcham
os cavalos que cruzam as ruas lá fora
superando as memórias da dor e da derrota e da infelicidade:
Linda, você trouxe isso pra mim,
quando me for tirá-lo
faça-o bem devagar e de mansinho
faça-o como se eu estivesse morrendo entre sonhos e não de
olhos abertos, amém.

• • • • • • • • • • • • • • • • • • • • • • • • • • • • • • • • • • • • • • • • • • • •

Dee Dee tinha uma casa em Hollywood Hills. Dividia o lugar com uma amiga, também uma executiva, chamada Bianca. Bianca morava no andar de cima, Dee Dee, no de baixo. Toquei a campainha. Eram oito e meia quando ela abriu a porta. Dee Dee tinha uns quarenta anos, cabelo preto, batido, era judia, descolada, estranha. Estava voltada para Nova York, conhecia todos os nomes: os bons editores, os melhores poetas, os cartunistas mais talentosos, os grandes revolucionários, qualquer um, todo mundo. Fumava maconha sem parar e agia como se estivesse no início dos anos 1960 e em plena vigência do Paz e Amor, quando ela fora razoavelmente famosa e muito mais bonita.

Uma longa série de complicados casos amorosos liquidou-a. Agora, lá estava eu à sua porta. Seu corpo ainda dava para o gasto. Ela era pequena, mas tinha um aspecto saudável e muitas garotas gostariam de ter o seu físico.

Entrei atrás dela.

– Então a Lydia se mandou? – perguntou Dee Dee.

– Acho que ela foi para Utah. O baile do Quatro de Julho em Muleshead está chegando. Ela nunca perde.

Sentei junto à mesa da cozinha enquanto Dee Dee abria uma garrafa de vinho tinto.

– Está com saudades dela?

– Claro que sim. Tenho vontade de chorar. Estou com um nó aqui dentro. Acho que não vou me recuperar.

– Vai sim. Vamos dar um jeito de superar Lydia. Tudo passa.

– Então você sabe como estou me sentindo?

– Já aconteceu com todos nós algumas vezes.

– A cadela nunca ligou a mínima para mim.

– Bobagem. Ela ainda liga sim.

Decidi que era melhor estar ali, no casarão de Dee Dee em Hollywood Hills, do que sozinho em meu apartamento ruminando.

– Deve ser porque eu não sou bom para as mulheres – eu disse.

– Você é bom o bastante com as mulheres – disse Dee Dee. – Além de ser um puta escritor.

– Preferia me dar bem com as mulheres.

Dee Dee estava acendendo um cigarro. Esperei-a terminar, me inclinei sobre a mesa e lhe dei um beijo.

– Você me faz sentir bem. Lydia estava sempre na ofensiva.

– Isso não significa o que você acha que significa.

– Mas pode se tornar bastante desagradável.

– Certamente, um inferno.

– Você já encontrou um namorado?

– Ainda não.

– Gosto desse lugar. Mas como consegue manter tudo tão limpo e arrumado?

– Temos uma empregada.

– Ah, é?

– Você vai gostar dela. Ela é uma negra bem grande e trabalha a toda velocidade assim que eu saio, para acabar logo o serviço. Então vai para a minha cama e fica vendo tevê e comendo biscoito. Todas as noites encontro farelo de biscoito na cama. Vou pedir pra ela preparar um café da manhã pra você, antes de eu sair amanhã de manhã.

– Beleza.

– Não, espere. Amanhã é domingo. Não trabalho aos domingos. Vamos comer fora. Conheço um lugar. Você vai gostar.

– Beleza.

– Sabe, acho que sempre fui apaixonada por você.

– O que?

– Há anos. Sabe, quando eu costumava visitar você, primeiro com Bernie, depois com Jack, eu já o desejava. Mas você nunca me notou. Estava sempre mamando numa lata de cerveja, ou então obcecado por alguma coisa.

– Demência – eu acho –, demência total. Chamam de demência do serviço postal. Desculpe eu não ter notado você.

– Pode começar a se recuperar agora.

Dee Dee serviu mais uma taça de vinho. Coisa fina. Eu gostava dela. Era bom ter um lugar para onde ir quando tudo mais dava errado. Me lembrei de antigamente, quando as coisas ficavam feias e eu não tinha para onde ir. Talvez isso até tenha sido bom para mim. Naquela época. Mas agora não queria saber do que tinha sido bom ou mau. Importava o momento, o que estava sentindo e o que fazer para parar de me sentir mal quando as coisas dessem errado. Como voltar a me sentir bem.

– Não quero jogar com seus sentimentos, Dee Dee – eu disse. – Nem sempre sou bom para as mulheres.

– Já disse que te amo.

– Não faça isso. Não me ame.

– Está bem – ela disse –, não vou te amar. Vai ser um *quase* amor. Que tal?

– É uma proposta muito melhor que a anterior.

Acabamos nosso vinho e fomos para cama...

– *Mulheres*

## estou apaixonada

ela é jovem, ela disse,
mas olhe pra mim,
tenho belos tornozelos,
e olhe meus pulsos, tenho belos
pulsos
ó meu deus,
achei que isso estivesse funcionando,
e aí está ela de novo,
toda vez que ela telefona você enlouquece,
você tinha me dito que ela era passado
que tinha posto um ponto final,
escute, já vivi o suficiente para me tornar uma
boa mulher,
por que você precisa de uma má?
quer ser torturado, é isso?
você pensa que a vida é uma merda e por isso precisa que alguém o
trate que nem merda,
não é isso?
me diga, não é isso? quer ser tratado como um
pedaço de merda?
e meu filho, meu filho ia conhecer você.
eu disse ao meu filho
e desisti de todos os meus amantes.
fiquei de pé num café e gritei
ESTOU APAIXONADA,
e agora você me faz de idiota...

sinto muito, eu disse, sinto de verdade.

me abrace, ela disse, me abrace por favor?

nunca estive numa situação dessas, eu disse,
esse negócio de triângulo...

ela se levantou e acendeu um cigarro, tremia por
inteiro. caminhava de lá pra cá, selvagem e louca. seu corpo
era pequeno. seus braços magros, muito magros e quando

começou a gritar e a me bater e segurei seus
pulsos e então pude ver em seus olhos: ódio,
um ódio profundo e verdadeiro como os séculos. E eu errado e desgraçado e
enojado. todas as coisas que eu tinha aprendido estavam arruinadas.
nenhuma criatura viva era tão cretina quanto eu
e todos os meus poemas eram
falsos.

## dança do cachorro branco

Henry pegou o travesseiro, embolou-o atrás da cabeça e ficou esperando. Louise entrou com as torradas, geleia e café. A torrada com manteiga.

– Tem certeza de que não quer dois ovos cozidos? – ela perguntou.

– Não, tudo bem. Está ótimo.

– Devia comer dois ovos cozidos.

– Tudo bem, então.

Louise saiu do quarto. Ele se levantara antes para ir ao banheiro e notara que suas roupas tinham sido penduradas. Coisa que Lita jamais fazia. E Louise era uma foda excelente. Sem filhos. Ele adorava o modo como ela fazia tudo, suavemente, cuidadosamente. Lita estava sempre no ataque – só arestas. Quando Louise voltou com os ovos cozidos, ele perguntou-lhe:

– Que é isso?

– Que é o quê?

– Você até descascou os ovos. Quer dizer, por que seu marido se divorciou de você?

– Ah, espere – ela disse –, o café está fervendo!

E saiu correndo do quarto.

Ele ouvia música clássica com ela. Ela tocava piano. Tinha livros: *O Deus selvagem,* de Alvarez; *A vida de Picasso,* de E. B. White; e. e. cummings; T. S. Eliot; Pound; Ibsen; e por aí afora. Tinha até nove livros dele mesmo. Talvez isso fosse o melhor.

Louise voltou e meteu-se na cama, o prato no colo.

– Que foi que deu errado no *seu* casamento?

– Qual deles? Foram cinco!

– O último. Lita.

– Ah. Bem, a menos que estivesse em *movimento,* Lita achava que nada estava acontecendo. Gostava de danças e festas, toda a vida dela girava em torno de danças e festas. Gostava do que chamava de "ficar ligadona". O que significa homens. Dizia que eu restringia os "baratos" dela. Dizia que eu era ciumento.

– Você reprimia ela?

– Acho que sim, mas tentava não fazer isso. Na última festa, saí para o quintal com minha cerveja e deixei ela mandar ver. A casa estava cheia de homens, eu ouvia ela lá dentro berrando *"Iá–rru!Iá Ru! Iá Ru!"* Acho que era só uma garota do interior desinibida.

– Você podia dançar também.

– Acho que sim. Às vezes dançava. Mas ligam o estéreo tão alto que a gente não consegue nem pensar. Eu saía para o quintal. Voltava pra pegar mais cerveja, e lá estava um cara beijando ela debaixo da escada. Eu saía até eles acabarem, depois voltava de novo pra pegar a cerveja. Estava escuro, mas eu achava que tinha sido um amigo, e depois perguntava a ele o que fazia lá embaixo da escada.

– Ela amava você?

– Dizia que sim.

– Sabe, dançar e beijar não é tão mal assim.

– Acho que não. Mas você tinha de ver ela. Tinha uma maneira de dançar como se estivesse se oferecendo em sacrifício. Para estupro. Funcionava muito. Os homens adoravam. Ela tinha 33 anos e dois filhos.

– Ela não entendia que você era um solitário. Os homens têm naturezas diferentes.

– Ela nunca levou em conta minha natureza. Como eu disse, se não estivesse em movimento, ela achava que nada acontecia. Fora isso, vivia de saco cheio. "Oh, isso me enche, aquilo me enche. Tomar o café da manhã com você me enche. Ver você escrever me enche. Preciso de desafios."

– Isso não me parece inteiramente errado.

– Acho que não. Mas você sabe, só pessoas que enchem o saco ficam de saco cheio. Têm de viver se cutucando continuamente pra se sentir vivas.

– Como sua bebida, por exemplo?

– É, como minha bebida. Também não posso encarar a vida de frente.

– O problema era só esse?

– Não, ela era ninfomaníaca mas não sabia. Dizia que eu satisfazia ela sexualmente, mas duvido que eu satisfizesse a ninfomania espiritual. Foi a segunda ninfo com quem vivi. Tinha ótimas qualidades fora isso, mas a ninfomania era um vexame. Tanto para mim quanto pra meus amigos. Eles me puxavam para um lado e diziam: "Que diabos deu nela?" E eu respondia: "Nada, é só uma garota do interior."

– E era?

– Era. Mas a outra coisa era um vexame.

– Mais torrada?

– Não, esta está bem.

– O que era um vexame?

– O comportamento dela. Se tivesse outro homem na sala, ela se sentava tão perto dele quanto possível. Ele se curvava pra apagar o cigarro no cinzeiro no chão, ela se curvava também. Ele virava a cabeça pra olhar alguma coisa, ela virava também.

– Era coincidência?

– Eu pensava assim. Mas acontecia vezes demais. O homem se levantava para atravessar a sala, ela se levantava e ia ao lado dele. Quando ele atravessava a sala de volta, lá vinha ela ao lado dele. Os incidentes eram contínuos e numerosos e, como eu disse, vexatórios tanto pra mim quanto pra meus amigos. E no entanto tenho certeza de que ela não sabia o que fazia, vinha tudo do subconsciente.

– Quando eu era mocinha, tinha uma mulher no bairro com uma filha de quinze anos. A filha era incontrolável. A mãe mandava ela comprar pão, ela voltava oito horas depois com o pão, mas nesse tempo tinha fodido com seis homens.

– Acho que a mãe devia fazer seu próprio pão.

– Acho que sim. A garota não se continha. Assim que via um homem, começava a se rebolar toda. A mãe acabou mandando castrar ela.

– E podem fazer isso?

– Podem, mas é preciso passar por tudo que é processo legal. Não se podia fazer mais nada com ela. Tinha passado a vida grávida.

– Você tem alguma coisa contra a dança? – continuou Louise.

– A maioria das pessoas dança por prazer, pra se sentir bem. Ela passava pra sacanagem. Uma das danças favoritas dela era a Dança do Cachorro Branco. O cara trançava uma das pernas dela entre as dele e mexia pra frente e pra trás como um cachorro com tesão. Outra favorita era a Dança do Bêbado. Ela e o parceiro acabavam no chão, rolando um por cima do outro.

– Ela dizia que você tinha ciúmes da dança dela?

– Era a palavra que ela usava a maioria das vezes: ciúmes.

– Eu dançava no ginásio.

– É? Escuta, obrigado pelo café.

– Tudo bem. Eu tinha um parceiro no ginásio. A gente era os melhores dançarinos da escola. Ele tinha três bagos; eu achava isso um sinal de masculinidade.

– Três bagos?

– É, três bagos. Como eu ia dizendo, a gente sabia mesmo dançar. Eu dava o sinal tocando o pulso dele, e aí a gente saltava e virava em pleno ar, muito alto, e caía de pé. Uma vez, a gente estava dançando, e eu toquei o pulso dele e dei meu salto e virada, mas não caí de pé. Caí de bunda. Ele pôs a mão na boca, ficou me olhando e disse: "Ó, meu deus do céu!" e se mandou. Não me levantou. Era homossexual. Nunca mais dançamos juntos.

– Tem alguma coisa contra homossexuais de três bagos?

– Não, mas nunca mais dançamos.

– Lita era verdadeiramente obcecada pela dança. Entrava em bares desconhecidos e convidava os homens a dançarem com ela. Claro que eles iam. Achavam ela uma foda fácil. Eu não sei se ela fodia ou não. Acho que às vezes fodia. O problema dos homens que dançam ou vivem em bares é que têm uma visão igual à de uma tênia.

– Como sabe disso?

– Eles são apanhados no ritual.

– Que ritual?

– O ritual da energia mal dirigida.

Henry levantou-se e começou a vestir-se.

– Garota, eu tenho de ir.

– Que é isso?

– Tenho de terminar um trabalho. Eu sou, supostamente, um escritor.

– Tem uma peça de Ibsen na TV hoje de noite. Oito e meia. Você vem?

– Claro. Deixei aquele uísque. Não beba todo.

Henry enfiou as roupas, desceu a escada, entrou no carro e dirigiu para casa e sua máquina de escrever. Segundo andar, fundos. Todo dia, enquanto ele batia à máquina, a mulher de baixo batia no teto com a vassoura. Ele escrevia da maneira difícil, sempre tinha sido da maneira difícil: *A Dança do Cachorro Branco*...

Louise ligou às cinco e meia da tarde. Atacara o uísque. Estava bêbada. Embolava as palavras. Não dizia coisa com coisa. A leitora de Thomas Chatterton e D. H. Lawrence. A leitora de nove dos livros dele.

– Henry?

– Sim?

– Oh, aconteceu uma coisa maravilhosa.

– Sim?

– Um rapaz negro veio me visitar. É *lindo*! Mais lindo que você...

– Claro.

– ...mais lindo que você e eu juntos.

– Sim.

– Me deixou tão excitada! Estou a ponto de perder a cabeça!

– Sim.

– Você não liga?

– Não.

– Sabe como passamos a tarde?

– Não.

– Lendo *seus poemas*!

– Oh?

– E sabe o que ele disse?

– Não.

– Disse que seus poemas são *sensacionais*!

– Tudo bem.

– Escuta, ele me deixou muito *excitada*. Não sei o que fazer. Você não vem? Agora? Quero ver você agora...

– Louise, estou trabalhando...

– Escuta, você tem alguma coisa contra negros?

– Não.

– Eu conheço esse garoto há dez anos. Ele trabalhava pra mim quando eu era rica.

– Quer dizer, quando você ainda vivia com seu marido rico.

– Vou ver você depois? Ibsen é às oito e meia.

– Eu lhe informo.

– Por que aquele sacana apareceu? Eu estava bem, e aí ele aparece. Nossa. Estou tão excitada que preciso ver você. Estou ficando maluca. Ele era tão *lindo*.

– Estou trabalhando, Louise. O problema aqui é "Aluguel". Tente entender.

Louise desligou. Tornou a ligar às oito e vinte. Henry disse que continuava trabalhando. E continuava. Depois começou a beber e ficou simplesmente sentado na cadeira, simplesmente sentado na cadeira. Às dez para as dez, ouviu uma batida na porta. Era Booboo Meltzer, o astro de rock número 1 da década de 1970, atualmente desempregado, ainda vivendo de direitos autorais.

– Oi, garoto – disse Henry.

Meltzer entrou e sentou-se.

– Cara – disse –, você é um velho e belo gato. Eu não aguento.

– Calma, garoto, gato está fora de moda, o quente agora é cachorro.

– Tenho um palpite de que você precisa de ajuda, coroa.

– Garoto, nunca foi de outro jeito.

Henry foi à cozinha, pegou duas cervejas, abriu-as e voltou.

– Estou sem xoxota, garoto, o que pra mim é o mesmo que estar sem amor. Não consigo separar as duas coisas. Não sou tão vivo assim.

– Nenhum de nós é vivo, Vovô. Todos precisamos de ajuda.

– É...

Meltzer tinha um tubinho de celuloide. Cuidadosamente, despejou dois montinhos brancos na mesa de café.

– Isso é cocaína, Vovô, *cocaína*...

– Ah, ha.

Meltzer meteu a mão no bolso, puxou uma nota de cinquenta dólares, fez um canudo bem comprimido e enfiou-o no nariz. Apertando a outra narina com um dedo, curvou-se sobre uma das manchas brancas na mesa de café e inalou-a. Depois enfiou a nota de cinquenta dólares na outra narina e cafungou a segunda mancha.

– Neve – disse Meltzer.

– É Natal. Muito apropriado – disse Henry.

Meltzer bateu mais duas manchas e passou os cinquenta. Henry disse:

– Guenta aí, eu uso a minha.

E pegou uma nota de um dólar e cafungou. Uma para cada narina.

– Que acha de *A Dança do Cachorro Branco?* – perguntou Henry.

– Isto aqui é que é "A Dança do Cachorro Branco" – disse Meltzer, batendo mais duas carreiras.

– Nossa – disse Henry. – Acho que nunca mais vou ficar de saco cheio. Você não está cheio de mim, está?

– De jeito nenhum – disse Meltzer, cafungando através da nota de cinquenta dólares com toda a força. – Vovô, de jeito nenhum...

*– Numa Fria*

## Sandra

é a alta e magra
donzela do quarto
de brincos
coberta por um longo
vestido
está sempre alta
em sapatos de salto
espírito
boletas
trago
Sandra se inclina
em sua cadeira
*inclina-se* em direção a
Glendale
aguardo que sua cabeça
bata na maçaneta
do guarda-roupa
enquanto ela tenta

acender
um novo cigarro num
outro já quase
consumido

aos 32 ela gosta de
jovens limpos
imaculados
com rostos semelhantes ao fundo
de pires recém-comprados

depois de se vangloriar
a não mais poder
acabou me trazendo seus prêmios
para que eu desse uma olhada:
garotos nulos, loiros e silenciosos
que
a) sentam
b) levantam
c) falam
ao seu comando

às vezes ela traz um
às vezes dois
às vezes três
para que eu os
veja

Sandra fica muito bem em
vestidos longos
Sandra pode partir provavelmente
o coração de um homem

espero que ela encontre
um.

Comecei a receber cartas de uma garota de Nova York. Seu nome era Mindy. Ela havia encontrado alguns dos meus livros por acaso, mas o melhor a respeito de suas cartas era que ela raramente mencionava algo sobre escrita exceto para dizer que ela não era uma escritora. Escrevia sobre as mais variadas coisas e sobre homens e sobre sexo em particular. Mindy tinha 25, escrevia à mão, e sua caligrafia era estável, sensível, com uma pitada de humor. Eu respondia suas cartas e era sempre uma alegria encontrar uma das dela na minha caixa de correio. Muitas pessoas dizem as coisas bem melhor em cartas do que em conversas, e algumas pessoas conseguem escrever cartas criativas, artísticas, mas quando tentam um poema, um conto ou um romance, tornam-se pretensiosas.

Então Mindy mandou algumas fotografias. Caso se pudesse confiar em sua veracidade, ela era bem bonita. Escrevemo-nos por mais algumas semanas e então ela mencionou que em breve tiraria duas semanas de férias.

– Por que você não pega um avião até aqui? – sugeri.

– Tudo bem – ela respondeu.

Começamos a nos telefonar. Por fim ela me deu a data de chegada de seu voo no L.A. International.

– Estarei lá – disse a ela –, nada poderá me impedir.

Sentei-me no aeroporto e esperei. Nunca se pode ter certeza com esse negócio de fotos. Não há garantias. Sentia-me prestes a vomitar. Acendi um cigarro e me veio um engulho. Por que eu fazia essas coisas? Não a queria mais agora. E Mindy voava de Nova York para cá. Eu conhecia um número grande de mulheres. Por que esse negócio de mais e mais mulheres? O que eu estava tentando fazer? Casos novos são excitantes, mas também dão um trabalho dos diabos. O primeiro beijo, a primeira foda sempre são um pouco dramáticos. As pessoas eram interessantes no início. Então mais tarde, devagar mas inevitavelmente, todas as imperfeições e as demências começariam a se manifestar. Eu seria então cada vez menos interessante para elas; e elas se tornariam cada vez menos importantes para mim.

Eu era velho e feio. Talvez por isso fosse tão bom meter nessas jovens garotas. Eu era o King Kong e elas flexíveis e macias. Será que eu estava tentando enganar a morte? Ficando com essas jovens eu tinha esperanças de não envelhecer, não me sentir um caco? Eu só não queria envelhecer sem dignidade, simplesmente desistir, estar morto antes da morte chegar.

O avião de Mindy pousou e começou a taxiar. Senti que estava a perigo. As mulheres me conheciam de antemão, pois haviam lido meus livros. Eu já havia me exposto. Por outro lado, eu não sabia nada delas. Eu era o verdadeiro jogador.

Eu podia ser morto, ter minhas bolas cortadas. Chinaski castrado. *Poemas de amor de um eunuco.*

Fiquei esperando por Mindy. Os passageiros saíram pelo portão.

Oh, tomara que não seja *aquela.*

Ou aquela.

Especialmente aquela outra.

Bem, aquela ali estaria bem! Veja que pernas, que rabo, e esses olhos...

Uma delas veio em minha direção. Torci para que fosse ela. Era a melhor de todo o grupo. Eu não podia ter tanta sorte. Ela se aproximou e sorriu:

– Eu sou a Mindy.

– Estou feliz que você seja a Mindy.

– Estou feliz que você seja o Chinaski.

– Você precisa pegar alguma bagagem?

– Sim, trouxe o suficiente para uma longa estada!

– Vamos esperar no bar.

Entramos e encontramos uma mesa. Mindy pediu uma vodca com tônica. Pedi uma vodca-7.* Ah, quase em perfeita harmonia. Acendi-lhe o cigarro. Ela tinha uma ótima aparência, quase virginal. Era difícil de acreditar. Era baixinha, loira e perfeita de corpo. Era mais natural do que sofisticada. Era fácil olhá-la nos olhos, de um azul-esverdeado. Usava dois brincos pequenos. E usava sapatos de salto. Havia dito a Mindy que saltos altos me excitavam.

– Bem – ela disse –, você está assustado?

– Agora nem tanto. Gosto de você.

– Você é bem melhor pessoalmente do que nas fotos – ela disse. – Não acho você nem um pouco feio.

– Obrigado.

– Oh, não quis dizer que você é bonito, não no sentido que as pessoas dão pro termo. Seu rosto parece comum. Mas seus olhos... eles são lindos. São selvagens, loucos, como os olhos de um animal surgindo de uma floresta em chamas. Deus, alguma coisa desse tipo. Não sou muito boa com as palavras.

– Acho que você é linda – eu disse. – E muito gentil. É bom estar perto de você. Estou feliz de estarmos juntos. Beba. Precisamos de mais bebida. Você é como suas cartas.

Tomamos a segunda rodada e fomos buscar sua bagagem. Orgulhava-me estar ao lado de Mindy. Ela caminhava com estilo. Muitas mulheres com belos corpos apenas se arrastavam, como se fossem criaturas sobrecarregadas de peso. Mindy deslizava.

Eu seguia pensando, isso é bom demais. Isso simplesmente não é possível.

– *Mulheres*

---

* Drinque de vodca preparado com limas e soda de limão. (N.T.)

## quem, diabos, é Tom Jones?

por duas semanas
estive dormindo com uma
garota de 24 anos de
Nova York – na época
em que ocorria a greve dos
lixeiros, e certa noite
minha antiga mulher de 34 anos
chegou e disse, "quero ver
minha rival". foi o que ela fez
e então disse, "ó, você
é a coisinha mais querida!"
depois disso reparei que houve uma
gritaria de gatas selvagens –
urros e unhadas,
lamentos de animal ferido,
sangue e mijo...

eu estava bêbado e só de
calção. tentei
separar as duas e caí,
torcendo o joelho. então
atravessaram a porta e
avançaram rua
afora.

chegaram viaturas cheias
de policiais. um helicóptero da
polícia sobrevoou o local.

fiquei no banheiro
e sorri para o espelho.
não é comum que coisas
tão esplêndidas assim
aconteçam aos 55 anos.
muito melhor do que os distúrbios em
Watts*.

* Bairro negro de Los Angeles onde ocorreu um sério distúrbio de ordem racial. (N.T.)

a de 34 retornou
para dentro. estava toda
mijada e sua roupa
transformada em farrapos e era
seguida por dois policiais que
queriam saber a razão daquilo tudo.

erguendo meus calções
eu tentava explicar.

## você não consegue escrever uma história de amor

Margie ia sair com um sujeito, mas, no caminho, esse sujeito encontrou com outro que vestia um casaco de couro e o sujeito com casaco de couro abriu o casaco de couro e mostrou as tetas e o outro sujeito foi até a casa de Margie e disse que não poderia mais ir ao encontro, porque esse sujeito, vestindo um casaco de couro, havia lhe mostrado as tetas e ele iria trepar com esse sujeito. Então Margie foi até a casa de Carl. Carl estava em casa e ela se sentou e disse para Carl:

– Um sujeito ia me levar para um café com mesas na calçada e íamos beber vinho e conversar, só beber vinho e conversar, só isso, nada mais, mas, no caminho para me encontrar, esse sujeito encontrou outro com um casaco de couro e o sujeito com casaco de couro lhe mostrou as tetas e agora esse sujeito vai trepar com o sujeito com casaco de couro e eu fico sem minha mesa e meu vinho e minha conversa.

– Não consigo escrever – disse Carl. – Acabou-se.

Então ele se levantou e foi até o banheiro, fechou a porta e deu uma cagada. Carl cagava quatro ou cinco vezes por dia. Não havia mais nada a fazer. Ele tomava cinco ou seis banhos por dia. Não havia mais nada a fazer. Ficava bêbado pela mesma razão.

Margie ouviu a descarga da privada. Então Carl saiu do banheiro.

– Um homem simplesmente não consegue escrever oito horas por dia. Nem mesmo consegue escrever todo dia ou toda semana. É uma situação péssima. Não há nada a fazer além de esperar.

Carl foi até a geladeira e voltou com um pacote de seis garrafas de cerveja Michelob. Abriu uma garrafa.

– Sou o maior escritor do mundo – ele disse. – Você sabe como isso é difícil?

Margie não respondeu.

– Posso sentir a dor rastejando por todo o meu corpo. É como uma segunda pele. Queria poder me livrar dessa pele como uma cobra.

– Bem, por que você não se deita no tapete e tenta?

– Escute – ele perguntou –, onde foi que a conheci?

– Na Bodega do Barney.

– Bem, isso explica um pouco as coisas. Beba uma cerveja.

Carl abriu uma garrafa e lhe entregou.

– É... – disse Margie – eu sei. Você precisa do seu isolamento. Você precisa ficar sozinho. Exceto quando quer trepar, ou exceto quando nos separamos, então você me liga. Diz que precisa de mim. Diz que está morrendo por causa de uma ressaca. Você enfraquece rápido.

– Enfraqueço rápido.

– E fica tão inerte quando estou por perto, nunca se excita. Vocês escritores são tão... preciosos... não suportam pessoas. A humanidade fede, certo?

– Certo.

– Mas toda vez que nos separamos você começa a fazer festas gigantes que duram quatro dias. E de repente você acorda, começa a FALAR! De repente fica cheio de vida, falando, dançando, cantando, dança em cima da mesa de café, joga garrafas pela janela, encena trechos de Shakespeare. De repente, você está vivo... quando estou longe. Ah, fiquei sabendo de tudo!

– Não faço festas. Odeio ainda mais as pessoas nas festas.

– Para um sujeito que não gosta de festas, certamente você organiza um bocado delas.

– Escute, Margie, você não entende. Não consigo mais escrever. Estou acabado. Em algum lugar tomei uma trajetória errada. Em algum momento, morri durante a noite.

– O único jeito de você morrer é numa dessas suas ressacas gigantescas.

– Jeffers diz que até mesmo o mais forte dos homens fica encurralado.

– Quem foi Jeffers?

– Foi o sujeito que transformou Big Sur numa armadilha para turistas.

– O que você ia fazer essa noite?

– Ia ouvir as músicas de Rachmaninoff.

– Quem é?

– Um russo que já morreu.

– Olha para você. Fica aí sentado.

– Estou esperando. Alguns sujeitos esperam por dois anos. Às vezes a coisa nunca volta.

– E se nunca voltar?

– Apenas calçarei meus sapatos e descerei até a rua principal.

– Por que não arranja um emprego decente?

– Não existem empregos decentes. Se um escritor não consegue sucesso através da criação, está morto.

– Ah, para com isso, Carl! Existem bilhões de pessoas no mundo que não atingem o sucesso pela criação. Quer me dizer que elas estão mortas?

– Sim.

– E você tem uma alma? Você é um dos poucos que tem uma alma?

– Diria que sim.

– *Diria* que sim! Você e a sua maquininha de escrever! Você e os seus cheques mirrados! Minha avó ganha mais dinheiro do que você!

Carl abriu outra garrafa de cerveja.

– Cerveja! Cerveja! Você e a porra da sua cerveja! Isso está nas suas histórias também. "Marty ergueu sua cerveja. Quando levantou os olhos, uma tremenda loira entrou no bar e sentou ao seu lado..." Você está certo. Está acabado. Seu material é limitado, muito limitado. Você não consegue escrever uma história decente de amor.

– Você está certa, Margie.

– Se um homem não consegue escrever uma história de amor, ele é um inútil.

– Quantas você já escreveu?

– Não digo que sou uma escritora.

– Mas – disse Carl – você parece posar como uma crítica literária infernal.

Margie, depois disso, foi logo embora. Carl ficou sentado e bebeu o resto das cervejas. Era verdade, a escrita o havia deixado. Isso deixaria algum de seus inimigos do subsolo felizes. Eles poderiam aumentar em um tento a marca dos inimigos abatidos. A morte os agradava, em cima ou embaixo da terra. Lembrou-se de Endicott, Endicott sentado, dizendo:

– Bem, Hemingway se foi, Dos Passos se foi, Patchen se foi, Pound se foi, Berryman pulou daquela ponte... as coisas estão parecendo cada vez melhores.

O telefone tocou. Carl atendeu.

– Sr. Gantling?

– Sim – ele respondeu.

– Gostaríamos de saber se você estaria interessado em uma leitura de algum dos seus trabalhos na Faculdade Fairmount.

– Bem, sim, qual a data?

– No dia 30 do próximo mês.

– Acho que não tenho nada marcado para esse dia.

– Nosso pagamento geralmente é de cem dólares.

– Geralmente recebo 150. Ginsberg ganha mil.

– Mas ele é Ginsberg. Podemos oferecer apenas cem.

– Tudo bem.
– Bom, sr. Gantling. Enviaremos os detalhes para você.
– E o transporte? Dirigir até aí não é pouca coisa.
– Ok, 25 dólares pela viagem.
– Ok.
– Gostaria de falar com os estudantes em suas classes?
– Não.
– Oferecemos um almoço grátis.
– Vou aceitar o almoço.
– Bom, sr. Gantling, estaremos esperando para vê-lo em nosso campus.
– Nos falamos.

Carl foi até o quarto. Olhou para a máquina de escrever. Colocou uma folha de papel no rolo, então observou uma garota com uma minissaia surpreendentemente curta cruzar pela frente de sua janela. Depois começou a escrever:

"Margie ia sair com um sujeito, mas, no caminho, esse sujeito encontrou com outro que vestia um casaco de couro e o sujeito com casaco de couro abriu o casaco de couro e mostrou as tetas e o outro sujeito foi até a casa de Margie e disse que não poderia mais ir ao encontro, porque esse sujeito, vestindo um casaco de couro, havia lhe mostrado as tetas..."

Carl ergueu sua cerveja. Era bom voltar a escrever.

*– Ao sul de lugar nenhum*

## conselho amigável para muitos jovens

Vá para o Tibet.
Monte em um camelo.
Leia a bíblia.
Pinte seus sapatos de azul.
Deixe a barba crescer.
Dê a volta ao mundo numa canoa de papel.
Assine *The Saturday Evening Post.*
Mastigue apenas com o lado esquerdo da boca.
Case-se com uma perneta e se barbeie com uma navalha.
E entalhe seu nome no braço dela.

Escove os dentes com gasolina.
Durma o dia inteiro e suba em árvores à noite.
Seja um monge e beba chumbo grosso e cerveja.
Mantenha sua cabeça dentro d'água e toque violino.
Faça uma dança do ventre diante de velas cor-de-rosa.
Mate seu cachorro.
Concorra à prefeitura.
Viva num barril.
Rompa sua cabeça com uma machadinha.
Plante tulipas sob a chuva.

Mas não escreva poesia.

• • • • • • • • • • • • • • • • • • • • • • • • • • • • • • • • • • • • • • • • • • • • •

Para acalmar Lydia, concordei em ir até Muleshead, Utah. Sua irmã estava acampando nas montanhas. As irmãs eram na verdade donas de boa parte daquelas terras. Haviam-nas herdado do pai. Glendoline, uma das irmãs, tinha uma barraca montada na floresta. Ela estava escrevendo um romance, *A mulher selvagem das montanhas*. As outras irmãs chegariam qualquer dia desses. Lydia e eu chegamos primeiro. Tínhamos uma barraca pequena. Arrastamo-nos para dentro dela, seguidos pelos mosquitos. Foi um negócio pavoroso.

Na manhã seguinte nos sentamos ao redor da fogueira. Glendoline e Lydia esquentaram o café da manhã. Eu tinha gastado quarenta pratas em mercadorias que incluíam uma quantidade razoável de garrafas de cerveja. Mantinha-as geladas numa fonte da montanha. Terminamos o café. Ajudei com os pratos e então Glendoline trouxe sua novela e começou a lê-la para nós. Não era de todo má, mas estava longe de ser um texto profissional e precisava de muito polimento. Glendoline supunha que os leitores estivessem tão fascinados quanto ela por sua própria vida – o que era um erro fatal. Os outros erros de mesma natureza que ela cometera eram numerosos demais para mencionar.

Caminhei até a fonte e voltei com três garrafas de cerveja. As garotas disseram não, não queriam beber. Eram bastante contrárias à cerveja. Discutimos o romance de Glendoline. Me dei conta de que qualquer pessoa capaz de ler seu romance em voz alta para outras devia ser posta sob suspeita. Se aquilo não era o velho beijo da morte, não sei mais o que poderia ser.

A conversa mudou de rumo, e as garotas passaram a falar sobre homens, festas, dança, e sexo. Glendoline tinha uma voz alta e esganiçada e ria de um modo nervoso e constante. Ela já ia na metade dos quarenta, era gorducha e um tanto sebosa. Além disso, assim como eu, ela era simplesmente feia.

Glendoline deve ter falado por mais de uma hora sem parar, exclusivamente sobre sexo. Comecei a ficar tonto. Ela gesticulava com os braços acima da cabeça:

– SOU A MULHER SELVAGEM DAS MONTANHAS! Ó, ONDE ESTÁ O HOMEM, Ó, ONDE ESTÁ O HOMEM, O HOMEM DE VERDADE QUE TERÁ CORAGEM DE ME PEGAR?

Bem, ele certamente não estaria por aqui, pensei.

Olhei para Lydia.

– Vamos dar uma caminhada.

– Não – ela disse –, quero ler este livro. – Chamava-se *Amor e orgasmo: um guia revolucionário para a realização sexual.*

– Tudo bem – eu disse –, vou dar uma caminhada então.

Caminhei até a fonte da montanha. Apanhei mais uma cerveja, abri a tampinha e me sentei por ali, bebendo. Eu estava preso no meio das montanhas e da floresta com duas mulheres loucas. Elas esvaziavam toda alegria que havia numa trepada por não falarem de outra coisa o tempo todo. Eu também gostava de foder, mas não fazia disso minha religião. Havia uma série de coisas ridículas e ao mesmo trágicas sobre o assunto. As pessoas pareciam ser incapazes de lidar com isso. Então transformaram o negócio num passatempo. Um passatempo capaz de destruir pessoas.

O principal a fazer, decidi, era encontrar a mulher certa. Mas como? Tinha um caderninho vermelho comigo e uma caneta. Rabisquei um poema meditativo numa das folhas. Então caminhei em direção ao lago. Vance Pastures era o nome do lugar. As irmãs eram donas de quase toda a terra. Eu precisava dar uma cagada. Baixei as calças e me acocorei no meio do mato, cercado por moscas e mosquitos. Como seria bom poder contar com os confortos da cidade. Tive que me limpar com umas folhas. Caminhei até o lago e meti um pé na água. Estava fria como gelo.

Seja homem, seu velho. Entre.

Minha pele era branca como marfim. Me senti decrépito, muito flácido. Entrei na água gelada. Fui submergindo até a cintura, então tomei bastante fôlego e me lancei para frente. Eu tinha mergulhado por inteiro! A lama se ergueu do fundo do lago e entrou em meus ouvidos, na minha boca, grudou nos meus cabelos. Fiquei ali, em meio à água lamacenta, os dentes batendo.

Esperei por muito tempo até que a água voltasse a ficar limpa. Então retornei. Vesti minhas roupas e percorri o caminho ao longo do lago. Quando cheguei ao fim da margem, escutei um som que parecia o de uma cachoeira. Entrei na floresta, seguindo na direção do som. Tive que vencer algumas pedras através de um córrego. O som se tornava cada vez mais vivo. As moscas e os mosquitos fervilhavam ao meu redor. As moscas eram maiores e furiosas e famintas, muito maiores do que as moscas da cidade, além de saber reconhecer uma refeição quando avistavam uma.

Embrenhei-me na mata, avancei, e então lá estava: minha primeira cachoeira de verdade. A água simplesmente brotava da montanha e corria sobre uma saliência na pedra. Era uma coisa linda. A água não parava de correr. Vinha de algum lugar. E corria para algum lugar. Havia três ou quatro córregos que era bem provável que desaguassem no lago.

Por fim, cansei de olhar a cachoeira e decidi voltar. Decidi, também, tomar um caminho diferente, um atalho. Abri caminho na direção oposta ao lago, para chegar mais rápido ao acampamento. Eu tinha noção de onde ele ficava. Trazia ainda comigo o meu caderninho vermelho. Parei e escrevi outro poema, menos meditativo, e então prossegui. Continuei caminhando. Nada do acampamento. Caminhei um pouco mais. Olhei em volta à procura do lago. Não conseguia encontrá-lo, não sabia mais onde ele estava. De súbito, percebi: eu estava PERDIDO. Aquelas vadias taradas tinham me deixado louco e agora eu estava PERDIDO. Olhei em volta. Dava para ver as montanhas no horizonte e ao meu redor árvores e mato. Não havia nenhum centro, nenhum ponto de partida, nenhuma conexão entre nada. Senti medo, medo de verdade. Por que fui deixar que elas me tirassem da minha cidade, da minha Los Angeles querida? Lá um homem poderia chamar um táxi, dar um telefonema. Havia soluções razoáveis para problemas razoáveis.

Vance Pastures se estendia à minha volta por quilômetros e quilômetros. Joguei longe meu caderninho. Que modo para um escritor morrer! Já podia ver a notícia no jornal:

HENRY CHINASKI, POETA MENOR,
ENCONTRADO MORTO NAS MATAS DE UTAH

Henry Chinaski, ex-funcionário dos Correios que virou escritor, foi encontrado em estado de decomposição na tarde de ontem pelo guarda florestal W. K. Brooks Jr. Perto de seu corpo também foi encontrado um pequeno caderno vermelho, que continha evidentemente os últimos escritos do sr. Chinaski.

Segui caminhando. Eu estava numa área pantanosa. A todo momento, uma de minhas pernas afundava até o joelho no lodaçal, e eu tinha que dar um jeito de libertá-la.

Acabei topando com uma cerca de arames farpados. Soube de imediato que eu não devia pular aquela cerca. Sabia que era a coisa errada a fazer, mas parecia não haver alternativa. Escalei a cerca e fiquei parado lá em cima, fiz uma concha com minhas mãos ao redor da boca e gritei:

– LYDIA!

Não houve resposta.

Tentei novamente:

– LYDIA!

Minha voz soou bastante chorosa. A voz de um covarde.

Prossegui. Seria bom, pensei, estar de novo com as irmãs, ouvindo-as falar sobre sexo e homens e sair pra dançar e festas. Seria bom ouvir a voz de Glendoline. Seria bom passar minha mão pelos longos cabelos de Lydia. De coração, eu a levaria a todas as festas da cidade. Chegaria mesmo a dançar com todas as mulheres e faria piadas maravilhosas sobre todo e qualquer assunto. Suportaria toda a bobajada que escorre das bocas com um sorriso. Quase podia me ouvir:

– Ei, essa música é *ótima* para dançar! Quem está querendo *ir embora*? Quem quer *botar pra quebrar* na pista de dança?

Segui caminhando através do lodo. Finalmente cheguei à terra seca. Depois, encontrei uma estrada. Não era mais que uma estrada velha e suja, mas parecia boa. Dava pra ver algumas marcas de pneu e de cascos de animais. Havia até mesmo alguns postes que levavam eletricidade para algum lugar. Tudo o que eu tinha a fazer era seguir esses fios. Caminhei ao longo da estrada. O sol ia alto no céu, devia ser perto de meio-dia. Continuei me arrastando, sentindo-me um otário.

Mais adiante avistei um portão do outro lado da estrada que estava trancado. O que significava aquilo? Havia uma pequena entrada lateral. Era evidente que o portão era de uma propriedade de gado. Mas onde estavam os animais? Onde estava o dono da fazenda? Talvez ele só aparecesse a cada seis meses.

O topo da minha cabeça começou a doer. Levei uma das mãos até ali e senti o local onde trinta anos antes, num bar da Filadélfia, eu havia tomado uma cacetada. A cicatriz nunca desapareceu por completo. Agora, tostada ao sol, a cicatriz havia inchado. Parecia um pequeno chifre. Arranquei um pedaço do tecido que a cobria e joguei na estrada.

Caminhei por mais uma hora, então decidi voltar. Isso significava ter que refazer todo o caminho percorrido, mas ainda assim me pareceu a coisa certa a fazer. Tirei minha camisa e a enrolei na cabeça. De vez em quando dava uma parada para gritar:

– LYDIA!

Não havia resposta.

Algum tempo depois cheguei de novo ao portão. Tudo o que eu precisava fazer era contorná-lo, mas havia alguma coisa no caminho. Ficava na frente do portão, a uns cinco metros de onde eu estava. Era um pequeno veado, uma gazela, algo assim.

Movi-me devagar em sua direção. O bicho não saiu do lugar. Será que me deixaria passar? Não parecia ter medo de mim. Supus que ele tivesse percebido minha confusão, minha covardia. Aproximei-me mais e mais. Ele não iria sair do caminho. Tinha olhos grandes e castanhos, olhos mais belos do que os de qualquer mulher que eu já tenha visto. Era inacreditável. Estávamos a um metro de distância, e eu prestes a recuar, quando ele se afastou. Correu para a mata além da estrada. Estava em ótima forma; era capaz de correr de verdade.

Enquanto seguia caminhando pela margem da estrada ouvi o som de água corrente. Eu precisava de água. Não se podia viver por muito tempo sem água. Abandonei a estrada e segui na direção do som da água corrente. Havia um pequeno monte coberto de grama e, assim que o venci, lá estava: água corrente, jorrando de canos de cimento para dentro de uma represa e então para um tipo de reservatório. Sentei-me à beira do reservatório e tirei meus sapatos e minhas meias, arregacei as calças e enfiei minhas pernas na água. Então despejei água sobre minha cabeça. Depois a bebi – mas não muito ou muito depressa –, do mesmo modo como vi fazerem nos filmes.

Depois de me recuperar um pouco, reparei num píer que se projetava sobre o reservatório. Caminhei até ali e me deparei com uma grande caixa de metal, fixada num dos lados do píer. Estava trancada com um cadeado. Era bem provável que houvesse um telefone ali dentro! Eu podia ligar e pedir ajuda!

Fui em busca de uma pedra de bom tamanho e comecei a golpear o cadeado com ela. A tranca não cedia. O que Jack London faria? O que Hemingway faria? Jean Genet?

Continuei golpeando o cadeado com a pedra. Às vezes eu errava o golpe e minha mão atingia o cadeado ou a própria caixa de metal. A pele lacerada, o sangue escorrendo. Reuni minhas forças e disparei um último golpe. O cadeado abriu. Retirei-o e abri a caixa. Não tinha nenhum telefone lá dentro. Havia uma série de comandos e alguns cabos de grosso calibre. Pus minha mão ali, toquei num dos fios e levei um choque terrível. Então acionei um dos comandos. Escutei o rugir das águas. De três ou quatro buracos que estavam na face de concreto da represa jorraram jatos brancos e gigantescos de água. Puxei outro dos comandos. Mais três ou quatro buracos se abriram, liberando toneladas de água. Puxei um terceiro comando, e a represa inteira começou a soltar água. Fiquei ali parado, assistindo a água se espalhar. Talvez eu pudesse dar início a uma inundação, de modo que os caubóis em seus cavalos ou em suas pequenas e robustas picapes viessem me resgatar. Já podia ver a manchete:

HENRY CHINASKI, POETA MENOR, PROVOCA ALAGAMENTO NO INTERIOR DE UTAH PARA SALVAR SEU DELICADO RABO DE HOMEM DA CIDADE GRANDE.

Decidi que isso estava mal. Reverti todos os comandos para a posição normal, fechei a caixa de metal e coloquei o cadeado rompido de volta no seu lugar.

Deixei o reservatório e encontrei outra estrada pelo caminho, que passei a seguir. Esta, porém, parecia ser mais utilizada que a anterior. Avancei por ali. Nunca antes me sentira tão cansado. Eu já não enxergava mais nada. De repente uma garotinha de cinco anos caminhava em minha direção. Trazia um vestidinho azul e sapatos brancos. Pareceu se assustar ao me ver. Tentei, enquanto me aproximava dela cada vez mais, parecer alguém agradável e digno de confiança.

– Não fuja, garotinha. Não vou machucar você. ESTOU PERDIDO! Onde estão seus *pais*? Garotinha, me leve até seus *pais*!

A garotinha apontou numa direção. Vi um trailer e um carro estacionados logo à frente.

– EI, ESTOU PERDIDO! – gritei. – POR DEUS, QUE ALEGRIA VER VOCÊ.

Lydia contornou o trailer. Seu cabelo estava cheio de bobes vermelhos.

– Vamos lá, garoto da cidade – ela disse. – Me siga até em casa.

– Estou tão feliz em ver você, baby, me beija!

– Não. Me siga.

Lydia disparou correndo, uns dez metros na minha frente. Era difícil acompanhá-la.

– Perguntei pro pessoal aí se eles tinham visto um garoto da cidade nas redondezas – ela gritou, por sobre o ombro. – E eles disseram: não.

– Lydia, eu te *amo*!

– Vamos, você parece uma lesma!

– Espere, Lydia, *espere*!

Ela pulou uma cerca de arames farpados. Eu não consegui. Fiquei preso. Não podia me mover. Era como uma vaca presa.

– LYDIA!

Ela retornou com seus bobes vermelhos e me ajudou a me livrar dos arames farpados.

– Eu segui você. Encontrei o seu caderninho vermelho. Você se perdeu de propósito só porque estava puto da cara.

– Não, eu me perdi por causa da minha ignorância, do meu medo. Não sou uma pessoa completa: sou uma dessas pessoas incapazes da cidade. Sou mais ou menos como um monte de merda fracassada, não tenho absolutamente nada a oferecer.

– Jesus – ela disse –, você acha, por acaso, que *eu* não sei disso?

Libertou-me do último arame. Lancei-me atrás dela. Eu estava outra vez com Lydia.

– *Mulheres*

## a noite em que eu ia morrer

na noite em que eu ia morrer
suava na minha cama
e podia ouvir os grilos
e lá fora gatos brigavam
e eu podia sentir minha alma escorrendo através do
colchão
e antes que ela tocasse o chão me levantei de um salto
fraco de quase não poder caminhar
mas caminhei ali ao redor e acendi todas as luzes
então retornei para a cama
e novamente minha alma começou a escorrer através do colchão
e eu me levantei
antes que ela chegasse ao chão
caminhei por ali e acendi todas as luzes
e então voltei para a cama
e lá estava ela escorrendo de novo e
novamente eu de pé
acendendo todas as luzes

eu tinha uma filha de 7 anos
e a certeza de que ela não queria que eu morresse
de outro modo eu não teria me preocupado nem um
pouco

mas naquela noite inteira
ninguém telefonou
ninguém apareceu com uma cerveja
minha namorada não ligou
e eu podia ouvir os grilos e fazia
calor
e eu seguia imerso naquilo tudo
levantando e deitando
até que o primeiro raio do sol atravessou a janela
através dos arbustos
e então deitei na cama
e alma ficou onde estava
por fim aqui dentro e eu

dormi.
agora as pessoas aparecem
batendo nas portas e nas janelas
o telefone toca
o telefone toca sem parar
recebo grandes cartas no correio
cartas de ódio e cartas de amor.
tudo voltou a ser o que era antes.

Duas madrugadas depois, às quatro da manhã, alguém bateu à porta.

– Quem é?

– É uma piranha ruiva.

Deixei Tammie entrar. Ela se sentou e eu abri duas cervejas.

– Estou com mau hálito, dois dentes podres. Você não pode me beijar.

– Tudo bem.

Conversamos. Bem, eu ouvi. Tammie estava emboletada. Fiquei escutando e olhando para os seus longos cabelos ruivos e enquanto ela se preocupava eu seguia olhando, olhando também para aquele corpo. Era como se ele fosse saltar para fora das roupas dela, como se implorasse para sair. Ela falava e falava. Não a toquei.

Às seis horas da manhã, Tammie me deu seu endereço e número de telefone.

– Tenho que ir – ela disse.

– Acompanho você até o carro.

Era um Camaro vermelho reluzente, completamente demolido. A parte da frente estava amassada, uma das laterais trazia um furo na lataria, as janelas não tinham mais vidros. Na parte de dentro havia panos e camisas e caixas de Kleenex e jornais e caixas de leite e garrafas de Coca e fios e cordas e guardanapos de papel e revistas e copos de papel e sapatos e canudinhos coloridos. Essa enorme massa de coisas estava empilhada até a altura dos bancos e os cobria por completo. Somente o do motorista tinha uma área mais ou menos livre.

Tammie estendeu a cabeça pela janela e nos beijamos.

Então ela se afastou do meio-fio e quando alcançou a esquina já estava a setenta quilômetros por hora. Ela pisou fundo no freio, e o Camaro deu um tranco, subiu e desceu, subiu e desceu. Voltei para dentro.

Voltei para a cama e fiquei pensando naqueles cabelos. Jamais tinha conhecido uma ruiva de verdade. Era fogo puro.

Como relâmpagos celestiais, pensei.

De algum modo seu rosto já não me parecia tão duro quanto antes...

Tammie apareceu naquela noite. Parecia estar louca de anfetaminas.

– Quero um pouco de champanhe – ela disse.

– Tudo bem – eu disse.

Alcancei-lhe uma nota de vinte.

– Volto logo – ela disse, caminhando até a porta.

Então o telefone tocou. Era Lydia.

– Queria saber apenas como estavam as coisas por aí...

– Está tudo bem.

– Comigo não. Estou grávida.

– O quê?

– E não sei quem é o pai.

– Hein?

– Você conhece o Dutch, o cara que anda ali pelo bar onde estou trabalhando?

– Sim, o velho Carequinha.

– Bem, ele é um cara muito legal. Está apaixonado por mim. Sempre me leva flores e doces. Quer se casar comigo. Tem sido muito bacana. E numa noite dessas eu fui pra casa com ele. A gente transou.

– Certo.

– E tem também o Barney, ele é casado, mas gosto dele. De todos os caras no bar ele é o único que nunca tentou me cantar. Fiquei fascinada com isso. Bem, você sabe, estou tentando vender a minha casa. Então ele apareceu uma tarde dessas. Apenas apareceu. Disse que estava atrás de uma casa para um amigo. Deixei ele entrar. Bem, ele chegou na hora certa. As crianças estavam na escola, bem, deixei que ele fosse em frente... Então certa noite um cara desconhecido chegou no bar, já era tarde. Pediu que eu fosse pra casa com ele. Eu disse não. Então ele disse que só queria ficar sentado no carro comigo, conversar e tal. Eu disse tudo bem. Ficamos lá no carro e conversamos. Então fumamos um baseado. E aí ele me beijou. Se ele não tivesse me beijado não teria rolado nada. Bem, agora estou grávida e não sei de quem. Terei que esperar pra ver com quem a criança se parece.

– Tudo bem, Lydia, toda sorte do mundo pra você.

– Obrigada.

Desliguei. Um minuto se passou e o telefone voltou a tocar. Era Lydia.

– Oh – ela disse –, me pergunto como *você* está se virando.

– O mesmo de sempre, cavalos e trago.

– Então está tudo bem com você?

– Não exatamente.

– O que está acontecendo?

– Bem, mandei uma mulher buscar champanhe...

– Mulher?

– Bem, na verdade é uma garota...

– Uma garota?

– Dei a ela uma nota de 20 pra comprar champanhe e ela ainda não voltou. Acho que fui enganado.

– Chinaski, não quero *ouvir* falar das suas mulheres. Será que você consegue entender isso?

– Tudo bem.

Lydia desligou. Soou uma batida na porta. Era Tammie. Ela voltava com o champanhe e o troco.

No dia seguinte, perto do meio-dia, o telefone tocou. Era novamente Lydia.

– Bem, ela voltou com o champanhe?

– Quem?

– A sua piranha.

– Sim, ela voltou...

– Então, o que aconteceu?

– Bebemos champanhe. Era dos bons.

– E então o que aconteceu?

– Bem, você sabe, aquela coisa...

Ouvi um uivo longo e insano, como se uma loba tivesse sido baleada em meio à neve do Ártico e, sangrando, fosse abandonada para morrer sozinha...

Ela desligou.

Dormi a maior parte da tarde e, à noite, dirigi até as corridas de charretes.

Perdi 32 dólares e entrei no fusca e fiz o caminho de volta. Estacionei, caminhei até a varanda e pus a chave na fechadura. Todas as luzes estavam acesas. Olhei em volta. As gavetas estavam abertas e haviam sido viradas, as roupas de cama estavam no chão. Todos os meus livros tinham sumido da prateleira, inclusive aqueles que eu tinha escrito, vinte ou mais. E minha máquina de escrever se foi e minha torradeira se foi e meu rádio se foi e minhas telas se foram.

Lydia, pensei.

Tudo o que ela havia me deixado era a tevê, porque sabia que eu não assistia.

Fui até o lado de fora e lá estava o carro de Lydia, mas ela não.

– Lydia – eu disse. – Ei, baby!

Subi e desci a rua e então avistei seus pés, os dois, despontando atrás de uma árvore junto ao muro de um prédio. Aproximei-me da árvore e disse:

– Escute, que diabos há com você?

Lydia não esboçou reação. Ela carregava duas sacolas cheias com os meus livros e uma pasta com as minhas telas.

– Escute, você precisa me devolver meus livros e minhas telas. Tudo isso me pertence.

Lydia saiu detrás da árvore berrando. Ela pegou as telas de pintura e começou a rasgá-las. Jogou os pedaços para cima e, ao caírem no chão, ela os pisoteou. Estava usando suas botas de vaqueira.

Então pegou meus livros da sacola e começou a jogá-los longe, no meio da rua, no gramado, por toda parte.

– Aqui estão suas pinturas! Aqui estão seus livros! E NÃO ME FALE DAS SUAS MULHERES! NÃO ME FALE DAS SUAS MULHERES!

Então Lydia correu até o meu pátio com um livro na mão, meu último lançamento, *Obras escolhidas de Henry Chinaski.* Ela gritava:

– Então você quer seus livros de volta? Quer a porra dos seus livros de volta? Aqui estão seus malditos livros! E NÃO ME FALE DAS SUAS MULHERES!

Ela começou a quebrar os vidros da minha porta da frente. Pegou o *Obras escolhidas de Henry Chinaski* e foi quebrando vidro após vidro, gritando:

– Quer seus livros de volta? Aqui estão seus malditos livros! E NÃO ME FALE DAS SUAS MULHERES! NÃO QUERO OUVIR NADA SOBRE AS SUAS MULHERES!

Fiquei ali parado, enquanto ela gritava e quebrava os vidros.

Onde estava a polícia?, pensei. Onde?

Então Lydia atravessou o pátio, dobrou rapidamente à esquerda ao passar pela lata de lixo e seguiu pela calçada até o prédio ao lado. Atrás de um pequeno arbusto estavam a máquina de escrever, o rádio e a torradeira.

Lydia apanhou a máquina e correu até o meio da rua com ela. Era uma máquina comum e antiga, bastante pesada. Lydia a ergueu com as duas mãos por sobre a cabeça e a jogou de encontro ao pavimento. O cilindro e diversas outras partes voaram longe. Ela voltou a erguer a máquina sobre a cabeça e gritou:

– NÃO ME FALE DAS SUAS MULHERES! – e jogou-a mais uma vez no chão.

Depois disso, Lydia saltou para dentro do carro e se foi.

Quinze segundos mais tarde a polícia apareceu.

– É um fusca laranja. Chama-se a Coisa, parece um tanque. Não me lembro do número da placa, mas as letras são NVA, como NÉVOA, anotou?

– Endereço?

Passei-lhes o endereço...

Evidentemente que eles a trouxeram de volta. Podia ouvi-la urrando no banco de trás, enquanto o carro se aproximava.

– AFASTE-SE! – disse um dos policiais ao sair. Acompanhou-me até minha casa. Entrou e pisou sobre um dos vidros quebrados. Por alguma razão ele direcionou sua lanterna para o teto e para as cornijas.

– O senhor quer dar queixa? – o policial me perguntou.

– Não. Ela tem filhos. Não quero que ela fique sem eles. O ex-marido está tentando ficar com a guarda das crianças. Mas, *por favor*, diga a ela que as pessoas não podem andar por aí fazendo esse tipo de coisa.

– Ok – ele disse –, agora assine aqui.

Escreveu à mão num pequeno caderno pautado. Dizia que eu, Henry Chinaski, não daria queixa contra Lydia Vance.

Assinei e ele se foi.

Passei a chave no que me restara de porta e fui para a cama e tentei dormir.

Mais ou menos uma hora depois, o telefone tocou. Era Lydia. Ela já estava em casa.

– SEU FILHO DA PUTA, SE VOCÊ VOLTAR A FALAR DAS SUAS MULHERES DE NOVO PRA MIM EU VOU ATÉ AÍ E QUEBRO TUDO DE NOVO!

Ela desligou.

Duas noites mais tarde, fui até a casa de Tammie em Rustic Court. Bati. As luzes estavam acesas. Parecia vazia. Olhei na sua caixa de correio. Havia cartas ali dentro. Escrevi um bilhete: "Tammie, tenho telefonado para você. Vim até aqui e você não estava. Está tudo bem com você? Me liga... Hank."

Voltei no dia seguinte às onze da manhã. Seu carro não estava ali na frente. Meu bilhete continuava enfiado na porta. Mesmo assim toquei a campainha. As cartas continuavam na caixa de correio. Deixei um bilhete ali: "Tammie, onde diabos você está? Entre em contato comigo... Hank."

Dei uma volta pela vizinhança em busca daquele Camaro vermelho todo detonado.

Retornei naquela noite. Chovia. Meus bilhetes estavam molhados. Havia mais cartas na caixa. Deixei-lhe um dos meus livros de poesia, com uma dedicatória. Então voltei para meu fusca. Tinha uma cruz de malta pendurada no meu retrovisor. Arranquei a cruz, voltei à casa dela e a amarrei ao redor da maçaneta.

Não sabia onde morava nenhuma de suas amigas, onde sua mãe morava, onde seus amantes moravam.

Voltei pra casa e escrevi alguns poemas de amor.

– *Mulheres*

## como uma flor na chuva

cortei a unha do dedo médio
da mão
direita
realmente curta
e comecei a correr o dedo ao longo de sua buceta
enquanto ela se sentava muito ereta na cama
espalhando uma loção por seus braços
face
e seios
depois do banho.
então acendeu um cigarro:
"não deixe que isso o desanime",
e seguiu fumando e esfregando a
loção.
continuei tocando sua buceta.
"quer uma maçã?", perguntei.
"claro", ela disse, "tem uma aí?"
mas eu lhe dei outra coisa...
ela começou a se contorcer
e depois rolou para um lado,
ela estava ficando molhada e aberta
como uma flor na chuva.
então ela se voltou sobre a barriga
e seu cu maravilhoso
olhou para mim
e eu passei minha mão por baixo e
cheguei outra vez na buceta.
ela se espichou e agarrou meu
pau, virando-se e se contorcendo toda,
penetrei-a
meu rosto mergulhando na massa
de cabelos ruivos que se alastrava feito enchente
de sua cabeça
e meu pau intumescido adentrou
o milagre.
mais tarde tiramos sarro da loção
e do cigarro e da maçã.

depois eu saí para comprar um pouco de frango
e camarão e batatas fritas e pão doce
e purê de batatas e molho e
salada de repolho, e nós comemos. ela me disse
quão bem ela se sentia e eu lhe disse
o quão bem eu me sentia e nós comemos
o frango e o camarão e as batatas fritas e o pão doce
e o purê de batatas e o molho e
também a salada de repolho.

•••••••••••••••••••••••••••••••••••••••••••

Dirigi de volta para casa. O apartamento estava do mesmo jeito de sempre – garrafas e lixo por toda parte. Precisava dar uma arrumada nas coisas. Se alguém o visse nesse estado facilmente me daria voz de prisão.

Escutei uma batida. Abri a porta. Era Tammie.

– Oi – ela disse.

– Olá.

– Você devia estar numa pressa desgraçada quando saiu. Todas as portas ficaram abertas. A porta dos fundos estava escancarada. Escute, promete que não conta pra ninguém se eu contar uma coisa pra você?

– Tudo bem.

– Arlene entrou e usou seu telefone, um interurbano.

– Tudo bem.

– Tentei deter ela, mas não consegui. Ela estava entupida de boletas.

– Tudo bem.

– Por onde você andava?

– Galveston.

– Por que você saiu assim desse jeito? Você é maluco.

– Vou precisar viajar de novo no sábado.

– Sábado? Que dia é hoje?

– Quinta-feira.

– Pra onde você vai agora?

– Nova York.

– Pra fazer o quê?

– Uma leitura. Mandaram as passagens duas semanas atrás. E eu fico com um percentual da bilheteria.

– Ah, me leve com você! Deixo a Dancy com a Mãe. Quero muito ir!

– Não tenho como bancar você. Isso acabaria com o meu cachê. Nos últimos tempos fiz umas despesas pesadas.

– Vai ser muito *legal*! Será *bom* demais. Não vou sair nem um minuto do seu lado. Senti tanto a sua falta.

– Não tem como, Tammie.

Ela foi até o refrigerador e apanhou uma cerveja.

– Você não dá a mínima pra mim. Todos esses poemas de amor, tudo papo furado.

– Quando eu os escrevi não era papo furado.

O telefone tocou. Era meu editor.

– Por onde você tem andado?

– Galveston. Fazendo uma pesquisa.

– Ouvi dizer que você fará uma leitura em Nova York no sábado.

– Sim, Tammie quer ir junto, minha namorada.

– Você vai levá-la junto?

– Não, não tenho como bancar.

– Quanto sairia isso?

– Por 316 dólares ida e volta.

– Você quer mesmo que ela vá?

– Sim, acho que seria uma boa.

– Tudo bem, vá em frente. Mando um cheque pra você pelo correio.

– Está falando sério?

– Sim.

– Não sei o que dizer...

– Não esquenta. Apenas lembre do Dylan Thomas.

– Eles não vão *me* matar.

Nos despedimos. Tammie sugava sua cerveja.

– Tudo bem – eu lhe disse –, você tem dois ou três dias pra fazer as malas.

– Está falando sério? Quer dizer que eu *vou* junto?

– Sim, meu editor pagará sua passagem.

Tammie deu um salto e se agarrou em mim. Me beijou, agarrou minhas bolas, se pendurou no meu pau.

– Você é o filho da puta mais legal do mundo!

Nova York. Tirando Dallas, Houston, Charleston e Atlanta, era o pior lugar em que eu já tinha estado. Tammie se grudou em mim e meu pau levantou. Joanna Dover não tinha levado tudo...

Sairíamos de Los Angeles naquele sábado no voo das três e meia. Às duas horas bati à porta de Tammie. Ela não estava lá. Voltei para minha casa e me sentei para esperar. O telefone tocou. Era Tammie.

– Veja – eu disse –, temos que ir. Há pessoas me esperando lá no Kennedy. Onde você está?

– Preciso de seis dólares aqui na farmácia. É pra comprar uns Quaaludes.*

– Onde você está?

– Logo abaixo do cruzamento da Western com Santa Monica Boulevard, cerca de uma quadra. É uma farmácia Coruja, não tem como errar.

Desliguei, entrei no fusca e fui até lá. Estacionei uma quadra abaixo da Western com Santa Monica, saí e dei uma olhada em volta. Não havia farmácia alguma.

Voltei para o fusca e dirigi pelas redondezas, procurando o Camaro vermelho dela. Então o avistei, cinco quadras abaixo. Estacionei e entrei no lugar. Tammie estava sentada numa cadeira. Dancy correu e para me fazer careta.

– Não podemos levar a criança.

– Eu sei. Vamos deixar ela na minha mãe, no meio do caminho.

– Na sua mãe? Mas são cinco quilômetros pro lado contrário.

– Fica no caminho do aeroporto.

– Não, fica pro outro lado.

– Você tem os seis contos?

Dei o dinheiro para Tammie.

– Encontro você na sua casa. Suas malas estão prontas?

– Sim, estou pronto.

Dirigi de volta e esperei. Então as ouvi chegar.

– Mamãe! – Dancy gritou. – Quero meus brinquedinhos!

As duas subiram a escada. Esperei que elas descessem. Nada. Subi. Tammie havia feito a mala, mas estava ajoelhada, abrindo e fechando o zíper de sua bagagem.

– Escute – eu disse –, vou levar o resto das suas coisas para o carro.

Ela levava consigo duas sacolas de compras de papelão, cheias, e três vestidos em cabides. Tudo isso além da mala.

Peguei as sacolas e os vestidos e coloquei no fusca. Quando voltei, ela ainda abria e fechava o zíper.

– Vamos, Tammie.

– Só mais um minuto.

Lá estava ela ajoelhada, pra lá e pra cá com o zíper, sem parar. Ela sequer olhava para dentro da mala. Ficava apenas abrindo e fechando o zíper.

– Mamãe – disse Dancy –, quero os meus brinquedinhos.

– Vamos, Tammie, vamos duma vez.

– Ah, tudo bem.

Apanhei a mala com o zíper e elas me seguiram para fora.

Segui seu Camaro demolido até a casa de sua mãe. Entramos. Tammie ficou em frente à cômoda da mãe e começou a abrir e fechar as gavetas. Cada vez que ela

* Tipo de barbitúrico muito utilizado nos anos 1960 e 1970. (N.T.)

abria uma das gavetas, metia a mão lá dentro e fazia a maior bagunça. Então ela fechava a gaveta com uma pancada e partia para a próxima. Em sequência.

– Tammie, o avião já vai partir.

– Que nada, temos muito tempo. *Odeio* ficar fazendo hora em aeroportos.

– O que você pretende fazer com a Dancy?

– Vou deixar ela aqui até que a Mãe chegue do trabalho.

Dancy começou a urrar. Finalmente ela descobrira, e começou a urrar, e as lágrimas corriam, e então ela parou, cerrou o punho e gritou:

– QUERO OS MEUS BRINQUEDINHOS!

– Escute, Tammie, vou esperar no carro.

Saí e esperei. Depois de cinco minutos voltei a entrar na casa. Tammie continuava abrindo e fechando gavetas.

– Por favor, Tammie, temos que ir.

– Tudo bem.

Ela se voltou para Dancy.

– Escute só, você vai ficar aqui até a vovó chegar em casa. Mantenha a porta fechada e não deixe *ninguém* que não seja a vovó entrar!

Dancy voltou a urrar. E então gritou:

– EU ODEIO VOCÊ!

Tammie me seguiu e entramos no fusca. Dei a partida. Ela abriu a porta e se foi.

– TENHO QUE PEGAR UMA COISA NO MEU CARRO!

Tammie correu até o Camaro.

– Ah, merda, eu tranquei a porta e não tenho a chave! Você tem um arame?

– Não – gritei –, *não tenho* um arame!

– *Já* volto!

Tammie voltou correndo para dentro do apartamento da mãe. Escutei a porta se abrir. Dancy urrou e gritou. Então escutei a batida da porta e Tammie voltou com o arame. Ela foi até o Camaro e arrombou a porta.

Fui até seu carro. Tammie havia se inclinado sobre o banco de trás e cavoucava aquela inacreditável bagunça – roupas, sacos de papel, copos de papel, garrafas de cerveja, caixas vazias –, tudo empilhado ali. Então ela encontrou o que procurava: a câmara, uma Polaroid que eu havia lhe dado de aniversário.

– Você me ama de verdade, não é?

– Sim.

– Quando chegarmos a Nova York eu vou trepar com você como nenhuma outra mulher *já* trepou!

– Está falando sério?

– Sim.

Ela se agarrou no meu pau e colou em mim.

Minha primeira e única ruiva. Eu tinha sorte...

Corremos pela longa rampa. Eu carregava os vestidos e as sacolas dela.

Na escada rolante, Tammie avistou a máquina que vendia seguros de voo.

– Por favor – eu disse –, faltam cinco minutos pra decolagem.

– Quero que Dancy seja beneficiada.

– Tudo bem.

– Você tem cinquenta centavos?

Dei-lhe duas moedas. Ela as inseriu e um cartão foi cuspido pela máquina.

– Você tem uma caneta?

Tammie preencheu o cartão e depois havia um envelope. Ela colocou o cartão ali dentro e tentou enfiá-los na abertura da máquina.

– Essa porra não está entrando!

– Nós vamos perder o voo.

Ela continuava tentando enfiar o envelope na abertura. Não estava conseguindo.

Ficou ali plantada, tentando enfiar o envelope naquela abertura. A essas alturas o envelope já estava completamente dobrado no meio e as pontas estavam todas amassadas.

– Estou ficando louco – eu disse a ela. – Não *suporto* mais.

Tentou enfiar mais algumas vezes. Não teve jeito. Olhou para mim.

– Certo, vamos lá, então.

Subimos pela escada rolante com os vestidos e as sacolas.

Encontramos o portão de embarque. Tínhamos dois bancos no fundo do avião. Embarcamos.

– Viu só – ela disse –, não falei que a gente tinha tempo de sobra?

Olhei para o meu relógio. O avião começou a se mover...

Estávamos voando havia vinte minutos quando ela tirou um espelhinho da bolsa e começou a se maquiar, principalmente os olhos. Passava uma escovinha neles, concentrando-se, em especial, nos cílios. Ao fazer isso, ela arregalava bem os olhos, a boca entreaberta. Só de assisti-la, comecei a ter uma ereção.

Sua boca era tão carnuda e gostosa e aberta e ela ficava ajeitando os cílios. Pedi dois drinques.

Tammie parava para beber, e então continuava.

Um jovem numa poltrona à nossa direita começou a se tocar. Tammie continuava com os olhos fixos no espelhinho, mantendo a boca aberta. Parecia capaz de pagar um boquete dos bons com aquela boca.

Continuou naquela função por uma hora. Então deixou o espelho e a escovinha de lado, encostou-se no meu ombro e dormiu.

Havia uma mulher na poltrona à nossa esquerda. Estava na metade dos quarenta. Tammie dormia colada em mim.

A mulher me olhou.

– Quantos anos ela tem? – ela me perguntou.

De repente tudo ficou muito silencioso naquele avião. Todos ao redor escutavam.

– 23.

– Ela parece ter dezessete.

– Ela tem 23.

– Ela passou duas horas se maquiando e agora vai dormir.

– Foi mais ou menos uma hora.

– O senhor está indo para Nova York?

– Sim.

– É sua filha?

– Não, não sou pai *nem* avô dela. Não temos nenhum grau de parentesco. Ela é minha namorada e estamos indo pra Nova York. – Pude ver a manchete em seus olhos:

MONSTRO DO LESTE DE HOLLYWOOD DOPA GAROTA DE DEZESSETE ANOS, LEVA-A PARA NOVA YORK ONDE ELE A ABUSA SEXUALMENTE, VENDENDO DEPOIS SEU CORPO A INÚMEROS VAGABUNDOS.

A senhora inquisidora desistiu. Inclinou sua poltrona e fechou os olhos. Sua cabeça se inclinou na minha direção. Estava quase sobre meu colo. Segurando Tammie, fiquei olhando para aquela cabeça. Me perguntava se ela se importaria se eu lhe desse um beijo inesperado e louco. Tive outra ereção.

Estávamos prontos para aterrissar. Tammie parecia desacordada. Isso me deixou preocupado. Afivelei seu cinto.

– Tammie, estamos em Nova York! Já vamos *pousar*! Tammie, *acorde*!

Nenhuma resposta.

Overdose?

Tomei seu pulso. Não consegui sentir nada.

Olhei para os seus peitos enormes. Buscava algum sinal de que estivesse respirando. Eles não se moviam. Me levantei e fui ao encontro de uma aeromoça.

– Por favor, senhor, volte ao seu lugar. Estamos em procedimento de pouso.

– Escute, estou preocupado. Minha namorada não está acordando.

– O senhor acha que ela morreu? – sussurrou.

– Não sei – respondi também num sussurro.

– Tudo bem, senhor. Assim que nos aterrissarmos eu volto aqui.

O avião começou a descer. Fui até o banheiro e umedeci umas toalhas de papel. Retornei, sentei-me ao lado de Tammie e esfreguei sua face com os papéis. Toda aquela maquiagem, perdida. Tammie não respondeu.

– Acorde, sua puta!

Passei as toalhas por seus peitos. Nada. Nenhum movimento. Desisti.

Agora precisava despachar seu corpo de volta. Precisaria explicar o ocorrido à sua mãe. A velha iria me odiar.

Aterrissamos. As pessoas se levantaram e formaram uma fila, esperando para sair. Fiquei ali sentado. Chacoalhava Tammie, beliscava-a.

– É Nova York, Ruiva. A maçã podre. Vamos lá. Chega dessa palhaçada.

A aeromoça voltou e balançou Tammie.

– Querida, qual é o problema?

Tammie começou a responder. Ela se mexeu. Então seus olhos se abriram. Era tudo uma questão de ser chamada por uma voz *diferente*. Ninguém responde a uma voz conhecida. Vozes conhecidas se tornam parte da pessoa, como uma unha.

Tammie pegou seu espelhinho e começou a ajeitar o cabelo. A aeromoça lhe dava uns tapinhas no ombro. Me levantei e tirei os vestidos do compartimento superior. As sacolas também estavam ali. Tammie continuou a se olhar, não parava de ajeitar os cabelos.

– Tammie, estamos em Nova York. Vamos descer.

Ela se moveu depressa. Eu levava as duas sacolas e os vestidos. Ela saiu pela porta rebolando bem a bunda. Fui atrás dela.

– *Mulheres*

## liberdade

ela estava sentada na janela
do quarto 1010 no Chelsea
em Nova York,
o antigo quarto de Janis Joplin.
fazia 40 graus
e ela estava alterada
e tinha uma perna para fora
do peitoril,
e se inclinava para fora e dizia,
"Deus isso é ótimo!"
e então ela escorregou
e quase caiu lá embaixo,
agarrando-se no momento final.

foi por pouco.
voltou para dentro e se esticou
na cama.

já perdi um bocado de mulheres
de um bocado de modos diferentes
mas teria sido
a primeira vez
desse modo.

então ela rolou da cama
caindo de costas
e quando me aproximei
ela estava dormindo.

ela passara o dia todo querendo
ver a Estátua da Liberdade.
agora por um tempo ela não me incomodaria
com isso.

## prece debaixo de mau tempo

por Deus, não sei o que
fazer.
elas são tão legais de se ter por perto.
elas têm um jeito de tocar
as bolas
e olhar para o pau muito
seriamente
virando-o
puxando-o
examinando cada parte
enquanto seus longos cabelos caem
sobre a sua barriga.

não é apenas o foder e o chupar
que alcançam o interior do homem

e o amaciam, são os extras,
está tudo nos extras.
agora é noite e está chovendo
e não há ninguém
estão todas em outros lugares
examinando coisas
em novos quartos
com novos humores
mesmo que em velhos
quartos.

seja o que for, é noite e está chovendo,
uma chuva torrencial, maldita e
pesada...

muito pouco a fazer.
já li o jornal
paguei a conta do gás
a conta de luz
a conta do telefone.

continua chovendo.

elas amaciam um homem
e então o deixam a nadar
em seu próprio suco.

preciso de uma vagabunda no velho estilo
batendo à porta esta noite
fechando seu guarda-chuva verde,
gotas de chuva enluarada sobre
sua bolsa, dizendo, "merda, cara,
não consegue achar uma música melhor do que
*essa* no seu rádio?
e aumente o aquecimento..."

é sempre quando um homem está tomado
de amor e tudo
mais
que continua chovendo

alagadoura
encharcante
chuva
boa para as árvores e para a
grama e para o ar...
boa para coisas que
vivem sozinhas.

eu daria qualquer coisa
pela mão de uma fêmea em mim
esta noite.
elas amaciam um homem e
depois o deixam
escutando a chuva.

## morda-se de raiva

vim até aqui, ela diz, para lhe falar
que está tudo acabado. não estou de brincadeira,
acabou. ficamos assim.

sento no sofá olhando ela ajeitar
seus cabelos longos e ruivos em frente ao espelho
do meu quarto.
ela ergue os cabelos e
faz um coque no topo da cabeça –
ela deixa que seus olhos encontrem
os meus –
então ela solta os cabelos e
deixa que eles lhe cubram o rosto.

vamos para a cama e eu a seguro
de costas sem dizer uma palavra
meu braço em volta de seu pescoço

toco seus pulsos e mãos
sinto-a até chegar

aos cotovelos
mas não além.

ela se levanta.

está tudo acabado, ela diz,
morda-se de raiva. você
tem alguma borrachinha?

não sei.

achei uma, ela diz,
vai servir. bem,
vou indo.
me levanto e a levo
até a porta
logo ao sair
ela diz,
quero que você me compre
um sapato de salto alto
salto agulha
sapatos pretos de salto.
não, quero um par
vermelho.

vejo ela seguir pela passagem de cimento
debaixo das árvores
ela caminha direitinho e
enquanto as poinsétias gotejam ao sol
eu fecho a porta.

## cometi um erro

me estiquei até a última prateleira do armário
e puxei de lá uma calcinha azul
e mostrei a ela e
perguntei "é sua?"

e ela olhou e disse,
“não, devem ser da cadela”.

depois disso ela se foi e não a vi
desde então. não está na sua casa.
continuo passando por lá, enfiando bilhetes
debaixo da porta. volto ali e os bilhetes
continuam intocados. arranco a cruz de Malta
do retrovisor do meu carro e a amarro
com um cadarço à sua maçaneta, deixo
um livro de poemas.
ao retornar na noite seguinte tudo
continua ali.

continuo rondando as ruas em busca
daquele encouraçado cor-de-vinho que ela dirige
com uma bateria fraca, e as portas
pendendo das dobradiças estropiadas.

circulo pelas ruas
a um passo de chorar,
envergonhado de meu sentimentalismo e
possível amor.

um homem velho e confuso dirigindo na chuva
perguntando-se onde a boa sorte foi
parar.

## o principal

aí vem a cabeça de peixe cantante
aí vem a batata assada em sua roupa bizarra

aí vem nada para fazer o dia todo
aí vem outra noite sem conciliar o sono

aí vem o telefone e sua campainha errada

aí vem um cupim com um banjo
aí vem um mastro com olhos vazios
aí vem um gato e um cachorro usando meias de náilon

aí vem uma metralhadora em cantoria
aí vem o bacon numa frigideira
aí vem uma voz dizendo qualquer coisa tola

aí vem um jornal recheado com pequenos pássaros vermelhos
com bicos marrons e retos

aí vem uma buceta carregando uma tocha
uma granada
um amor fatal

aí vem a vitória carregando
um balde de sangue
e tropeçando num arbusto

e os lençóis pendurados nas janelas

e os bombardeiros em direção a leste oeste norte sul
se perdem
se reviram como salada

enquanto todos os peixes no mar se alinham em fila
única

uma longa fila
muito longa e fina
a linha mais longa que você puder imaginar

e nós nos perdemos
cruzando montanhas púrpuras

caminhamos a esmo
por fim nus como a faca

tendo desistido
tendo posto tudo pra fora como uma inesperada semente de azeitona

enquanto a garota da central telefônica
grita ao telefone:
"não retorne a ligação! você parece um cretino!"

## um poema para a velha dente-podre

conheço uma mulher
que segue comprando quebra-cabeças
quebra-cabeças
chineses
blocos
arames
peças que finalmente se encaixam
numa espécie de ordem.
ela se dedica à questão
de modo matemático
resolve todos os seus
quebra-cabeças
vive perto do mar
põe açúcar para as formigas lá fora
e acredita
definitivamente
num mundo melhor.
seu cabelo é branco
raramente o penteia
seus dentes são podres
e ela veste macacões frouxos
e amorfos sobre um corpo que a maioria
das mulheres desejaria ter.
ao longo de muitos anos ela me irritou
com o que eu considerava suas
excentricidades:
como mergulhar conchas na água
(para que ao regar as plantas elas
recebessem cálcio).
mas finalmente quando penso na sua

vida
e a comparo a outras vidas
mais deslumbrantes, originais
e belas
percebo que ela machucou menos
gente do que qualquer outra pessoa que conheço
(e com machucar quero dizer simplesmente machucar).
ela enfrentou alguns momentos terríveis,
momentos em que talvez eu devesse tê-la
ajudado mais
porque era a mãe da minha única
filha
e uma vez fôramos grandes amantes,
mas ela havia superado essas dificuldades
como eu disse
das pessoas que conheço ela foi a que machucou
menos gente,
e se você olhar para isso pelo que isso significa,
bem,
ela criou um mundo melhor.
ela venceu.

Frances, este poema é pra
você.

● ● ● ● ● ● ● ● ● ● ● ● ● ● ● ● ● ● ● ● ● ● ● ● ● ● ● ● ● ● ● ● ● ● ● ● ● ● ● ● ● ● ● ● ● ● ● ● ● ● ● ● ● ● ● ● ● ● ● ●

Encontrava Sara a cada três ou quatro dias, na casa dela ou na minha. Dormíamos juntos, mas não transávamos. Chegávamos perto, mas nunca às vias de fato. Os preceitos de Drayer Baba eram inabaláveis.

Decidimos passar os feriados de final de ano juntos aqui em casa, o Natal e o Ano-Novo.

Sara chegou por volta do meio-dia, no dia 24, em sua Kombi. Fiquei olhando-a estacionar, depois saí em seu encontro. Trazia várias ripas de madeira amarradas sobre o teto da Kombi. Era meu presente de Natal: ela faria uma cama para mim. Minha cama era uma piada: um simples *box* de mola com o interior saltando para fora do colchão. Sara também trouxe um peru orgânico, mais os acompanhamentos. Eu tinha ficado de pagar essas compras mais o vinho branco. Além disso, havia umas lembrancinhas que iríamos trocar.

Carregamos as ripas de madeira e o peru e as outras coisas. Coloquei o *box*, o colchão e a guarda da cama do lado de fora e coloquei um cartaz: "Grátis". A guarda foi primeiro, o *box* em seguida, e finalmente alguém levou o colchão. Era uma vizinhança pobre.

Eu tinha visto a cama de Sara na casa dela, dormira nela, e tinha gostado. Nunca tinha gostado dos colchões comuns, ao menos dos que eu podia comprar. Eu havia passado mais da metade da minha vida em camas que serviriam melhor a alguém que tivesse o corpo na forma de uma minhoca.

Sara havia construído a própria cama e ela iria construir outra igual para mim. Uma plataforma sólida de madeira, suportada por sete pés quádruplos (o sétimo colocado diretamente no meio), coberta por uma camada de espuma firme de dez centímetros. Sara tinha umas boas ideias. Eu segurava as tábuas, e Sara assentava os pregos. Era boa com o martelo. Pesava apenas 52 quilos, mas mandava ver nos pregos. A cama ficaria ótima.

Não levou muito para que Sara terminasse.

Então testamos a cama – não sexualmente – sob o sorriso auspicioso de Drayer Baba.

Saímos de carro em busca de uma árvore de Natal. Não estava muito a fim de encontrá-la (o Natal sempre havia sido uma época infeliz na minha infância), e, quando vimos todos os canteiros vazios, não ter uma árvore não foi algo que me incomodou. Enquanto voltávamos, Sara ficou triste. Mas depois de entrarmos e de alguns copos de vinho ela recuperou a alegria e começou a pendurar os arranjos de natal, lampadinhas, purpurina, por toda parte, inclusive nos meus cabelos.

Tinha lido em algum lugar que mais pessoas cometiam suicídio no Natal e na noite do Ano-Novo do que em qualquer outra época. Aparentemente, este feriado nada tinha a ver com o Nascimento de Cristo.

As músicas no rádio eram de dar engulhos no estomago e na tevê a coisa era ainda pior, então desligamos tudo e ela ligou para a mãe no Maine. Falei com a mamãe também, e ela não era das piores.

– No começo – disse Sara –, pensei em ajeitar as coisas entre você e mamãe, mas ela é mais velha do que você.

– Esqueça.

– Ela tem ótimas pernas.

– Esqueça.

– Você tem preconceito contra pessoas mais velhas?

– Sim, contra todos os velhos exceto eu.

– Você age como se fosse uma estrela de cinema. Você sempre teve mulheres 20 ou 30 anos mais novas que você?

– Não quando estava na casa dos vinte.

– Tudo bem. Você já teve alguma mulher que fosse mais velha que você, quero dizer, chegou a viver com ela?

– Claro, quando eu tinha 25 vivi com uma mulher de 35.

– E como foi?

– Uma desgraça. Eu me apaixonei por ela.

– E isso é uma desgraça?

– Ela me fez ir pra faculdade.

– E isso é uma desgraça?

– Não era o tipo de faculdade que você está pensando. Ela era a faculdade, e eu o jovem estudante.

– O que aconteceu com ela?

– Acabei tendo que enterrá-la.

– Com as devidas honras? Você a matou?

– O trago a matou.

– Feliz Natal.

– Claro. Me fale de você.

– Passo.

– Muitas histórias?

– Muitas, e ao mesmo tempo tão poucas.

Trinta ou quarenta minutos depois alguém bateu à porta. Sara se levantou e foi abrir. Um símbolo sexual entrou. Na véspera de Natal. Não sabia quem ela era. Usava uma roupa preta e seus peitos enormes pareciam prestes a saltar para fora do vestido. Aquilo era magnífico. Nunca tinha visto peitos como aqueles, expostos dessa maneira, a não ser em filmes.

– Oi, Hank!

Ela me conhecia.

– Sou Edie. Você me conheceu na casa do Bobby numa noite dessas.

– Sério?

– Estava bêbado demais pra lembrar?

– Olá, Edie. Esta é Sara.

– Estou atrás do Bobby. Pensei que ele pudesse estar por aqui.

– Sente-se e beba alguma coisa.

Edie se sentou numa cadeira à minha direita, bem próxima a mim. Devia ter uns 25. Acendeu um cigarro e tomou um gole de sua bebida. Cada vez que ela se inclinava para frente sobre a mesinha de centro eu tinha certeza de que aconteceria, que os peitos saltariam para fora. E eu tinha medo do que faria caso isso acontecesse. Simplesmente não conseguia entender nada. Nunca tinha sido um homem ligado em peitos, sempre fui chegado em pernas. Mas Edie sabia mesmo explorar o que *possuía.* Eu estava com medo e olhava de canto para seus peitos sem saber se queria que eles saltassem para fora ou que ficassem onde estavam.

– Você conheceu o Manny – ela me disse – lá na casa do Bobby?

– Claro.

– Tive que lhe dar um pé na bunda. O cara era muito ciumento. Chegou a contratar um detetive particular pra me seguir! Imagine só! O cara é um retardado de merda!

– Claro.

– Odeio homens que ficam mendigando atenção. Odeio gente mesquinha!

– É difícil encontrar um homem bom nos dias de hoje – eu disse. – É uma canção. Dos tempos da Segunda Guerra. Também tinha uma outra: "Não sente debaixo de uma macieira com outra pessoa que não seja eu".

– Hank, você está gaguejando... – disse Sara.

– Tome outro drinque, Edie – eu disse, servindo-lhe mais uma dose.

– Os homens não passam de uns *merdas*! – continuou. – Entrei num bar dia desses. Estava com quatro caras, amigos do peito. Sentamos por ali, virando umas canecas de chope, estávamos *rindo*, sabe, *curtindo* o momento, não estávamos incomodando ninguém. Então me veio a ideia de jogar uma partidinha de bilhar. Gosto de jogar bilhar. Acho que quando uma mulher joga bilhar ela mostra se tem classe ou não.

– Não sei jogar bilhar – eu disse. – Sempre rasgo o feltro, e nem preciso ter classe.

– Seja o que for, fui até a mesa e lá estava um cara jogando bilhar sozinho. Cheguei nele e disse: "Escute, você já está nessa mesa há um tempão. Eu e meus amigos queremos jogar um pouquinho. Você se importa de liberar a mesa por um momento?" Ele se virou e olhou pra mim. Ficou ali parado. Por fim, fez uma cara *enjoada* e disse: "Tudo bem".

Edie se animou e se mexia toda ao falar. Eu só espiando aquelas maravilhas.

– Voltei atrás dos meus amigos. "Conseguimos a mesa." Finalmente o cara estava apenas com uma bola na mesa. Foi quando chegou um amigo dele e disse: "Ei, Ernie, soube que você vai sair da mesa". E vocês sabem o que ele *disse* para o outro? Disse: "Sim, vou deixar a mesa nas mãos daquela piranha!" Escutei aquilo e vi tudo ficar VERMELHO! O cara já se inclinava sobre a mesa pra bater na última bola. Apanhei um taco e enquanto ele estava naquela posição acertei sua cabeça com toda a força que pude. O cara caiu sobre a mesa como se estivesse morto. Era conhecido no bar, e então os seus amigos, em grupo, correram na minha direção, mas, ao mesmo tempo, os meus parceiros também se aproximaram. Rapaz, *que quebra-pau*! Garrafas espatifando, espelhos quebrados... Não sei como saímos de lá, mas saímos. Ei, você tem erva aí?

– Sim, mas não sei fechar muito bem.

– Deixa que eu cuido disso.

Edie fechou um baseado fininho, obra de mestre. Deu um pega, tragando-o com um chiado, e então passou para mim.

– Então, na noite seguinte, eu voltei lá sozinha. O dono, que atendia no bar, me reconheceu. Seu nome é Claude. "Claude", eu lhe disse, "sinto muito por ontem à noite, mas o cara na mesa era um otário de merda. Ele me chamou de piranha."

Servi mais uma rodada. Mais alguns minutos e seus seios estariam à mostra.

– O dono disse: "Tudo bem, esqueça". Ele parecia um cara legal. "O que você gosta de beber?", ele me perguntou. Fiquei ali pelo bar, tomei duas ou três bebidas de graça, e então ele disse: "Sabe, estou pensando em trocar de garçonete".

Edie deu um pega no baseado e continuou.

– Ele me falou dos problemas com a outra garçonete. "Ela atrai os homens até, mas causa muita confusão. Joga um cara contra o outro. Está sempre debaixo dos holofotes. Então descobri que ela estava fazendo uma graninha por fora. Usava o MEU bar pra faturar com sua buceta!"

– Sério? – perguntou Sara.

– Foi o que ele disse. De todo modo, me ofereceu a vaga de garçonete. E ele disse: "Nada de querer faturar um extra!" Disse pra ele parar com essa bobagem, eu não era dessa laia. Pensei, então, que talvez pudesse guardar algum dinheiro e ir pra UCLA, para me formar em química e estudar francês, que foi o que sempre planejei. Então ele disse: "Venha até aqui, quero lhe mostrar onde estocamos as mercadorias e tenho inclusive um uniforme que quero que você experimente. Nunca foi usado e acho que é do seu tamanho." Então fui com ele até esse quartinho escuro e ele tentou me agarrar. Dei um empurrão nele. Então ele disse: "Me dá só um beijinho". "Vai se foder!", eu disse. Ele era gordo e careca e baixinho e usava dentadura e tinha verrugas pretas nas bochechas, com pelos saindo delas. Ele me prensou e agarrou a minha bunda com uma das mãos e com a outra um dos meus peitos, tentando me dar um beijo. Empurrei ele outra vez. "Eu sou casado", ele disse, "amo a minha mulher, não se preocupe!" Voltou a me prensar e eu lhe dei um joelhaço *você-sabe-onde*. Acho que ele não tinha nada por ali, não chegou nem a se encolher. "Eu lhe dou *dinheiro*", ele disse, "vou ser *legal* com você!" Disse pra ele enfiar o dinheiro no cu. E assim perdi mais um emprego.

– É uma história triste – eu disse.

– Escute – disse Edie –, tenho que ir. Feliz Natal. Obrigada pelas bebidas.

Ela se levantou e a acompanhei até a porta, abrindo-a. Ela saiu e atravessou o pátio. Voltei e me sentei.

– Seu filho da puta – disse Sara.

– O que foi?

– Se eu não estivesse aqui você teria trepado com ela.

– Eu mal conheço essa mulher.

– Aqueles peitos! Você estava petrificado! Você não tinha coragem nem de *olhar* pra ela!

– O que será que ela fazia por aí, vagando na véspera de Natal?

– Por que você não vai lá e pergunta pra ela?

– Ela disse que estava atrás do Bobby.

– *Se eu não estivesse aqui você teria trepado com ela.*

– Não sei. Não tenho como saber...

Então Sara se levantou e começou a gritar. E começou a soluçar e foi para o quarto. Me servi mais um drinque. As lampadinhas nas paredes não paravam de piscar.

Sara preparava o recheio do peru, e eu fiquei na cozinha com ela, conversando. Tomávamos um vinho branco.

O telefone tocou. Fui atender. Era Debra.

– Queria apenas desejar pra você um feliz Natal, seu macarrão molhado.

– Obrigado, Debra. E um bom Papai Noel pra você

Conversamos um pouco, depois voltei e me sentei.

– Quem era?

– Debra.

– Como ela está?

– Bem, eu acho.

– O que ela queria?

– Desejar feliz Natal.

– Você vai gostar desse peru orgânico, e o recheio também é bom. As pessoas comem veneno, veneno puro. A América é um dos poucos países onde o câncer de colón é predominante.

– Pois é, meu cu coça um monte, mas são só as minhas hemorroidas. Operei uma vez. Antes de operar eles enfiam essa cobra no seu intestino, com uma luzinha na ponta e eles olham dentro de você, pra ver se encontram algum câncer. Essa cobra é muito cumprida. Eles apenas pegam e enfiam a coisa dentro de você!

O telefone voltou a tocar. Fui lá atender. Era Cassie.

– Como vai você?

– Sara e eu estamos preparando um peru.

– Sinto sua falta.

– Feliz Natal pra você também. Como vai o trabalho?

– Tudo bem. Estou de folga até o dia 2 de janeiro.

– Feliz Ano-Novo, Cassie!

– Que diabos há com você?

– Estou um pouco aéreo. Não estou acostumado a beber vinho branco a essa hora.

– Me liga qualquer hora dessas.

– Claro.

Retornei à cozinha.

– Era a Cassie. As pessoas ligam no Natal. Talvez Drayer Baba ligue.

– Não vai ligar.

– Por quê?

– Nunca falou em voz alta. Nunca falou e também nunca tocou em dinheiro.

– Mas que beleza. Deixa eu provar um pouco desse recheio.

– Ok.

– Vamos ver... Nada mal!

O telefone tocou mais uma vez. Era assim que o negócio funcionava. Uma vez que começasse a tocar, não parava mais. Fui até o quarto e atendi.

– Alô – eu disse. – Quem está falando?

– Seu filho da puta. Não sabe quem é?

– Não, não sei mesmo.

Era uma mulher bêbada.

– Adivinha.

– Espera. Já sei! É *Iris*!

– Sim, *Iris*. E estou grávida!

– Sabe quem é o pai?

– Que diferença isso faz?

– É, acho que você está certa. Como estão as coisas em Vancouver?

– Tudo bem. Tchau.

– Tchau.

Voltei mais uma vez para a cozinha.

– Era aquela canadense, dançarina do ventre – eu disse a Sara.

– Como ela está?

– Empanturrada pela alegria natalina.

Sara colocou o peru no forno e fomos para a sala. Ficamos falando bobagem por algum tempo. O telefone tocou outra vez.

– Alô – eu disse.

– Você é Henry Chinaski? – A voz era de um jovem.

– Sim.

– Você é mesmo Henry Chinaski, o escritor?

– Sim.

– De verdade?

– Claro.

– Bem, nós somos uma galera de Bel Air e nós realmente achamos do caralho o que você escreve, cara! Gostamos tanto da porra dos seus textos que queremos *recompensá-lo*, cara!

– É mesmo?

– Sim, vamos pintar aí com umas cevas e tal.

– Enfie a cerveja no cu.

– O quê?

– Eu disse: "Enfie a cerveja no cu!"

Desliguei.

– Quem era? – perguntou Sara.

– Acabo de perder três ou quatro leitores em Bel Air. Mas valeu a pena.

O peru ficou pronto e eu o tirei do forno, coloquei-o numa travessa, tirei a máquina de escrever e todos os meus papéis de cima da mesa da cozinha, e ajeitei o peru ali. Comecei a destrinchá-lo enquanto Sara trazia os vegetais. Sentamos. Enchi meu prato, Sara, o dela. Era uma visão bonita.

– Espero que aquela peituda não resolva voltar – disse Sara. Parecia bastante incomodada diante da possibilidade.

– Se ela aparecer, ofereço um pedaço.

– *O quê?*

Apontei para o peru.

– Eu disse que "se ela aparecer, ofereço um pedaço". Espere pra ver se não faço isso.

Sara gritou. Ficou de pé. Tremia. Correu até o quarto. Olhei para meu peru. Não conseguiria comê-lo. Mais uma vez, apertara o botão errado. Fui até a sala com meu drinque e me sentei. Esperei 15 minutos e então coloquei o peru e os vegetais na geladeira.

Sara voltou para a sua casa no dia seguinte, e eu fiz um sanduíche de peru frio por volta das três. Por volta das cinco, houve uma pancada terrível na porta. Abri. Eram Tammie e Arlene. Estavam totalmente emboletadas. Entraram e começaram a aloprar, as duas falando ao mesmo tempo.

– Tem alguma coisa pra *beber*?

– Caralho, Hank, tem *alguma* porra pra beber?

– Como foi a *merda* do seu Natal?

– É. Como foi a merda do seu Natal, cara?

– Tem cerveja e vinho na *frigidaire* – eu lhes disse.

(É fácil reconhecer um coroa: ele chama geladeira de *frigidaire.*)

Entraram dançando na cozinha e abriram a *frigidaire.*

– Ei, tem um *peru* aqui!

– Estamos com fome, Hank! Podemos comer um pouco de peru?

– Claro.

Tammie voltou com uma coxa e deu uma mordida.

– Ei, que peru horrível! Precisa temperar!

Arlene voltou com fatias de carne nas mãos.

– É, precisa pôr tempero. Está totalmente insosso! Você tem temperos?

– No armário – eu disse.

Voltaram aos pulos para a cozinha e começaram a pôr os temperos.

– Aí! Bem melhor!

– É, agora tem *gosto* de alguma coisa!

– Peru orgânico, que bela merda!

– Merda pura!

– Quero *mais* um pedaço!

– Eu também. Mas tem que *temperar*.

Tammie voltou e se sentou. Ela recém terminara a coxa. Então pegou o osso, partiu-o ao meio, e começou a mastigá-lo. Fiquei pasmo. Ela estava comendo o osso da coxa, cuspindo umas lasquinhas no tapete.

– Ei, você está comendo o osso!

– Sim, é uma *delícia*!

Tammie voltou correndo à cozinha para pegar mais.

Logo as duas apareceram, cada uma com uma garrafa de cerveja.

– Obrigada, Hank.

– É, obrigada, cara.

Elas sentaram, mamando as cervejas.

– Bem – disse Tammie –, está na nossa hora.

– É, vamos estuprar alguns garotinhos do ensino médio!

– É isso aí!

As duas se levantaram num salto e saíram porta afora. Fui até a cozinha e olhei dentro da geladeira. O peru parecia ter sido atacado por um tigre – a carcaça havia sido simplesmente dilacerada. Chegava a ser obsceno.

Sara apareceu na noite seguinte.

– Que tal o peru? – ela perguntou.

– Bom.

Ela foi até a cozinha e abriu a porta da geladeira. Gritou. Então voltou correndo.

– Meu deus, o que *aconteceu*?

– Tammie e Arlene deram uma passada aqui. Acho que não comiam há uma semana.

– Ai, que nojo. É de partir o coração!

– Me desculpe. Eu devia ter impedido as duas. Estavam emboletadas.

– Bem, só resta uma coisa a fazer.

– O quê?

– Posso fazer um ensopado de peru. Vou comprar alguns vegetais.

– Tudo bem.

Dei-lhe uma nota de vinte.

Sara preparou a sopa naquela noite. Estava deliciosa. Ao ir embora pela manhã, deixou-me as instruções sobre como aquecê-la.

Tammie bateu à porta por volta das quatro horas. Deixei-a entrar e ela foi direto até a cozinha. A porta da geladeira se abriu.

– Olha só, sopa, então?
– Sim.
– Está boa?
– Sim.
– Você se importa se eu tomar um pouquinho?
– Não.
Pude ouvi-la levar a sopa ao fogão. Depois o som de uma colherada.
– Deus! Esse negócio não tem gosto de *nada*! Precisa de *tempero*!
Escutei-a mexer nos temperos. Então ela voltou a experimentar.
– Ah, outra *coisa*! Mas ainda é pouco! Sou de origem *italiana*, você sabe. Agora... Sim... Está bem melhor! Agora é só deixar esquentar. Posso tomar uma cerveja?
– Tudo bem.
Voltou com uma garrafa e se sentou.
– Sentiu minha falta? – perguntou.
– Você nunca saberá.
– Acho que vou recuperar meu emprego no Play Pen.
– Ótimo.
– Lá rola umas boas gorjetas. Um cara aí me dava cinco dólares de gorjeta por noite. Estava apaixonado por mim. Mas nunca me convidou pra sair. Ficava apenas me olhando com uns olhos cheios de ternura. Era um tipo estranho. Era cirurgião retal e às vezes se masturbava me vendo caminhar de um lado pro outro. Dava pra sentir o cheiro de porra, sabe.
– Bem, você deixou o cara nesse estado...
– Acho que a sopa está pronta. Quer um pouco?
– Não, obrigado.
Tammie entrou na cozinha e dava para ouvi-la servindo a sopa no prato. Ficou lá por um longo tempo. Então retornou.
– Tem como me emprestar cinco paus até sexta-feira?
– Não.
– Então dois paus.
– Não.
– Então me descola um dólar mesmo.
Dei a Tammie um punhado de moedas. Totalizavam um dólar e 37 centavos.
– Obrigada – ela disse.
– Tudo bem.
Depois disso, ela se foi.

Sara apareceu na noite seguinte. Raramente vinha assim tão seguido, devia ter algo a ver com o feriado de final de ano, todo mundo se sente perdido, meio louco, assustado. O vinho branco estava preparado e servi dois copos.
– Como vão as coisas na Pousada? – perguntei.

– Ter um negócio é uma merda. Mal dá pra pagar as despesas.

– Onde estão os hóspedes?

– Estão todos fora da cidade; foram todos pra algum lugar.

– Todos os nossos esquemas têm seus furos.

– Nem todos. Algumas pessoas simplesmente não erram nunca, seguem sempre em frente.

– Verdade.

– E a sopa?

– Quase no fim.

– Gostou?

– Não cheguei a tomar muito.

Sara foi até a cozinha e abriu a porta da geladeira.

– O que aconteceu com a sopa? Está com uma cara estranha.

Escutei o som que ela fez ao prová-la. E então como correu até a pia e cuspiu o que estava na boca.

–Jesus, a sopa está envenenada! O que aconteceu? Tammie e Arlene voltaram para tomar a *sopa* também?

– Só a Tammie.

Sara não gritou. Apenas virou o que sobrara da sopa na pia e acionou o triturador de lixo. Podia escutar seus soluços mal disfarçados. Aquele pobre peru orgânico tinha passado um Natal dos diabos.

– *MULHERES*

## metamorfose

uma namorada chegou
me construiu uma cama
esfregou e encerou o chão da cozinha
esfregou as paredes
aspirou o pó
limpou a patente
a banheira
esfregou o chão do banheiro
e cortou minhas unhas e
meus cabelos.

então
naquele mesmo dia
o encanador veio e consertou a torneira da cozinha
e a patente
e o homem do gás consertou o aquecedor
e o homem do telefone, o telefone.
agora me sento aqui em meio a tanta perfeição.
tudo está tranquilo.
rompi com as minhas 3 namoradas.

me sinto melhor quando tudo está
bagunçado.
vai levar alguns meses até que as coisas voltem ao
normal:
não consigo encontrar sequer uma barata para viver em comunhão.

perdi meu ritmo.
não consigo dormir.
não consigo comer.

roubaram-me
minha sujeira.

# Dr. Nazi

Bem, sou um homem com muitos problemas e suponho que em sua maioria sejam criados por mim mesmo. Estou falando de problemas com mulheres, jogo, hostilidade contra grupos de pessoas, e, quanto maior o grupo, maior a hostilidade. Dizem que sou negativo, sombrio e taciturno.

Sempre me lembro da mulher que me gritou assim:

– Você é tão negativo, porra! A vida pode ser bonita!

Suponho que possa e especialmente com menos gritaria. Mas quero falar de meu médico. Não vou a psiquiatras. Psiquiatras não valem nada e estão muito satisfeitos consigo mesmos. Mas um bom médico está sempre de saco cheio e/ou louco, e, portanto, muito mais interessante.

Fui ao consultório do dr. Kiepenheur porque era o mais perto. Minhas mãos estavam estourando com pequenas bolhas brancas... um sinal, imaginei, da minha ansiedade presente ou possivelmente câncer. Eu usava luvas grossas para que as pessoas não ficassem olhando. E minhas mãos ardiam dentro das luvas, enquanto eu fumava dois maços de cigarro por dia.

Entrei no consultório do doutor. Minha consulta era a primeira. Sendo o homem ansioso que eu era, estava trinta minutos adiantado, pensando no câncer. Caminhei pela sala de espera, olhando para o escritório. Ali estava uma enfermeira-recepcionista agachada no chão com o seu uniforme branco e justo, seu vestido subira quase até os quadris, coxas grossas e potentes apareciam através da meia-calça de *náilon* apertada. Esqueci completamente do câncer. Ela não me ouvira, e eu olhava suas pernas e coxas desveladas, apreciava aquela bunda deliciosa com meus olhos. Ela estava secando água do chão, a privada havia transbordado e ela dizia palavrões, de modo passional, e ela era rosa e marrom e cheia de vida e desvelada e eu a encarava.

Ela olhou para cima.

– Sim?

– Vá em frente – eu disse –, não deixe que eu a atrapalhe.

– É a privada – ela disse –, vive transbordando.

Ela continuou secando e eu continuei olhando por cima da revista *Life*. Finalmente ela se levantou. Caminhei até o sofá e me sentei. Ela revisou a agenda de consultas.

– Você é o sr. Chinaski?

– Sim.

– Por que não tira as luvas? Está quente aqui.

– Prefiro não tirá-las, se não se importa.

– O dr. Kiepenheuer logo estará aqui.

– Tudo bem. Posso esperar.

– Qual é o seu problema?

– Câncer.

– Câncer?

– Sim.

A enfermeira desapareceu, e eu li a *Life* e depois outro exemplar da *Life* e então uma *Sports Illustrated* e em seguida fiquei sentado, olhando as pinturas de paisagens marítimas e terrestres pregadas na parede. Logo uma música de saxofone surgiu de algum lugar. Então, subitamente, todas as luzes piscaram, então mais uma vez, e imaginei se haveria alguma maneira de estuprar a enfermeira e não ser preso, quando o médico entrou. Ignorei-o, e ele me ignorou, de modo que ficamos quites.

Ele me chamou para seu escritório. Estava sentado em um banquinho e me olhou. Tinha uma cara amarela e cabelos amarelados e seus olhos eram opacos. Ele estava morrendo. Devia ter uns 42 anos. Vi-o e lhe dei seis meses de vida.

– Por que as luvas? – ele perguntou.

– Sou um homem sensível, doutor.

– É?

– Sim.

– Então devo lhe informar que eu já fui nazista.

– Tudo bem.

– Não se importa de eu já ter sido nazista?

– Não, não me importo.

– Fui capturado. Eles me levaram pela França em um vagão de trem com as portas abertas, e as pessoas ficavam ao longo do caminho e atiravam bombas de fedor e pedras e todo tipo de lixo em nós... ossos de peixe, plantas mortas, excremento, tudo o que se possa imaginar.

Então o doutor me falou de sua esposa. Ela estava tentando lhe arrancar o couro. Uma tremenda cadela. Queria toda a grana dele. A casa. O jardim. A casa de verão. O jardineiro também, provavelmente, se já não o tinha. E o carro. E uma pensão. Além de uma grande quantia em dinheiro. Mulher horrível. Ele trabalhava tão duro. Cinquenta pacientes por dia a dez dólares por cabeça. Quase impossível sobreviver. E aquela mulher. Mulher. Sim, mulher. Ele decompôs a palavra para mim. Não lembro se ele disse mulher ou fêmea ou outra coisa, mas ele decompôs a palavra para mim em latim e a dividiu para me mostrar qual era a raiz... em latim: mulheres eram basicamente insanas.

Enquanto ele falava sobre a insanidade das mulheres, comecei a me sentir bem com o doutor. Minha cabeça sinalizava em concordância.

Subitamente ele me mandou para a balança, me pesou, então auscultou meu coração e meu peito. Tirou rudemente as minhas luvas, lavou minhas mãos com algum tipo de merda e abriu as bolhas com uma lâmina, ainda falando sobre o rancor e a vingança que todas as mulheres carregavam em seus corações. Era glandular. As mulheres eram comandadas por suas glândulas; os homens, por seus corações. Era por isso que apenas os homens sofriam.

Disse que eu deveria lavar as mãos regularmente e jogar as malditas luvas fora. Falou um pouco mais sobre as mulheres e sua esposa e então fui embora.

O problema seguinte foram vertigens que me causavam desmaios. Mas só me acontecia quando eu estava em pé em alguma fila. Comecei a ficar aterrorizado de ter que ficar em qualquer fila. Era insuportável.

Descobri que na América e provavelmente em todos os outros lugares, tudo se resumia a ficar na fila. Fazíamos isso em toda parte. Carteira de motorista: três ou quatro filas. Hipódromo: filas. Cinema: filas. Mercado: filas. Eu odiava filas. Senti que devia haver uma maneira de evitar as filas. Então a resposta me iluminou. Ter mais atendentes. Sim, essa era a solução. Dois atendentes para cada pessoa. Três atendentes. Deixem os atendentes fazerem fila.

Sabia que as filas estavam me matando. Não podia aceitá-las, mas todo mundo aceitava. Todo mundo era normal. A vida era bela para eles. Podiam ficar na fila sem sentir dor. Podiam ficar na fila para sempre. Eles até mesmo gostavam de ficar na fila. Conversavam e se mostravam os dentes e sorriam e flertavam uns com os outros. Não tinham mais nada para fazer. Não conseguiam pensar em mais nada para fazer. E eu tinha que olhar para suas orelhas e bocas e pescoços e pernas e bundas e narinas, tudo aquilo. Podia sentir raios de morte emanando de seus corpos, como vapores e, ouvindo suas conversas, eu sentia vontade de gritar:

– *Jesus Cristo, alguém me ajude! Tenho que sofrer desta forma só para comprar um quilo de hambúrger e um pedaço de pão de centeio?*

A tontura vinha, e eu espichava e afastava minhas pernas para evitar cair no chão, o supermercado girava e também as caras dos atendentes do supermercado com seus bigodes dourados e marrons, seus olhos alegres e espertos, todos chegarão a gerentes de supermercado um dia, com suas caras esfoliadas e contentes, comprando casas em Arcádia e trepando à noite com suas esposas loiras, pálidas e graciosas.

Marquei novamente uma consulta com o doutor. Recebi o primeiro horário. Cheguei meia hora mais cedo e a privada estava consertada. A enfermeira estava tirando o pó do escritório. Ela se curvou e se endireitou e se curvou um pouco e então se curvava para a direita e então se curvava para a esquerda e virou a bunda para mim e se curvou. O uniforme branco se contraía e subia, escalava, se erguia; aqui estava um joelho com covinhas, lá uma coxa, aqui um quadril, lá o corpo inteiro. Sentei e abri um exemplar da *Life*.

Ela parou de tirar o pó e pôs a cabeça para fora e me sorriu:

– Livrou-se das luvas, sr. Chinaski.

– Sim.

O doutor entrou, parecendo estar um pouco mais perto da morte, acenou com a cabeça, levantei e o segui para seu consultório.

Ele sentou em seu banco.

– Chinaski, como vai?

– Bem, doutor...

– Problema com as mulheres?

– Bem, é claro, mas...

Ele não me deixava terminar minhas frases. Tinha perdido mais cabelo. Seus dedos se contraíam. Parecia não ter mais fôlego. Mais magro. Era um homem desesperado.

Sua esposa o estava esfolando. Tinham ido ao tribunal. Ela lhe deu um tapa no tribunal. Ele gostou disso. Ajudou no caso. Eles viram quem era aquela cadela. De qualquer forma, não se saiu tão mal. Ela lhe deixara alguma coisa. É claro, sabe quanto custam os advogados. Desgraçados. Já reparou nos advogados? Quase sempre gordos. Especialmente ao redor do rosto.

– De qualquer forma, caralho, ela me ferrou. Mas tenho um pouco guardado. Quer saber quanto custa uma tesoura como essa? Olha bem. Latão com um parafuso. Dezoito e cinquenta. Meu Deus, e eles odiavam os nazistas. O que é um nazista comparado a isso?

– Não sei, doutor. Já disse que sou um homem confuso.

– Já tentou um psiquiatra?

– Não adianta. São idiotas, sem imaginação. Não preciso de psiquiatras. Ouvi dizer que eles acabam molestando sexualmente suas pacientes. Eu gostaria de ser um psiquiatra, se eu pudesse foder todas as mulheres. Fora isso, o trabalho deles é inútil.

Meu doutor se endireitou no seu banco. Ele amarelou e acinzentou um pouco mais. Um gigantesco espasmo percorreu seu corpo. Estava quase acabado. Um bom camarada, apesar de tudo.

– Bem, me livrei da minha esposa – ele disse. – Está acabado.

– Bom – eu disse –, me conte de quando você era nazista.

– Bem, não tínhamos muita escolha. Eles simplesmente nos faziam entrar. Eu era jovem. Quero dizer, porra, o que se pode fazer? Só se pode viver em um país por vez. Vai-se à guerra e, se não acaba morrendo, acaba em um vagão aberto com pessoas atirando merda em você...

Perguntei-lhe se ele trepava com sua enfermeira gostosa. Ele sorriu gentilmente. O sorriso era um sim. Então me disse que desde o divórcio, bem, vinha se encontrando com uma de suas pacientes e ele sabia que não era ético fazer isso com pacientes...

– Não, acho que está tudo bem, doutor.

– É uma mulher muito inteligente. Casei com ela.

– Tudo bem.

– Agora estou feliz... mas...

Então ele esticou suas mãos abertas, lado a lado, com as palmas para cima...

Contei-lhe sobre o meu medo de filas. Ele me deu uma receita de Librium.

Então fui atacado por uma furunculose na minha bunda. Estava em agonia. Amarraram-me com tiras de couro, esses sujeitos podem fazer o que quiserem com você, me deram uma anestesia local e me abriram o cu. Virei minha cabeça e olhei para o meu doutor e disse:

– Há alguma possibilidade de que eu mude de ideia?

Três rostos me olhavam de cima. O do médico e outros dois. Ele para cortar. Ela para as bandagens. Um terceiro metendo agulhas.

– Você não pode mudar de ideia – disse o doutor e esfregou suas mãos e arreganhou os dentes e começou...

A última vez que o vi foi por causa de algo relacionado à cera em meus ouvidos. Eu podia ver seus lábios se mexendo, tentei entender, mas não podia ouvir. Eu sabia, por seus olhos e por sua cara, que eram tempos difíceis para ele outra vez e assenti com a cabeça.

Fazia calor. Eu estava um pouco tonto e pensei, bem, sim, ele é um bom camarada, mas por que não me deixa falar sobre os meus problemas, isso não é justo, também tenho problemas e tenho que pagá-lo.

Por fim, meu doutor se deu conta de que eu não estava ouvindo nada. Pegou algo que parecia com um extintor de incêndio e meteu em meus ouvidos. Mais tarde me mostrou grandes pedaços de cera... era a cera, ele disse. E apontou para um balde. Parecia realmente com feijões requentados.

Levantei da mesa, paguei-o e me fui. Ainda não podia ouvir nada. Não me sentia particularmente mal nem bem e imaginei que doença eu lhe traria da próxima vez, o que ele faria a respeito disso, o que ele faria com respeito à sua filha de dezessete anos que estava apaixonada por outra mulher e que iria casar com ela e me ocorreu que *todo mundo* sofria continuamente, incluindo aqueles que fingiam não sofrer. Parecia-me que essa era uma boa descoberta. Olhei para o garoto que vendia jornal e pensei, hummmm, hummmm, e olhei para a próxima pessoa que passou e pensei hummmm, hummmm, hummmmmm, e no semáforo perto do hospital, um carro novo e preto dobrou a esquina e atropelou uma bela garota que vestia um minivestido azul, e ela era loira e tinha faixas azuis no cabelo e se sentou na rua, ao sol, e um filete escarlate correu de seu nariz.

*– Ao sul de lugar nenhum*

## um poema para o engraxate

o equilíbrio é preservado pelas lesmas que escalam os
rochedos de Santa Mônica;
a sorte está em descer a Western Avenue
enquanto as garotas numa casa de
massagem gritam para você, "Alô, Doçura!"
o milagre é ter 5 mulheres apaixonadas
por você aos 55 anos,
e o melhor de tudo isso é que você só é capaz
de amar uma delas.
a bênção é ter uma filha mais delicada

do que você, cuja risada é mais leve
que a sua.
a paz vem de dirigir um
Fusca 67 azul pelas ruas como um
adolescente, o rádio sintonizado em O Seu Apresentador
Preferido, sentindo o sol, sentindo o sólido roncar
do motor retificado
enquanto você costura o tráfego.
a graça está na capacidade de gostar de rock,
música clássica, *jazz*...
tudo o que contenha a energia original do
gozo.

e a probabilidade que retorna
é a tristeza profunda
debaixo de você estendida sobre você
entre as paredes de guilhotina
furioso com o som do telefone
ou com os passos de alguém que passa;
mas a outra probabilidade –
a cadência animada que sempre se segue –
faz com que a garota do caixa no
supermercado se pareça com a
Marilyn
com a Jackie antes que levassem seu amante de Harvard
com a garota do ensino médio que sempre
seguíamos até em casa.

lá está a criatura que nos ajuda a acreditar
em alguma coisa além da morte:
alguém num carro que se aproxima
numa rua muito estreita,
e ele ou ela se afasta para que possamos
passar, ou o velho lutador Beau Jack*
engraxando sapatos
após ter queimado todo seu dinheiro
em festas
mulheres
parasitas

* Peso leve americano. Duas vezes campeão mundial. (N.T.)

bufando, respirando junto ao couro,
dando um trato com a flanela
os olhos erguidos para dizer:
"mas que diabos, por um momento
tive tudo. isso compensa todo o
resto."

às vezes sou amargo
mas no geral o sabor tem sido
doce. é apenas que tenho
medo de dizê-lo. é como
quando sua mulher diz,
"fala que me ama", e
você não consegue.

se você me vir sorridente
em meu Fusca azul
aproveitando o sinal amarelo
dirigindo firme em direção ao sol
estarei mergulhado nos
braços de uma
vida insana
pensando em trapezistas de circo
em anões com enormes charutos
num inverno na Rússia no início dos anos 40
em Chopin com seu saco de terra polaca
numa velha garçonete que me traz uma xícara
extra de café com um sorriso
nos lábios.

o melhor de você
me agrada mais do que pode imaginar.
os outros não importam
excetuado o fato de que eles têm dedos e cabeças
e alguns deles olhos
e a maioria deles pernas
e todos eles
sonhos e pesadelos
e uma estrada a seguir.

a justiça está em toda parte e não descansa
e as metralhadoras e os coldres e
as cercas vão lhe dar prova
disso.

# 5

*meus punhos são rios*
*meus dedos são palavras*

## o *mockingbird**

o *mockingbird* estivera seguindo o gato
por todo o verão
zombando zombando zombando
provocador e arrogante;
o gato se arrastava debaixo dos ganchos nas varandas
a cauda lampejando
e dizia alguma coisa raivosa ao *mockingbird*
que eu não conseguia entender.

ontem o gato caminhava calmamente pela entrada da garagem
com o *mockingbird* vivo em sua boca,
as asas como leques, belas asas abanando e se deixando desfalecer,
as penas separadas como pernas de mulher,
e o pássaro já não zombava,
perguntava, rezava
mas o gato
avançando a passos largos através dos séculos
não lhe daria ouvidos.

vi quando ele rastejou para baixo de um carro amarelo
com o pássaro
para dar-lhe cabo em outro lugar.

o verão estava encerrado.

* Ave canora da América do Norte, capaz de imitar diversos sons. (N.T.)

# menos delicado que os gafanhotos

– Bolas – ele disse. – Estou cansado de pintar. Vamos sair. Estou cheio desse fedor de tinta, estou cansado de ser grande. Estou cansado de esperar pela morte. Vamos sair.

– Sair pra onde? – ela perguntou.

– Pra qualquer lugar. Comer, beber, ver.

– Jorg – ela disse –, que é que eu vou fazer quando você morrer?

– Vai comer, dormir, foder, mijar, se vestir, andar por aí e encher o saco dos outros.

– Eu preciso de segurança.

– Todos nós.

– Quer dizer, não somos casados. Eu não vou poder nem receber o seu seguro.

– Tá tudo bem, não esquenta com isso. Além do mais, você não acredita em casamento, Arlene.

Arlene sentava-se na poltrona cor-de-rosa lendo o jornal da tarde.

– Você diz que cinco mil mulheres querem dormir com você. Onde é que eu fico?

– Cinco mil e uma.

– Acha que eu não consigo outro homem?

– Não, pra você não tem problema. Pode arranjar outro homem em três minutos.

– Acha que eu preciso de um grande pintor?

– Não precisa, não. Um bom bombeiro serve.

– É, desde que ele me ame.

– Claro. Ponha o casaco. Vamos sair.

Desceram a escada do sótão. Para todos os lados, quartos baratos, entupidos de baratas, mas ninguém parecia passar fome: pareciam viver cozinhando coisas em panelões e sentados por toda parte, fumando, limpando as unhas, bebendo latas de cerveja ou dividindo uma comprida garrafa azul de vinho branco, gritando ou rindo uns com os outros, ou peidando, arrotando ou dormindo diante da TV. Não havia muita gente com dinheiro no mundo, mas quanto menos dinheiro tinham melhor pareciam viver. Só precisavam de sono, lençóis limpos, comida, bebida e pomada para hemorroidas. E sempre deixavam os quartos um pouco abertos.

– Idiotas – disse Jorg, quando desciam a escada –, passam a vida fofocando e enchendo a minha vida.

– Oh, Jorg – suspirou Arlene. – Você simplesmente *não gosta* das pessoas, gosta?

Jorg ergueu uma sobrancelha para ela, mas não respondeu. A reação de Arlene ao que ele sentia pelas massas era sempre a mesma – como se não amar as pessoas fosse algo que revelasse uma imperdoável deficiência espiritual. Mas ela era uma foda excelente e uma companhia agradável – a maior parte do tempo.

Chegaram ao boulevard e seguiram andando, Jorg com a barba vermelha e branca, os dentes amarelos podres e o mau hálito, as orelhas roxas, os olhos assustados, o casaco fedorento rasgado e a bengala branca de marfim. Sentia-se melhor quando estava pior.

– Merda – disse –, tudo morre cagando.

Arlene rebolava o rabo, não fazendo segredo dele, Jorg batia na calçada com a bengala, e até o sol olhava lá de cima e dizia Ô-hô! Chegaram finalmente ao velho prédio miserável onde morava Serge. Jorg e Serge vinham ambos pintando há anos, mas só recentemente tinham vendido suas obras por mais que peidos de porco. Tinham passado fome juntos, agora se tornavam famosos separados. Jorg e Arlene entraram no hotel e subiram a escada. O cheiro de iodo e fritura de frango enchia os corredores. Num quarto, alguém fodia sem fazer segredo disso. Eles subiram até o sótão e Arlene bateu. Abriu-se a porta, e lá estava Serge.

– Tchan-tchan! – ele disse. E corou. – Oh, desculpem... entrem.

– Que diabos deu em você? – perguntou Jorg.

– Senta aí. Pensei que fosse Lila...

– Você brinca de esconder com Lila?

– Esquece.

– Serge, você precisa se livrar dessa dona, ela está fundindo sua cuca.

– Ela aponta meus lápis.

– Serge, ela é jovem demais pra você.

– Tem trinta anos.

– E você sessenta. São trinta anos.

– Trinta anos é demais?

– Claro.

– E vinte? – perguntou Serge, olhando para Arlene.

– Vinte anos é aceitável. Trinta anos é obsceno.

– Por que vocês dois não arranjam mulheres da sua idade? – perguntou Arlene.

Os dois olharam-na.

– Ela gosta de fazer piadinhas – disse Jorg.

– É – disse Serge –, é engraçada. Vamos lá, escuta, eu mostro a vocês o que estou fazendo.

Seguiram-no até o quarto. Ele tirou os sapatos e estendeu-se na cama.

– Estão vendo? É assim, olha. Todos os confortos. – Serge amarrara os pincéis em longos cabos e pintava numa tela presa ao teto. – É minhas costas. Não posso pintar dez minutos sem parar. Assim, pinto horas.

– Quem mistura suas tintas?

– Lila. Eu digo a ela: "Mergulhe no azul. Agora um pouco de verde." Ela é muito boa. Posso acabar deixando os pincéis a ela e ficar por aí lendo revistas.

Então ouviram Lila subindo a escada. Ela abriu a porta, atravessou a sala da frente e entrou no quarto.

– Opa – disse –, vejo que o velho vagabundo tá pintando.

– É... – disse Jorg – diz que você machucou as costas dele.

– Eu não falei nada disso.

– Vamos sair pra comer – disse Arlene.

Serge gemeu e levantou-se.

– Palavra de honra – disse Lila. – Ele só fica por aí deitado como uma rã doente, a maior parte do tempo.

– Preciso de um trago – disse Serge. – Aí volto à forma.

Desceram juntos para a rua e foram a The Sheep's Tick. Dois rapazes em meados da casa dos vinte se aproximaram. Usavam suéteres de gola rolê.

– Oi, vocês são os pintores Jorg Swenson e Serge Maro!

– Sai da frente, porra! – disse Serge.

Jorg brandiu sua bengala de marfim. Atingiu o mais jovem dos rapazes bem no joelho.

– Merda – disse o rapaz –, me quebrou a perna!

– Espero – disse Jorg. – Talvez você aprenda um pouco de boas maneiras!

Seguiram para The Sheep's Tick. Quando entraram, subiu um zunzum dos comensais. O chefe dos garçons acorreu imediatamente, curvando-se e acenando com menus e falando coisas lisonjeiras em italiano, francês e russo.

– Veja esses pelos negros, compridos, nas narinas dele – disse Serge. – Realmente nojento.

– É – disse Jorg, e gritou para o garçom: – ESCONDA O NARIZ!

– Cinco garrafas de seu melhor vinho! – berrou Serge, enquanto se sentavam à melhor mesa.

O chefe dos garçons desapareceu.

– Vocês dois são dois babacas – disse Lila.

Jorg correu a mão pela perna dela acima.

– Dois imortais vivos têm direito a algumas indiscrições.

– Tira a mão de minha xoxota, Jorg.

– A xoxota não é sua, é de Serge.

– Tira a mão da xoxota de Serge, senão eu grito.

– Minha vontade é fraca.

Ela gritou. Jorg tirou a mão. O chefe dos garçons aproximou-se com o carrinho contendo um balde de vinho. Rolou as garrafas no gelo, curvou-se e tirou uma rolha. Encheu a taça de Jorg. Jorg esvaziou-a.

– É merda – disse –, mas tudo bem. Abra as garrafas!

– Todas?

– Todas, seu babaca, e *depressa* com isso!

– É um trapalhão – disse Jorg. – Olha só pra ele. Vamos jantar?

– Jantar? – disse Arlene. – Vocês só fazem beber. Acho que nunca vi nenhum dos dois comer mais que um ovo mole.

– Suma de minha vista, covarde – disse Serge ao garçom.

O chefe dos garçons sumiu.

– Vocês não deviam falar assim com os outros – disse Lila.

– Pagamos nossas contas – disse Serge.

– Não têm o direito – disse Arlene.

– Acho que não – disse Jorg –, mas é interessante.

– Os outros não têm de aceitar essa merda – disse Lila.

– Os outros aceitam o que têm de aceitar – disse Jorg. – Aceitam muito pior.

– Só o que eles querem são os quadros de vocês – disse Arlene.

– *Nós* somos nossos quadros – disse Serge.

– As mulheres são idiotas – disse Jorg.

– Cuidado – disse Serge. – Também são capazes de terríveis atos de vingança...

Ficaram umas duas horas tomando vinho.

– O homem é menos delicado que o gafanhoto – disse Jorg por fim.

– O homem é a cloaca do universo – disse Serge.

– Vocês são dois babacas mesmo – disse Lila.

– Claro que são – disse Arlene.

– Vamos trocar esta noite – disse Jorg. – Eu fodo sua xoxota e você fode a minha.

– Ah, não – disse Arlene – nada disso.

– E isso aí – disse Lila.

– Estou com vontade de pintar – disse Jorg. – Estou chateado de beber.

– Eu também estou com vontade de pintar – disse Serge.

– Vamos dar o fora daqui – disse Jorg.

– Escuta – disse Lila –, ainda não pagaram a conta.

– *Conta?* – berrou Serge. – *Você não acha que a gente vai pagar por essa merda?*

– Vamos – disse Jorg.

Quando se levantavam, surgiu o chefe dos garçons com a conta.

– *Essa merda fede* – berrou Serge, dando saltos. – *Eu jamais pediria a ninguém que pagasse por uma coisa dessas! Quero que você saiba que a prova está no mijo!*

Serge agarrou uma meia garrafa de vinho, abriu à força a camisa do garçom e despejou o vinho no peito. Jorg mantinha a bengala como uma espada. O chefe dos garçons parecia confuso. Era um belo rapaz com unhas compridas e um caro apartamento. Estudava química e certa vez ganhara o segundo prêmio num concurso de ópera. Jorg brandiu a bengala e atingiu o garçom, com força, pouco abaixo da orelha esquerda. O garçom ficou muito pálido e oscilou. Jorg atingiu-o mais três vezes no mesmo lugar, e ele desabou.

Saíram juntos, Serge, Jorg, Lila e Arlene. Estavam todos bêbados, mas tinham um certo porte, uma coisa singular. Saíram pela porta e alcançaram a rua.

Um jovem casal sentado a uma mesa próxima tinha visto tudo. O rapaz parecia inteligente, só uma grande bolota de carne perto da ponta do nariz estragava esse efeito. A garota era gorda mas linda, num vestido azul-escuro. Um dia quisera ser freira.

– Eles não foram magníficos? – perguntou o rapaz.

– Foram babacas – disse a garota.

O rapaz acenou pedindo uma terceira garrafa de vinho. Ia ser outra noite difícil.

*– Numa fria*

## junk

sentado num quarto escuro com 3 junkies,
mulheres.
sacos de papel cheios de lixo estão por toda
parte.
é uma e meia da tarde.
elas falam de manicômios,
hospitais.
esperam por uma dose.
nenhuma delas trabalha.
é a assistência e os vale-refeições e
plano de saúde.

os homens se tornam objetos
à espera de uma dose.

é uma e meia da tarde
e do lado de fora crescem pequenas plantas.

os filhos delas ainda estão na escola.
as mulheres fumam cigarros
e tragam indiferentes suas cervejas e
tequilas
pagas por mim.

me sento com elas.
espero pela minha dose:
sou uma poesia junkie.

eles empurraram Ezra pelas ruas
numa gaiola de madeira.
Blake estava certo da existência de Deus.
Villon era um embusteiro.
Lorca chupava paus.
T.S. Eliot estava preso a um caixa de banco.

grande parte dos poetas são cisnes,
garças-reais.

eu me sento com 3 junkies
à uma e meia da tarde.

a fumaça mija para cima.

eu espero.

a morte não é nada descomunal.

uma das mulheres diz que curte
minha camisa amarela.

acredito numa violência simples.

isto é
uma parte dela.

## abrace a escuridão

o verdadeiro deus é a desordem
o verdadeiro deus é a loucura

viver em paz permanente é
viver permanentemente morto.

a agonia pode matar
ou
a agonia pode dar sustentação à vida
mas a paz é sempre horripilante
a paz é o que há de pior
caminhadas
conversas
sorrisos,
a aparência das coisas.

não se esqueça das calçadas
das putas,
da traição,
do verme na maçã,
dos bares, das cadeias,
dos suicídios dos amantes.

aqui na América
assassinamos um presidente e seu irmão,
outro presidente desistiu do cargo.

pessoas que acreditam em política
são como pessoas que acreditam em deus:
estão chupando vento através de canudos
curvos.

não há deus
não há política
não há paz
não há amor
não há controle
não há plano

fique longe de deus
siga perturbado

deslize.

•••••••••••••••••••••••••••••••••••••••••••

Eu me recostava no balcão do bar Musso's. Sarah tinha ido ao toalete de senhoras. Eu gostava do bar Musso's, do bar como bar, mas não da sala onde ficava. Era conhecido como "Sala Nova". A "Sala Velha" ficava do outro lado, e eu preferia comer lá. Era mais escuro e tranquilo. Nos velhos tempos, eu ia à Sala Velha comer, mas raramente comia mesmo. Apenas olhava o menu e dizia ao pessoal "Ainda não", e continuava a pedir bebidas. Algumas das damas que eu levava lá eram de má reputação, e enquanto a gente bebia, sem parar, estouravam muitas discussões aos berros, cheias de xingamentos, bebidas derramadas e pedidos de outras. Eu geralmente passava às damas o dinheiro do táxi, mandava-as dar o fora e continuava bebendo sozinho. Duvido que usassem o dinheiro do táxi em táxis. Mas uma das coisas mais legais do Musso's era que quando eu voltava, depois da trepada, geralmente me recebiam com sorrisos calorosos. Muito estranho.

De qualquer modo, eu me recostava no balcão do bar, e a Sala Nova estava cheia, a maioria turistas, que batiam papo, torciam o pescoço e emitiam raios da morte. Pedi um novo drinque e então me bateram no ombro.

– Chinaski, como vai você?

Virei-me e olhei. Jamais reconheci alguém. Podia encontrar uma pessoa na noite passada e não lembrar dela no dia seguinte. Se arrancassem minha mãe da cova, eu não saberia quem era ela.

– Estou bem – disse. – Posso te pagar uma bebida?

– Não, obrigado. Não nos conhecemos. Eu sou Harold Pheasant.

– Oh, sim. Jon me disse que você estava pensando em...

– É, quero financiar seu argumento. Li sua obra. Você tem um maravilhoso senso de diálogo. Li sua obra: *muito* cinematográfica.

– Tem certeza de que não quer um drinque?

– Não, preciso voltar pra minha mesa.

– Ah, é? Que tem feito ultimamente, Pheasant?

– Acabo de produzir um filme sobre a vida de Mack Derouac.

– É? Como se chama?

– *A Canção do Coração.*

Tomei um gole.

– Ei, espere um minuto! Você está *brincando*! Não vai chamar o filme de *A Canção do Coração.*

– Oh, sim, é assim que vai se chamar.

Ele sorria.

– Você não pode me enrolar, Pheasant. É mesmo um gozador! *A Canção do Coração*! Nossa!

– Não – ele disse. – Estou falando sério.

De repente deu as costas e foi-se embora...

Nesse momento Sarah voltava. Olhou para mim.

– De que está rindo?

– Me deixa pedir um drinque pra você que eu te conto.

Chamei o garçom e pedi um também para mim.

– Adivinha quem eu vi na Sala Velha – ela disse.

– Quem?

– Jonathan Winters.

– Ééé? Adivinha com quem conversei enquanto você estava lá.

– Uma de suas ex-putas.

– Não, não. Pior.

– Não tem nada pior que elas.

– Conversei com Harold Pheasant.

– O produtor?

– É, está ali naquela mesa do canto.

– Oh, estou *vendo*!

– Não, não olhe. Não acene. Beba seu drinque. Eu bebo o meu.

– Que diabos deu em você?

– Sabe, ele é o produtor que ia produzir o argumento que eu não escrevi.

– Eu sei.

– Quando você saiu ele veio conversar comigo.

– Já disse isso.

– Não aceitou nem um drinque.

– Então você fodeu tudo e não está nem bêbado.

– Espere. Ele queria falar de um filme que acaba de produzir.

– Como foi que você fodeu tudo?

– Eu não fodi nada. *Ele* fodeu.

– Claro. Conta pra mim.

Olhei no espelho. Gostava de mim mesmo, mas não no espelho. Não tinha aquela aparência. Acabei meu drinque.

– Acabe seu drinque – disse.
Ela acabou.
– Conta pra mim.
– É a segunda vez que você diz: "Conta pra mim".
– Memória notável, e nem está bêbado ainda.
Fiz sinal para o garçom, tornei a pedir.
– Bem, Pheasant veio aqui e me falou do tal filme que produziu. É sobre um escritor que não sabia escrever mas ficou famoso porque parecia um peão de rodeio.
– Quem?
– Mack Derouac.
– E isso chateou você?
– Não, isso não importa. Estava ótimo, até ele me dizer o título do filme.
– Que era?
– Por favor, estou tentando varrer da minha cabeça. É absolutamente idiota.
– Diz pra mim.
– Tá legal...
O espelho ainda estava lá.
– Diz pra mim, diz pra mim, diz pra mim.
– Tudo bem: *O Voo do Destroço Peludo.*
– Eu gosto.
– Eu não gostei. E disse a ele. Ele se mandou. A gente perdeu o patrocinador.
– Você deve ir lá se desculpar.
– De jeito nenhum. Título horrendo.
– Você queria era que o filme fosse sobre *você.*
– *É isso aí!* Vou escrever um argumento sobre mim mesmo!
– Já tem o título?
– Já: *Moscas no Destroço Peludo.*
– Vamos sair daqui.
Com essa, saímos.

– *Hollywood*

# a agonia dos magricelos orgulhosos

vejo velhos vivendo de pensões nos
supermercados eles são magricelos e
orgulhosos e estão morrendo

passam fome ali de pé e nada
dizem. muito tempo atrás, entre outras mentiras,
lhes ensinaram que o silêncio era uma forma de
bravura. agora, tendo trabalhado uma vida inteira,
foram emboscados pela inflação. olham ao redor
roubam uma uva
mastigam-na. por fim fazem uma
comprinha, para o dia.
outra mentira que lhes ensinaram:
não roubarás.
é melhor morrer de fome que roubar
(uma uva não os salvará)
e em quartos minúsculos
enquanto leem os anúncios no jornal
morrerão de fome
morrerão silenciosos
expulsos das pensões
por jovens loiros e cabeludos
que os farão deslizar para dentro
e se afastarão do meio-fio, esses
jovens
pensando em Vegas e buceta e
vitória.
é a ordem das coisas: cada um
prova o gostinho do mel
e depois a faca.

Vin Marbad vinha altamente recomendado por Michael Huntington, meu fotógrafo oficial. Michael me fotografava constantemente, mas até então não houvera muitos pedidos desses trabalhos.

Marbad era consultor de impostos. Chegou uma noite com sua maleta, um homenzinho moreno. Eu já bebia tranquilamente há algumas horas, sentado com Sarah vendo um filme em minha velha TV preto e branco.

Ele bateu com rápida dignidade e eu o deixei entrar, apresentei-o a Sarah e servi-lhe vinho.

– Obrigado – ele disse, tomando um gole. – Você sabe que, aqui na América, se você não gasta dinheiro, eles tomam.

– Ééé? Que quer que eu faça?

– Dê uma entrada numa casa.

– Hum?

– Os pagamentos das hipotecas são dedutíveis do imposto de renda.

– Ééé, que mais?

– Compre um carro. É dedutível.

– Todo?

– Não, só um pouco. Deixa que eu cuido disso. O que a gente precisa é criar pra você algumas proteções contra os impostos. Veja aqui...

Vin Marbad abriu sua maleta e retirou muitas folhas de papel. Levantou-se e aproximou-se de mim com elas.

– Bens imóveis. Aqui, olhe, eu comprei um pouco de terra no Oregon. Isto é um cancelamento de imposto. Ainda tem alguns hectares à venda. Você pode entrar agora. Esperamos uma valorização de 25% cada ano. Em outras palavras, dentro de quatro anos seu dinheiro dobra...

– Não, não, por favor volte a sentar.

– Que é que há?

– Não quero comprar nada que eu não possa ver, não quero comprar nada que não possa alcançar e tocar.

– Está dizendo que não confia em mim?

– Eu acabo de conhecer você.

– Eu tenho recomendações em todo o mundo!

– Eu sempre confio em meu instinto.

Vin Marbad girou de volta ao sofá onde deixara seu casaco; enfiou-o e lançou-se para a porta com sua maleta, abriu-a, saiu e fechou-a.

– Você ofendeu ele – disse Sarah. – Ele só queria te mostrar algumas maneiras de economizar dinheiro.

– Eu tenho duas regras. Uma delas é: jamais confie num cara que fuma cachimbo. A outra: jamais confie num cara de sapato lustroso.

– Ele não fumava cachimbo.

– Bem, parece um fumador de cachimbo.

– Você ofendeu ele.

– Não se preocupe, ele vai voltar...

A porta escancarou-se, e lá estava Vin Marbad. Cruzou a sala apressado até seu lugar original no sofá, tornou a tirar o casaco, pôs a maleta a seus pés. Olhou-me.

– Michael me disse que você joga nos cavalinhos.

– Bem, ééé...

– Meu primeiro emprego, quando cheguei aqui, da Índia, foi no Hollywood Park. Era faxineiro lá. Sabe as vassouras que eles usam para varrer os bilhetes usados?

– Sei.

– Já notou como são largas?

– Já.

– Bem, isso foi ideia minha. As vassouras eram do tamanho normal. Eu desenhei a nova. Fui ao setor de Operações com ela, e eles aproveitaram. Fui promovido pra Operações e venho subindo desde então.

Servi-lhe outra bebida. Ele tomou um gole.

– Escuta, você bebe quando escreve?

– Sim, um bocado.

– Isso é parte da sua inspiração. Vou fazer com que seja deduzido.

– Pode fazer isso?

– Claro. Sabe, fui eu que comecei a tornar dedutível a gasolina usada no automóvel. Foi ideia minha.

– Filho da puta – eu disse.

– Muito interessante – disse Sarah.

– Dou um jeito de você não pagar imposto nenhum e de modo legal.

– Parece ótimo.

– Michael Huntington não paga impostos. Pergunte pra ele.

– Acredito em você. Abaixo os impostos.

– Tudo bem, mas você tem de fazer o que eu digo. Primeiro, dê entrada numa casa, depois num carro. Dê a largada. Arranje um carro bom. Um novo BMW.

– Tudo bem.

– Em que máquina datilografa? Uma manual?

– É.

– Arranje uma elétrica. É dedutível.

– Eu não sei se consigo escrever numa elétrica.

– Você se acostuma em poucos dias.

– Quer dizer, não sei se consigo *criar* numa elétrica.

– Quer dizer que tem medo de mudar?

– É, ele tem – disse Sarah. – Veja os escritores do século passado, eles usavam penas de aves. Naquele tempo, ele teria se apegado a essas penas, teria lutado contra qualquer mudança.

– Penso muito em minha maldita alma.

– Você muda suas marcas de bebida, não muda? – perguntou Vin.

– Ééé...

– Tudo bem, então...

Vin ergueu sua taça, esvaziou-a.

Eu servi mais vinho a todos.

– O que a gente precisa é fazer de você uma Corporação, pra conseguir todas as vantagens dos impostos.

– Isso soa terrível.

– Eu disse a você, se não quer pagar imposto tem de fazer como eu digo.

– Eu só quero bater à máquina, não quero andar por aí carregando um fardo enorme.

– Você só tem de nomear um Conselho de Diretores, um Secretário, um Tesoureiro, e por aí além... É fácil.

– Soa horrível. Escuta, tudo isso soa como um monte de merda. Talvez eu me dê melhor simplesmente pagando os impostos. Não quero ninguém me enchendo o saco. Não quero o cara do imposto de renda batendo em minha porta à meia-noite. Pago até mais pra garantir que me deixem em paz.

– Isso é idiotice – disse Vin. – Ninguém deve *jamais* pagar impostos.

– Por que não dá uma chance a Vin? Ele só está querendo te ajudar – disse Sarah.

– Veja, eu mando pra você pelo correio os documentos da Corporação. É só ler e assinar. Vai ver que não tem nada a temer.

– Essa coisa toda, sabe, atrapalha. Estou trabalhando num argumento e preciso ter as ideias claras.

– Um argumento, hum? Sobre o que é?

– Um bêbado.

– Ah, você, hum?

– Bem, tem outros.

– Consegui fazer ele beber vinho agora – disse Sarah. – Estava quase morto quando conheci ele. Uísque, cerveja, vodca, gim, ale...

– Já sou consultor de Darby Evans há alguns anos. Você sabe, ele é argumentista.

– Eu não vou ao cinema.

– Ele escreveu *O Coelho que Saltou no Céu; Waffles com Lulu; Terror no Zoo.* Está fácil na casa dos seis dígitos. E é uma Corporação.

Não respondi.

– Não tem pago um vintém de imposto. E é tudo legal...

– Dê uma chance a Vin – disse Sarah.

Ergui minha taça.

– Tudo bem. Merda. A isso!

– Bom garoto – disse Vin.

Esvaziei meu copo e encontrei outra garrafa. Tirei a rolha e servi a todos.

Deixei minha mente ir na coisa; você é um operador esperto. É astuto. Por que pagar bombas que despedaçam crianças indefesas? Dirija um BMW. Tenha uma vista do porto. Vote nos republicanos.

Então me ocorreu outra ideia.

Não estará você se tornando o que sempre odiou?

E veio a resposta:

Merda, você não tem dinheiro de verdade mesmo. Por que não brincar com essa coisa de farra?

Continuamos bebendo, comemorando alguma coisa.

– *Hollywood*

## 15h16 e trinta segundos...

aqui sou em suposição um grande poeta
e eu sonolento no meio da tarde
aqui estou consciente de que a morte é um grande touro
avançando contra mim
e eu sonolento no meio da tarde
aqui estou consciente das guerras e dos homens lutando no ringue
e estou consciente da boa comida e do vinho e das boas mulheres
e eu sonolento no meio da tarde
consciente do amor de uma mulher
e eu sonolento no meio da tarde,
me inclino na direção da luz solar por trás de uma cortina amarela
me pergunto onde foram parar as moscas de verão
me lembro da mais que sangrenta morte de Hemingway
e eu sonolento no meio da tarde.

algum dia não estarei sonolento no meio da tarde
algum dia escreverei um poema que trará vulcões
às montanhas lá fora
mas por ora sigo sonolento no meio da tarde
e alguém me pergunta, “Bukowski, que horas são?”
e eu respondo, “15h16 e trinta segundos”.
me sinto culpado, odioso, inútil,
demente, me sinto
sonolento no meio da tarde,
estão bombardeando as igrejas, o.k., isto está bem,
as crianças montam seus pôneis no parque, o.k., isto está bem,

as bibliotecas estão repletas de milhares de livros doutos,
há uma música dentro do rádio mais próximo
e eu sonolento no meio da tarde,
tenho esta tumba dentro de mim que diz,
ah, deixa que os outros façam, deixa que eles vençam,
me deixa dormir,
a sabedoria está no escuro
varrendo o escuro como vassouras,
vou para onde foram as moscas de verão,
tente me agarrar.

•••••••••••••••••••••••••••••••••••••••••••

Assim, lá estava eu, com mais de 65 anos, procurando minha primeira casa. Lembro-me de que meu pai praticamente hipotecou sua vida inteira para comprar uma casa. Ele me disse: "Escute, eu vou pagar a vida inteira por uma casa, e quando eu morrer você ficará com essa casa, e durante a vida inteira você pagará por uma casa, e quando morrer deixará duas casas pra seu filho. Com isso são duas casas. Depois seu filho..."

Todo esse processo me parecia terrivelmente lento: casa por casa, morte por morte. Dez gerações, dez casas. Depois, bastaria uma só pessoa para perder todas elas no jogo ou queimar tudo com um fósforo e sair correndo pela rua abaixo com os bagos num balde de colher frutas.

Agora eu procurava uma casa que na verdade não queria, e ia escrever um argumento que na verdade não queria escrever. Começava a perder o controle e compreendia isso, mas parecia incapaz de reverter o processo.

A primeira corretora em que paramos foi em Santa Mônica. Chamava-se Imobiliária Século Vinte. Ora, isso é que era ser moderno.

– Posso ajudá-lo?

– Queremos comprar uma casa – eu disse.

O cara jovem apenas virou a cabeça para um lado e continuou desviando o olhar. Passou-se um minuto. Dois minutos.

– Vamos embora – eu disse a Sarah.

Voltamos ao carro e ligamos o motor.

– Que foi aquilo? – perguntou Sarah.

– Ele não queria fazer negócio com a gente. Deu uma avaliada e achou que éramos indigentes, sem valor. Achou que a gente ia desperdiçar o tempo dele.

– Mas não é verdade.

– Talvez não, mas a coisa toda me fez sentir como se eu estivesse coberto de lodo.

Eu dirigia o carro, mal sabendo aonde ia.

De alguma forma, aquilo doera. Claro, eu estava de ressaca e precisava de uma barbeada, e sempre usara roupas que de algum modo pareciam não me assentar bem, e talvez todos aqueles anos de pobreza me houvessem dado uma certa aparência. Mas não achava sensato julgar uma pessoa pela aparência externa daquele jeito. Eu preferiria muito mais julgar uma pessoa pelo jeito de ela agir e falar.

– Nossa – dei uma risada –, talvez ninguém nos venda uma casa.

– Aquele cara era um idiota – disse Sarah.

– A Imobiliária Século Vinte é uma das maiores redes do estado.

– O cara era um idiota – ela repetiu.

Eu ainda me sentia diminuído. Talvez *fosse* mesmo meio babaca. Só sabia bater à máquina – às vezes.

Passávamos por uma área de colinas.

– Onde estamos? – perguntei.

– Topanga Canyon – respondeu Sarah.

– Este lugar parece fodido.

– É legal, a não ser pelas inundações, pelos incêndios e tipos neo-hippies fracassados.

Então eu vi o anúncio: PORTO DOS MACACOS. Era um bar. Encostei e saltamos. Havia um monte de motos na frente. Às vezes chamavam as motos de porcos.

Entramos. Estava cheio pra burro. Caras de blusão de couro. Caras usando echarpes imundas. Alguns tinham cicatrizes no rosto. Outros, barbas que não cresciam lá muito bem. A maioria de olhos azul-claros, redondos e apáticos. Sentavam-se muito quietos, como se estivessem ali há semanas.

Pegamos dois tamboretes.

– Duas cervejas – eu disse. – Qualquer coisa engarrafada.

O garçom afastou-se.

Vieram as cervejas e Sarah e eu tomamos uma golada.

Então percebi um rosto projetado para a frente ao longo do balcão, encarando a gente. Um rosto muito gordo, com um toque de imbecil. Era um jovem de cabelos e barba de um vermelho sujo, mas de sobrancelhas branquíssimas. O lábio inferior pendia como se um peso invisível o puxasse para baixo, retorcido, deixando ver o interior úmido e espumante.

– Chinaski – ele disse –, filho da puta, é CHINASKI!

Eu fiz um pequeno aceno, depois olhei em frente.

– Um de meus leitores – disse a Sarah.

– Oh oh – ela disse.

– Chinaski – ouvi outra voz à direita.

– Chinaski – mais outra.

Um uísque surgiu à minha frente. Ergui-o.

– Obrigado, companheiros!

E emborquei-o.

– Vá com calma – disse Sarah. – Você se conhece. Não vamos sair daqui nunca.

O garçom trouxe outro uísque. Era um carinha com o rosto cheio de manchas vermelho escuro. Parecia mais mau do que qualquer outro ali dentro. Apenas ficava ali, me encarando.

– Chinaski – disse –, o maior escritor do mundo.

– Se você insiste – eu disse, e ergui o copo de uísque.

Depois passei-o para Sarah, que o emborcou.

Ela tossiu um pouco e depositou o copo.

– Só bebi esse pra salvar você.

Um pequeno grupo se formava aos poucos atrás da gente.

– Chinaski. Chinaski. Filho da puta... Li todos os seus livros. TODOS OS SEUS LIVROS!... Posso te dar um pontapé na bunda, Chinaski... Escuta, Chinaski, seu pau ainda sobe? Chinaski, Chinaski, posso ler um de meus poemas pra você?

Paguei ao garçom, descemos dos tamboretes e nos dirigimos para a porta. Tornei a notar os blusões de couro, a *suavidade* dos rostos e a sensação de que não havia muita alegria ou audácia em nenhum deles. Faltava totalmente alguma coisa nos pobres sujeitos, e alguma coisa em mim doeu, apenas por um instante, e senti vontade de abraçá-los, consolá-los e beijá-los como um Dostoiévski, mas sabia que isso no fim não levaria a nada, a não ser ao ridículo e à humilhação, para mim mesmo e para eles. De algum modo, o mundo tinha ido longe demais, e a bondade espontânea jamais poderia ser tão fácil. Era algo por que teríamos de tornar a batalhar.

Eles nos seguiram até o lado de fora.

– Chinaski, Chinaski... Quem é sua bela dama? Você não merece ela, cara!... Entre, Chinaski, fique e beba com a gente! Seja legal, vá! Seja como sua literatura, Chinaski! Não seja um chato!

Tinham razão, é claro. Entramos no carro, liguei o motor e passamos devagar por entre eles, que se amontoavam à nossa volta, cedendo aos poucos, alguns jogando beijos, outros me mostrando o dedão, uns poucos batendo nas janelas. Atravessamos.

Chegamos à estrada e fomos em frente.

– Então – disse Sarah –, aqueles são os seus leitores?

– A maioria deles, creio.

– Será que ninguém inteligente lê você?

– Espero que sim.

Continuamos rodando sem dizer nada. Depois Sarah perguntou:

– Em que está pensando?

– Dennis Body.

– Dennis Body? Quem é?

– Era meu único amigo na escola primária. Imagino o que terá acontecido com ele.

– *Hollywood*

## ajudando o velho

hoje eu estava na fila do banco
quando um cara velho à minha frente
deixou seus óculos caírem (por sorte, dentro do
estojo)
e ao se abaixar para pegá-los
pude ver como aquilo era difícil para
ele
e eu disse, "espere, deixa que eu
pego..."
mas assim que apanhei
ele deixou cair sua bengala
uma bengala linda, negra e
encerada
e eu lhe devolvi os óculos
e então fui apanhar a bengala
amparando o velho
enquanto lhe devolvia sua bengala.
ele não dizia nada,
apenas sorriu pra mim.
então se virou para
frente
fiquei atrás dele esperando
minha vez.

•••••••••••••••••••••••••••••••••••••••••••

A casa onde eu morava nessa época tinha algumas qualidades. Uma das mais bacanas era o quarto, pintado de um azul muito escuro. Esse azul muito escuro oferecia um abrigo para muitas ressacas, algumas delas suficientemente brutais para matar um homem, sobretudo numa época em que eu engolia as pílulas que as pessoas me davam sem me preocupar em perguntar o que eram. Algumas noites eu sabia que, se adormecesse, morreria. Ficava dando voltas sozinho a noite toda, do quarto ao banheiro e do banheiro à cozinha, passando pela sala da frente. Abria e fechava a geladeira, repetidas vezes. Abria e fechava as torneiras. Ia ao banheiro e abria e fechava as torneiras. Dava descargas na privada. Puxava as orelhas. Inspirava e expirava. Depois, quando o sol saía, eu sabia que estava salvo. Aí dormia com as paredes azuis azuis azuis, curando-me.

Outra característica da casa eram as batidas à porta, de mulheres desagradáveis, às três ou quatro horas da manhã. Certamente não eram damas de grande encanto, mas tendo uma mente meio idiota eu achava que de algum modo elas me traziam aventura. A verdade mesmo é que a maioria delas não tinha outro lugar para ir. E gostavam do fato de que havia bebida e de que eu não fazia muita força pra ir pra cama com elas.

Evidentemente, depois que conheci Sarah, essa parte do meu estilo de vida mudou bastante.

Aquele bairro, nos arredores da Carlton Way, perto da Avenida Western, também mudava. Antes era quase todo de classe média branca, mas os problemas políticos na América Central e em outras partes do mundo haviam trazido um outro tipo de indivíduo para a área. Os homens eram geralmente baixos, escuros ou morenos claros, geralmente jovens. Havia esposas, filhos, irmãos, primos, amigos. Começaram a inundar os apartamentos e pátios. Viviam muitos num mesmo apartamento, e eu era um dos poucos brancos que restavam no complexo em torno do pátio.

As crianças corriam de um lado para outro, subiam e desciam a ajardinada alamedazinha do pátio. Pareciam todas entre os dois e os sete anos. Não tinham bicicletas nem brinquedos. Raramente se viam as esposas. Ficavam dentro de casa, escondidas. Muitos dos homens também permaneciam trancados. Não era bom deixar o senhorio saber quantas pessoas moravam numa única unidade. Os únicos homens que se viam eram os inquilinos legais. Pelo menos eles pagavam os aluguéis. Como sobreviviam, não se sabia. Os homens eram pequenos, magros, calados, sérios. A maioria sentava-se de camiseta nos degraus das varandas, um pouco caídos para a frente, uma vez ou outra fumando cigarros. Sentavam-se nos degraus das varandas durante horas, imóveis. Às vezes compravam carros muito velhos em sucatas e os dirigiam *devagar* pelo bairro. Não tinham seguro para o carro nem carteira de motorista, e rodavam com placas vencidas. A maioria dos carros tinha freios ruins. Os homens quase nunca paravam no sinal da esquina, e muitas vezes não respeitavam o sinal vermelho, mas havia poucos acidentes. Alguma coisa cuidava deles.

Após um tempo, os carros quebravam mas meus novos vizinhos não os abandonavam na rua. Faziam-nos subir as alamedas e os estacionavam diante de suas portas. Primeiro trabalhavam no motor. Tiravam o capô, e o motor enferrujava-se na chuva. Depois punham o carro sobre cepos e tiravam as rodas. Levavam-nas para dentro de casa e as mantinham lá, para que não as roubassem durante a noite.

Quando eu vivia lá, havia duas filas de carros no pátio, assentados em cepos. Os homens sentavam-se imóveis em suas varandas, de camiseta. Às vezes eu balançava a cabeça ou acenava para eles. Jamais retribuíam. Aparentemente, não compreendiam nem liam os avisos de despejo que arrancavam, mas eu os via examinando os jornais de L.A. Eram estoicos e resistentes porque, comparadas com o lugar de onde vinham, as coisas agora eram fáceis.

Bem, deixa pra lá. Meu consultor de impostos sugerira que eu comprasse uma casa, e assim, para mim, não se tratava na verdade de uma "fuga branca" diante dos invasores. Embora, quem sabe? Eu notara que, toda vez que me mudara em Los Angeles, no correr dos anos, toda mudança fora sempre para o Norte ou o Oeste.

Finalmente, após algumas semanas de busca da casa, encontramos a certa. Após a entrada, as prestações mensais chegavam a 789,81 dólares. Tinha uma enorme sebe na frente, na rua, e o pátio também ficava na frente, de modo que a casa ficava recuada no terreno. Parecia um lugar danado de bom pra gente se esconder. Tinha até uma escada, um *andar de cima* com um quarto, banheiro e o que iria se tornar minha sala de trabalho. E haviam deixado lá uma mesa velha, uma coisa enorme, feia e velha. Agora, décadas depois, eu era um escritor que tinha uma mesa. Sim, senti o temor, o temor de me tornar igual a *eles*. Pior, eu tinha uma encomenda para escrever um argumento. Estaria condenado e amaldiçoado, estaria para ser sugado até o fim? Não achava que seria assim. Mas será que alguém acha, algum dia?

Sarah e eu transferimos nossos poucos bens para lá.

O grande momento chegou. Pus a máquina de escrever em cima da mesa, encaixei uma folha de papel e bati nas teclas. A máquina ainda funcionava. E havia bastante espaço para um cinzeiro, o rádio e a garrafa. Não deixem ninguém convencê-los de outra coisa. A vida começa aos 65.

– *Hollywood*

## ar e luz e tempo e espaço

"...você sabe, já tive uma família, um emprego, mas alguma coisa
sempre se interpôs no
caminho
mas agora
vendi minha casa, encontrei este
lugar, um enorme estúdio, você precisa ver o *espaço* e
a *luz.*
pela primeira vez na minha vida terei um lugar e tempo para
*criar.*"

não, baby, se você vai criar
fará isso mesmo que trabalhe
16 horas por dia numa mina de carvão
ou
criará num cubículo com 3 crianças
enquanto vive
da previdência social,
criará com parte de sua mente e de seu
corpo
estourados,
criará cego
aleijado,
demente,
criará com um gato escalando por suas
costas enquanto
a cidade inteira treme em terremotos, bombardeios
alagamentos e fogo.

baby, ar e luz e tempo e espaço
não têm nada a ver com isso
e não criam nada
exceto talvez uma vida mais longa para encontrar
novas desculpas de que se
ocupar.

Nessa noite, sem Jon escutando lá embaixo, o argumento começou a andar. Eu escrevia sobre um jovem que queria escrever e beber, mas a maior parte de seu sucesso era com a garrafa. O jovem fora eu. Embora aquele não fosse um tempo infeliz, tinha sido, em grande parte, um tempo de vazio e espera. Enquanto eu batia, os personagens de um certo bar me voltavam à memória. Eu tornava a ver cada rosto, os corpos, ouvia as vozes. Ali estava um bar que tinha um certo encanto mortal. Eu me concentrei nisso, revivi as brigas de bar com o garçom. Eu não era bom de briga. Para começar, tinha as mãos pequenas demais e vivia mal alimentado, muito mal alimentado. Mas tinha uma certa garra e encaixava um soco muito bem. Meu principal problema numa briga era que não conseguia me enfurecer de verdade, mesmo quando minha vida parecia estar em jogo. Era tudo teatro comigo. Importava e não. Brigar com o garçom era algo que tinha de ser feito e agradava aos fregueses, que eram um grupinho muito unido. Eu era o de fora. Tem alguma coisa positiva na bebida – aquelas brigas todas teriam me matado se eu estivesse sóbrio, mas, bêbado, era como se o corpo virasse borracha e a cabeça cimento. Pulsos torcidos, lábios inchados e rótulas machucadas eram mais ou menos tudo que eu sofria no dia seguinte. E também galos na cabeça, das quedas. Como isso podia virar um argumento, eu não sabia. Só sabia que era a única parte da minha vida sobre a qual não escrevera muito. Acredito que era são naquela época, tão são quanto qualquer outro. E sabia que havia toda uma civilização de almas penadas que viviam entrando e saindo de bares, diariamente, noturnamente e para sempre, até a morte. Nunca lera sobre essa civilização, e por isso decidi escrever sobre ela, como a lembrava. A boa máquina velha matraqueava.

No dia seguinte, lá pelo meio-dia, o telefone tocou. Era Jon.

– Encontrei uma casa. François está comigo. É linda, tem *duas* cozinhas, e o aluguel é de graça, realmente de graça...

– Onde está?

– Estamos no gueto de Venice. Avenida Brooks. Só tem negros. As ruas são guerra e destruição. Lindo!

– Oh!

– Você deve vir ver a casa!

– Quando?

– Hoje!

– Eu não sei.

– Oh, você não ia querer perder isto! Tem gente morando debaixo da nossa casa. A gente ouve eles lá embaixo, falando e tocando o rádio. Tem gangues por toda parte! Alguém construiu um grande hotel aqui. Mas ninguém pagou o aluguel. Fecharam o lugar com tábuas, cortaram a eletricidade, a água, o gás. Mas as pessoas ainda moram aqui. É UMA ZONA DE GUERRA! A polícia não vem aqui, parece um estado separado, com suas próprias leis. Eu adoro! Você tem de nos visitar!

– Como chego aí?

Jon me deu as indicações e desligou.

Procurei Sarah.

– Escuta, preciso ir ver Jon e François.

– Ei, eu vou também!

– Não, não pode. Fica no gueto de Venice.

– Oh, o gueto! Eu não perderia isso por nada neste mundo!

– Escuta, me faz um favor, tá? Por favor, *não* venha!

– Que? Acha que eu ia deixar você ir lá embaixo *sozinho*?

Peguei minha lâmina, pus o dinheiro nos sapatos.

– Tá legal – disse...

Entramos dirigindo devagar no gueto de Venice. Não era verdade que só tivesse negros. Havia alguns latinos nos arredores. Notei um grupo de sete a oito mexicanos em volta, encostados num carro velho. Quase todos usavam camiseta ou estavam nus da cintura para cima. Passei dirigindo devagar, sem encarar ninguém, só absorvendo. Eles não pareciam fazer muita coisa. Só esperavam. Prontos e à espera. Na verdade, provavelmente estavam apenas entediados. Pareciam caras legais. E não pareciam lá muito preocupados.

Aí chegamos à turfa negra. De repente, ruas cheias de lixo: um pé esquerdo de sapato, uma camisa laranja, uma bolsa velha... uma romã podre... outro pé esquerdo de sapato... um blue jeans... um pneu...

Eu tinha de dirigir por entre aquelas coisas. Dois negros de uns onze anos nos fitavam de suas bicicletas. Ódio puro, perfeito. Eu sentia. Os negros pobres tinham ódio. Os brancos pobres tinham ódio. Só quando ganhavam dinheiro negros e brancos se integravam. Alguns brancos amavam os negros. Muito poucos negros amavam os brancos, se é que algum amava. Ainda estavam indo à forra. Talvez nunca fossem. Numa sociedade capitalista, os perdedores são escravizados pelos vencedores, e é preciso haver mais perdedores que vencedores. Que pensava eu? Sabia que a política jamais resolveria isso, e não sobrava muito tempo para entrar numa boa.

Dirigimos até encontrar o endereço, estacionei o carro, saí e bati na porta.

Uma portinhola abriu-se deslizando e lá estava um olho nos olhando.

– Ah, Hank e Sarah!

A porta abriu-se, fechou-se, e estávamos dentro.

Eu me aproximei da janela e dei uma olhada.

– Que está fazendo? – perguntou Jon.

– Só quero dar uma olhada no carro de vez em quando...

– Oh, sim, venha ver, vou te mostrar as duas cozinhas!

Claro que havia duas cozinhas, um fogão em cada uma, uma geladeira em cada uma, uma pia em cada uma.

– Eram duas casas antes. Foram transformadas em uma.

– Legal – disse Sarah. – Você pode cozinhar numa cozinha e François na outra...

– No momento, estamos vivendo basicamente de ovos. Temos galinhas, que põem muitos ovos...

– Nossa, Jon, tá tão ruim assim?

– Não, na verdade, não. A gente calcula que vai ficar aqui por um longo tempo. Precisamos de quase todo o nosso dinheiro pra vinho e charutos. Como vai indo o argumento?

– Tenho o prazer de comunicar que já temos umas boas páginas. Só que às vezes me atrapalho com CÂMERA, ZOOM, PANORÂMICA... essa merda toda...

– Não se preocupe, eu cuido disso.

– Onde está François? – perguntou Sarah.

– Ah, está na outra sala... venham...

Entramos e lá estava François rodando sua roletinha. Quando bebia, ficava com o nariz muito vermelho, como um bêbado de desenho animado. E também, quanto mais bebia, mais deprimido ficava. Chupava um toco de charuto molhado. Conseguiu extrair algumas tristes baforadas. Ao lado, via-se uma garrafa de vinho quase vazia.

– Merda – disse –, já estou com 60 mil dólares no buraco e bebendo esse vinho barato do Jon, que ele diz ser coisa fina mas é pura bosta. Paga um dólar e 35 centavos a garrafa. Meu estômago parece um balão cheio de xixi! Estou com 60 mil dólares no buraco e sem nenhum emprego em vista. Tenho de... me... matar...

– Vamos lá, François – disse Jon –, vamos mostrar as galinhas a nossos amigos...

– As galinhas! O-V-OS! A gente come O-V-OS o tempo todo! Só O-V-OS! Pup, pup, pup! A galinha pup O-V-OS! O dia todo, a noite toda minha função é salvar as galinhas dos negrinhos! Os negrinhos vivem saltando a cerca e correndo pro galinheiro! Eu bato neles com uma vara comprida, digo: "Seus filhos da puta, fiquem longe de minhas galinhas que pup os O-V-OS! Não consigo pensar, não consigo pensar em minha vida nem em minha morte, estou sempre correndo atrás desses negrinhos com a vara comprida! Jon, preciso de mais vinho, outro charuto!

Deu outra rodada na roleta.

Mais más notícias. O sistema estava falhando.

– Sabe, na França tem apenas um zero pra casa! Aqui na América tem um zero e um duplo zero pra casa! PEGAM OS DOIS BAGOS DA GENTE! POR QUÊ? Vamos lá, mostro a vocês as galinhas...

Saímos para o quintal, e lá estavam as galinhas e o galinheiro. O próprio François o fizera. Era bom nessas coisas. Tinha um verdadeiro talento para isso. Só que não usara tela de galinheiro, mas barras. E fechaduras em cada porta.

– Faço a chamada toda noite. "Cécile, está aí?" "Cluc, cluc", ela responde. "Bernadette, está aí?" "Cluc, cluc", ela responde. E por aí vai. Uma noite, eu chamei "Nicole?", e ela não clucou. Você acredita? Apesar de todas as barras e fechaduras, eles pegaram Nicole! Tiraram ela daqui. Nicole se foi, se foi para sempre! Jon, Jon, eu preciso de mais vinho!

Tornamos a entrar e nos sentamos, e o novo vinho correu solto. Jon deu um novo charuto a François.

– Se eu tiver meu charuto quando preciso – disse François – posso viver.

Bebemos por algum tempo, e então Sarah perguntou:

– Escuta, Jon, seu senhorio é negro?

– Oh, sim...

– Ele não te perguntou por que alugava uma casa aqui?

– Sim...

– E que foi que você disse?

– Disse que éramos cineastas e atores da França.

– E ele?

– Ele disse: "Oh".

– Mais alguma coisa?

– Sim, disse: "Bem, o rabo é *seu*!".

Bebemos um tempo falando bobagem.

De vez em quando eu me levantava e ia à janela ver se o carro ainda estava lá.

Enquanto bebíamos, comecei a me sentir culpado pela coisa toda.

– Escuta, Jon, deixa eu te devolver o dinheiro do argumento. Eu botei você contra a parede. Isso é terrível...

– Não, eu quero que você faça esse argumento. Ele *vai* se tornar um filme, eu prometo...

– Tudo bem, porra...

Bebemos mais um pouco.

Então Jon disse:

– Veja...

Por um buraco na parede onde nos sentávamos via-se uma mão, uma mão negra. Contorcia-se através do reboco quebrado, os dedos fechando-se, movendo-se. Parecia um animalzinho escuro.

– DÊ O FORA! – berrou François. – DÊ O FORA, ASSASSINO DE NICOLE! VOCÊ DEIXOU UM BURACO ETERNO EM MEU CORAÇÃO! DÊ O FORA!

A mão não deu o fora.

François aproximou-se da parede e dela.

– Estou mandando dar o fora. Só quero fumar meu charuto e beber meu vinho em paz. Você perturba o visual! Não posso me sentir bem com você tateando e me olhando com seus pobres dedos negros!

A mão não deu o fora.

– TUDO BEM, ENTÃO!

A vara estava bem ali. Com um movimento demoníaco, François pegou-a e começou a açoitar a parede com ela, repetidas vezes...

– ASSASSINO DE GALINHA, VOCÊ FERIU MEU CORAÇÃO ETERNAMENTE!

O som era ensurdecedor. Então François parou.

A mão dera o fora.

François sentou-se.

– Merda, Jon, meu charuto apagou. Por que não compra charutos melhores, Jon?

– Escuta, Jon – eu disse –, a gente tem de ir...

– Ora, vamos... por favor... a noite está só *começando*! Você não viu nada ainda...

– A gente precisa ir... Preciso trabalhar mais no argumento...

– Oh... nesse caso...

Em casa, subi e trabalhei no argumento, mas estranhamente, ou talvez não, minha vida passada não parecia tão estranha, bárbara ou louca quanto o que ocorria agora.

– *Hollywood*

# lava-rápido

saí, o camarada disse, "ei!", caminhando na minha
direção, apertamos as mãos, ele me passou 2 cupons
vermelhos para lavar o carro de graça, "nos encontramos depois",
eu lhe disse, segui em frente até área de

espera com a esposa, sentamos num banco do lado de fora.
um negro manco de uma perna apareceu, disse,
"ei, cara, como vai a parada?"
respondi, "beleza, mermão, e com tu?"
"na paz", ele disse, então se afastou para
secar uma van.
"essas pessoas o conhecem?", perguntou minha esposa.
"não".
"então por que elas vêm falar com você?"
"gostam de mim, as pessoas sempre gostaram de mim,
é minha sina."
então nosso carro ficou pronto, o camarada acenou com
a flanela pra mim, levantamos, fomos até o
carro, dei-lhe um dólar, entramos,
dei a partida, o gerente se
aproximou, um cara grande de óculos escuros, um cara enorme,
abriu um sorriso largo, "bom ver você,
cara!"
sorri de volta, "obrigado, gentileza sua,
cara!"
misturei-me ao tráfego, "eles te conhecem",
disse minha esposa.
"claro", eu disse, "já estive ali."

## confissão

à espera da morte
como um gato
que saltará sobre a
cama

sinto terrivelmente por
minha esposa

ela verá este
corpo

duro e
branco

vai sacudi-lo uma vez, depois
quem sabe
outra:

"Hank!"

Hank não
responderá.

não é minha morte o que
me preocupa, é minha mulher
abandonada com este
monte de
nada.

quero
no entanto
que ela saiba
que todas as noites
dormindo
ao seu lado

que mesmo as discussões
inúteis
sempre foram
esplêndidas

e que as palavras
difíceis
que sempre temi
dizer
podem agora ser
ditas:

eu te
amo.

Chegamos um pouco atrasados para a festa, mas ainda não havia muita gente. Victor Norman sentava-se a algumas mesas da nossa. Depois que Sarah e eu nos sentamos, apareceu o garçom com nosso vinho. Vinho branco. Bem, era de graça.

Esvaziei meu copo e fiz sinal com a cabeça, chamando o garçom para tornar a enchê-lo.

Percebi que Victor me observava.

O pessoal ia chegando aos poucos. Vi o famoso ator do bronzeado perpétuo. Soubera que ele ia a quase todas as festas de Hollywood, em toda parte.

Sarah me deu uma cutucada. Era Jim Serry, o velho guru da droga da década de 60. Também ele ia a muitas festas. Parecia cansado, triste, esgotado. Senti pena dele. Ia de mesa em mesa. Chegou à nossa. Sarah deu um sorriso de prazer. Era uma filha dos anos 60. Apertei a mão dele.

– Oi, *baby* – eu disse.

A casa começava a lotar rapidamente. Eu não conhecia a maioria das pessoas. Acenava constantemente ao garçom para trazer mais vinho. Ele terminou trazendo uma garrafa inteira, e a pôs na mesa.

– Quando acabarem essa, trago outra.

– Obrigado, cara...

Sarah embrulhara um presentinho para Harry Friedman. Eu o tinha no colo.

Jon chegou e sentou-se à nossa mesa.

– Estou feliz por você e Sarah terem podido vir – disse. – Veja, está enchendo, este lugar está cheio de gângsters e matadores, os piores!

Ele adorava aquilo. Tinha alguma imaginação. Isso o ajudava a atravessar os dias e as noites.

Então surgiu um sujeito de aparência muito importante. Ouvi alguns aplausos.

Saltei de pé com o presente de aniversário. Me aproximei dele.

– Sr. Friedman, feliz...

Jon correu a me agarrar por detrás. Me puxou de volta à mesa.

– Não! Não! Esse não é Friedman! É o Fischman!

– Oh...

Sentei-me.

Notei Victor Norman me observando. Imaginei que desistisse dentro de pouco tempo. Quando tornei a olhar, ele ainda me encarava. Me olhava como se não acreditasse nos próprios olhos.

– Tudo bem, Victor – eu gritei –, e daí se eu faço cocô nas calças? Quer fazer disso uma Guerra Mundial?

Ele desviou o olhar.

Eu me levantei e procurei o banheiro dos homens.

Ao sair de lá, me perdi e entrei na cozinha. Encontrei um ajudante de garçom fumando um cigarro. Meti a mão na carteira e puxei uma nota de dez dólares. Coloquei-a no bolso da camisa dele.

– Não posso aceitar, senhor.

– Por que não?

– Não posso.

– Todo mundo recebe gorjetas. Por que não o ajudante de garçom? Eu sempre quis ser um ajudante de garçom.

Afastei-me, tornei a encontrar a sala principal e a mesa.

Quando me sentei, Sarah se curvou para mim e sussurrou:

– Victor Norman veio aqui quando você saiu. Disse que foi muito legal de você não falar nada da literatura dele.

– Fui bom, não fui, Sarah?

– Foi.

– Não fui um bom menino?

– Foi.

Olhei para Victor Norman, atraindo sua atenção. Fiz-lhe um aceno de cabeça, pisquei o olho.

Nesse momento entrava o verdadeiro Harry Friedman. Algumas pessoas se levantaram e aplaudiram. Outras pareciam entediadas.

Friedman sentou-se à sua mesa e serviu-se de comida. Massa. A massa correu a roda. Harry Friedman recebeu a sua e atacou-a logo. Parecia um bom garfo. Era largo, sem dúvida. Usava um terno velho, os sapatos gastos. Cabeça grande, bochechudo. Enfiava a massa naquelas bochechas. Tinha grandes olhos redondos, olhos tristes e cheios de desconfiança. Ai, viver no mundo! Faltava um botão da camisa branca amassada, perto da barriga, que se estufava para fora. Parecia um bebezão que de algum modo se soltara, crescera depressa e quase se tornara um homem. Tinha charme, mas podia ser perigoso acreditar naquele charme – ele seria usado contra a gente. Não usava gravata. Feliz aniversário, Harry Friedman!

Surgiu uma jovem vestida de policial. Encaminhou-se diretamente para a mesa dele.

– VOCÊ ESTÁ PRESO! – gritou.

Harry Friedman parou de comer e sorriu, os lábios molhados de massa.

A policial tirou o casaco e a blusa. Tinha seios enormes. Balançou-os debaixo do nariz de Harry Friedman.

– VOCÊ ESTÁ PRESO – gritou.

Todo mundo aplaudiu. Não sei por quê.

Friedman fez sinal à policial para que se abaixasse. Ela se abaixou e ele sussurrou-lhe alguma coisa no ouvido. Ninguém soube o que era.

Me leve pra sua casa. Vamos ver o que acontece?

Esqueceu seu cassetete. Cuido disso? Você vem me ver. Te levo no cinema?

A policial tornou a vestir a blusa, o casaco, e se mandou.

As pessoas aproximavam-se da mesa de Friedman e diziam-lhe coisinhas. Ele as olhava como se não soubesse quem eram. Em breve acabara de comer e bebia vinho. Manejava bem o vinho. Gostei disso.

Realmente tinha um fraco por vinho. Depois de algum tempo, saiu de mesa em mesa, curvando-se, falando com as pessoas.

– Nossa – eu disse a Sarah –, veja só aquilo!

– Quê?

– Ele está com um pedaço de massa num dos cantos da boca e ninguém lhe diz nada. Está ali *pendurado*!

– Estou vendo! Estou vendo! – disse Jon.

Harry Friedman continuava indo de mesa em mesa, curvando-se, falando. Ninguém o avisava.

Finalmente, ele se aproximou. Estava mais ou menos a uma mesa da nossa quando eu me levantei e me aproximei dele.

– Sr. Friedman – disse.

Ele me olhou com aquele rosto de bebê monstruoso.

– Sim?

– Fique parado.

Estendi a mão, peguei o fiapo de massa e puxei. A coisa se soltou.

– O senhor estava andando por aí com isso pendurado. Eu não aguentava mais.

– Obrigado – ele disse.

Voltei pra minha mesa.

– Bem, bem – perguntou Jon –, que acha dele?

– Acho ele um encanto.

– Eu te disse. Não conheci ninguém como ele depois de Lido Mamin...

– De qualquer modo – disse Sarah –, foi bacana da sua parte tirar a massa da cara dele, já que ninguém mais tinha coragem de fazer isso. Foi muito bacana.

– Obrigado, eu sou um cara muito bacana, na verdade.

– Oh, é? Que mais você fez de bacana ultimamente?

Nossa garrafa de vinho estava vazia. Chamei o garçom. Ele franziu o cenho para mim e adiantou-se com outra garrafa.

E não consegui pensar em nada bacana que tivesse feito. Ultimamente.

– *Hollywood*

## carta de uma fã

venho lendo o senhor há um longo tempo,
recém coloquei o Billy para dormir,
ele apanhou 7 carrapatos cruéis em algum lugar,
eu tenho 2
meu marido, Benny, ele tem 3.
alguns de nós amam insetos, outros os
odeiam.
Benny escreve poemas.
saiu certa vez na mesma revista que
o senhor.
Benny é o maior escritor do mundo
mas tem um temperamento horrível.
tempos atrás foi fazer uma leitura e alguém
riu de um de seus poemas sérios
e Benny tirou o pau pra fora
ali mesmo
e mijou no palco.
ele diz que o senhor escreve bem mas que
não se deixaria dominar pelo
senhor.
seja como for, fiz um GRANDE POTE DE MARMELADA
esta noite,
nós simplesmente AMAMOS marmelada por aqui.
Benny foi demitido ontem, ele disse ao
chefe para enfiar o emprego no rabo
mas eu continuo trabalhando no
salão de beleza.
o senhor sabe que os veados aparecem por lá pra fazer as
unhas?
o senhor não é veado, não é, sr.
Chinaski?
seja como for, gosto de escrever pro senhor.
seus livros são lidos e relidos por
aqui.
Benny diz que o senhor é um velho chato, que o senhor
escreve bem mas que

não se deixaria dominar pelo
senhor.
o senhor gosta de insetos, sr. Chinaski?
acho que a marmelada já deve estar gelada o suficiente
para comer.
então adeus.

Dora

## seja gentil

sempre nos é pedido
que entendamos os pontos de vista das
outras pessoas
não importa o quão
ultrapassado
tolo ou
odioso.

exige-se de alguém
que encare
os erros totais dos outros
os desperdícios de suas vidas
com
gentileza,
especialmente se eles já forem
velhos.

mas a idade é a soma de
nossos atos.
eles envelheceram
sem dignidade
porque
viveram
desfocados,

recusaram-se a
enxergar.

e não por culpa deles?

então de quem é a culpa?
minha?

pedem-me para esconder
dessas pessoas
meu ponto de vista
por medo do medo
delas.

envelhecer não é nenhum crime.

mas a vergonha
de uma vida
deliberadamente
desperdiçada

entre tantas outras
vidas
deliberadamente
desperdiçadas

é.

• • • • • • • • • • • • • • • • • • • • • • • • • • • • • • • • • • • • • • • •

Eu estava lá às 8h50 da manhã. Estacionei e esperei por Jon. Ele apareceu às 8h55. Saltei e me aproximei do carro dele.

– Bom dia, Jon...

– Olá, Hank... Como vai?

– Ótimo. Escuta, que aconteceu com a greve de fome?

– Oh, ainda estou nela. Mas mais importante é cortar os pedaços.

Trazia a Black and Decker consigo. Enrolada numa toalha verde-escuro. Entramos no prédio da Firepower juntos. O elevador nos levou ao escritório do advogado. Neeli Zutnick. A recepcionista aguardava a nossa chegada.

– Por favor, entrem direto – disse.

Neeli Zutnick esperava. Levantou-se de detrás de sua mesa e apertou-nos a mão. Depois voltou, sentou-se atrás da mesa.

– Os cavalheiros gostariam de um cafezinho? – perguntou.

– Não – disse Jon.

– Eu tomo um – eu disse.

Zutnick apertou o botão do intercomunicador.

– Rose? Rose, minha querida... um café, por favor... – Olhou para mim. – Creme e açúcar?

– Preto.

– Preto. Obrigado, Rose... Agora, cavalheiros...

– Onde está Friedman? – perguntou Jon.

– O sr. Friedman me deu instruções completas. Agora...

– Onde fica sua tomada? – perguntou Jon.

– Tomada?

– Pra isso... – Jon puxou a toalha, revelando a Black and Decker.

– Por favor, sr. Pinchot...

– Onde fica a tomada? Deixa pra lá, já achei...

Jon adiantou-se e ligou a Black and Decker na tomada.

– Você deve entender – disse Zutnick – que, se eu soubesse que ia trazer esse instrumento, teria mandado desligar a eletricidade.

– Tá tudo bem – disse Jon.

– Não há necessidade desse instrumento – disse Zutnick.

– Espero que não. É só... para o caso...

Rose entrou com o meu café. Jon apertou o botão da Black and Decker. A lâmina entrou em ação, zumbindo.

Rose ficou nervosa e entornou o café, só um pouquinho... o bastante para deixar cair uma gota no vestido. Era um belo vestido vermelho, e ela, gorda, recheava-o lindamente.

– Uau! Me deu um susto!

– Desculpe – disse Jon. – Eu estava só... testando...

– De quem é o café?

– Meu – eu disse. – Obrigado.

Ela me trouxe o café. Eu bem que precisava.

Rose saiu, lançando-nos um olhar preocupado por cima do ombro.

– Os srs. Friedman e Fischman manifestaram consternação por seu atual estado mental...

– Corta essa merda, Zutnick! Ou eu consigo a liberação ou o primeiro pedaço de minha carne será depositado... aqui!

Jon bateu no centro da mesa do advogado com a ponta da Black and Decker.

– Ora, sr. Pinchot, não há necessidade...

– HÁ NECESSIDADE, SIM! E O TEMPO ESTÁ SE ESGOTANDO! EU QUERO AQUELA LIBERAÇÃO JÁ!

Zutnick olhou para mim.

– Que tal seu café, sr. Chinaski?

Jon apertou o gatilho da Black and Decker e ergueu a mão esquerda, o dedo mindinho esticado. Volteou a Black and Decker em torno do dedo, a lâmina funcionando furiosamente.

– JÁ!

– TUDO BEM! – berrou Zutnick.

Jon tirou o dedo do gatilho.

Zutnick abriu a gaveta de cima da sua mesa e puxou duas folhas de papel tamanho ofício. Empurrou-as para Jon. Jon aproximou-se, pegou-as, sentou-se e começou a ler.

– Sr. Zutnick – perguntei –, posso tomar outra xícara de café?

Ele me fuzilou com o olhar, apertou o botão do intercomunicador.

– Outra xícara de café, Rose. Preto...

– Como em Black and Decker – eu disse.

– Sr. Chinaski, isso não tem graça nenhuma.

Jon continuou a ler.

Chegou meu café.

– Obrigado, Rose...

Jon continuava a ler e nós esperávamos. Ele pusera a Black and Decker atravessada no colo.

Então disse:

– Não, isso não serve...

– QUÊ? – perguntou Zutnick. – É UMA LIBERAÇÃO TOTAL!

– Toda a cláusula "e" deve ser retirada. Contém ambiguidades demais.

– Posso ver esses papéis? – perguntou Zutnick.

– Certamente...

Jon colocou-os sobre a lâmina da Black and Decker e passou-os para Zutnick. O advogado tirou-os da lâmina com certa repugnância. Começou a ler a cláusula "e".

– Não estou vendo nada de errado aqui...

– Retire...

– Você realmente pretende cortar um de seus dedos?

– Pretendo. E posso até cortar um dos seus.

– Isso é uma ameaça? Está me ameaçando?

– Pense no seguinte: eu não tenho nada a perder aqui. Só vocês.

– Um contrato assinado sob essas condições pode ser considerado inválido.

– Você me dá nojo, Zutnick! Elimine a cláusula "e" ou meu dedo se vai! JÁ!

Jon apertou o botão. A Black and Decker tornou a saltar em ação. Jon Pinchot estendeu o dedo mindinho da mão esquerda.

– PARE! – gritou Zutnick.

Jon parou.

Zutnick falava no intercomunicador.

– ROSE! Preciso de você...

Rose entrou.

– Mais café para os cavalheiros?

– Não, Rose. Quero todo este contrato revisto e rodado de novo, mas elimine a cláusula "e", e depois me devolva.

– Pois não, sr. Zutnick.

Ficamos ali sentados por algum tempo.

Então Zutnick disse:

– Pode tirar essa coisa da tomada agora.

– Ainda não – disse Jon. – Só quando tudo estiver finalizado.

– Você tem realmente outro produtor pra essa coisa?

– É claro...

– Se importa de me dizer quem é?

– Claro que não. Hal Edleman. Friedman sabe disso.

Zutnick piscou os olhos. Edleman significava dinheiro. Ele conhecia o nome.

– Eu li o argumento. Parece muito... cru... pra mim.

– Já leu outra obra do sr. Chinaski? – perguntou Jon.

– Não. Mas minha filha leu. Ela tem o livro de contos dele, *Sonhos da piscina.*

– E?

– Detestou.

Rose voltava com o novo contrato. Entregou-o a Zutnick. O advogado deu uma olhada, levantou-se e aproximou-se de Jon.

Jon releu a coisa toda.

– Muito bem.

Dirigiu-se com o documento para a mesa, curvou-se e assinou-o. Zutnick assinou por Friedman e Fischman. Estava feito. Uma cópia para cada.

Então Zutnick deu uma risada. Parecia aliviado.

– A prática da advocacia se torna cada vez mais estranha...

Jon tirou a Black and Decker da tomada. Zutnick encaminhou-se para um pequeno armário na parede, abriu-o, pegou uma garrafa e três copos. Colocou-os sobre a mesa e serviu a todos.

– Ao acordo, cavalheiros...

– Ao acordo... – disse Jon.

– Ao acordo – disse o escritor.

Bebemos. Era conhaque. E tínhamos o filme de novo.

Acompanhei Jon até o seu carro. Ele jogou a Black and Decker no banco de trás, e entrou na frente.

– Jon – perguntei da calçada –, posso testar você com a grande pergunta?

– Claro.

– Pode me dizer a verdade sobre a Black and Decker. Jamais sairá daqui. Você ia realmente fazer aquilo?

– Mas é claro...

– Mas as outras partes depois? Os outros pedaços. Ia fazer isso?

– Claro. Uma vez que a gente começa uma coisa dessas, não tem como parar.

– Você tem raça, cara.

– Não é nada. Agora estou com fome.

– Posso te pagar um café?

– Bem, tudo bem... Eu sei o lugar certo... Entre no carro e me siga...

– Tudo bem.

Segui Jon de um lado a outro de Hollywood, as luzes e as sombras de Alfred Hitchcock, o Gordo e o Magro, Clark Gable, Gloria Swanson, Mickey Mouse e Humphrey Bogart caindo ao nosso redor.

– *Hollywood*

# vidas na lata do lixo

o vento sopra forte esta noite
e é um vento frio
e eu penso nos
garotos na miséria.
espero que eles tenham uma garrafa
de vinho.

é quando você está na miséria
que percebe que
*tudo*
tem um dono
e que os cadeados estão por *toda*
parte.
este é o modo como funciona a
democracia:
você pega aquilo que pode,
tenta manter o que pegou
e acrescentar mais ao acumulado
se possível.

é esta também a maneira de agir de uma
ditadura
a diferença é que elas destroem ou
escravizam seus
dissidentes.

nós simplesmente esquecemos
os nossos.

nos dois casos
o vento segue
frio e
cortante.

••••••••••••••••••••••••••••••••••••••••••••

As filmagens iam começar em Culver City. O bar ficava lá, e o hotel com o meu quarto. A parte seguinte seria feita no distrito da Rua Alvarado, onde ficava o apartamento da mulher.

Depois vinha um bar que frequentávamos na 6$^{th}$ Street com Vermont. Mas as primeiras tomadas seriam em Culver City.

Jon nos levou para ver o hotel. Parecia autêntico. Os bebuns moravam ali. O bar ficava embaixo. Nós ficamos parados, olhando.

– Que tal? – perguntou Jon.

– Sensacional. Mas já vivi em lugares piores.

– Eu sei – disse Sarah. – Eu vi.

Subimos para o quarto.

– Aqui está. Parece familiar?

Era pintado de cinza, como muitos desses lugares. Persianas rasgadas. A mesa e a cadeira. A geladeira coberta de grossa crosta de sujeira. E a pobre cama bamba.

– Está perfeito, Jon. É *o* quarto.

Fiquei um pouco triste por não ser jovem e estar fazendo tudo aquilo de novo, bebendo e brigando e jogando com as palavras. Quando a gente é jovem, pode realmente aguentar uma surra. A comida não importava. O que importava era beber e sentar à máquina. Eu devia ter sido louco, mas há muitos tipos de loucura, e alguns são muito gostosos. Eu morria de fome para ter tempo de escrever. Não se faz mais isso. Olhando aquela mesa, via-me ali sentado de novo. Naquele tempo estava louco e sabia disso e não importava.

– Vamos descer pra dar outra verificada no bar...

Descemos. Os bebuns que iam aparecer no filme já estavam lá. Bebiam.

– Vamos lá, Sarah, vamos pegar um banco. Tchau, Jon...

O garçom nos apresentou aos bêbados. Eram o Grande Monstro e o Pequeno Monstro, o Nojento, Buffo, Cabeça de Cachorro, Lady Lila, Lance Livre, Clara e outros.

Sarah perguntou ao Nojento o que ele estava bebendo.

– Parece bom – disse.

– É um Cape Cod, suco de amora e vodca.

– Eu tomo um Cape Cod – disse Sarah ao garçom, Cowboy Cal.

– Vodca 7 – eu disse ao Cowboy.

Tomamos algumas. O Grande Monstro me contou uma história de uma briga deles todos com os tiras. Muito interessante. E eu sabia, pelo jeito de ele contar, que era verdade.

Depois veio a chamada para o almoço para os atores e a equipe. Os bebuns ficaram onde estavam.

– É melhor a gente comer – disse Sarah.

Saímos pelos fundos e para leste do hotel. Haviam instalado uma grande banca. Os extras, técnicos, operários e outros já comiam. A comida tinha boa aparência. Jon veio ter com a gente. Pegamos nossas rações na carroça e o seguimos até a ponta da mesa. Quando passávamos, Jon parou. Um homem comia sozinho. Jon apresentou-nos.

– Esse é Lance Edwards...

Edwards fez-nos um leve aceno de cabeça e voltou ao seu filé.

Sentamo-nos na ponta da mesa. Edwards era um dos coprodutores.

– Esse Edwards age como um filho da puta – eu disse.

– Oh – disse Jon – ele é muito acanhado. É um dos caras dos quais Friedman estava tentando se livrar.

– Talvez tivesse razão.

– Hank – disse Sarah –, você nem conhece o cara.

Eu atacava minha cerveja.

– Coma sua comida, Sarah.

Ela ia acrescentar dez anos à minha vida, para o melhor ou para o pior.

– Vamos filmar uma cena com Jack na sala. Você deve vir ver.

– Depois de comermos, vamos voltar pro bar. Quando estiverem prontos pra filmar, mandem alguém nos chamar.

– Tudo bem – disse Jon.

Depois de comermos, contornamos o hotel até o outro lado, verificando-o. Jon nos acompanhava. Vários reboques estacionavam ao longo da rua. Vimos o Rolls-Royce de Jack. E junto a ele um grande reboque prateado, com um anúncio na porta: JACK BLEDSOE.

– Veja – disse Jon –, ele tem um periscópio em cima, pra ver quem se aproxima...

– Nossa...

– Escuta, tenho de acertar umas coisas...

– Tudo bem... Tchau...

Jon tinha uma coisa engraçada. Seu sotaque francês ia desaparecendo à medida que ele só falava inglês nos Estados Unidos. Era um pouco triste.

A porta do reboque de Jack abriu-se. Era ele.

– Ei, entrem!

Subimos os degraus. Uma televisão estava ligada. Uma garota jovem deitava-se no beliche, vendo TV.

– Essa é Cleo. Comprei uma moto pra ela. A gente roda junto.

Um cara sentava-se na outra ponta.

– Esse é meu irmão, Doug...

Eu me aproximei de Doug, ensaiei uns passos de boxe na frente dele. Ele não disse nada. Apenas encarava. Sujeito frio. Ótimo. Eu gostava de caras frios.

– Tem alguma coisa pra beber? – perguntei a Jack.

– Claro...

Pegou um uísque, serviu-me uma dose com água.

– Obrigado...

– Quer um pouco? – ele perguntou a Sarah.

– Obrigada – ela disse. – Não gosto de misturar bebidas.

– Ela está tomando Cape Cods – eu disse.
– Oh...
Sarah e eu nos sentamos. O uísque era bom.
– Gosto deste lugar – eu disse.
– Fique o quanto quiser – disse Jack.
– Talvez eu fique pra sempre...
Jack me lançou seu famoso sorriso.
– Seu irmão não é de falar muito, é?
– Não, não é.
– Um cara frio.
– Ééé.
– Bem, Jack, decorou suas falas?
– Eu nunca olho as minhas falas até o último instante antes da filmagem.
– Sensacional. Bem, escuta, a gente tem de se mandar.
– Eu sei que você consegue, Jack – disse Sarah. – Estamos satisfeitos por você ter o papel principal.
– Obrigado.

No bar, os bebuns ainda estavam lá e não pareciam nem um pouco mais bêbados. Era preciso muita coisa pra derrubar um profissional.

Sarah tomou outro Cape Cod. Eu voltei ao Vodca 7.

Bebemos e ouvimos outras histórias. Cheguei até a contar uma. Talvez houvesse passado uma hora. Aí eu ergui o olhar e vi Jack parado, olhando por cima das portas de vaivém da entrada. Eu via apenas a cabeça dele.

– Ei, Jack – gritei –, entre e tome uma.
– Não, Hank, vamos filmar agora. Por que não vem ver?
– Já vou lá, baby...
Pedimos mais duas doses. E já as atacávamos quando Jon entrou.
– Vamos filmar agora – ele disse.
– Tudo bem – disse Sarah.
– Tudo bem – disse eu.

Acabamos nossas doses, e eu peguei umas duas garrafas de cerveja para levar conosco.

Seguimos Jon por uma escada acima e pelo quarto adentro. Cabos por toda parte. Técnicos mexendo-se de um lado para outro.

– Aposto que poderiam rodar um filme com cerca de um terço desses porras todos.
– É o que Friedman diz.
– Às vezes ele tem razão.

– Tudo bem – disse Jon –, estamos quase prontos. Fizemos alguns ensaios. Agora filmamos. Você – disse para mim – fica nesse canto. Pode ver daqui sem entrar na cena.

Sarah recuou até ali comigo.

– SILÊNCIO! – gritou o assistente de direção de Jon. – PREPARANDO PRA RODAR!

Tudo ficou em silêncio.

Então foi a vez de Jon:

– CÂMERA! AÇÃO!

A porta do quarto abriu-se e Jack Bledsoe entrou cambaleando. Merda, era o jovem Chinaski! Era eu! Senti uma dor mole dentro de mim. Juventude, sua filha da puta, aonde foi você?

Queria voltar a ser o jovem bêbado. Queria ser Jack Bledsoe. Mas era apenas o cara velho no canto, mamando uma cerveja.

Bledsoe cambaleou até a janela junto à mesa. Abriu a persiana escangalhada. Ensaiou uns passos de boxe, um sorriso no rosto. Depois sentou-se à mesa, pegou um lápis e um pedaço de papel. Ficou ali sentado algum tempo, depois puxou a rolha de uma garrafa de vinho, tomou uma talagada, acendeu um cigarro. Ligou o rádio e deu sorte de sintonizar Mozart.

Começou a escrever naquele pedaço de papel com o lápis, enquanto a cena escurecia...

Pegara a coisa. Pegara do jeito que era, quer isso significasse alguma coisa ou não, ele a pegara como era.

Eu me aproximei dele e apertei sua mão.

– Peguei bem? – ele perguntou.

– Pegou – eu disse.

No bar lá embaixo, os bebuns ainda estavam em serviço e com a mesma aparência.

Sarah voltou aos seus Cape Cods e eu tomei a rota do Vodca 7. Ouvimos algumas histórias ótimas. Mas havia uma tristeza no ar, porque depois de rodado o filme, o bar e o hotel iam ser desmontados, para servir a algum fim comercial. Alguns dos fregueses moravam no hotel há décadas. Outros moravam numa estação ferroviária deserta próxima, e havia uma ação judicial para retirá-los dali. Por isso, a bebida era pesada e triste.

Sarah disse por fim:

– Precisamos voltar pra casa pra dar comida aos gatos.

A bebida podia esperar.

Hollywood podia esperar.

Os gatos não esperavam.

Concordei.

Despedimo-nos dos bebuns e fomos para o carro. Eu não me preocupava com a direção. Alguma coisa na visão do jovem Chinaski naquele velho quarto de hotel me estabilizara. Filho da puta, eu fora um jovem touro do caralho. Realmente um fodido de primeira.

Sarah se preocupava com o futuro dos pinguços. Eu também não gostava daquilo. Por outro lado, não podia vê-los sentados em torno da minha porta da frente, bebendo e contando suas histórias. Muitas vezes o charme diminui quando chega perto demais da realidade. E quantos irmãos a gente pode manter?

Eu dirigia em frente. Chegamos.

Os gatos esperavam.

Sarah desceu e limpou as tigelas deles e eu abri as latas.

Simplicidade, era disso que se precisava.

Subimos, tomamos banho, trocamos de roupa e fomos para a cama.

– Que é que aquele pessoal vai fazer? – perguntou Sarah.

– Eu sei. Eu sei...

Aí chegou a hora de dormir. Desci para dar uma última olhada e voltei. Sarah já adormecera. Apaguei a luz. Dormimos. Tendo visto fazer o filme naquela tarde, agora estávamos um pouco diferentes, jamais voltaríamos a pensar ou falar exatamente da mesma forma. Agora sabíamos algo mais, mas, o que era, parecia muito vago e talvez até um pouco desagradável.

– *Hollywood*

# concurso de poesia

mande quantos poemas você quiser, mantenha
apenas cada um deles a dez linhas no máximo.
nenhum limite quanto ao estilo ou conteúdo
embora prefiramos poemas de
afirmação.
espaço duplo
com seu nome e endereço na
parte superior do cabeçalho
esquerdo.
os editores não se responsabilizam pelos
manuscritos

sem envelope de retorno
todos os esforços
serão feitos para
julgar os trabalhos num prazo de 90
dias.
após uma cuidadosa seleção
a escolha final será feita por
Elly May Moody,
editora-geral responsável.
por favor envie dez dólares
para cada poema
apresentado.
um prêmio final de
75 dólares será
entregue ao vencedor
do
Prêmio de ouro Elly May Moody de
*poesia*,
junto com um certificado
assinado por
Elly May Moody.
também serão premiados com certificados os 2º, 3º e
4º lugares
todos com a assinatura de
Elly May Moody.
as decisões são
irrevogáveis.
os vencedores do prêmio serão
publicados no número de primavera de
*O coração do paraíso.*
os vencedores do prêmio também receberão
uma cópia da revista
junto com
a última coletânea de
poesia de
Elly May Moody,
*O lugar onde morreu*
*o inverno.*

A cena da banheira era simples. Francine sentava-se dentro e Jack Bledsoe no chão, do lado de fora, recostado na banheira, enquanto Francine falava de várias coisas, principalmente sobre um assassino que vivia no prédio e se achava em liberdade condicional. O homem, que morava com uma velha, espancava-a continuamente. Ouviam-se o assassino e sua dona discutindo e se xingando através das paredes.

Pinchot me pedira para escrever diálogos de pessoas brigando do outro lado das paredes, e eu lhe dera várias páginas. Basicamente, essa fora a parte mais gostosa da criação do argumento.

Muitas vezes, nessas pensões e apartamentos baratos, não se tinha nada a fazer quando se estava duro, morrendo de fome e reduzido à última garrafa. Não se tinha nada a fazer senão escutar aquelas discussões cabeludas. Elas faziam a gente compreender que não era o único desiludido do mundo, não era o único à beira da loucura.

Não podíamos ver a cena da banheira, porque não havia espaço suficiente lá dentro, por isso Sarah e eu ficamos esperando na porta da frente do apartamento, com a cozinha para um lado. Na verdade, trinta anos atrás eu tinha morado por pouco tempo naquele mesmo prédio da Rua Alvarado, com a dona sobre a qual escrevera o argumento. Era de fato estranho e arrepiante. "Tudo que passa, volta." De uma maneira ou de outra. E trinta anos depois, o lugar parecia mais ou menos o mesmo. Só que as pessoas que eu conhecera tinham todas morrido. A dona morrera três décadas atrás, e ali estava eu sentado, tomando uma bebida naquele mesmo prédio cheio de câmeras e som e técnicos. Bem, eu ia morrer também, muito breve. Sirva um por mim.

Preparavam comida na pequena cozinha, e a geladeira regurgitava de cervejas. Fiz algumas incursões por lá. Sarah encontrou pessoas com quem conversar. Tinha sorte. Toda vez que alguém falava comigo, eu sentia vontade de saltar pela janela ou descer no elevador. As pessoas simplesmente não tinham interesse algum. Talvez não devessem ter. Mas os animais, pássaros, até mesmo os insetos tinham. Eu não entendia.

Jon Pinchot continuava adiantado um dia em relação ao cronograma de filmagens, e eu estava satisfeito pra burro com isso. Tirava a Firepower do nosso pé. Os grandolas não apareciam. Tinham seus espias, é claro. Eu os via.

Alguns membros da equipe tinham livros meus. Pediam autógrafos. Os livros que traziam eram curiosos. Quer dizer, eu não os considerava os melhores. (Meu melhor livro é sempre o último que escrevi.) Alguns deles tinham um livro de minhas primeiras histórias pornográficas, *Batendo punheta no demônio*. Alguns livros de poemas, *Mozart na figueira* e *Você deixaria esse homem tomar conta de sua filhinha de auatro anos?* Também *A latrina do bar é minha capela.*

O dia passava, em paz mas sem alegria.

Bela cena de banheira, eu pensava. Francine deve estar bem lavada a essa altura.

Jon Pinchot entrou correndo no quarto. Parecia descomposto. Até o zíper estava meio aberto. Despenteado. Os olhos pareciam ao mesmo tempo ensandecidos e vazios.

– Meu Deus! – disse. – Aqui está você!

– Como vai indo?

Ele se curvou sobre mim e me sussurrou no ouvido:

– É terrível, é de enlouquecer! Francine está preocupada com a possibilidade do bico do peito dela aparecer acima d'água! Fica perguntando: "Meus peitos estão aparecendo?"

– Que mal faz um peitinho?

Jon se curvou mais ainda.

– Ela não é mais tão jovem quanto gostaria... E Hyans odeia aquela iluminação... Não suporta a iluminação e está bebendo cada vez mais...

Hyans era o câmera. Ganhara quase todos os prêmios do ramo, um dos melhores câmeras vivos, mas, como a maioria das almas grandes, gostava de seu traguinho de vez em quando.

Jon prosseguiu, sussurrando freneticamente:

– E Jack não diz uma fala certa. Temos de cortar o tempo todo. Tem alguma coisa nas falas que incomoda ele, e ele fica com aquele sorriso idiota no rosto quando as diz.

– Qual é a fala?

– É: "Ele tem de masturbar o agente da condicional quando o cara aparece".

– Tudo bem, experimente: "Ele tem de tocar punheta no agente da condicional quando o cara aparece".

– Nossa, obrigado! ESTA VAI SER A DÉCIMA NONA TOMADA!

– Meu Deus – eu disse.

– Me deseje sorte...

– Sorte...

Jon deixou o quarto. Sarah se aproximou.

– Que é que há?

– A décima nona tomada. Francine está com medo de mostrar os peitos, Jack não consegue dizer sua fala, e Hyans não gosta da iluminação.

– Francine precisa de um trago – ela disse. – Vai fazer ela se soltar.

– Hyans não precisa de um trago.

– Eu sei. E Jack vai conseguir dizer a fala quando Francine se soltar.

– Talvez.

Nesse momento Francine entrou no quarto. Parecia inteiramente perdida, completamente por fora. Usava um roupão, uma toalha amarrada na cabeça.

– Vou dizer a ela – disse Sarah.

Aproximou-se de Francine e falou-lhe baixinho. A outra escutou. Assentiu levemente com a cabeça, saiu do quarto por uma porta à esquerda. Num instante, Sarah emergiu da cozinha com uma xícara de café. Bem, tinha *scotch*, vodca, uísque e gim naquela cozinha. Sarah preparara alguma coisa. A porta abriu-se, fechou-se e a xícara de café desapareceu.

Sarah aproximou-se.

– Ela vai ficar bem agora...

Passaram-se dois ou três minutos, e a porta do quarto abriu-se de repente. Francine saiu e dirigiu-se para o banheiro e a câmera. Quando passava, seus olhos encontraram os de Sarah:

– Obrigada!

Bem, não havia nada a fazer senão ficar sentado e bater mais papo.

Eu não podia deixar de lançar uma olhada ao passado. Aquele era o mesmo prédio do qual eu fora despejado por levar três mulheres para meu quarto certa noite. Naquele tempo não tinha essa de Direitos do Inquilino.

– Sr. Chinaski – dissera a senhoria –, aqui moram pessoas religiosas, pessoas trabalhadoras, pessoas com filhos. Eu nunca recebi uma queixa dessas sobre outros inquilinos. E soube também que o senhor... aquelas cantorias, aqueles xingamentos... quebra-quebra... palavrões e risadas... Em toda a minha vida, eu jamais soube de nada parecido com o que aconteceu em seu quarto ontem à noite!

– Tudo bem, eu saio...

– Obrigada.

Eu devia estar louco. Sem me barbear. A camiseta cheia de buracos de cigarro. Meu único desejo era ter mais de uma garrafa na cômoda. Não era feito para o mundo nem o mundo pra mim, e encontrara outros como eu, e em sua maioria esses outros eram mulheres, mulheres com as quais a maioria dos homens jamais iria querer ficar num mesmo quarto, mas que eu adorava, elas me inspiravam, eu fazia teatro, xingava, saltava pelo quarto de cueca dizendo-lhes que era grande, mas só *eu* acreditava nisso. Elas apenas berravam: "Foda-se! Sirva mais um pouco de álcool!" Aquelas donas do inferno, aquelas donas no inferno comigo.

Jon Pinchot entrou rápido no quarto:

– Deu tudo certo! Que dia! Agora, amanhã recomeçamos tudo!

– Agradeça a Sarah! – eu disse. – Ela sabe preparar uma bebida mágica.

– Quê?

– Ela soltou Francine com uma coisa numa xícara de café.

Jon voltou-se para Sarah.

– Muito obrigado...

– Disponha – respondeu Sarah.

– Nossa – disse Jon –, estou neste ramo há muito tempo e nunca fiz *dezenove* tomadas!

– Eu soube – eu disse – que Chaplin às vezes fazia cem tomadas até conseguir o que queria.

– Isso era Chaplin – disse Jon. – Cem tomadas, e nosso orçamento vai embora.

E foi isso aí por esse dia. A não ser por Sarah, que disse:

– Diabos, vamos ao Musso's.

O que fizemos. E conseguimos uma mesa na Sala Velha e pedimos umas bebidas enquanto olhávamos o menu.

– Lembram? – perguntei. – Lembram dos velhos tempos quando a gente vinha aqui ver as pessoas nas mesas e tentar localizar os tipos, os atores, os diretores ou produtores, os tipos do pornô, os agentes, os aspirantes? E a gente pensava: "Veja só eles, discutindo suas negociatas de filmes, ou os contratos sobre seus últimos filmes". Que toupeiras, que desajustados. Melhor desviar o olhar quando chegarem o peixe-espada e o linguado.

– A gente achava eles uns merdas – disse Sarah – e agora nós é que somos.

– Tudo que passa, volta...

– Certo! Acho que vou querer o linguado...

O garçom pairava acima de nós, arrastando os pés, franzindo o cenho, os pelos das sobrancelhas caindo sobre os olhos. Musso estava ali desde 1919, e tudo era um pé no saco para ele: nós, e todos os demais na casa. Eu concordava. Decidi pelo peixe-espada. Com batatas fritas.

– *Hollywood*

## o gênio

este homem de vez em quando se esquece
quem é.
às vezes ele acha que é o
Papa.

outras vezes é um
coelho caçado

e se esconde debaixo da
cama.

então
de uma só vez
ele recuperará totalmente
a lucidez
e passará a compor
obras de
arte.

então ficará bem
por algum
tempo.

depois, digamos,
estará sentado com sua
esposa
e mais 3 ou 4
pessoas
discutindo vários
assuntos

ele será encantador,
incisivo,
original.

então fará
algo
estranho.
como certa vez
em que se pôs de pé
abriu a braguilha
e começou
a mijar
no
tapete.

outra vez
comeu um guardanapo de

papel.

e houve
a ocasião em que
entrou no
carro
e dirigiu de
ré
todo o caminho
até o
mercado
e voltou
mais uma vez
de ré
os outros motoristas
gritando com
ele
mas
conseguiu
ir e
voltar
sem qualquer
incidente
e sem
ser
parado
por uma patrulha da
polícia.

mas fica bem mesmo
como
Papa
e seu
latim
é muito
bom.

suas obras de
arte
não são lá

excepcionais
mas elas permitem que
ele
sobreviva
e que viva com
uma série de
esposas de
19 anos
que lhe
cortam os cabelos
as unhas
dão de beber
servem-no e
o
alimentam.

ele consome todo mundo
exceto
a si
mesmo.

• • • • • • • • • • • • • • • • • • • • • • • • • • • • • • • • • • • • • • • • • • • • • • •

Eram dez e meia da manhã quando o telefone tocou. Jon Pinchot.

– O filme foi cancelado...

– Jon, eu não acredito mais nessas histórias. É só o jeito de eles fazerem pressão.

– Não, é verdade, o filme foi cancelado.

– Como podem? Já investiram demais, ficariam com um enorme prejuízo no projeto...

– Hank, a Firepower simplesmente não tem mais grana. Não foi só nosso filme que foi cancelado; *todos* os filmes foram cancelados. Fui ao prédio deles hoje de manhã. Só tem os guardas de segurança. Não tem NINGUÉM no prédio! Eu percorri ele todo, gritando: "Olá! Olá! Tem alguém aí?" Sem resposta. Todo o prédio está vazio.

– Mas, Jon, e a cláusula do "Faça ou pague" de Jack Bledsoe?

– Não podem fazer *nem* pagar. Todo o pessoal da Firepower, incluindo nós, está sem salário. Alguns deles já vêm trabalhando há duas semanas sem receber. Agora não tem dinheiro pra ninguém.

– Que é que você vai fazer?

– Eu não sei, Hank, isso parece o fim...

– Não tome nenhuma medida precipitada, Jon. Será que outra empresa não assume o filme?

– Não farão isso. Ninguém gosta do argumento.

– Oh, sim, está certo...

– Que é que você vai fazer?

– Eu? Eu vou às corridas. Mas se quiser aparecer para uns tragos esta noite, eu teria prazer em ver você.

– Obrigado, Hank, mas tenho um encontro com um casal de lésbicas.

– Boa sorte.

– Boa sorte pra você também.

Eu dirigia pela autoestrada do Porto, em direção a Hollywood Park, ao norte. Jogava nos cavalinhos há mais de trinta anos. Começara após minha quase fatal hemorragia no Hospital Municipal de Los Angeles. Me disseram que se tomasse outro trago estava morto.

– Que é que vou fazer? – eu tinha perguntado a Jane.

– Sobre o quê?

– Que vou usar em lugar da bebida?

– Bem, tem os cavalos.

– Cavalos? Que é que a gente faz?

– Aposta neles.

– Aposta neles? Parece idiota.

Nós fomos e ganhei uma bela soma. Comecei a ir diariamente. Depois, aos poucos, recomecei a beber um pouco. Depois mais. E não morri. E aí eu tinha a bebida *e* os cavalos. Um viciado completo. Naquele tempo não havia corridas aos domingos, por isso eu ia com o velho carro até Água Caliente e voltava no domingo, às vezes ficando para as corridas de cachorros depois que as dos cavalos acabavam, e depois atacando os bares de Caliente. Nunca fui assaltado ou agredido, e era até tratado com bondade pelos garçons e fregueses mexicanos, mesmo sendo às vezes o único gringo. A volta de carro, tarde da noite, era legal, e quando chegava em casa eu não ligava se Jane estava lá ou não. Dissera a ela que o México era perigoso demais para mulheres. Geralmente ela não estava em casa quando eu chegava. Estava num lugar muito mais perigoso: a Rua Alvarado. Mas contanto que houvesse três ou quatro cervejas à minha espera, tudo bem. Se ela tivesse bebido aquelas e deixado a geladeira vazia, então, sim, estaria em *verdadeiro* apuro.

Quanto aos cavalos, eu me tornei um verdadeiro estudioso do jogo. Tinha umas duas dúzias de sistemas. Só funcionavam se não se aplicassem todos ao mesmo tempo, porque se baseavam em fatores variáveis. Meus sistemas tinham só um fator comum: o público deve sempre perder. Precisava determinar qual era o jogo do público, e tentar o oposto.

Um de meus sistemas baseava-se em números de índices e pós-posições. Há certos números que o público reluta em pedir. Quando esses números atingem uma certa quantidade de jogo no placar em relação à sua posição, a gente tem um vencedor de alta porcentagem. Estudando durante muitos anos os mapas de corridas no Canadá, nos Estados Unidos e no México, bolei um jogo vencedor baseado apenas nesses indicadores. (O número do índice diz a pista e a corrida em que o cavalo apareceu pela última vez.) O *Racing Form* publicava grandes e gordos livros vermelhos de resultados, por 10 dólares. Eu os lia e relia durante horas, durante semanas. Todos os resultados têm um padrão. Se a gente o descobre, está com tudo. E pode mandar o patrão tomar no cu. Eu mandara vários, apenas para ter de encontrar outros. Sobretudo porque alterava ou trapaceava com meus próprios sistemas. A fraqueza da natureza humana é mais uma coisa que a gente precisa derrotar nas corridas.

Entrei em Hollywood Park e fui para a área reservada. Um treinador de cavalos que eu conhecia me dera um adesivo de "Proprietário/Treinador" para o estacionamento, e também um passe para o clube. Era um homem bom, que tinha como melhor característica não ser escritor nem ator.

Entrei no clube, peguei uma mesa e trabalhei nos meus números. Sempre fazia isso primeiro, depois pagava um pau para ir ao Pavilhão Cary Grant. Não tinha muita gente por lá, e a gente podia pensar melhor. Sobre Cary Grant, há uma foto gigantesca dele pendurada no Pavilhão, rindo. Usa uns óculos fora de moda e aquele seu sorriso. Frio. Mas que jogador nos cavalinhos. Era um apostador de dois dólares. E quando perdia corria para a pista gritando, acenando os braços e berrando: "VOCÊS NÃO PODEM FAZER ISSO COMIGO!". Se a gente vai apostar apenas dois dólares, é melhor ficar em casa, pegar o dinheiro e passá-lo de um bolso para outro.

Por outro lado, *minha* maior aposta foi uma vitória de 20 dólares. Ambição em excesso pode criar erros, porque as apostas muito pesadas afetam os processos de pensamento. Mais duas coisas. Nunca aposte no cavalo com a maior cotação resultante de sua última corrida, e nunca aposte num grande fechador.

Meu passeio até ali foi muito agradável, mas como sempre eu me ressentia da espera de 30 minutos entre as corridas. Era demorada demais. A gente sente a vida sendo reduzida à polpa pela inútil perda de tempo. Quer dizer, a gente fica ali sentado na cadeira ouvindo vozes que discutem quem vai ganhar e por quê. É realmente nauseante. Às vezes a gente pensa que está num asilo de loucos. E de certa forma está. Cada um daqueles babacas acha que sabe mais que os outros, e lá estão todos juntos num mesmo lugar. E lá estava eu, sentado no meio deles.

Eu gostava era da ação real, aquele momento em que todos os nossos cálculos saem corretos do alto-falante e a vida tem algum sentido, algum ritmo e significado. Mas a espera entre as corridas era um verdadeiro horror: ali sentado com uma humanidade murmurante, tateante, que jamais iria aprender ou melhorar, só piorar com o tempo. Sempre ameacei minha boa esposa Sarah de ficar em casa durante os dias e escrever dezenas e dezenas de poemas imortais.

Assim, consegui atravessar a tarde ali e voltei para casa, ganhador de pouco mais de 100 dólares. Voltei de carro com a multidão trabalhadora. Que bando formavam. Putos da vida, maus e quebrados. Com pressa de chegar em casa pra trepar, se possível, pra ver TV, pra ir dormir cedo a fim de fazer novamente a mesma coisa no dia seguinte.

Entrei na estradinha de acesso à casa, e Sarah lá estava, regando o jardim. Era uma grande jardineira. E aguentava minhas insanidades. Dava-me comida saudável, me cortava os cabelos e as unhas dos pés, e geralmente me mantinha em marcha de várias formas.

Estacionei o carro e fui ao jardim, dei-lhe um beijo de saudação.

– Ganhou? – ela perguntou.

– É. Claro. Um pouco.

– Ninguém ligou – ela disse.

– Isso é mau, isso tudo... – eu disse. – Você sabe, depois de Jon ameaçar cortar o dedo e tudo mais. Sinto muito mesmo por ele.

– Talvez devesse ter convidado ele esta noite.

– Eu convidei, mas ele tinha compromisso.

– S&M?

– Não sei. Um casal de lésbicas. Uma espécie de desafogo pra ele.

– Viu as rosas?

– Vi, estão sensacionais. Aquelas vermelhas, brancas e amarelas. Amarelo é minha cor preferida. Me dá vontade de comer.

Sarah encaminhou-se com a mangueira até a pia, fechou a água, e entramos em casa juntos. A vida não era muito ruim, às vezes.

– *Hollywood*

## isto

nonsense autocongratulatório enquanto os
famosos se reúnem para aplaudir sua aparente
grandeza

você
se pergunta onde estão
os verdadeiramente grandes

que
caverna descomunal
os esconde

enquanto
aqueles mortalmente desprovidos
de talento
se curvam para a
ovação

enquanto
os otários são
tapeados
outra vez

você
se pergunta onde
estão os verdadeiramente grandes

se é que eles
existem.

este
nonsense autocongratulatório
tem durado
décadas
e
com raras exceções

séculos.

isto
é tão medonho
é tão absolutamente desprovido de piedade

isto
transforma a coragem em
esperança
poeirenta e algemada

isto
faz as pequenas coisas
como
abrir uma cortina
ou
calçar os sapatos
ou
caminhar pela rua

mais difícil
quase
abominável

enquanto
os famosos se reúnem para
aplaudir sua aparente
grandeza

enquanto
os otários são
tapeados
outra vez

humanidade
sua filha da puta
louca.

E aí, de repente, o filme rolava de novo. Como a maioria das notícias, esta veio pelo telefone, via Jon.

– É – ele me disse –, recomeçamos a produção amanhã.

– Eu não entendo. Achava que o filme estava morto.

– A Firepower vendeu alguns bens. Uma filmoteca e alguns hotéis que eles tinham na Europa. Em cima disso ainda conseguiram arrancar um grande empréstimo de um grupo italiano. Dizem que o dinheiro desse grupo italiano é meio sujo, mas... é dinheiro. De qualquer modo, eu gostaria que você e Sarah viessem pra filmagem amanhã.

– Não sei...

– É amanhã à noite...

– Tudo bem, legal... Quando e onde?

Sarah e eu nos sentávamos num reservado. Era sexta à noite e havia no ar uma boa sensação. Estávamos ali sentados quando Rick Talbot entrou e sentou-se conosco. Ali estava ele em nossa barraca. Queria apenas um café. Eu o vira muitas vezes na TV, criticando filmes com seu opositor, Kirby Hudson. Eram muito bons no que faziam, e muitas vezes se emocionavam com a coisa. Faziam avaliações interessantes, e embora outros houvessem tentado copiar o formato, eles eram muito superiores aos concorrentes.

Rick Talbot parecia muito mais jovem do que na TV. Também parecia mais retraído, quase tímido.

– Vemos você sempre – disse Sarah.

– Obrigado...

– Escuta – perguntei –, que é que te aborrece mais em Kirby Hudson?

– O dedo dele... Quando ele aponta aquele dedo.

Entrou Francine Bowers. Resvalou para dentro do reservado. Nós a cumprimentamos. Ela conhecia Rick Talbot. Trazia uma pequena prancheta de anotações.

– Escuta, Hank, quero saber mais um pouco sobre Jane. Índia, certo?

– Meio índia, meio irlandesa.

– Por que bebia?

– Era um lugar onde se esconder, e também uma forma de suicídio.

– Você algum dia levou ela a algum lugar, além de um bar?

– Levei ela a um jogo de beisebol, uma vez. Ao Wrigley Field, no tempo em que os Angels de L.A. jogavam na Liga da Costa do Pacífico.

– Que aconteceu?

– Nós dois ficamos muito bêbados. Ela ficou fula comigo e saiu correndo do parque. Eu dirigi horas procurando por ela. Quando voltei ao quarto, ela estava desmaiada na cama.

– Como é que ela falava? Aos berros?

– Ficava calada durante horas. Então, de repente, enlouquecia e se punha a gritar, xingar e atirar coisas. A princípio eu não reagia. Depois ela me dava nos nervos. Eu andava de um lado para outro, de um lado para outro, berrando e devolvendo os xingamentos. Isso continuava por talvez uns vinte minutos, depois a gente se aquietava, bebia mais um pouco e recomeçava. Vivíamos sendo despejados. Fomos expulsos de tantos lugares que não consigo me lembrar de todos. Uma vez, procurando uma nova casa, batemos numa porta. A porta se abriu, e lá estava a senhoria que acabara de expulsar a gente. Ela nos viu, ficou pálida, gritou e bateu a porta...

– Jane morreu? – perguntou Rick Talbot.

– Há muito tempo. Estão todos mortos. Todos com quem eu bebia.

– Que é que mantém *você* de pé?

– Gosto de bater à máquina. Me emociona.

– E eu mantenho ele numa dieta de vitaminas e baixa caloria, sem carne vermelha – disse-lhe Sarah.

– Ainda bebe? – perguntou Rick.

– Sobretudo quando escrevo, ou quando aparecem visitas. Não me sinto bem com as pessoas, e depois de beber bastante elas parecem desaparecer.

– Me fale mais sobre Jane – pediu Francine.

– Bem, ela dormia com um terço debaixo do travesseiro...

– Ia à igreja?

– Em horas estranhas ia ao que chamava de "missa alka-seltzer". Acho que começava às oito e meia da manhã e durava cerca de uma hora. Ela detestava a missa das dez horas, que muitas vezes durava duas horas.

– Ela ia à confissão?

– Nunca perguntei...

– Pode me dizer alguma coisa sobre ela que explique o seu caráter?

– Só que, apesar de todas as coisas aparentemente terríveis que fazia, os xingamentos, a loucura, o amor à garrafa, sempre fazia tudo com uma certa classe. Me agradaria pensar que aprendi algumas coisinhas sobre classe com ela...

– Quero te agradecer por essas coisas, acho que podem ajudar.

– Esteja à vontade.

Francine e sua prancheta se foram.

– Acho que nunca me diverti tanto num *set* – disse Rick Talbot.

– Que quer dizer, Rick? – perguntou Sarah.

– É uma sensação no ar. Às vezes, em filmes de baixo orçamento, a gente sente essa sensação, essa sensação de carnaval. Mas sinto mais aqui do que nunca...

Falava sério. Os olhos brilhavam, ele sorria com verdadeira alegria.

Pedi outra rodada de bebidas.

– Pra mim, só café – ele disse.

Chegou a nova rodada e Rick disse:

– Vejam! Lá está Sesteenov!

– Quem? – eu perguntei.

– O cara que fez aquele filme maravilhoso sobre cemitérios de bichinhos de estimação. Ei, Sesteenov!

Sesteenov aproximou-se.

– Por favor, sente-se – pedi.

Ele escorregou para dentro do reservado.

– Quer beber alguma coisa? – perguntei.

– Oh, não...

– Vejam – disse Rick Talbot –, lá está Illiantovitch!

Eu conhecia Illiantovitch. Ele fizera uns filmes *darks* malucos, tendo como tema principal a violência da vida vencida pela coragem das pessoas. Mas fazia isso bem, rugindo de dentro da escuridão.

Era um homem muito alto, de pescoço torto e olhos alucinados. Os olhos alucinados não se desgrudavam da gente, olhando a gente. Era meio embaraçoso.

Nós nos afastamos para deixá-lo entrar. O reservado estava cheio.

– Gostaria de um drinque? – perguntei.

– Uma vodca dupla – ele disse.

Gostei disso, acenei para o garçom.

– Vodca dupla – ele disse ao garçom, fixando-o com seus olhos alucinados. O garçom correu a cumprir seu dever.

– É uma noite sensacional – disse Rick.

Eu adorava a falta de sofisticação dele. Era preciso coragem, quando se estava por cima, para dizer que gostava do que fazia, que se divertia com o que fazia.

Illiantovitch recebeu sua vodca dupla, emborcou-a de vez.

Rick Talbot fazia perguntas a todo mundo, incluindo Sarah. Não havia nenhuma sensação de competição ou inveja no reservado. A sensação era de total bem-estar.

Aí entrou Jon Pinchot. Aproximou-se do reservado, fez uma ligeira curvatura, sorrindo:

– Vamos rodar daqui a pouco, espero. Venho chamar todos...

– Obrigado, Jon...

Ele se afastou.

– É um bom diretor – disse Rick Talbot –, mas eu gostaria de saber por que você escolheu ele.

– Foi ele que me escolheu...

– É mesmo?

– É... e eu posso te contar uma história que explicará por que é um bom diretor, e por que eu gosto dele. Mas fica aqui entre nós...

– Manda – disse Rick.

– Aqui entre nós?

– É claro...

Curvei-me para a frente no reservado e contei a história de Jon com a motosserra e o dedo mindinho.

– Isso aconteceu mesmo? – perguntou Rick.

– Aconteceu. Aqui entre nós.

– Claro...

(Eu sabia: nada é aqui entre nós, uma vez que a gente conta.)

Enquanto isso, Illiantovitch matara duas vodcas duplas e sentava-se contemplando uma terceira. Continuava me fitando. Depois puxou a carteira, retirou um sebento cartão de apresentação e me entregou. O cartão tinha os quatro cantos gastos e estava mole e preto de sujeira. Desistira de ser um cartão de apresentação. Illiantovitch parecia um gênio emporcalhado. Eu o admirei por isso. Era um sujeito sem pretensão. Ele agarrou a vodca dupla e virou-a garganta abaixo.

Depois me olhou, densamente. Mas os olhos negros me eram demais. Tive de desviar os meus. Chamei o garçom para reabastecer. Depois tornei a olhar para Illiantovitch.

– Você é o melhor – eu disse. – Depois de você, não tem mais nada.

– Não, não é assim – ele disse. – VOCÊ é o melhor! Eu te dou meu cartão! No cartão está a hora da PROJEÇÃO DE MEU NOVO FILME! VOCÊ DEVE IR VER!

– Claro, *baby* – eu disse, e tirei minha carteira e guardei cuidadosamente o cartão.

– Está uma noite daquelas – disse Rick Talbot.

Falaram-se mais algumas bobagens, e apareceu Jon Pinchot.

– Estamos quase prontos pra rodar. Vocês podem vir agora, pra eu arranjar lugares pra vocês?

Todos nos levantamos para segui-lo, exceto Illiantovitch. Ele afundou no reservado.

– Foda-se! Vou tomar mais vodcas duplas! Vão vocês!

Aquele bastardo roubara-me uma ou duas páginas. Acenou para o garçom, puxou um cigarro, meteu-o entre os lábios, acendeu o isqueiro e queimou um pedaço do nariz.

Bastardo.

Nós avançamos noite adentro.

– *Hollywood*

## arte

assim que o
espírito
míngua
a
forma
aparece.

E então, de repente, os 32 dias de filmagem terminaram e chegou a hora da festa de encerramento.

No primeiro andar havia um longo balcão de bar, algumas mesas e uma grande pista de dança. Uma escada levava a um andar superior. Essencialmente, lá estavam a equipe e o elenco do filme, embora nem todos estivessem e houvesse outras pessoas que eu não reconhecia. Não tinha orquestra ao vivo e grande parte da música que saía dos alto-falantes era discoteca, mas as bebidas no bar eram reais. Sarah e eu entramos. Havia duas garçonetes. Eu pedi uma vodca e ela vinho tinto.

Uma das garçonetes me reconheceu e trouxe um dos meus livros. Dei o autógrafo.

Estava lotado e quente ali dentro, uma noite de verão, sem ar-condicionado.

– Vamos pegar outra bebida e subir lá pra cima – sugeri a Sarah. – Está quente demais aqui embaixo.

– Tudo bem – ela disse.

Abrimos caminho até a escada. Estava mais frio lá em cima e não havia tanta gente. Algumas pessoas dançavam. Como festa, aquela parecia não ter um núcleo, mas a maioria das festas era assim mesmo. Comecei a ficar deprimido. Acabei minha bebida...

– Vou pedir outro drinque – disse a Sarah. – Quer um?

– Não, vá em frente...

Desci a escada, mas antes de conseguir chegar ao bar um cara gordo e redondo, muito cabeludo, óculos escuros, agarrou minha mão e começou a sacudi-la.

– Chinaski, eu li tudo que você já escreveu, tudo!

– É mesmo?

Ele continuava me sacudindo a mão.

– Tomei um porre com você uma noite no Barney's Beanery! Lembra de mim?

– Não.

– Está dizendo que não se lembra de que tomou um porre comigo no Barney's Beanery?

– É.

Ele ergueu os óculos e prendeu-os no alto da cabeça.

– Agora se lembra?

– Não – eu disse, puxei a mão e fui para o bar.

– Vodca dupla – disse à garçonete.

Ela trouxe.

– Eu tenho uma amiga chamada Lola – disse. – Conhece?

– Não.

– Ela diz que foi casada com você dois anos.

– Não é verdade – eu disse.

Deixei o bar, me dirigi à escada. Lá estava outro cara gordão, sem cabelos mas com uma grande barba.

– Chinaski – ele disse.

– Sim.

– André Wells... Eu fiz uma ponta no filme... Também sou escritor... Tenho um romance pronto pra publicar. Gostaria que você lesse. Posso te enviar uma cópia?

– Tudo bem... – Dei-lhe o número de minha caixa postal.

– Mas não tem endereço próprio?

– Claro, mas correspondência é com a caixa postal.

Encaminhei-me para a escada. Bebi metade de meu drinque subindo os degraus. Sarah conversava com uma extra. Aí vi Jon Pinchot. Estava parado sozinho com seu copo. Fui até ele.

– Hank – ele disse –, estou surpreso de ver você aqui...

– E eu estou surpreso de a Firepower ter bancado a festa.

– Estão cobrando...

– Oh... Bem, e agora?

– Estamos na sala de montagem, trabalhando na coisa... Depois disso, mixamos a música... Por que não vem ver como se faz?

– Quando?

– Qualquer hora. Estamos trabalhando de 12 a 14 horas por dia.

– Tudo bem... Escuta, que aconteceu com Poppy?

– Quem?

– Aquela que entrou com os dez mil paus quando você morava lá embaixo, na praia.

– Oh, está no Brasil agora. A gente cuida dela.

Acabei meu drinque.

– Não vai descer e dançar? – perguntou Jon.

– Oh, não, isso é bobagem...

Alguém o chamou.

– Desculpe – ele disse –, e não esqueça de aparecer na sala de montagem.

– Claro.

Jon afastou-se para o outro lado do salão.

Dirigi-me à balaustrada e olhei o bar lá embaixo. Enquanto conversava com Jon, Jack Bledsoe e seus companheiros motoqueiros haviam chegado. Os companheiros recostavam-se no balcão do bar, de frente para a multidão. Todos seguravam uma garrafa de cerveja, com exceção de Jack, que tinha uma garrafa de 7-Up. Usavam blusões de couro, echarpes, calças de couro, botas.

Aproximei-me de Sarah.

– Vou descer e falar com Jack Bledsoe e sua gangue... Você vem?

– Claro...

Descemos e Jack nos apresentou os companheiros.

– Este é o Harry Cassetete...

– Oi, cara...

– Este é o Flagelo.

– Oi...

– Este é o Verme da Noite...

– Ei, ei!

– Este é o Mata-cachorro...

– É demais!

– Este é Eddie 3-Bagos...

– Porra...

– Este é Peido-Rápido...

– Prazer em conhecê-lo...

– E o Terror das Xoxotas...

– Ééé...

E foi isso aí. Todos pareciam ótimos praças, mas um pouco teatrais, recostados no balcão, segurando as garrafas de cerveja.

– Jack – eu disse –, você fez um grande trabalho de ator.

– E como! – disse Sarah.

– Obrigado... – ele lampejou seu belo sorriso.

– Bem – eu disse –, vamos voltar lá pra cima, está quente pra caralho aqui embaixo... Por que não dá uma subida?

Fiz sinal à garçonete para tornar a encher nossos copos.

– Vai escrever outro argumento? – perguntou Jack.

– Acho que não... É muita perda de intimidade... Eu gosto de ficar sentado olhando as paredes...

– Se escrever um, me mostra.

– Claro. Escute, por que seus rapazes estão de costas pro bar desse jeito? Estão na paquera?

– Nããо, já estão fartos de garotas. Só estão relaxando...

– Tudo bem, tchau, Jack...

– Continue fazendo seu bom trabalho – disse Sarah.

Voltamos lá pra cima. Em pouco tempo, Jack e sua gangue desapareceram.

Não foi lá uma grande noite. Eu subia e descia a escada, para pegar drinques. Após três horas, quase todo mundo tinha ido embora. Sarah e eu nos apoiávamos no balaústre. Aí eu vi Jon. Tinha-o visto dançando antes. Chamei-o com um aceno.

– Ei, que houve com Francine? Ela não veio à festa de encerramento?

– Não, não tem imprensa aqui esta noite...

– Entendo...

– Preciso ir agora – disse Jon. – Tenho de levantar cedo e ir pra sala de montagem.

– Tudo bem.

Jon se foi.

Estava vazio lá embaixo, e mais fresco, e assim descemos para o bar. Sarah e eu éramos os últimos ali. Agora só havia uma garçonete.

– Vamos tomar uma saideira – eu disse a ela.

– Agora eu tenho de cobrar as bebidas – ela disse.

– Por quê?

– A Firepower só alugou a casa até a meia-noite... Já são meia-noite e dez... Mas vou te passar uns drinques mesmo assim, porque gosto muito do que você escreve, mas por favor não diga a ninguém que fiz isso.

– Minha querida, ninguém jamais vai saber.

Ela serviu os drinques. A turma da discoteca da madrugada começava a chegar. Era hora de ir embora. Era, sim. Nossos cinco gatos nos esperavam. De alguma forma, eu me sentia triste pelo fim das filmagens. Havia algo de explorativo naquilo tudo. Houvera um certo jogo. Acabamos nossos drinques e saímos para a rua. O carro ainda estava lá. Ajudei Sarah a entrar e entrei pelo outro lado. Pusemos os cintos. Liguei o carro, e logo estávamos na autoestrada do Porto, seguindo para o sul. Voltávamos para a normalidade, e de certa forma eu gostava disso, e por outro lado não gostava.

Sarah acendeu um cigarro.

– A gente dá comida aos gatos e vai dormir.

– E talvez um drinque? – sugeri.

– Tudo bem – disse Sarah.

Ela e eu nos dávamos bem, às vezes.

–*Hollywood*

## o ato criativo

para o ovo quebrado no chão
paro o 5 de julho
para o peixe no tanque
para o velho no quarto 9
para o gato na cerca

para você mesmo

não pela fama
não pelo dinheiro

você precisa seguir na batalha

quando a idade avança
o glamour esmorece

é mais fácil quando se é jovem

todo mundo pode se erguer às
alturas vez ou outra

a palavra-chave é
consistência

qualquer coisa que mantenha as coisas
em movimento
esta dança da vida em frente à
Dona Morte.

●●●●●●●●●●●●●●●●●●●●●●●●●●●●●●●●●●●●●●●●●●●●●●●●●●

E lá estava. O filme rolava. Eu tomara uma surra do garçom no beco. Como expliquei antes, tenho as mãos pequenas, o que é uma terrível desvantagem numa briga de socos. Aquele garçom em particular tinha umas mãos enormes. Para piorar ainda mais as coisas, eu encaixava bem as porradas, o que me fazia absorver muito mais o castigo. Tinha um pouco de sorte do meu lado: não era muito medroso. As brigas com o garçom eram uma forma de passar o tempo. Afinal, a gente não podia ficar sentado no tamborete do bar o dia e a noite inteiros. A dor vinha na manhã seguinte, e não era tão ruim quando a gente tinha conseguido voltar para o quarto.

E brigando duas ou três vezes por semana eu ia ficando melhor naquilo. Ou o garçom ficando pior.

Mas isso fora mais de quatro décadas atrás. Agora eu me sentava numa sala de projeção de Hollywood.

Não é preciso lembrar o filme aqui. Talvez seja melhor falar de uma parte que ficou de fora. Mais adiante, no filme, uma dona quer cuidar de mim. Acha que eu sou um gênio e quer me proteger das ruas. No filme eu só fico na casa da dona uma noite. Mas na vida real fiquei cerca de um mês e meio.

A dona, Tully, morava numa grande casa em Hollywood Hills. Dividia-a com outra dona, Nadine. As duas eram altas executivas. Estavam no ramo das diversões: música, editoração, uma coisa assim. Pareciam conhecer todo mundo e davam duas ou três festas por semana, um monte de tipos de Nova York. Eu não gostava das festas de Tully e me divertia ficando totalmente de porre e insultando o máximo de pessoas que pudesse.

Nadine morava com um cara um pouco mais jovem que eu. Era compositor, ou diretor, ou alguma coisa assim, temporariamente desempregado. Não gostei dele de cara. Vivia esbarrando com ele pela casa ou no pátio de manhã, quando estávamos ambos de ressaca. Ele sempre usava uma porra de uma echarpe.

Uma manhã, lá pelas 11 horas, estávamos os dois no pátio mamando umas cervejas, tentando nos recuperar de nossas ressacas. Ele se chamava Rich. Me olhou.

– Precisa de outra cerveja?

– Claro... Obrigado...

Ele entrou na cozinha, voltou, me entregou minha cerveja e se sentou. Tomou uma boa golada. Depois deu um profundo suspiro.

– Não sei por quanto tempo mais vou conseguir enrolar ela...

– Quê?

– Quer dizer, eu não tenho talento nenhum. É tudo merda.

– Lindo – eu disse –, isso é realmente lindo. Eu admiro você.

– Obrigado. E você? – ele perguntou.

– Eu bato à máquina. Mas não é esse o problema.

– Qual é?

– Estou com o pau esfolado de tanto foder. Ela nunca se satisfaz.

– Eu tenho de chupar Nadine toda noite.

– Nossa...

– Hank, nós somos uma dupla de homens manteúdos.

– Rich, essas mulheres liberadas puseram os bagos da gente num saco.

– Acho que a gente devia entrar já na vodca – ele disse.

– Ótimo – eu disse.

Nessa noite, quando nossas donas chegaram, nenhum dos dois estava em condições de cumprir seus deveres.

Rich durou mais uma semana e desapareceu.

Depois disso, eu muitas vezes encontrava Nadine andando nua pela casa, geralmente quando Tully havia saído.

– Que diabos está fazendo? – perguntei finalmente.

– Isto aqui é minha casa, e se eu quiser andar com o rabo tomando vento isso não é da conta de ninguém.

– Vamos lá, Nadine, que é que há realmente? Quer uma chupadinha?

– Nem que você fosse o último homem da terra.

– Se eu fosse o último homem da terra, você ia ter de entrar na fila.

– Fique feliz por eu não contar pra Tully.

– Bem, pare de andar por aí com a xoxota pendurada.

– Seu porco!

Subiu correndo a escada, plop, plop, plop. Um rabão. Uma porta bateu lá em cima. Eu não prossegui com a coisa. Uma mercadoria totalmente superestimada.

Nessa noite, quando Tully voltou, me remeteu para Catalina por uma semana. Acho que sabia que Nadine estava no cio.

Isso não estava no filme. Não se pode pôr tudo num filme.

E aí, voltando à sala de projeção, o filme acabara. Aplaudiram. Todos saímos em volta apertando as mãos uns dos outros, abraçando-nos. Éramos todos sensacionais, diabos, sim.

Harry Friedman me encontrou. Nós nos abraçamos, depois apertamos as mãos.

– Harry – eu disse –, você tem um vencedor!

– É, é, um grande argumento! Escuta, eu soube que você escreveu um romance sobre prostitutas.

– É.

– Quero que me escreva um argumento sobre ele. Quero fazer!

– Claro, Harry, claro...

Então ele avistou Francine Bowers e correu para ela.

– Francine, doçura, você estava magnífica!

Aos poucos, as coisas foram se acalmando e a sala ficou quase vazia. Sarah e eu saímos.

Lance Edwards e seu carro haviam desaparecido. Tínhamos o longo percurso de volta até o nosso carro. Tudo bem. A noite estava fresca e clara. O filme acabara e logo estaria sendo exibido. Os críticos dariam sua opinião. Eu sabia que se faziam filmes demais, um atrás do outro atrás do outro. O público via tantos filmes que não sabia mais o que era um filme e os críticos se achavam na mesma entalada.

E então voltávamos para casa, em nosso carro.

– Eu gostei – disse Sarah. – Só que teve umas partes...

– Eu sei. Não é um filme imortal, mas é bom.

– É, é, sim...

Estávamos na autoestrada.

– Vou ter prazer em ver os gatos – disse Sarah.

– Eu também...

– Você vai escrever outro argumento?

– Espero que não...

– Harry Friedman quer que a gente vá a Cannes, Hank.

– Quê? E deixar os gatos?

– Ele mandou levar os gatos.

– De jeito nenhum!

– Foi o que eu disse a ele.

Fora uma boa noite, e outras haveria. Eu entrei na primeira saída e paguei para ver.

*– Hollywood*

# o assistente hospitalar

estou sentado numa cadeira de latão do lado de fora do laboratório de raio X
enquanto a morte, em asas fétidas, bafeja eternamente
através dos corredores.
lembro dos fedores do hospital de quando
era um garoto e de quando me fiz homem e agora
que sou velho
e me sento, esperando, na minha cadeira de latão.

então um assistente hospitalar
um jovem entre 23 ou 24 anos
surge empurrando um equipamento.

parece uma cesta
com roupas recém-lavadas
mas não posso ter certeza.

o assistente é estranho.
não chega a ser deformado
mas suas pernas se movem
de um modo desgovernado
como se dissociadas dos
comandos motores cerebrais.

está vestido de azul, dos pés à cabeça,
empurrando,
empurrando sua carga.

pequeno e desajeitado garoto azul.

então ele vira a cabeça e grita para
a recepcionista junto ao guichê do raio X:
"se alguém precisar de mim, estarei no 76
por uns 20 minutos!"

sua face enrubesce enquanto ele grita,
sua boca forma um arco
voltado para baixo como a
boca de uma abóbora no dia das bruxas.

então ele entrou por alguma porta
provavelmente a do 76.

um camarada não muito *bem-disposto.*
perdido como ser humano,
caminhante avançado de alguma
estrada entorpecente.

mas
ele é saudável

ele é saudável.

ELE É SAUDÁVEL.

## você anda bebendo?

desanimado, na praia, o velho caderno amarelo de anotações
mais uma vez aberto
escrevo na cama
como fiz ano
passado.

vamos ao médico,
segunda-feira.

"sim, doutor, pernas fracas, vertigem, dor-de-
cabeça e minhas costas
doem."

"você anda bebendo?", ele perguntará.
"tem feito seus
exercícios, tomado suas
vitaminas?"

acho que estou doente simplesmente de
viver, os mesmos elementos sem graça
ainda que
flutuantes.

mesmo nas corridas
vejo os cavalos correrem
e isso me parece
sem sentido.

vou embora mais cedo depois de ter comprado bilhetes para as corridas restantes.

"já vai?", pergunta o vendedor das
apostas.

"sim, estou de saco cheio",
eu lhe digo.

"se você acha que é chato
aí fora", ele me diz, "tem que ver como é
aqui dentro."

então cá estou
mais uma vez apoiado em meus
travesseiros

apenas um cara velho
apenas um velho escritor
com uma caderneta
amarela.

alguma coisa
cruza pelo
chão
e vem até
mim.

oh, é apenas
meu gato

desta
vez.

## doente

ter andado muito doente e muito fraco é algo muito
estranho.
quando é necessária toda sua força para ir do
quarto ao banheiro e voltar, isto parece
uma piada mas
você não ri.

de volta à cama você volta a pensar na morte e descobre
a mesma coisa: quanto mais perto se está dela
menos apavorante ela se
torna.

você tem tempo o suficiente para examinar as paredes
e lá fora
os passarinhos sobre o fio do telefone ganham tremenda
importância.
e ali está a tevê: homens jogando beisebol
dia após dia.

nenhum apetite.
a comida tem gosto de papelão, faz com que você se sinta
mal, além de todos os
limites.

a esposa dedicada não cansa de insistir para que você
coma.
"o médico disse..."

pobrezinha.

e os gatos.
os gatos pulam sobre a cama e me olham.
me encaram, e então pulam para o
chão.

que mundo, você pensa: comer, trabalhar, trepar,
morrer.

por sorte tenho uma doença contagiosa: nada de
visitas.

a balança marca 70, do que um dia foram
98.

pareço um homem num campo de concentração.
eu sou esse
homem.

ainda assim, tenho sorte: me agrada a solidão,
jamais sentirei falta das pessoas.

eu poderia ler os grandes livros mas os grandes livros não
me interessam.

me sento na cama e espero que tudo siga
por um caminho ou pelo
outro.

exatamente como faz todo
mundo.

## 8 de contagem

da minha cama
observo
3 passarinhos
sobre o fio do
telefone.

um deles
voa.
depois mais
outro.

resta um,
que
logo também
se vai.

minha máquina de escrever está
imóvel como uma
lápide.

e estou
reduzido a um observador de
pássaros.

apenas para
mantê-lo
informado,
otário.

## traga-me seu amor

Harry venceu os degraus que o separavam do jardim. Muitos dos pacientes estavam por ali. Haviam-lhe dito que sua esposa, Gloria, estava ali fora. Avistou-a sentada sozinha em uma mesa. Aproximou-se de forma oblíqua, por um dos lados e um pouco às costas dela. Gloria sentava-se bastante ereta, estava muito pálida. Olhava para ele, mas não o enxergava. Até que por fim o viu.

– Você é o condutor? – ela perguntou

– O condutor do quê?

– O condutor da verossimilhança?

– Não, não sou.

Ela estava pálida, seus olhos estavam pálidos, de um azul pálido.

– Como você se sente, Gloria?

Era uma mesa de ferro, pintada de branco, uma mesa capaz de resistir à ação dos séculos. Havia um pequeno vaso com flores no centro, flores murchas e mortas pendendo de tristes e curvas hastes.

–Você trepa com putas, Harry. Você gosta de trepar com putas.

– Isso não é verdade, Gloria.

– Elas também chupam você? Elas chupam seu pau?

– Ia trazer sua mãe, Gloria, mas ela ainda não melhorou da gripe.

– Aquela velha pilantra está sempre armando alguma coisa... Você é o condutor?

Os outros pacientes estavam sentados às mesas, escorados nas árvores ou estendidos sobre o gramado. Estavam imóveis e silenciosos.

– Que tal a comida aqui, Gloria? Já fez algum amigo?

– Terrível. E não. Seu comedor de putas.

– Quer alguma coisa pra ler? Algum tipo de leitura que eu possa trazer?

Gloria não respondeu. Então ela ergueu a mão direita, examinou-a, fechou o punho e golpeou a si mesma no nariz, com toda força. Harry cruzou a mesa e segurou suas duas mãos.

– Gloria, *por favor*!

Ela começou a chorar.

– Por que você não me trouxe *chocolates*?

– Gloria, você tinha me dito que *odiava* chocolate.

As lágrimas desciam em profusão.

– Eu *não* odeio chocolate! Eu *amo* chocolate!

– Não chore, Gloria, por favor... Trarei chocolates, trarei o que você quiser... Escute, aluguei o quarto num motel aqui perto, a umas poucas quadras, só pra estar perto de você.

Seus olhos pálidos se arregalaram.

– Um quarto de *motel*? Você deve estar lá com alguma vagabunda! Devem ficar vendo filmes pornôs juntos, espelho no teto e tudo!

– Vou ficar aqui por perto uns dois dias – disse Harry, com suavidade. – Posso trazer o que você quiser.

– *Me traga seu amor, então* – ela gritou. – *Por que, diabos, você não me traz o seu amor*?

Alguns dos pacientes se voltaram para olhar.

– Gloria, tenho certeza que não há no mundo alguém que se importe com você mais do que eu.

– Quer me trazer chocolates? Bem, pois enfie os chocolates no olho do cu!

Harry tirou um cartão de sua carteira. Era do motel. Alcançou-o para ela.

– Só quero dar isso a você, antes que eu me esqueça. Você tem permissão pra fazer chamadas externas? Está aqui o meu número, pra tudo o que você precisar.

Gloria não respondeu. Ela pegou o cartão e dobrou-o até que não restasse mais que um pequeno quadrado. Então se abaixou, tirou um dos sapatos, colocou o cartão lá dentro e voltou a calçá-lo.

Em seguida, Harry avistou o dr. Jensen se aproximando pelo gramado. O médico caminhava sorridente e logo disse:

– Bem, bem, bem...

– Olá, dr. Jensen – falou Gloria sem emoção.

– Posso me sentar? – perguntou o médico.

– Claro – disse Gloria.

O médico era um homem pesado. Emanava um ar de importância, autoridade e responsabilidade. Suas sobrancelhas tinham uma aparência grossa e pesada, eram, *de fato*, grossas e pesadas. Pareciam querer deslizar até sua boca úmida e redonda e desaparecer, mas a vida jamais lhes permitiria isso.

O médico olhou para Gloria. Depois para Harry.

– Bem, bem, bem – ele disse. – Estou *realmente* satisfeito com o progresso que fizemos até agora...

– Sim, dr. Jensen, eu estava dizendo pro Harry como me sinto mais *estável*, o quanto as consultas e as sessões de grupo têm me ajudado. Muito daquela minha raiva sem motivo aparente, daquela minha sensação inútil de frustração, da minha autocomiseração destrutiva já desapareceram...

Gloria se sentou com as mãos cruzadas sobre o colo, sorrindo.

O médico sorriu para Harry.

– Gloria fez um *notável* progresso!

– Sim – Harry disse –, pude perceber.

– Creio que é questão de um *pouquinho* mais de tempo, Harry, e Gloria poderá voltar pra casa com você.

– Doutor? – perguntou Gloria. – Posso fumar um cigarro?

– Como não – disse o médico, puxando um maço de cigarros exóticos, fazendo, com um tapinha, saltar um deles. Gloria o apanhou e o médico estendeu seu isqueiro folhado a ouro, acendendo-o. Gloria inalou, exalou...

– Você tem mãos lindas, dr. Jensen – ela disse.

– Oh, muito obrigado, querida.

– E uma gentileza que salva, uma gentileza que cura...

– Bem, fazemos o nosso melhor por aqui... – disse o dr. Jensen, com doçura. – Bem, se vocês puderem me dar licença, tenho que falar com outros pacientes.

Ergueu o corpanzil com facilidade da cadeira e seguiu na direção de uma mesa onde uma mulher visitava outro homem.

Gloria olhou fixamente para Harry.

– Aquele gordo fodido! Vive lambendo o rabo das enfermeiras...

– Gloria, foi ótimo ter estado com você, mas a viagem foi longa e eu preciso descansar um pouco. E acho que o doutor está certo. Pude notar sua melhora.

Ela deu uma risada. Mas não uma risada pura, foi mais como uma daquelas gargalhadas de palco, como se fizesse parte de um papel decorado.

– Não fiz nenhum progresso. Pra falar a verdade, acho até que *piorei*...

– Isso não é verdade, Gloria...

– *Sou* eu a paciente, cabeça de peixe. Posso chegar ao diagnóstico melhor do que ninguém.

– Que negócio é esse de "cabeça de peixe"?

– Ninguém nunca lhe disse que a sua cabeça parece a de um peixe?

– Não.

– A próxima vez que fizer a barba, repare nisso. E cuidado para não cortar suas guelras.

– Tenho que ir embora... mas amanhã eu venho fazer outra visita...

– Da próxima vez traga o condutor.

– Tem certeza de que não quer que eu traga nada?

– Eu sei que você vai voltar pro motel pra comer alguma vagabunda!

– Que tal se eu trouxer um número da *New York*? Você costumava gostar dessa revista...

– Enfia a *New York* no cu, cabeça de peixe. E aproveita o embalo e já mete junto uma *TIME*!

Harry estendeu um dos braços e apertou a mão que ela usara para se golpear, deu meia-volta e se afastou em direção à escada. Quando já havia subido metade dos degraus, voltou-se e fez um leve aceno para Gloria. Ela ficou sentada, sem esboçar reação.

Estavam no escuro, tudo ia bem, quando o telefone tocou.

Harry continuou metendo, mas o telefone não parava de tocar. Aquilo era extremamente perturbador. Logo seu pau amoleceu.

– Merda – ele disse, rolando por sobre o corpo. Acendeu a luz e atendeu o telefone.

– Alô?

Era Gloria.

– Você está comendo alguma vagabunda!

– Gloria, eles deixam você ligar a uma hora dessas? Não dão uma pílula pra você dormir ou algo assim?

– Por que você demorou tanto pra atender o telefone?

– Você nunca vai ao banheiro? Eu estava no meio de um cocô dos bons, tudo saindo que era uma maravilha.

– Sim, eu vou... Você ia terminar tudo pra só depois me atender?

– Gloria, tudo isso é culpa dessa sua paranoia extrema. Foi isso que pôs você aí onde você está.

– Cabeça de peixe, *minha* paranoia frequentemente tem sido a precursora de uma verdade muito aproximada.

– Escute, o que você está dizendo não faz nenhum sentido. Vá *dormir* um pouco. Amanhã eu lhe faço uma visita.

– Certo, cabeça de peixe, termine a sua TREPADA!

Gloria desligou.

Nan vestia camisola e estava sentada à beira do colchão, com uísque e água em sua cabeceira. Acendeu um cigarro e cruzou as pernas.

– Bem – ela perguntou – como vai a sua querida esposa?

Harry serviu uma bebida e se sentou ao lado dela.

– Sinto muito, Nan...

– Sente pelo quê? Por quem? Por ela, por mim ou o quê?

Harry secou sua dose de uísque.

– Tudo bem, não precisamos fazer um dramalhão por causa disso.

– Ah, não? Bem, como você quer encarar o assunto? Como uma trepadinha qualquer? Quer ver se consegue terminar ainda? Ou prefere ir pro banheiro e bater uma?

Harry olhou para Nan.

– Mas que diabos, não banque a espertinha. Você conhece a situação tão bem quanto eu. Foi *você* quem quis vir junto comigo!

– Porque sabia que se eu não viesse junto você traria uma vagabunda qualquer com você!

– Caralho – disse Harry –, eis a *palavra* mágica outra vez.

– Que palavra? Que palavra? – Nan esvaziou seu copo e o lançou contra a parede.

Harry se levantou, apanhou o copo dela, encheu-o novamente, alcançou-o a Nan, e depois voltou a se servir de uma dose.

Nan olhou para a bebida, tomou-a de um gole só, depositou o copo sobre a mesa de cabeceira.

– Vou ligar pra ela. Vou dizer tudo o que está acontecendo entre nós!

– Nem morta! Ela é uma mulher *doente*!

– E *você* é um filho da puta doente!

Neste instante o telefone voltou a tocar. Estava posicionado no centro do quarto, no chão, onde Harry o havia deixado. Os dois saltaram da cama ao mesmo tempo em direção ao aparelho. Ao segundo toque os dois já estavam ali, cada qual segurando uma das extremidades do fone. Rolaram sem parar por sobre o tapete, ofegantes, as pernas e os braços numa justaposição desesperada, assim refletida no espelho que cobria todo o teto.

– *Septuagenarian Stew*

## putrefação

nos últimos tempos
tenho pensado
que este país

retrocedeu
4 ou 5 décadas
e que todos os
avanços sociais
os bons sentimentos de
uma pessoa para com a
outra
foram varridos do
mapa
sendo substituídos pelos mesmos
velhos
fanatismos.

temos
mais do que nunca
a sede egoísta de poder
o descaso pelos
fracos
pelos velhos
pelos empobrecidos
pelos
desamparados.

estamos substituindo a vontade pela
guerra
salvação por
escravidão.

desperdiçamos os
ganhos
tornamo-nos
rapidamente
menos.

temos nossa Bomba
é nosso modo
nossa perdição
e nossa
vergonha.

agora
alguma coisa tão triste

tomou conta de nós
que
a respiração
se esvai
e nós não podemos sequer
chorar.

## rosto de um candidato num cartaz de rua

lá está ele:
umas poucas ressacas
umas poucas brigas com mulheres
uns poucos pneus furados
nunca um pensamento suicida

não mais que três dores de dente
nunca perdeu uma refeição
nunca uma cadeia
nunca um amor

7 pares de sapatos

um filho na faculdade

um carro com um ano de uso

apólices de seguro

um gramado verdejante

latas de lixo com tampas perfeitas

na certa será eleito.

## paz

perto da mesa de canto no
café
senta-se um casal de
meia-idade.
já terminaram seu
jantar
e cada um deles bebe uma
cerveja.
são 9 da noite.
ela fuma um
cigarro.
então ele diz alguma coisa.
ela concorda.
depois fala.
ele sorri, move a
mão.
os dois estão
sossegados.
através das persianas junto à
sua mesa
luzes fulgurantes de néon vermelho
não param de
piscar.

não há guerra nenhuma.
não há inferno nenhum.

então ele ergue a sua garrafa de
cerveja.
é verde.
leva-a aos lábios,
inclina-a.

é uma pequena coroa.

o cotovelo esquerdo dela está
sobre a mesa
e em sua mão

ela segura o
cigarro
entre o polegar e o
indicador
e
enquanto ela o
observa
as ruas lá fora
florescem
sob a
noite.

## enganando Marie

Era uma noite quente nas corridas de quarto de milha. Ted chegara trazendo duzentos dólares e agora, entrando no quarto páreo, estava com 530. Conhecia os cavalinhos. Talvez não fosse muito bom em nada mais, mas conhecia os cavalinhos. Ted ficou olhando o placar e as pessoas. Elas não tinham a menor capacidade para avaliar um cavalo. Mas mesmo assim trazem o seu dinheiro e seus sonhos para as pistas. O hipódromo tinha uma dupla de dois dólares em quase toda corrida para atraí-los. Isso e o Pick-6. Ted jamais escolhia o Pick-6 nem as duplas. Só a vitória direta no melhor cavalo, que não era necessariamente o favorito.

Marie enchia tanto o saco sobre sua ida às corridas que ele só ia duas ou três vezes por semana. Vendera sua empresa e se aposentara cedo do ramo da construção. Na verdade não havia muito mais coisas que ele pudesse fazer.

Os quatro cavalos pareciam bons a seis por um, mas ainda havia dezoito minutos para a chegada. Sentiu um puxão na manga do paletó.

– Perdão, senhor, mas eu perdi nas duas primeiras corridas. Vi o senhor trocando suas pules. O senhor parece exatamente um cara que sabe o que está fazendo. Quem prefere nessa próxima corrida?

Era uma ruiva, de uns 24 anos, quadris estreitos, seios surpreendentemente grandes, pernas compridas, um lindo narizinho arrebitado, boca de flor, usando um vestido azul-claro e sapatos brancos de saltos altos. Os olhos azuis dela olhavam-no de baixo para cima.

– Bem – sorriu-lhe Ted –, eu geralmente prefiro o vencedor.

– Estou acostumada a jogar em puros-sangues – disse a ruiva. – Esses páreos de quarto de milha são muito *rápidos*!

– É. A maioria é corrida em menos de dezoito segundos. A gente descobre muito rápido se acertou ou errou.

– Se minha mãe descobrisse que estou aqui perdendo meu dinheiro, ela me daria uma surra de cinto.

– Eu mesmo gostaria de lhe dar uma surra de cinto – disse Ted.

– Você não é desses, é? – ela perguntou.

– Brincadeira – disse Ted. – Vamos, vamos ao bar. Talvez a gente consiga escolher um vencedor pra você.

– Tudo bem, senhor...?

– Pode me chamar de Ted. E você, como se chama?

– Victoria.

Entraram no bar.

– Que vai tomar? – perguntou Ted.

– O que você tomar – disse Victoria.

Ele pediu dois Jack Daniels. De pé, ele virou o seu, e ela bebericou o dela, olhando direto em frente. Ted conferiu o traseiro dela: perfeito. Era melhor do que muita candidatazinha ao estrelato no cinema, e não parecia mimada.

– Agora – disse Ted, apontando seu programa – na próxima corrida o cavalo quatro aparece melhor, e está dando possibilidades de seis por um...

Victoria exalou um "Ooohhh...?" muito sexy. Curvou-se para olhar o programa dele, tocando-o com o braço. Depois ele sentiu a perna dela comprimir-se contra a sua.

– As pessoas não sabem avaliar uma corrida – ele disse. – Me mostre um cara que sabe avaliar uma corrida, que eu lhe mostro um cara que pode ganhar todo o dinheiro que possa levar.

Ela sorriu para ele.

– Eu queria ter o que você tem.

– Você tem muita coisa, boneca. Quer outra bebida?

– Oh, não, obrigada...

– Bem, escuta – disse Ted –, é melhor fazermos as apostas.

– Tudo bem, vou apostar dois dólares no vencedor. Qual é, o cavalo número quatro?

– É, boneca, é o quatro...

Fizeram suas apostas e saíram para assistir ao páreo. O quatro não largou bem, foi abalroado de ambos os lados, endireitou-se, ficou em quinto num campo de nove, mas aí começou a acelerar e chegou à linha cabeça a cabeça com o favorito de dois a um. Foto.

Porra, pensou Ted, eu *tenho* de ganhar essa. Por favor, me dê *essa*!

– Oh – disse Victoria –, estou tão *excitada!*

O placar anunciou o número. *Quatro.*

Victoria gritou e pulou de alegria.

– Nós ganhamos, nós ganhamos, nós GANHAMOS!

Agarrou Ted e ele sentiu o beijo no rosto.

– Vá com calma, boneca, o melhor cavalo venceu, só isso.

Esperaram o aviso oficial e aí o placar exibiu o pagamento. Quatorze dólares e sessenta.

– Quanto você apostou? – perguntou Victoria.

– Quarenta no vencedor – disse Ted.

– Quanto vai receber?

– Duzentos e noventa e dois. Vamos pegar.

Dirigiram-se para os guichês. Então Ted sentiu a mão de Victoria na sua. Ela o fez parar.

– Se abaixe – ela disse –, que eu quero dizer uma coisa em seu ouvido.

Ted abaixou-se, sentiu os frios lábios róseos dela em sua orelha.

– Você é um... mágico... Eu quero... foder com você...

Ele ficou ali parado sorrindo debilmente para ela.

– Deus do céu – disse.

– Que é que há? Está com medo?

– Não, não, não é isso.

– Que é que há então?

– É Marie... minha esposa... eu sou casado... e ela me controla no mínimo minuto. Sabe quando as corridas acabam e quando devo chegar.

Victoria deu uma risada.

– A gente sai *agora*! Vamos a um motel!

– Bem, claro – disse Ted...

Trocaram as pules e voltaram para o estacionamento.

– Vamos no meu carro. Eu trago você de volta quando a gente acabar – disse Victoria.

Foram ao carro dela, um Fiat azul 1982, combinando com o vestido. A placa dizia VICKY. Quando ela pôs a chave na porta, hesitou.

– Você não é mesmo um daqueles, é?

– Daqueles quais?

– Que batem com o cinto, um daqueles. Minha mãe teve uma experiência terrível uma vez...

– Relaxe – ele disse. – Eu sou inofensivo.

Encontraram um motel a pouco mais de dois quilômetros do hipódromo. O Lua Azul. Só que a Lua Azul estava pintada de verde. Victoria estacionou e saltaram, se registraram, deram-lhes o quarto 302. Tinham parado para pegar uma garrafa de Cutty Sark no caminho.

Ted rasgou a embalagem de celofane dos copos, acendeu um cigarro e serviu duas doses enquanto Victoria se despia. A calcinha e o sutiã eram cor-de-rosa, e o corpo cor-de-rosa e branco e lindo. Era espantoso como de vez em quando se criava uma mulher daquelas, quando todas as outras, a maioria das outras, não tinham nada, ou quase nada. Era de enlouquecer. Victoria era um sonho lindo, enlouquecedor.

Victoria estava nua. Aproximou-se e sentou-se na borda da cama junto a Ted. Cruzou as pernas. Tinha os seios firmes e parecia já estar com tesão. Ele realmente não acreditava em sua sorte. Aí ela deu uma risadinha.

– Que foi? – ele perguntou.

– Está pensando em sua mulher?

– Bem, não, estava pensando em outra coisa.

– Bem, *devia* pensar em sua mulher...

– Diabos – disse Ted –, foi *você* quem sugeriu a foda!

– Eu gostaria que você não usasse essa palavra...

– Está recuando?

– Bem, não. Escuta, tem um cigarro?

– Claro...

Ted pegou um, entregou a ela, acendeu-o e ela o manteve na boca.

– Você tem o corpo mais lindo que eu já vi – disse Ted.

– Eu não duvido – ela disse, sorrindo.

– Escuta, você está recuando dessa coisa? – ele perguntou.

– Claro que não – ela respondeu –, tire a roupa.

Ted começou a despir-se, sentindo-se gordo, velho e feio, mas também sortudo – tinha sido seu melhor dia nas corridas, em muitos aspectos. Dobrou suas roupas numa cadeira e sentou-se junto a Victoria.

Serviram mais um drinque para cada um.

– Sabe – ele disse –, você é um número de classe, mas eu também sou. Nós dois temos nossa própria maneira de mostrar isso. Eu faturei uma nota no ramo da construção, e ainda estou faturando nas corridas. Nem todo mundo tem esse instinto.

Victoria bebeu metade de seu Cutty Sark e sorriu para ele.

– Oh, você é meu grande Buda gordo!

Ted enxugou a sua bebida.

– Escuta, se você não quiser, a gente não faz. Esqueça.

– Me deixa ver o que é que Buda tem aí...

Victoria baixou o braço e enfiou a mão entre as pernas dele. Pegou-o, segurou-o.

– Oh, oh... estou sentindo uma coisa... – disse.

– Claro... E daí?

Então ela baixou a cabeça. Beijou-o a princípio. Depois ele sentiu que ela abria a boca, e a língua.

– Sua *puta*! – disse.

Victoria ergueu a cabeça e olhou-o.

– *Por favor*. Eu não gosto de palavrão.

– Tudo bem, Vicky, tudo bem. Nada de palavrão.

– Se meta entre os lençóis, Buda.

Ted se meteu e sentiu o corpo dela junto ao seu. A pele era fria, e a boca abriu-se e ele a beijou e enfiou a língua. Gostava daquilo assim, fresco, com o frescor da primavera, jovem, novo, bom. Que prazer do caralho. Ia lascar ela ao meio! Masturbou-a, ela demorou muito para gozar. Depois ele a sentiu abrir-se e enfiou o dedo. Pegara-a, a puta. Puxou o dedo e esfregou o clitóris. Você quer aquecimento, vai ter aquecimento!, pensou.

Sentiu os dentes dela enterrarem-se em seu lábio inferior, a dor foi terrível. Ted afastou-se, sentindo o gosto do sangue e a ferida no lábio. Ergueu-se pela metade e deu-lhe um tapa no rosto, depois com as costas da mão no outro lado. Encontrou-a lá embaixo, enfiou e estocou, pondo a boca de volta na dela. Prosseguiu em selvagem vingança, de vez em quando recuando a cabeça e olhando-a. Tentou segurar, se conter, e agora via aquela nuvem de cabelos cor de morango espalhados no travesseiro ao luar.

Ted gemia e suava como um ginasiano. Era aquilo. Nirvana. O lugar a se alcançar. Victoria continuava calada. Os gemidos de Ted foram diminuindo, e então, após um instante, ele rolou para o lado.

Ficou fitando a escuridão.

Esqueci de chupar os peitos dela, pensou.

Então ouviu a voz dela.

– Sabe de uma coisa? – ela perguntou.

– Que é?

– Você me lembra um daqueles cavalos de quarto de milha.

– Que quer dizer?

– Tudo acaba em dezoito segundos.

– A gente corre de novo, boneca – ele disse...

Ela foi ao banheiro. Ted limpou-se no lençol, o velho profissional. Victoria era uma coisa meio desagradável, de certa forma. Mas podia ser manobrada. Ele tinha alguma coisa. Quantos homens eram donos de sua própria casa e tinham 150 mil paus no banco na sua idade? Ele era um número de classe, e ela sabia disso muito bem.

Victoria saiu do banheiro ainda parecendo fresca, intocada, quase virginal. Ted acendeu o abajur de cabeceira. Sentou-se e serviu dois drinques. Ela sentou-se na beira da cama com sua bebida e ele desceu e sentou-se na beira da cama junto dela.

– Victoria – disse –, posso tornar tudo bom pra você.

– Acho que você tem lá seus meios, Buda.

– E vou ser um amante melhor.

– Claro.

– Escuta, devia ter me conhecido quando eu era jovem. Era durão, mas bom. Eu tinha aquilo. Ainda tenho.

Ela sorriu para ele.

– Ora, vamos, Buda, não é tão ruim assim. Você tem uma esposa, você tem um monte de coisas a seu favor.

– Menos uma coisa – ele disse, enxugando sua bebida e olhando-a. – Menos a única coisa que eu quero mesmo...

– Veja o seu *lábio*! Está sangrando!

Ted baixou o olhar para seu copo. Viu gotas de sangue na bebida e sentiu o sangue escorrendo pelo queixo. Limpou o queixo com as costas da mão.

– Vou ao banheiro lavar isso, boneca, já volto.

Entrou no banheiro, correu a porta do chuveiro e abriu a água, testando-a com a mão. Parecia mais ou menos no ponto e ele entrou, a água escorrendo dele. Via o sangue na água escorrendo para o ralo. Que gata selvagem. Só precisava de uma mão forte.

Marie era legal, era bondosa, na verdade meio chata. Perdera a intensidade da juventude. Não era culpa dela. Talvez ele pudesse arranjar um meio de continuar com Marie e ter Victoria por fora. Victoria renovava sua juventude. Precisava de uma porra de uma renovação. E de mais umas boas fodas como aquela. Claro, as mulheres eram todas loucas. Não entendiam que vencer não era uma experiência gloriosa, só necessária.

– Vamos com isso, Buda! – ouviu-a gritar. – Não me deixe aqui sozinha!

– Não demoro, boneca – ele gritou debaixo do chuveiro. Ensaboou-se bem, lavando tudo.

Depois saiu, enxugou-se, abriu a porta do banheiro e foi para o quarto.

O quarto de motel estava vazio. Ela se fora.

A distância entre os objetos comuns e entre os fatos era notável. De repente, ele viu as paredes, o tapete, a cama, as cortinas, a mesa de café, a penteadeira, o cinzeiro com os cigarros deles. A distância entre essas coisas era imensa. O então e o agora estavam anos-luz separados.

Num impulso, ele correu para o armário e abriu a porta. Nada além de cabides.

Então Ted percebeu que suas roupas haviam desaparecido. A roupa de baixo, a camisa, as calças, as chaves do carro e a carteira, seu dinheiro, seus sapatos, suas meias, tudo.

Em outro impulso, olhou embaixo da cama. Nada.

Então viu a garrafa de Cutty Sark, pela metade, sobre a penteadeira, e aproximou-se, pegou-a e serviu-se uma dose. E ao fazer isso viu duas palavras riscadas no espelho da penteadeira com batom cor-de-rosa: "ADEUS, BUDA!"

Ted tomou a bebida, depôs o copo e viu-se no espelho – muito gordo, muito velho. Não tinha ideia do que fazer em seguida.

Levou o Cutty Sark de volta para a cama, sentou-se pesadamente na beira do colchão onde ele e Victoria tinham-se sentado juntos. Ergueu a garrafa e sugou-a, enquanto as vívidas luzes de néon do boulevard entravam pelas persianas empoeiradas.

Ficou sentado, olhando para fora, sem se mover, vendo os carros passarem de um lado para outro.

– *Numa fria*

# encurralado

bem, eles diziam que tudo terminaria
assim: velho. o talento perdido. tateando às cegas em busca
da palavra

ouvindo os passos
na escuridão, volto-me
para olhar atrás de mim...

ainda não, velho cão...
logo em breve.

agora
eles se sentam falando sobre
mim: "sim, acontece, ele já
era... é
triste..."

"ele nunca teve muito, não é
mesmo?"

"bem, não, mas agora..."

agora
eles celebram minha derrocada
em tavernas que há muito já não
frequento.

agora
bebo sozinho

junto a essa máquina que mal
funciona

enquanto as sombras assumem
formas

combato retirando-me
lentamente

agora
minha antiga promessa
definha
definha

agora
acendendo novos cigarros
servindo mais
bebidas

tem sido um belo
combate

ainda
é.

## globulárias e latadas

claro, posso morrer nos próximos dez minutos
e estou pronto para isso
mas o que realmente me preocupa é
que meu editor venha a se aposentar
ainda que ele seja dez anos mais jovem do que
eu.
tudo começou 25 anos atrás (eu estava na *madura*
faixa dos 45)
quando começamos nossa profana aliança para
testar as águas literárias,
nenhum de nós sendo muito
conhecido.

acho que tivemos um pouco de sorte e que ainda nos
resta um pouco da
mesma
as possibilidades são bem favoráveis
para que ele opte por tardes quentes e
prazenteiras
no jardim
muito antes de mim.

a escrita é sua própria bebedeira
enquanto que publicar e editar,
esforçar-se por pagar as contas
carrega consigo seu próprio
atrito
que ainda inclui lidar com
os faniquitos tolos e as exigências
de tantos
assim chamados gênios extravagantes que nada
são.

não vou culpá-lo por dar o
fora
e espero que me mande fotos de sua
Alameda Rosa, de sua
Avenida Gardênia.

terei que procurar outros
promulgadores?
aquele camarada com o chapéu de pelúcia
russo?
ou aquela besta no leste
com todos aqueles pelos
saindo dos ouvidos, com aqueles lábios
úmidos e gordurosos?

ou será que meu editor
ao sair do mundo de Globulárias e
latadas
passará a
maquinaria
de seu antigo negócio a um
primo, uma

filha ou a
algum poundiano do Grande
Sul?

ou simplesmente transmitirá seu legado
a um
funcionário do despacho
que ressurgirá como
Lázaro,
manuseando uma importância
recém-encontrada?

alguém pode imaginar coisas
terríveis:
"Sr. Chinaski, seus textos
devem agora ser submetidos em
forma de Rondó
e
digitados
em espaço três em papel de
arroz".

o poder corrompe,
a vida aborta
e tudo o que
lhe resta
é um
bocado de
verrugas.

"não, não, sr. Chinaski:
tem que ser em *Rondó*!"

"ei, cara", perguntarei,
"você já ouviu falar
dos anos 30?"

"os anos 30? o que é
isso?"

meu atual editor
e eu

às vezes
discutíamos os anos 30,
a Depressão
e
alguns dos truques que
nos ensinaram –
como perseverar apoiado em quase
nada
e como seguir em
frente.

bem, John, se isso acontecer aproveite seu
ócio para
se dedicar à agricultura
cultivar e viver ao ar livre
no meio do
mato, água apenas
cedo pela manhã, plante
com folga para desencorajar
as ervas daninhas
e
como faço com minha escrita:
use muito
adubo.

e obrigado
por ter me ajeitado aqui no
5124 da DeLongpre Avenue
em algum lugar entre o
alcoolismo e a
loucura.

juntos nós
lançamos o desafio
e até os dias de hoje
há aceitadores
para serem
encontrados
enquanto o fogo canta
por entre as
árvores.

## meu primeiro poema de computador

será que já tomei o caminho para a morte certa?
será esta máquina meu algoz
quando nem o trago nem as mulheres nem a pobreza
conseguiram me dar cabo?

estará Whitman rindo de mim na sua cova?
será que Creeley se importa?

estará isto aqui devidamente espaçado?
estou eu?

uivará o Ginsberg?

me acalme!

me dê sorte!

me faça bem!

me faça seguir em frente!

sou virgem outra vez.

um virgem de 70 anos.

não me foda, máquina

foda.
quem se importa?

fale comigo, máquina!

podemos tomar um trago juntos.
podemos nos divertir.

pense em todas as pessoas que irão me odiar neste
computador.

vamos somá-las aos outros
e seguir sempre em
frente.

então isto é o começo
e não o
fim.

## dinossauros, nós

nascidos assim
em meio a isso
enquanto as faces de greda sorriem
enquanto a Dona Morte ri
enquanto os elevadores quebram
enquanto os cenários políticos se dissolvem
enquanto o empacotador de supermercado ostenta um diploma universitário
enquanto o peixe gorduroso expele sua presa gordurosa
enquanto o sol se mascara

somos
nascidos assim
em meio a isso
em meio a essas cuidadosas e insanas guerras
em meio à visão das janelas quebradas de uma fábrica de vacuidade
em meio a bares onde as pessoas já não falam umas com as outras
em meio a brigas de soco que terminam com tiros e facadas

nascido em meio a isso
em meio a hospitais que são tão caros que sai mais em conta morrer
em meio a advogados cujos honorários tornam mais barato alegar culpa
em meio a um país em que as cadeias estão cheias e os manicômios fechados
em meio a um lugar em que as massas promovem imbecis a ricos heróis

nascidos em meio a isso
caminhando e vivendo através disso
morrendo por causa disso
calados por causa disso
castrados
depravados
deserdados

por causa disso
enganados por isso
usados por isso
irritados por isso
enlouquecidos e doentes por isso
levados à violência
levados à inumanidade
por isso

o coração está enegrecido
os dedos buscam a garganta
o revólver
a faca
a bomba
os dedos vão em busca de um deus que não responde

os dedos buscam pela garrafa
pela pílula
pela pólvora

nascemos em meio a esta pesarosa mortalidade
nascemos em meio a um governo com dívidas superiores a 60 anos
que em breve não será capaz sequer de pagar os juros dessa dívida
e os bancos arderão
o dinheiro será inútil
haverá mortes impunes e a céu aberto nas ruas
haverá armas e multidões errantes
a terra será inútil
a comida se tornará pouco lucrativa
o poder nuclear entrará em colapso pelas inúmeras
explosões que continuamente sacudirão a terra
homens-robô radioativos se atacarão em silêncio
os ricos e os escolhidos assistirão a tudo de plataformas espaciais
o Inferno de Dante parecerá brincadeira de criança

o sol não será mais visto e a noite será constante
as árvores morrerão
toda vegetação morrerá
os homens radioativos comerão a carne de homens radioativos
os mares serão venenosos
os rios e lagos desaparecerão
a chuva será o novo ouro

os corpos putrefatos dos homens e dos animais federão ao vento negro

os poucos sobreviventes serão consumidos por novas e hediondas doenças
e as plataformas espaciais serão destruídas pelo desgaste natural
pela diminuição dos suprimentos
pelo efeito da decadência geral

e então haverá o mais belo silêncio jamais ouvido

nascido disso tudo.

o sol seguirá escondido

à espera do próximo capítulo.

## sorte

certa vez
fomos jovens
diante desta
máquina...
bebendo
fumando
escrevendo

foi o mais
esplêndido e
miraculoso
dos tempos

ainda
é

acontece que agora
em vez de
nos movermos na direção

do tempo
ele
se move na nossa
direção

faz com que cada palavra
perfure
o
papel

clara

veloz

dura

alimentando um
espaço que se
fecha.

## o pássaro azul

há um pássaro azul em meu peito que
quer sair
mas sou duro demais com ele,
eu digo, fique aí, não deixarei
que ninguém o
veja.

há um pássaro azul em meu peito que
quer sair
mas eu despejo uísque sobre ele e inalo
fumaça de cigarro
e as putas e os atendentes dos bares
e das mercearias
nunca saberão que
ele está
lá dentro.

há um pássaro azul em meu peito que
quer sair
mas sou duro demais com ele,
eu digo,
fique aí, quer acabar
comigo?
quer foder com minha
escrita?
quer arruinar a venda dos meus livros na
Europa?

há um pássaro azul em meu peito que
quer sair
mas sou bastante esperto, deixo que ele saia
somente em algumas noites
quando todos estão dormindo.
eu digo, sei que você está aí,
então não fique
triste.

depois o coloco de volta em seu lugar,
mas ele ainda canta um pouquinho
lá dentro, não deixo que morra
completamente
e nós dormimos juntos
assim
com nosso pacto secreto
e isto é bom o suficiente para
fazer um homem
chorar, mas eu não
choro, e
você?